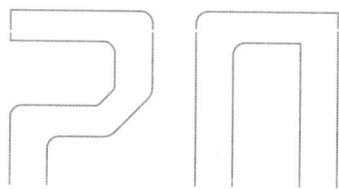

# 盛开的
# 花垛

《百花洲》编辑部 编

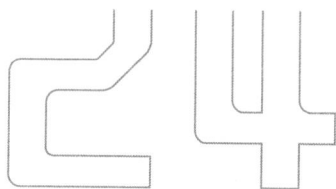

百花洲文艺出版社
BAIHUAZHOU LITERATURE AND ART PRESS

**图书在版编目（CIP）数据**

盛开的花垛：《百花洲》2024年散文精品选 /《百花洲》编辑部编. -- 南昌：百花洲文艺出版社，2025.
3. -- ISBN 978-7-5500-5780-7

Ⅰ. I267

中国国家版本馆CIP数据核字第2024S5L309号

# 盛开的花垛 ：《百花洲》2024年散文精品选

SHENGKAI DE HUADUO:《BAIHUAZHOU》2024 NIAN SANWEN JINGPIN XUAN

《百花洲》编辑部　编

| | | |
|---|---|---|
| 出 版 人 | 陈　波 | |
| 策划编辑 | 朱　强 | |
| 责任编辑 | 罗　云　钟力津 | |
| 书籍设计 | 方　方 | |
| 制　　作 | 周璐敏 | |
| 出版发行 | 百花洲文艺出版社 | |
| 社　　址 | 南昌市红谷滩区世贸路898号博能中心一期A座20楼 | |
| 邮　　编 | 330038 | |
| 经　　销 | 全国新华书店 | |
| 印　　刷 | 湖北金港彩印有限公司 | |
| 开　　本 | 720 mm×1000 mm 1/16 | 印张 18 |
| 版　　次 | 2025年3月第1版 | |
| 印　　次 | 2025年3月第1次印刷 | |
| 字　　数 | 250千字 | |
| 书　　号 | ISBN 978-7-5500-5780-7 | |
| 定　　价 | 43.00元 | |

赣版权登字 05-2024-414

邮购联系 0791-86895108

网　　址　http://www.bhzwy.com

图书若有印装错误，影响阅读，可与承印厂联系调换。

# 目 录

1

# 阿哈的金牌

艾　平

## 一

岁月遥远。记忆如一碧千里的草原，葳蕤连绵。

"在蒙古语里，下乡知青叫思格腾，哥哥叫阿哈，那时在西格登草原，人们都知道呼和勒阿哈有个思格腾弟弟，都知道那个有福气的思格腾就是我……这不是传说，也不是诗化的故事，一切都真实地发生在我的生活中，呼伦贝尔草原的陈巴尔虎旗西乌珠尔公社西格登生产队，是我的第二故乡。"

天津思格腾蔡乐铭这样开始了他的讲述——这枚奖牌，看上去有些斑驳沧桑，以往金灿灿的样貌，在时光的磨砺下已经褪色，但它依然凝重，不失为一块威风凛凛的金牌。五十年来，它温暖着我的心，就像草原夜空的星星，不需要我时刻凝视，却永远给我光芒。在漫长的工作历程中，我常常四处奔波，跋山涉水，我便将其用一块柔软的羊羔皮包好，放在家中最庄重的地方。人在外，夜深人静，我常常下意识地以手抚膺，虽然触摸后只有一种空落落的感觉，但是我心里明白——不论我离开了多久，走出去了多远，阿哈给我的金牌、草原给我的亲情都在我的身上。

这是呼和勒阿哈的金牌，象征着他一生至高无上的荣誉。在我被选调到大庆油田，即将离开草原的那一天，阿哈把这块金牌，不容拒绝地送给了我。如果说这块新中国成立初期铸造的镀金奖牌，依然在熠熠闪光，那是因为被我一遍遍抚摸出了包浆。每当在人生的重要时刻，我都会拿出这块金牌，思念起草原上那个像湖水一样温暖的阿哈，那个像远山一样托起蓝天的英雄。

此时，我又一次回到草原。眼前的一切美如梦境，又万分真实。你看吧，天空澄明蔚蓝，太阳犹如金鸟，在蓝色的大海里洗练翅膀，抖落一条条金色的珍珠链；大地百草丛生，纷纷奉献花朵，清风里那些橙红、金黄、玫紫、水蓝和洁白摇曳生辉，仿佛无数绚丽的宝石在眨眼睛；羊群和白云浑然一体，马群猎猎，犹如群帆踏浪而来。每一株小草，每一朵花儿，每一头咩咩叫的羊羔，每一双带着奶香的手，每一双穿过风雨的眼睛，都在呼唤我的名字，抚慰我的身心。我情不自禁，亲吻大地，拥抱亲人，跃马驰骋，仿佛回到了难忘的青春季。

古老的那达慕焕然一新，马头琴和管弦乐交织，高挑的模特把华贵的蒙古族传统服饰徐徐抖开，展开成缤纷的画卷。马群静静地矗立于云的影子里，弓箭手奋力一拉一放，箭镞飞过长调和喝彩的和声，定在远处的靶心……

终于，摔跤手的阵仗出现了！快看，快看——他们一个个脚穿绣满五彩云纹的马靴，身穿带银钉的皮坎肩，鲜艳肥大的灯笼裤，裸露着红铜色的胸膛，头颅像鹰隼一样向前探着，肌肉凸起，双臂高扬，眼睛里的光芒炯炯逼人，以雄鹰展翅的姿势，腾云驾雾般地走来了！草原是天人合一的地方，百代千年，动物每每成为人类的图腾。鹰隼是草原上最强大的鸟类，凶猛如暴风雪中的雷电，在生存的搏杀中所向披靡。摔跤手入场的鹰之舞，不知始于何年何月，无疑的是，那意味着一个民族永不言败的生命意识。

我的目光旋即被摔跤手们吸引住——好不熟悉！他们魁梧壮硕，一步步跳得稳健，挥动手臂时遒劲又舒展，他们的脸上，有雕刻般的褶皱，眉宇间是无畏者的自豪，他们脖子上的将嘎圈（蒙古语，搏克手脖子上的彩绸标识，彩绸越多，说明以往的成绩越辉煌）彩缎飘扬，将他们黝黑的肤色衬托得油亮。天哪！这不是你吗？阿哈，阿哈！你的气质，你的气场，在这一刻扑面而来，我在每一个摔跤手身上都能发现你，亲近你——你看见我了嘛，你的天津思格腾弟弟回来了！我倏地站起来，向观礼台下俯身，就要喊出声来。这时候妻子拽住了我的胳膊。我猛醒，阿哈，呼和勒，我的阿哈，你1993年就走了，现在已经是2006年了。

二

我和呼和勒阿哈相识在1969年的夏天，当时他在呼伦贝尔盟任体育助理，但他离不开阔野长风的生活，经常回到自己的家，也就是我们西乌珠尔公社二队牧场，每当游牧生产最忙的时候，总是能看到他。那时，正赶上生产队打马印，给牛打防疫针，我想自己应该发挥作用，以证明我来到草原一年多，已经有了进步，没有辜负生产队长和西格登牧民的期望。按照游牧的习惯，要区分属于各个生产队的马匹，须在每一匹马的身上打上烙印。春季要打马印的马都是刚成年的马，也有上年打马印时没抓住的马，这些马往往十分野性。彼时，在开阔的牧场上，一匹匹马，被牧民们用套马杆套住、放倒，然后用烧红的烙铁，在马的后臀上一烙，便给马留下了一个携带一生的标记。我们生产队的马印是蒙文的"百银"二字，为富裕的意思，当时竟没有被砸烂，照旧使用着。只见一匹匹马，依次从栅栏的甬道走出来，尚来不及奔跑，就被牧民们撂倒，即刻用通红的烙铁刺啦一烫。这时马才意识过来，倏地反弹，尥着蹶子冲出老远，在清冷的春风里，拂荡起一阵阵蛋白质的焦煳味。那一个个醒目的"白银"字样，摇晃着飞向天边，马儿的疼痛渐渐融化在透明的天空里。

我跃跃欲试。

打开马围栏的甬道口以后，因为拽马的笼头很长，马窜出甬道后会不顾一切地往前冲，我必须在甬道的外面和马并行。就在马露出前半身的那一刻，我迅速出手，从侧面套马，把马摔倒。虽然我有一股初生牛犊不怕虎的冲劲，但毕竟经验不足，马的力量可比人的力气大多了，即使人会用巧劲，摔马也是要有足够的力气。我拼尽全力，在马摔倒后，去薅马鬃，压马脖子，甚至豁出去用自己的腿去别马腿，还是常常让马一尥蹶子把我掀了个跟斗。虽然不能说全是失败，但我的成功率的确不高，几匹马过手后，累得我四仰八叉地躺在草地上，大口大口地喘气，半天爬不起来。但是我毫不气馁，等气息调匀以后，爬起来继续干。我那时候只有一个坚定的想法，就是做一个十八般武艺样样精通的新牧民，扎根草原一辈子。

这一切，都被呼和勒阿哈看在眼里。他当时是国家干部了，却丝毫不失牧民本色，接羔、防疫、转场、牛羊出栏、抗白灾他都是好把式。呼和勒阿哈个头不高，魁梧健壮，他走起路来，双脚就像两座会飞的小铁塔，又笃实，又敏捷；他两手一伸，你就会看到他手掌里面横着宽宽的一条厚茧，那是套马杆的磨痕，告诉你这是一双马拉沁（蒙古语，牧马人）的手，阿哈的手背，细腻光滑，却青筋暴起，那是手背肉的脂肪和风霜雪雨双重作用的结果。阿哈的长相普普通通，好比是一千匹的马群里，最常见的那一匹，但是你从一千个人的人群里，一眼就能看到他。阿哈的眼睛微蓝，总是使我想起春季海拉尔河的蓝冰，不一样的是，这冰冷之中，闪耀着灼热的光芒。当你和他对视的时候，会感到眼前一亮，但你不一定知道，这是你在草原上最幸运的遇见。当他向你微微一笑，你会产生一种被融化、被打动的温暖感。

呼和勒阿哈走过来，对我说，思格腾小伙儿，过来，看着。我退后，眼睛都不敢眨一下。只见他撩起蒙古族袍大襟，塞进腰带里，飞快地侧身前扑，一手抓马鬃，一手抓马尾，用粗壮的大腿别住使劲乱蹬的马后腿，说话间就放倒了那匹最暴躁的枣红马。那种举重若轻的感觉，好比从天上摘下一朵云，轻轻一撒手，那朵云就在地上变成了一匹马。

我在草原上常常听到这样的老话：地上一匹马，水里一条鱼，远看是座山，近看是头牛。这是说马就像鱼儿那么灵动，那么轻盈，说牛又夯重又倔强，因此更难征服。在给一批公牛打防疫针的时候，为了激励我们这些初来乍到的小思格腾，呼和勒阿哈说："你们看着，我给你们摔一头公牛试试。"他扬扬手，大家都会意地退了几步，只见他在牛圈甬道出口前扎了一下马步，瞅准了一头低着头准备窜出来的牛。在牛冲出来的瞬间，他闪电似的一出手，抓住两只牛角，两条腿变成弓步，右肩顺势顶在牛的前胛部，利用牛往前冲的力量，大吼一声，肩头猛地发力，将整个牛的身体凌空驮起。那还在发蒙的牛肚皮朝天，在空中翻了个个儿，砰的一声，结结实实摔倒在草地上。厉害，厉害，周边的人们欢呼着"布赫！布赫！""诺格道日比泰！诺格道日比泰！"。这些话里面有冠军的意思，我当时听不太懂，认为这只是夸赞他是草原上第一厉害的大力士。阿哈抬头起身，没说话，立即去扒拉摔倒的牛，牛没有被摔坏，不一会儿便爬起来，屁颠屁颠地追赶牛群去了。呼和勒阿哈露出笑容，一回身抱住我，拍了拍我的肩膀，高兴地说："天津思格腾，还真成功了。"

阿哈比我大将近二十岁，我叫他阿爸也不为过。草原上的阿爸，像沙丘里不倒的樟子松，阅尽了长生天给予的风霜雪雨，也领略过长生天恩赐的甘露暖阳，他们顺从地接受着四季轮回，用自己的岁月，一天天完成着生命对大自然的归属。他们通灵般知晓大自然的莫测，看惯了草木生灵的来来去去，因此沉静而从容，言谈举止深沉不露，而呼和勒阿哈完全不一样，他热情洋溢，朝气蓬勃。他很喜欢和我们这些年轻人一起纵横跃马，他亲手给身边的我们挑选的坐骑都是桀骜不驯的烈马，他言传身教于我们的，何止是驯马的技能。他对马慈母般的柔情，严父般的凌厉，还有作为征服者的顽强，深深地感染着我们，我们能很快学会骑马驯马，离不开呼和勒阿哈的耐心与呵护。当我们这些年轻思格腾终于可以以马队的形式，驰骋在草原上的时候，阿哈兴高采烈地和我们并辔而行，从岸边的山岗上俯冲而下，策马奔腾，那场面真叫气壮山河。

呼和勒阿哈心里装满了对草原的热爱，也和所有历经过大自然雕刻的牧人一样，骨子里深藏着亘古的忧伤。在那些霜雪弥漫或者月光如水的夜晚，阿哈和我们对酒放歌，直到把朝霞呼唤进蒙古包的天窗。呼和勒阿哈的歌声和我们思格腾爱唱的"雷锋，我们的战友……""日落西山红霞飞……""我们都是神枪手……"的歌曲不同，他最爱唱的是——"大雁啊，你飞在天上，把影子留在地上……""老哈河水长又长，岸边的骏马拖着缰……""十五的月亮升上了天空哟，为什么旁边没有云彩"。不知道为什么，我们听着听着，眼泪就流出来了，这时候阿哈就会说，睡觉，睡觉。我们便和衣而卧，在蒙古包里长满了青草的地面上渐渐入梦。

阿哈是草原上少有的见过世面的人，也是草原上的牧民最信任的人。他蒙古语、汉语兼通，说一口流利的汉语，他肚子里的故事就像那缓缓流淌的海拉尔河，永远不会终止。他给我们讲起当年三千上海孤儿来到草原之后，在草原额吉（蒙古语，母亲）、阿布（蒙古语，父亲）的怀抱里幸福成长的故事；也常常说起北京的天安门，说起天津的包子和大麻花，他喜欢听中央人民广播电台的《新闻和报纸摘要》节目，他想到的事情，常常就是我们思格腾也在想的。他说呼伦贝尔大草原是思格腾的广阔天地，是思格腾"大有作为"的地方，草原上的孩子，也有必要像思格腾一样，到草原之外的广阔天地去看看，才能知道咱们的祖国有多大有多好。潜移默化之间，我们思格腾越发觉得应该为草原的未来做点事情。我们做的第一件事，就是在学蒙古语的同时开始学蒙古文，同时教西格登的孩子们说汉语学汉文，到我们离开草原的那年，西格登的孩子们都会讲汉语了，其中不少已经可以阅读汉文课本了。

于是，我们跨过年龄的距离，叫他呼和勒阿哈。

不知道从哪一天开始，我成了呼和勒阿哈身后的影子。

我们吃腻了牛羊肉，常常想念天津的蔬菜和水果，呼和勒阿哈一挥手，说，上马，咱们走，进园子摘菜去。绿地毯一样的草原上，隐藏着数不清的秘密，平均一平方米有百十种植物，就是牧民的大菜园，差不多天津菜园子里种植的蔬菜，都可以在草原找到相对应的野生品种。野韭菜、野葱、柳蒿芽、车前子、哈拉海、苣荬菜、蕨菜、野芹菜，还有天然的调味品百里香……多得数不清。因为呼伦贝尔的无霜期太短，所有的野菜都急着在不足一百天的时间里赶紧开花结籽，因此顾不上长高，往往矮而壮硕，营养更丰富。阿哈知道很多野菜的吃法，比如用野韭菜包包子，用哈拉海做疙瘩汤，用柳蒿芽炖肉……果然纯天然的野菜不仅香气馥郁，还饱含丰富的维生素，让想家的思格腾们大饱口福。阿哈告诉我，你看看羊群往哪里觅食就明白了，它们受凉的时候，上火的时候，缺乏维生素的时候，都会找不同的草吃，这些野菜都是羊群和马群给我们选出来的，我们为什么不能向它们学习学习呢？还真是，自从爱上了野菜，我的嘴巴再没有长过溃疡，我的眼睛也愈发明亮。

为了找结实的桦木做套马杆，阿哈领我们进入了大兴安岭以西的白桦林，林间和草原不一样，露水好像清透的绸子，悬空萦绕，呼吸好像在畅饮芬芳的琼浆，又甜又爽。林子很密，白桦树奔着阳光使劲，因此长得又直又高，且树杈很少，都是做套马杆的好材料。我们高兴极了，一边唱着歌，一边干活儿，大家想着阿哈说的话——把水给草留着，把树给山留着，我们只砍下了自己需要的十三根桦木干，一根也没有多砍。为了减轻马往回拖的时候的力度，我们按照套马杆的长短粗细，剔除了十三根白桦干上多余的树杈，紧紧捆成一捆，便干妥活儿后休息，想着这些桦木干做成套马杆的样子，心里美滋滋的。正准备往林子外面走，举目一看，蒙了——在我们四周，大大小小的白桦树密密匝匝，在鳞次栉比的银色枝干上，长着许多黑色的树节，仿佛无数的大眼睛在你的上下左右晃动，树底下暗软的腐殖质层上，没有任何我们留下的脚印。人已经处于没有止境的景深里，看不到太阳的方向，不知道自己是从哪里走进来的，也不知道该从哪里下山，更不知道我们的马在哪里。等我们在惊慌中回过神来，想起了阿哈在呢，悬着的心才落地，原来呼和勒阿哈一直在后面跟着我们的脚步。顺路砍下一棵棵枯死的桦木，按照出林子的方向依次放倒，等于给我们指明了返回的路。于是，我们把白桦干拖在马身后，带着满满的收获，跟在阿哈的后面，载歌而归。

## 三

1971年3月，一场几十年不遇的暴风雪，让我和呼和勒成为生死兄弟。

牧民阿拉巴的羊群游牧到了胡列也吐边境的一个山洼里。这里避风，牧草丰厚，地平线舒缓无际，不远处蜿蜒着著名的额尔古纳河，只有边防站的一排电线杆静静地矗立。那天晚上，蒙古包的主人阿拉巴到海拉尔去了，把一千七八百只羊，托付给了知青崇武牧放，恰巧另一个知青金祥和呼伦贝尔盟派来的青年干部孙宝贵，也来到了这个游牧点。夜里，三个人把羊归拢进羊圈，便进了蒙古包休息。刚刚睡着，突然间被一阵地动山摇般的晃动惊醒，只见蒙古包哈栅（蒙古语，支撑蒙古包的木栅栏）上的毡子，已经被暴风掀开，大雪一拥而进，堆了一地。不好，快去看羊！三个人冲到羊圈的时候，羊圈已经散架，羊群不知道被风刮到什么地方去了。平时崇武总是说阿拉巴懒，羊圈扎得不结实，没想到这次羊圈被暴风刮开也算不幸中的万幸，给了羊群一条逃命的路。后来，当我们冒死把大半羊群找回来，路过别的游牧点时看到了另一番惨状——那些扎得牢固的羊圈里的羊，伤亡更惨重。暴风雪来得凶猛，羊群惊恐，在圈里乱撞一气，一些羊挣脱了埋下来的雪，趴在了一旁来不及爬起来的同伴身上，不一会儿，继续下着的雪又把它们压倒，结果是一层死羊一层雪，直至四五层。冻死的羊还保持着生的姿态，有的瞪着黑玛瑙般水汪汪的眼睛，有的向上仰着头颅，伸着前肢，有的舌头吐出半截，仿佛咩咩地叫着，应该是至死都不曾放弃活下去的希望。作为食草动物的羊，逃避是它们的宿命，因此进化出了一双矩形的眼睛，可以看到前后左右，不知道当眼前一片迷茫的时候，它们有多么恐惧。

此时被掀翻的蒙古包，已经像纸片一样，不知道在暴风雪中被刮到什么地方去了，崇武他们三个人立在空落落的天地间，连个避风的地方都没有。还好马在，崇武和金祥决定去追寻羊群，孙宝贵可怎么办？他斯斯文文的，戴着眼镜，又不会骑马，不得活活冻死吗？情急之中，崇武想起了那只和他们寸步不离的狗。这狗非常忠诚，平日里跟着崇武和阿拉巴放牧，认路。于是崇武解下蒙古袍的腰带，一头拴在狗身上，一头拴在孙宝贵的身上，又抚摸着狗的脑袋，叮嘱它一定要保护好我们的朋友，也告诉孙宝贵，千万千万不能跟狗分离，只要沿着电线杆走，就能回到公社。

电线杆下面的雪又厚又硬，狗一蹦一跳地走着，宝贵一个跟头接一个跟头地摔着，他们走了一夜，到第二天上午了，天还是昏暗的。孙宝贵的衣服里灌满了雪，不一会儿又化成了水，浑身的热量散失殆尽，雪依然没有停下来的意思。前面的电线杆，甚至近在咫尺的狗都看不清楚了。他感觉自己生命危在旦夕，实在爬不起来了，最后就像一个爬犁那样被狗拖拽着，一点一点地移动。他始终紧紧地拽着狗，狗也始终没有偏离电线杆的方向。到第二天中午，宝贵像一个盲人那样伸出手向前摸去，终于摸到了公社办公室的砖墙。

当热气腾腾的手把肉端到年轻干部孙宝贵面前的时候，饥寒交迫的他没有吃，而是先端给了狗。

孙宝贵带来的消息给雪灾中的草原又加了一重乌云。崇武和金祥现在在哪里？集体的羊虽重要，但思格腾的安危更重要。这时候，生产队的房外传来一阵马蹄声，不一会儿，一个裹着霜雪的人走了进来，正是大家盼望的呼和勒阿哈，他听说了崇武和金祥这件事，立刻顶风冒雪来到西格登生产队。他说分秒都不能耽误，时间就是人命！走，快走！于是，我紧跟着呼和勒阿哈，带领另外两个年轻人，一起冲向了暴风雪。雪大到了旋即就能埋住我们的马蹄印的程度，我们像是被扣在一口白色的大锅里，只听到风雪呼啸，什么也看不见，我们互相紧挨着前行，因为一旦相距两米远，就看不到对方了。两个小时过去了，别说羊群，就连个蒙古包也没有遇上。傍晚，我们终于发现前边有一个黑乎乎的东西，心想要是个蒙古包，我们得进去喝点奶茶，暖和暖和。马也感受到了我们的急迫心情，加快了脚步，谁知走近一看，我们四人不由得大吃一惊，这黑乎乎的东西竟然是我们西格登队里的井台，说明我们绕了好几个小时，都没有走出村子！

夜晚降临了，暴风雪像巨大而无形的猛兽在狂怒，来得比海啸还猛烈，那坚硬的雪花片刻不停地袭来，犹如无数蜇人的巨蜂，死死缠住你，刺你，割你，粘在你的眼睛里，钻进你的鼻孔里，让你不敢睁开眼睛，即使你无畏地伸出手，也挥不去眼前的迷障。怎么办？既然没有走出村子，那么退一步就是热茶、火炉和安全感。继续走，则是一个没有底的黑洞，险象环生。

我看见了那两个年轻人眼睛里的畏葸，也看见了呼和勒阿哈眼睛里的坚定。我婉转地说："你们俩不行就先回去，我和阿哈的马好，我们接着去找，你们放心吧。"

我和呼和勒阿哈拽着彼此的腰带，不敢松手，因为两米之外听不到彼此的声音，看不到彼此的身影。我们参考井台的位置确定了方向，义无反顾地冲进了风雪黑夜。

这期间，崇武和金祥一直在暴风雪中寻找羊群。远山近水看不见，东南西北辨不清，结果连羊的叫声也没能听到，他们不仅迷失了方向，而且不知道自己走出了多远，不知道自己身在何处，饥饿和寒冷到了极点，幸运的是遇到了一个牧人留下的蒙古包。草原上有传统，不管主人在否，蒙古包不上锁，里面要给路过的人留点烧火的牛粪和充饥食物。当他们点上火，把蒙古包里能吃的东西都找出来，开始狼吞虎咽的时候，忽然听到外面咚的一声闷响，赶紧跑出去一看，是崇武的马倒在了地上，仔细一看，已经活活累死了。这是一匹非常有耐力的好马，这一路走来，丝毫不失膂力，没想到它是在坚持撑到最后一口气。

我和呼和勒阿哈小心翼翼地寻觅着羊群的迹象。饿极了，就俯身抓一把雪放在嘴里，似乎肚子里也有了充饥的东西。不敢快跑，否则马太累，在这种境况中，保存马的体力就是保护自己的生命。我们想，既然崇武和金祥也在找羊，那么只要找到了羊群，就有可能与他们俩会合。我到草原以来，还没有遇到过这么严峻的挑战，不由得乱了手脚，一个劲儿地拽着马笼头在原地打转，瞬间就离开了阿哈，我大喊着阿哈、阿哈，你在哪，快过来呀！还是马儿比我有智慧，它终于找到了阿哈的马。这时候，我听见阿哈在喊我的名字，听到他靠近了我，也听到他的马发出了粗重的喘息声，我只觉得胸中突然生出一股鲜血般的热流，从脚底到头顶消去了身上的寒意，阿哈，只要你在，一切困难都会过去。雪太大了，已经快厚到马鞍子高了，马腿因蹚雪快要冻僵了，马蹄不再均匀，一脚深一脚浅地开始纷乱。突然间，我的马撞到了阿哈的马肚子，我看到了阿哈的靴子，阿哈的手向我伸过来……

天亮了，雪渐渐小了。我们看到了鄂伦茨牧点的一口机井，原来这一夜，我们任凭自己对马的感觉绕来绕去，其实只走出了五十公里。不过知道了自己身在何处，心里也宽慰了不少。

我们下马，让马吃草，看着马艰难地用流血的前蹄破开厚厚的雪，贪婪地啃食牧草的样子，我和阿哈都沉默了。马吃饱了，速度自然加快了一些，可是羊群在哪里？崇武和金祥怎么样？我们依旧心急如焚。途中，我们遇到了不知是哪个队的牛群，只见一头头牛顺风站成兀立的岩石，任凭暴风雪抽打着屁股，以致后臀部的牛皮都被打烂了，哩哩啦啦地流着血，血色染红了洁白的雪，像是一幅凄美的画。到处都是冻死在雪地上的羊，一只只显露了出来，我们下马看看这些羊的耳记，不是阿拉巴牧点的羊。

到了下午三点左右，我们终于在东乌珠尔海拉苏队的放牧点找到了羊群，这里离我们西格登二队有一百一十八公里的距离。经历这场暴风雪，原来一千七八百只羊，剩下的不足四分之三。说实话，面对如此悲剧，我和阿哈来不及细想，心里就一个念头，死活也要找到崇武和金祥——我们亲如手足的思格腾兄弟！

前面出现了几间民房。给我们开门的是一个女思格腾，她看到我们疲惫不堪的样子，二话没说，就把给出去干活的思格腾们准备的一盆馒头端到了我们面前。刚出锅的馒头热气腾腾，我们一口咬下大半个，那吃相不知道有多难看。这么多年过去，我一直认为，那些馒头是我此生吃过的最香的食物，那个微笑的天津女思格腾，是天下最可爱最美丽的女性。

风雪过后，碧空剔透。虽然寒冷，可毕竟安全了。我们赶着羊群回西格登阿拉巴的牧点，一路又遇到不少倒在雪地里的牲畜，我们慢慢地走过，不时下马细看，我和阿哈谁都不说话，甚至大气都不敢出，就怕哪个雪堆里，露出一只穿靴子的脚，就怕看到一匹冻死的马。崇武和金祥啊，你们到底在哪里啊？我看见呼和勒阿哈用擦汗的姿势，抹去了眼睛里的泪水。

远处的山坡上出现了两个骑手的剪影，正像旗帜一样向我们飘来。他们的声音越来越近了，呼和勒——蔡乐铭——呼和勒——啊！我们不禁瞪大了眼睛，一切就像梦境，真的是崇武和金祥！天晴以后，崇武和金祥在继续找羊群的路上，听说了我和呼和勒在找他们，即刻换了好马，一路狂奔，来接应我们了！天边的晚霞金子一般灿烂，马鞍下的羊群，在慢悠悠地拨雪吃草，我们和大地一起聆听这世界上最动人的呼唤声。

一阵欢呼跳跃之后，我们继续往回赶羊。羊群都是边吃草边走，即使在正常的天气里，羊一天也走不完余下的六十多公里路程，更何况刚刚经历了一场暴风雪的折磨，所有的羊都疲惫地打着蔫。周围没有蒙古包，看来我们这一夜注定要在大雪原上度过了。

夜色将近，人困马乏，我们太需要睡觉了，草原雪后的天气比雪前更冷，白天穿着蒙古袍虽然不暖和，骑在马上还能坚持，晚间要是和衣睡在雪地上，可就真能把人冻死。阿哈在，我们就有主心骨。呼和勒到底是草原上的布赫，就是有办法。他把马鞍子卸下来，把鞍垫铺在雪地上隔雪，用马鞍座当枕头，一个单人床就这样铺成了。大家说，咱们躺着唠嗑吧，睡着了可不得了。不知道别人睡没睡，我是实在控制不了自己了，一边说着，你们说哪个蒙古包的姑娘最漂亮……头一沾马鞍子就睡过去了。不知过了多长时间，感觉自己好像在做梦，梦中被冰封住了身体，浑身动弹不得，呼吸心跳在弱化，灵魂正被莫名的力量挤压着……不好，我被自己惊醒了，梦中的感觉正是此时身体的状况！我赶紧活动身体给自己增加热量，然后爬起来一个一个地推他们。他们和我一样，都冻得差不多了，我们互相踢打身体以加快血液循环的速度来恢复体温，呼和勒阿哈也趁机拿出摔跤的本事和我们一一较量。等大家都打累了，体温也恢复了，又继续躺下睡。

迷迷糊糊中我觉着自己走进了温暖的蒙古包，似乎有人把一碗奶茶端到了我的鼻子和嘴前面，有一股热气袭来。我醒来，本能地去拂眼前的残雪，这时我的手碰到了阿哈的鼻子，原来阿哈没有睡，时刻在盯着我们，还不停地推动我们，他害怕我们这些年轻人一直睡下去。若他自己也睡着了，那么最终结果将是大家全都变成冰雪中的雕塑。这一切我居然全然不知，后来回想，他隔一会儿就用身子撞我们，撞一下，我们动动，连眼睛也不睁，又睡下去。此时，我大约是睡得差不多了，急忙坐起来，头突然被什么撞了一下，原来是我的那匹青马草上飞的肚皮，这哥们儿正四腿岔开，用身躯为我遮挡着寒气。而阿哈，他虽然也可以钻到自己的枣红马肚子底下避风，但是他没有，一直像一个守护神那样守着我们，他又冷又困又累，在我醒来的那一刻，一下子摔倒在地上，睡着了。我流着眼泪，站起来，摸索到阿哈的马缰绳，那马儿听话地在阿哈身上岔开四腿，为阿哈挡着寒气。我学着他的样子，每隔一小会儿，就用身子撞一撞他，他翻个身，又睡了过去，就这样，我们几个人互相照看着，在空旷的大雪原中睡睡醒醒，挺了一夜。

# 四

人有的时候在一瞬间长大，有的时候在不知不觉中成长。

来到草原时，有人开玩笑，叫我天津小麻花，我也觉得自己很像一根海拉尔河边的细柳条，如今我个子长高了，胳膊腿粗实了，一手能拎起一只羊。每逢春节回家探亲，我都要给流泪的妈妈看胳膊上的腱子肉，告诉她，我在草原有个叫呼和勒的老大哥把我当亲兄弟，每一个蒙古包里的额吉都把我当亲儿子，我是进入了那种踩一脚牛屎，学一身本事的境界，每一天都意气风发、斗志昂扬，放马、放牛、驯马、驯骆驼、当兽医、打草、杀牛羊，没什么活儿能难倒我。我给妈妈带回羊肉和奶干，带回草原上的民歌，当然，我不会告诉她老人家，在我的成长史中，还有老雕的威慑和野狼的袭击，也有马失前蹄的窘迫，也有一个人独自落泪到天明的忧伤。

在西格登二队，我是第一个单身放牧两千只羊的思格腾，我是第一个被选送到扎拉屯农牧学校并学成归来，且已经给两万只牛马羊实施了治病防疫的兽医，我是第一个单独在漫长的霜雪季给一千七百匹马的马群下夜的思格腾马倌。我一共驯服了十五匹最暴烈的儿马子，让它们成为赛马的头名，日行千里的好坐骑，我也曾把一头头执拗的骆驼调教成牧人的良友……我冲动而无畏，屡次冒险挑战，至今想起来还有些后怕的事情也做了几桩。

有一次放羊，一只巨大的老雕，根本不把我这个马背上的牧羊人放在眼里，径直俯冲到我的羊群里，叼起一只小羊就盘旋到了半空中，随即一松嘴，将小羊从半空摔了下来，分明是想以此方法，把我的小羊做成一顿美餐。我万丈怒火涌上脑门，随即一抖缰绳，飞也似的跑过去，冲着天空的大雕就拼命地挥舞起手中的套马杆。此时，我想都没想，那牛犊子般大的老雕只要愿意，一嘴下来就可以捣毁我的眼睛或者天灵盖。我手中的套马杆其实对它完全没有用，但由于挥动得很急剧，那皮套子一晃一晃的。大约那雕从未见过，应该是有点蒙，便不甘心地直接爬高，后来就飞走了。事后牧民阿爸告诉我，那大雕兴许巢里有小崽，才冒险掠食，长生天公平，让它厉害，让它和人一样能活八十年，人该敬着它一些，就给它一只羔子吧。羔子早晚会回来，只不过你不认识了，也许是一只鸟，也许是一片白蘑菇，反正不会离开这片草原……

还有一次，我一个人游牧放羊，我的羊群被一群二十几只的狼盯上了。当时，我只有一匹马、一条狗、一个勒勒车，没有能镇住狼的家把什儿，蒙古包里只有一堆牛粪，没有可以点起火苗驱赶狼的柴火，这可怎么办？我的羊群里有两千多只羊，散放在草原上好大一片，一旦让狼群冲进了羊群，后果是不堪设想的。狼吃羊，最喜欢吸血，然后再掏羊的内脏吃，不到饿得不行，狼是不吃羊肉的，所以这些狼要是进了我的羊群，那就不是像老雕那样，叼走一只完事，是要放倒一大片羊的。集体的财产高于自己的生命，为了保护集体的财产要不怕流血牺牲，这是那个年代，我们挂在嘴边的豪言壮语。此刻，考验你的时刻到了，我对自己说。

没有犹豫的时间。我立刻纵马从羊群后面跑到前面，高举套马杆，一边挥动一边大声吆喝，在羊群边缘兜了个半圆，散放的羊群立刻聚拢，本能地躲避着群狼。我也不知道哪来的锐气，猛地在马背上站立了起来，昂首挺胸，手擎套马杆和狼群形成了对峙。

呼和勒阿哈跟我说过，狼怕骑马的人。我如此示威，让群狼一愣，它们果然就不动了，但它们也绝没有后退的意思。那一双双贼亮的黄眼睛，凶神恶煞地看着我，那一张张大嘴，发出哭丧般的嚎叫，苍穹空旷，那不断的回声，缭绕在我的周围，瘆得我头皮发麻。你要经得住考验！冥冥之中，我想到了阿哈，想到了阿哈平日里那种坚毅的眼神。于是，我在马背上一会儿坐下，一会儿站起来，我的青马草上飞，心领神会，不住地扬起前腿，嘴里的嘶鸣声一声连着一声，直逼着狼群。我顿时有一种气壮山河的感觉，勇敢地挥动套马杆去扑打狼群，间或回头观察我的羊群，以防别的狼从后面包抄而入。

对峙良久，我发现这样下去不是办法，决定采取主动，试图催马逼狼群退走，结果我进狼退，我回头顾及羊群，它们又从我后面跟进，看来它们是饿红了眼，不吃到我的羊，绝不会善罢甘休。我环顾四周，看到了勒勒车，突然心生一计，一个马上侧身，把勒勒车上面的大铁皮箱子拽了过来，高高举起，将箱子的铁皮盖子使劲扣合，哐哐哐的响声在夜空里回荡。这阵势狼果然没有见过，十分狐疑，加上天渐渐发亮，狼群失去了黑夜的掩护，本身就胆怯了三分，结果没敢继续向羊群发起进攻，恋恋不舍地退却了。

我围着羊群转了一圈，还好，集体的财产毫发无损。我下了马，立马就觉得两腿发软，心狂跳，脑门上的热汗一把一把擦不尽，再看我的青马草上飞，它若无其事地打着响鼻，耸动着两个树叶般的小耳朵，高兴着呢。

草原上不能没有动物，但是种类和数量不能失衡。没有小鹰和狐狸，老鼠就要泛滥；没有老雕，狐狸就要泛滥；没有狼，旱獭子和兔狲就要横行霸道。那时候的狼也实在太多了，多到成了草原上的霸主，今天掏个马驹子，明天掏个牛犊子，饿极了，见到没骑马的女人和孩子也不放过。我恨狼，在心里暗暗和它们较上了劲，我决心打一只最厉害的狼王，杀杀狼群的锐气。

生产队长看我放羊不错，便把放马的任务交给了我。生产队里有两千只马，我十分骄傲地当上了牧马人，用蒙古语说就是当上了马拉沁。我给母亲写信，告诉她，草原上最受尊重的就是马拉沁，你儿子如今当上了！儿子每天套马、抓马、跟随着母马照顾小马驹，及时规避两只儿马子打架……干得有声有色，我不敢告诉她的是，夜间放马与狼群相遇是不可避免的事情。

如今回想起来，那真是一种生龙活虎的生活。草原上一个男人若要成为响当当的男子汉，他的一生应该有这般惊心动魄的经历。这时候，我也算经历了一些磨砺，有了一点与狼共舞的经验，再说马群里有雄风猎猎的儿马子，一个蹶子能把狼尥出去十尺一丈远。只要马群里的三十多匹儿马子都在，马群里的马就不会有危险，儿马子就像人类的大丈夫，时刻庇护着自己家里的母马和幼马。如此，我一天天从容地面对草原多舛的生活，逐水草而游牧，把集体的马群照顾得又肥又壮。狼的觊觎虽然没断，但是只要我们振臂一呼，儿马子便奋勇当先，大马群即刻如岩石滚落，那铁蹄惊天动地，聪明又狡猾的狼群，总是知难而退。

记得那是1970年的一天，我正忙着查看有多少母马即将分娩，同时确认一下新出世的小马驹公母各是多少。一只大狼潜伏到了下风口，儿马子和狗都没能闻到它的气味，那只体格硕大的孤狼趁机溜到了马群里，看准了一只刚会跑的小马驹子就追赶，一会儿就把马驹子撵得离开了母马。这显然是条饥饿的狼，来不及等到天黑就公然出来袭击马群了。

追！恰巧崇武和牧民波盈嘎也在，我们三个同时低喝了一声，然后跃马向大狼冲去，奔跑的同时，我告诉他俩，先把狼赶到平坦的草地上，抓活的。

我们三个人形成扇形，崇武在左，我居中，波盈嘎在右，很顺利地把狼赶出了马群。左面地形复杂，我们就偏向右侧赶狼，遭到三面围攻的狼，只能向我们驱赶的方向逃跑。

在平坦的草原上，狼无处掩身，只有拼命地向前跑。狼和马比，跑得更快，掉头转身又敏捷，但是我们三面围堵，穷追不舍，狼猛跑了一阵，力气耗去不少，便动了和我们决一死战的心思。它突然一个转身，跳得老高，然后就坐到草地上了，一面张开大嘴喘气，一面龇牙咧嘴，两个眼睛变得血红，不一会儿又跳得老高，头往前伸着向我们示威，看来是铆足了劲，要发起进攻。

我的套马杆可不是吃素的。看见狼变了姿势，我瞅准了位置，一甩套马杆正要把狼收入套中，突然间出现了一个意外——崇武他骑的是一匹白鼻梁红马，神速而勇敢，猛地冲到了狼跟前，说时迟，那时快，狼的反应闪电一般，猛地跃起，张开大嘴直逼这马的咽喉。白鼻梁红马果真身手非凡，它极快地甩头向右后侧闪身，躲开了狼嘴，而马背上的崇武尚未来得及随之右倾，在惯性的推动下，从马背上弹了出去，整个身体不偏不倚，实实在在地砸在了那头凶恶的大狼身上。

狼在嚎叫的同时迅速翻滚起身逃命，崇武因为被狼的身体缓冲了一下，没有受伤，急忙翻身上马。这边我在崇武砸向狼的同时，已经来到狼的面前，随着狼的闪避，我纵马向前左方向拐了一个弧形，一挥手，套马杆准确无误地套在了狼的脖子上。狼还没有来得及挣扎，就已经被我拉倒，为了防止它爬起来反抗，我拧紧了皮套，直勒得狼眼睛都要冒出来……我一抖套马杆，狼在挣扎中四脚朝上躺倒，而此时我的草上飞心领神会，在左侧完成了一个漂亮的弧形转身，顺势疾驰起来。

我坐在马背上，套马杆上倒拖着那只四条腿还在蹬来蹬去的狼。雪地上，狼留下一道深深的划痕。我把套马杆交给了波盈嘎，让他拖着狼，我走到他的前方，下马，等他过来。当被拖的狼来到我面前时，我瞬间抄起狼尾巴，把狼高高举起，狠狠地砸向地面……

## 五

就这样，我成了一个人人夸奖的马拉沁，成了队里的生产能手。队长总是把最艰苦的任务交给我，遇到难以决策的事情第一个找我商量。

人们都说，草原上的信息传得比风还快。只有在草原上生活久了的人，才懂得这话真的不夸张。第一个原因是马跑得真比风快，第二个原因与悠久的游牧文化有关。草原茫茫，并不是每一寸土地都适合放牧，只有辽阔的地域才足以养育大群的牛羊，游牧之家不能聚居于一片草场，要不断地迁徙，各自寻找新的草场。草原上的人们眼看着自己的亲人赶着牛羊翻过了山岗，走向太阳落山的地方，却不知道哪一天才能再相见。很多姑娘嫁出门，就跟着婆家远走游牧，一生未必能重回她出生的那片草原，未必能见到亲爱的额吉。远方的亲人怎么样，他们碗里的奶茶上面是不是还漂浮着一层油汪汪的奶皮子，他们的蒙古包上冻之前有没有换上新毡子？惦念亲人的人，自己的蒙古包也需要寻找新的落脚处——太阳出来的地方哪条河里的水最丰盈，春风刮过的山沟里野韭菜花开得旺不旺，牧人天天都在遥望天边的星星，时时都想知道远方发生了什么事，所以每一个远来的草原人，见到蒙古包，一定要下马，把他的一切见闻讲给主人听，他知道每一个蒙古包里的人，已经等待他好久了，他自己也曾经这样等待过。

我的妈妈来信了，她说你长大了，我放心了。

我的呼和勒阿哈呀，为什么好久没有见到你的枣红马从远山上飞过来，不知道别人夸我赛（蒙古语，好）思格腾的时候，有没有比风跑得快的马给你送消息。我是多么想念你，我是多么希望那个夸奖我的人，不是别人而是你。

只因为我的前面有你这样一只头雁在领航，你的身后有我在飞翔。

上边下来了指标，要求推荐一名优秀的思格腾应征入伍，西格登的老乡一致推荐了我，还给我办了一场送别宴，那一夜，祝酒歌的声音漫过了每一株带着露珠的草，阿哈你听到了吗？

可是，第二天我并没有骑上我心爱的草上飞，沿着草原上那条弯弯曲曲的小路，到旗里的武装部报到，而是落寞地在草上飞的脊背上，来到落满秋霜的海拉尔河岸边，仰面朝天躺倒在草地上，一辈子都不想再起来。作为一个男子汉，一个天不怕地不怕的马拉沁，我没有流眼泪，但我知道我的保家卫国梦已经破碎了——公社没有人敢给一个出身不好的好思格腾开绿灯。此时此刻，只有相依为命的草上飞，用嘴拱我，用脑袋顶我，想让我勇敢地站起来。

在那忧郁的日子里，阿哈出现了。那一天我正在莫日格勒河夏营地饮马，他问我忙不忙，我说没有什么事。他说，你和我走一趟，看看我的朋友去。一路上我们默默无语，来到莫日格勒河北岸的哈吉鄂温克公社阿达盖生产队。三个鄂温克牧民远远地迎接阿哈，他们都是阿哈的好朋友。三个男人一色的青呢子鄂温克袍子，头上戴的是尖尖顶的青呢子帽子，腰间的腰带和蒙古男人差不多，也是斜插一把蒙古刀，身材好像比一般蒙古人要高大些。鄂温克牧民的袍子胸襟上镶有红黑蓝三条彩色，象征着火、土地和水，这里是鄂温克民族游牧部落的聚居地，他们的举止衣饰，处处体现了敬畏自然的生存理念。

寒暄后，一个鄂温克牧人指着我问，这个朋友是谁？呼和勒说，和我来的，当然是我的兄弟呀。他们又进一步问，关系怎么样？呼和勒很认真地告诉他们，他是我的亲兄弟。这时我已经完全听得懂蒙古语，心里顿时感觉像是一团火被点燃了，厚厚的冰化成了温暖的水。说着话，鄂温克牧人开始倒酒，问呼和勒阿哈，他喝酒怎么样？阿哈告诉他们，喝过，但喝不多。那就来吧，鄂温克牧人把五个大碗斟满，我一看，真是不得了，一斤白酒倒在一个碗里面还差一点没满呢。

三个鄂温克牧人端起酒碗一饮而尽，呼和勒阿哈看着我说，你能喝多少就喝多少，别和我们比。我还在犹豫，鄂温克牧人伸着手热情地说——请。我也学着他们的样子，一饮而尽。

没想到，当我还没放下酒碗的时候，桌子上的四个大碗又已经斟满了酒。

三个鄂温克牧人看见我放下酒碗，马上也给我满上，然后端起自己满碗的酒，一仰脖，又是一饮而尽。呼和勒也同时端起酒碗，看着我摇摇头，示意我不要勉强，然后和他们一起喝了下去。

我犹豫了，这一大碗，又是一斤多酒，喝下去，不知道是什么结果，我明白草原上喝酒的规矩，只要端起酒，就必须干到底。牧人们喝酒，没有太多的言辞，最常说的一句话就是"一切都在酒里呢"，看你有没有诚心，看你什么品性，看你值不值得成为朋友，就看你喝酒实不实在，是不是动了心眼，耍了花枪。这碗酒我若不肯喝，或者显得扭扭捏捏，不光是我没有面子，也不像是阿哈的亲兄弟。刚刚阿哈那句我是他的亲兄弟，使我豪气陡生，我二话没说，端起酒碗，一口气喝了个底朝天，然后按照草原的规矩，将酒碗口朝下，示意一滴也没有剩下。三个鄂温克牧人面面相觑，有惊讶，也有赞叹，阿哈也感觉很吃惊，我看出他的眼神里面隐含着一些担心。

五个大酒碗又依次倒满了酒，现在每个人的肚子里面都已经有两斤多白酒了，这一次，我主动端起了酒碗，面向阿哈，举过头顶，一仰脖，咕嘟咕嘟地全喝了下去，然后向三个已经成为好哥们的鄂温克牧人伸出右手，说了一个字——请……

我感觉自己是那一千匹马的马群里，最能跑的那一匹。

离开阿达盖生产队，我和呼和勒阿哈骑马并辔而行，他在马背上搭着我的肩膀说"额勒"（男人）、赛赛思格腾赛（好知青），这次我止不住了，眼泪随着颠簸的马步，纷纷落在了草原上。

不久，国家来了政策，我们在陈巴尔虎旗插队的知青，全部被调往大庆油田工作。我骑着我的草上飞，挨个蒙古包去告别，我的行囊里装满了乡亲们送的奶干、肉干，还有手工缝的羊羔皮坎肩、刀库镶嵌着红珊瑚和绿玛瑙的蒙古刀。启程的日子就要到了，我迟迟没有勇气去向呼和勒阿哈辞行，我害怕分别的那一刻自己又脆弱得变成了天津小麻花。

阿哈来送我了。他骑着那匹和我们一起找羊的枣红马，我骑着草上飞，我们站在海拉尔河畔高高的山岗上，听任长风翻卷起我们的蒙古袍大襟，看着一湾碧水流向远方的森林。阿哈从胸襟里掏出了一个宝蓝色缎子烟口袋，里面就装着这块沉甸甸的金牌。阿哈说，送给我的弟弟，愿它陪你走向金光大道。

我接过烟口袋打开一看，手颤抖了。

这是一块中华人民共和国第一届运动会的冠军金牌。从前听到别人喊阿哈为"布赫"（蒙古语，冠军），总是想起草原上的那达慕大会，阿哈也从来没有和我们讲起自己这段无比光荣的历史。没有想到阿哈这个布赫，可是一个非同凡响的大布赫，他的名字早已走出了草原，留在了北京。

1959年阿哈正年轻，是草原上没有对手的搏克手，他从内蒙古数十位优秀搏克手中脱颖而出,被推举到北京,参加了中华人民共和国第一届体育运动会。说到这里,阿哈两眼炯炯有神,将右手放在胸前说,这金牌是毛主席给我的。他告诉我,他在那场运动会入场的时候看到了毛主席、刘主席、周总理和朱德总司令,他们坐在主席台上,笑眯眯地挥着手,那么慈祥,那么亲切,好像金山上的太阳放光芒。阿哈说,他们一定是看到了我,要不然,我的身上为什么会突然充满了力量,我带着这种力量摔倒了一个又一个来自四面八方的搏克手,登上了领奖台,站到了国旗下。回到草原以后,我每一天都会想起那一天那一刻。

我说,阿哈呀,比谢(蒙古语,不能)啊,比谢啊,这是你生命里最宝贵的纪念品,我怎么敢收下。阿哈说,雄鹰飞起,回头的时候已经飞出很远,你到了新的岗位上,看到了它,就会想到草原有阿哈在想着你。

当绿皮火车即将开动的时候,我看见阿哈远远地站在夕阳里,他的身后有两匹马,一匹是他的枣红马,另一匹是我的草上飞。

离开了草原,我才知道自己是多么热爱草原,多么想念草原,到了大庆油田,我就赶紧往草原写信,告诉阿哈,我要在放假的时候回去。从大庆回西格登,要先坐火车到海拉尔,然后坐长途汽车到西乌珠尔,再骑马走十五里地才能到。这班长途汽车每隔四天才有一趟,我信上也没说清楚具体哪天到达,阿哈收到信,就骑着马走十五里地,到客运站来接我。第一次没接到,就四天后再来接,一共接了四次十六天,终于接到了我。草上飞老远看到我,立马先声夺人,跑到我身边,又是原地打转,又是尥起小蹶子撒欢。阿哈便在一旁笑着也不说什么,直等到我和马儿亲昵够。那一晚,我坐在阿哈身边喝酒唱歌,直至天明。

那是我最后一次和呼和勒阿哈见面。在大庆油田,我被分配到没有人烟的油井队工作,无法和阿哈联系。后来,阿哈的来信就渐渐断了。

# 六

阿哈已经远行了二十三年，他依然在搏克手的队列中，他依然在草原人的心中。我重返呼伦贝尔，看到了他的塑像已经矗立在旗政府前的广场上，阳光中，我端详着阿哈的塑像，默默地抚摸着挂在自己胸前的这块金牌，千言万语在心中翻腾。阿哈的塑像栩栩如生，又充满诗意。我看到，他正苍鹰一般跳跃着，他的一只手向天空高扬着，另一只手中牵着一个孩子，那孩子也穿着摔跤服，动作非常矫健，他一只小手在阿哈的大手里，另一只手做出了和阿哈一样的姿势。这画面意味着搏克运动后继有人，未来永续。或许是这座雕像提醒了我，1972—2016，四十四年过去，我已经白发苍苍，生活开始变成减法，该是把阿哈的金牌还给草原，献给未来的时候了。

草原那达慕和呼和勒杯八省区搏克大赛同时在陈巴尔虎草原举行，我提前来到了西乌珠尔，与呼和勒阿哈唯一的重孙子乃日勒见面。就在我仿佛从入场的搏克队里看到一个个阿哈的时候，乃日勒来到我的身边。我在全场观众的见证下，把阿哈的金牌交给了他，他郑重地接过金牌，高高举过头顶。太阳的光辉涂在阿哈的金牌上，引来了全场的欢呼声。旗民族博物馆的负责人走上前来，从乃日勒手里接过了阿哈的金牌。

如今阿哈的金牌已经被珍藏在博物馆的展柜里。我每一年的夏天，都会回来看看它。乃日勒从未见过自己的曾祖父，他认为他的曾祖父就应该是蔡爷爷的样子，他最愿意听我讲阿哈的故事。有的时候半夜里还发来视频电话，问我一些故事的细节。他如今依然在西格登草原放牧，他家五畜兴旺，草场茂盛，他家的马群里有一匹剽悍的枣红马，还有一匹快马叫草上飞。他也常常把我讲的故事，讲给草原上的孩子们听。

# 棕皮手记：布袋和尚

于　坚

@布袋和尚。

住在高原上的昆明人为三月这高蓝深邃的天空、为大地上开得像个彩色疯人院的花朵而窃喜。看着那些住在冰天雪地里的人在微信群里怨天尤人、骂天骂地，忍不住扑哧一声。住着那么贵的房子（房子卖了，在昆明可以买三处），过着那么造孽的日子——走半个小时找不到一家卖早点的。鞋匠都找不到一个。我鞋底掉了，没办法，只好穿着旅馆的拖鞋下楼去买双新的。还要住。都不会搬走。我说，怎么会搬，这是一个待遇嘛。这些话是在潘家湾古董市场D二十号与老康说的。老康大学毕业后一直在倒腾古董。

今早，他收到一条短信：派送中，预计今天送达。就赶紧骑上摩托，来铺面上等着。包裹里面是个笑眯眯的粉彩弥勒佛，完好无损，擦了一遍，喜欢，高兴，祥光耀目。转眼发现春节前就开了的水仙花已经倒下，倒掉，换了一盆清水。

这个粉彩弥勒佛是民国的东西，底部印着"魏洪泰造"。他给我上手，把玩了一下。想起来以前写过一篇文章——《布袋和尚》。在《上海文化》发表后就石沉大海，估计除了编辑就没有人读过。"在我看来，如果将这些粉彩瓷塑置于世界艺术史，其价值可独立一章。这场民国兴起的以弥勒佛造型为主（包括清代以降的释迦牟尼、观音、八仙、普通人物塑像等）的粉彩运动，我认为是在敦煌壁画、云冈石窟、山水画、四合院之后最伟大的艺术运动，中国艺术从未如此广泛深刻灿烂地进入过民间，直至私人空间（家庭供桌）。二十世纪晚期的艺术是一个大倒退，艺术抛弃家居，取媚于广场。"

多少钱请来的？二千八。便宜。我说的便宜的意思是，这个价，只是材料（泥巴、颜料、柴火、窑口）的钱，做工没算在里面。这尊品相相当好，深沉高贵，慈悲之心洞开。上手制作的人必在50岁以上，是个历尽沧桑的师傅。没办法，这个时代只有有的价（物价），没有无的价（虚价）。"志于道，据于德，依于仁，游于艺"，固然是无法计价的。但是，如果一个时代的"算法"，只算"有的价"，艺术必亡。

美通过艺术上手，敞开。美乃世界存在的终极价值（不是真理）。不美的世界不是人的世界，只是物的世界。仁者，人也。美没有敞开的世界、不美的世界，美是不仁的世界。

《易经》："君子黄中通理，正位居体，美在其中而畅于四支，发于事业，美之至也。"

什么将不可见的美"畅于四支，发于事业"？艺术，诗。


@海鸥。


海鸥意味着纯洁不是一座医院

护士的碎片从天空落下　床单在模仿鸟鸣

整体死亡的时刻　冬天获得一万种个性

大小不一的灵魂贴着湖水低飞

它不选择深沉　也不在浅薄中逗留

令白色拉出屎粒　在世界尽头

　　于老师您好，您有空的时候，能否从隐喻的角度简单说说您这首诗？我想给中学生讲一讲，谢谢！也许可以说是对海鸥的陈词滥调的庸常隐喻——比如高尔基式的海鸥的某种反讽或解构。无意义的、我肉眼所见的海鸥。海鸥这个现象的白描，而不是海鸥这个意思。我推测他（写下此诗时的于坚）是这么想的。

　　写这首诗的那个时间已经消失，那个他已经不知所终。我（现在的于坚）只是读者之一。


　　@流水崇山。

　　清代王文治有诗云：流水崇山怀作者。好句。

　　他于乾隆二十九年（1764），出任临安（今云南建水县）知府，写了很多字。他崇拜颜体，写得很好。两年前在一家古董铺子见到王文治的一对楹联："流水崇山怀作者，春兰幽竹契风人。" 刻在板上，粉绿色，描金，已经斑驳，有宋风。可惜卖者要天价。过了两年，还惦记着，又去问，还是天价。但已经一文不值。卖主好事，嫌原物旧，请人在上面刷了一遍棕漆，神韵顿失。

　　"流水崇山怀作者"，怀作者，美在召唤作者，等着作者们（诗人）敞开。

　　流水崇山似乎也在想，"我们"的"造物主"（作者）是谁呵？

　　这位伟大的作者是谁？诗人永远在寻找。

　　"蓦然回首，那人却在，灯火阑珊处。" 又不见了。

　　时隐时现。只有诗能找到，古往今来，也就是几个人能找到而已。他们是那个不现身的作者的转世。竟敢师法造化，你以为自己是谁？够牛气的。

　　临安至今犹在，新名建水县。"古殿闭苔深，孤塔留云宿。"（王文治）这种情况建水还可以依稀见到。

一日在卷硐街的一处院子（与燃灯寺一墙之隔）看桃花。这院子以前的主人喜欢阮籍，化用他的诗写在柱子上：志尚好书诗。似乎以前住在这厢的就是阮籍。

"多言焉所告，繁辞将诉谁。"阮籍是生活的诗人。他写的是我这样的生活，他对他生活的世界感恩，信赖。他厌倦的是政治。

> 嘉树下成蹊，东园桃与李。
>
> 秋风吹飞藿，零落从此始。
>
> 繁华有憔悴，堂上生荆杞。
>
> 驱马舍之去，去上西山趾。
>
> 一身不自保，何况恋妻子！
>
> 凝霜被野草，岁暮亦云已。
>
> ……
>
> 平生少年时，轻薄好弦歌。
>
> 西游咸阳中，赵李相经过。
>
> 娱乐未终极，白日忽蹉跎。
>
> 驱马复来归，反顾望三河。
>
> 黄金百镒尽，资用常苦多。
>
> 北临太行道，失路将如何！

好一个"赵李相经过"，平庸之恶呵。没有这种庸常至极的"赵李相经过"，生活又是什么？

生活如果不是"反复其道"（《易经》），而是无休无止地创新、奇迹，人们就要整天提心吊胆。柴米油盐酱醋茶，如何创新？

阮籍一生牵挂的就是如何向死而生。"未知生，焉知死？"（孔子）他关心的事到了王文治这一代还在关心。

夜来春雨润垂杨，春水新生不满塘。

日暮平原风过处，菜花香杂豆花香。


怀抱异时俗，居官亦隐沦。

廿年依襟闳，屋舍如荒村。

门前秋草长，日夕闻蜇喧。

尚余万卷书，开函对古人。

时得惬心句，还招贱子论。


之后，阮籍这种世界观就式微了。标新立异，维新，积极进取，你死我活，唯我独尊，铤而走险，奋不顾身，逐渐成为主流。今天的人只关心当下，现在，一刻钟。死亡遥遥无期，通过一切修辞和技术来推迟它，卓有成效。墙外忽然有人叫卖，开门出去看，是个老倌儿挑着两个铁皮桶，里面盛着水豆腐。他一边走一边喊：水豆腐，水豆腐。唤他站住了，自取碗去。一桶已经卖了一半，另一桶用白纱布绷着口。一块钱两瓢，可两块钱他舀了六瓢。端着回去，墙影上的鸟儿已经不见，花落了一地，不知道是它自己掉下来的，还是风扯下来的。


@玩手机。

朋友圈里正在为大是大非分边站。支持俄罗斯的多，挺乌克兰的也不少。我两边都不挺，掰着指头发了一首诗：


### 樱桃树

他们在冬天的胸口上挖了一条战壕

运来命令文件沙袋水泥士兵和枪支

换了风景乌鸦老鼠寒冷黑暗　死

也随之而来　然后他们胜利

他们失败　全部离开　一切只是权宜之计

春天留在原地小心翼翼捧着自己的荒野

焦煳的土堆上站着一棵樱桃树

开着白花像是刚刚到家


无人点赞，也没有人批判。这是事实。


@平心缘。

建水县旧铁路边上，开着一家米线馆，叫"平心缘"。火车经过的时候，馆子震动，锅里的汤微微凸起，泛波，油漂到边上去。馆子的一面墙上贴着一张告示——介绍"平心缘"的由来："2002年老杜和老徐（估计是夫妻）在外公（大耳朵）的帮助下开了米线店，周边的朋友都喊'大耳朵米线'，经过老杜和老徐的用心与努力，我们用'平易的价格''用心的味道'，遇到了许多朋友。转眼20年，平心缘用时间见证味道与品质。2022年1月1日，从小学习米线的小杜（儿子），要开第二家，'小小平'（紫陶街店），继续做更好吃的米线。平心缘会一直用'平心'结缘每一位朋友！"

这句不好，"更好吃"的米线是什么米线？"更"这个字很凶险，有些事情要更，有些事情要常，说到底，一切事情的根基都是常。"动静有常"，"利幽人之贞，未变常也"（《易经》）。

如果这个常已经养着你，你就要守着。"生生之谓易。"生生是常，不生生就要易，生生，就要守着这个常。

平心缘现在的米线已经到位，养着大耳朵一家，那就要守常，顾客才会常来，才会生生。"更"掉了这个常，顾客就不会来了。好在介绍词里面的"更"只是人云亦云的客套话。米线过去怎么做，现在还是怎么做，将来也是。开了20年，不过是守常。

我来得晚，汤清了些。老马说，吃这家的米线要绝早来，那时汤是白的。

馆子外面的铁路是1928年建造的，现在每天还运行着两趟旅游车。


@《先锋：百年工人诗歌》。

这部诗集编得不错，也相当重要。许多诗选将送去造纸浆，但这本会留下来。

从《唐诗三百首》到《先锋：百年工人诗歌》，这就是"三千年未有之变局"。

从"炉火照天地，红星乱紫烟。赧郎明月夜，歌曲动寒川"（李白）到《锻工房》：


锻工是男子汉的工种
男子汉都像这些锻工


锻工房的门是全厂最黑的门
锻工是全厂最下贱的工种
有些年头
锻工房是工厂的流放地
只有天不怕地不怕的好汉
才被发配到这里


钢，当作泥巴捏
火，当作风景看
干活，一段少林拳

下班穿过城市

一块黑煤炭


弱不禁风的年代

瞧不起这个工种

一九一七年

这些铁匠

是列宁旗下的一个班

于坚作于1983年


　　但丁、杜甫、白居易都是贵族或尊崇贵族，而惠特曼、波德莱尔、布罗茨基……都当过工人。卡夫卡是工伤事故保险公司的职员。"事实上，每首诗都像工作那样开始，但有望以魔术告终。每个周六和周日早上，我不用在工厂里拿锤子和扳手来干活，我坐下来，构思一首诗，写上几行，等待灵感，它迟早会来的。就像我给自己施了咒语，我的潜意识在起作用。这情形好比我在做梦，但这是一个我可以控制的梦，每写一首诗我都学到一些东西。这就像我去了一个地方，接受神灵或缪斯的赐予，每次写一首诗，我都从中多学到一点东西，并且多年以来，在我正在创作的这种大工厂的诗歌中，我努力探索，走出新路，在此过程中，这种知识，这种技能，是建立在每一首诗本身之上的。做一个工人诗人很够了，没拿文学博士学位，穿着白衬衫坐办公室，而是遵从我自己的狂热的、更富于创造力的想象。为了成为真正的自己，我这个操作工每周48小时锤打和切削钢铁，然后坐在桌旁写诗，独一无二。"（美国工人诗人弗雷德·沃斯2015年访谈）这也意味着，诗不再是某种"宅兹中国"的地方性事业，而是一种全球行动，甚至在主题上都有某种全球性。工业化意味着汉语写作现在是与乔伊斯、卡夫卡、金斯堡、波德莱尔在同一时空中，不再是中国的地方性知识。工人诗人天然倾向于左派，"列宁旗下的一个班"。汉语的疆域已经扩大，现代汉语能否穿越时间，还不知道，但已经可以编一本书置于书架，起码不是陈词滥调。山水中国的文人诗现在出现了锻工、车间、流水线、螺丝钉这些词——这才是新诗的先锋——现代性。

对这"三千年未有之变局"，这个工业化世界的到来，汉语世界一开始就迷惘，存在着争议，异化被警觉，也有未来主义的颂歌。抒情一度被抛弃了，"以物观物"（王国维）。之后再卷土重来。李泽厚所谓的"情本体"根基坚固，难以动摇。这是一个马克斯·韦伯所谓"祛魅"的时代，但我们看到诗人依然迷信着古老的"灵光"（本雅明语）。

卞之琳曾经批评新诗"新瓶装旧酒"。他说得对，许多新诗到今天依然在新瓶装旧酒，写的是现代汉语，意识深处依然是才子佳人、夕阳流水，甚至是鲁迅深恶的"花边文学"。这本诗集在百年中国的文学史上相当重要，记载了一个世纪的心路历程。比较之下，"工人小说""工人戏剧"都不成立。就诗来说，工人并不是一种身份，而是一种现代精神，现代性其实就是一种审美唯物主义，但这主要是一本抒情诗集。这种矛盾的呈现，正是这部诗集的价值所在，工人、现代性拒绝小资产阶级的感伤，新诗天然被赋予了一种左派气质。这也是这部诗集某些篇章（第四集）偏弱的原因，作者们似乎又回到感伤中了，工人被视为一个题材而不是现代性。

读者或许会将它看成一部次要诗集，他们期待某种所谓的纯诗。他们不知道，诗不在于修辞纯否，而在于教化之功。"'然则其所以教者，何也？'曰：'诗者，人心之感物，而形于言之余也。心之所感有邪正，故言之所形有是非。惟圣人在上，则其所感者无不正，而其言皆足以为教。其或感之之杂，而所发不能无可择者，则上之人必思所以自反，而因有以劝惩之，是亦所以为教也。昔周盛时，上自郊庙朝廷，而下达于乡党闾巷，其言粹然无不出于正者。圣人固已协之声律，而用之乡人，用之邦国，以化天下。'"（朱熹《诗集传序》）就诗人而言，当然可以写不教之诗，废话。但是就诗集而言，如何教化，教化什么，必须考虑。蘅塘退士的《唐诗三百首》之所以能传世，是因为他知道读者需要被什么教化。

这是一个"灵光消逝的时代"（本雅明）。灵光是否会从"乐游原上望昭陵"那种没落转移到《共产党宣言》那种乐观？有可能，如果将《共产党宣言》视为一首诗的话。何况诗在技术时代依然保持着那个古老优势——当艺术的灵性日益被复制取消，走向商业、儿戏，诗依然无法被复制。技术已经几乎复制了一切，包括基因。但诗依然每一首都独一无二。新诗连格律的复制都没有，仍是自由的蓝调。


你绝望了？

是吗？你绝望了？

你跑开？你想躲起来？


作家在谈论臭味。

穿白衣的缝衣女工在大雨中受淋。

卡夫卡


"文学力图给事情蒙上一层舒适的、令人高兴的光，而诗人却被迫把事情提高到真实、纯洁、永恒的领域。文学寻找舒适安逸，而诗人却是寻求幸福的人，这与舒适相去十万八千里。"（卡夫卡）是的，幸福必须再次寻求。

"别只走自己的一边，你得两边都走。"（马塞尔·杜尚）

@老。

老其实只是一个速度问题，慢下来，慢些，再慢些。像一轮落日。落日的速度也是魅力无穷的。滑下。"滑，利也。"（《说文·水部》）年轻，固然干劲十足，也意味着短平快，容易早泄。

一部爱尔兰电影的台词说：照顾好生命给你的东西。

@暴力。

在表现暴力、残忍上，西方电影可谓淋漓尽致，令人着迷、惊讶、震惊、厌恶、虚弱。看得出导演们在这方面相当享受那种表达准确、强烈的快感。他们毫不内疚，玩味种种细节。日本、韩国电影在表现暴力上别具一格，会引起生理不适。在这方面，中国电影可谓有所欠缺，导演们在这方面的想象力有些苍白。想当然的细节，令人不觉惊奇。"非礼勿视，非礼勿听，非礼勿言，非礼勿动。"这种传统教条虽然久已不闻，导演们还是拍不出那种"怪力乱神"的电影，他们骨子里过于温顺。

孔子是个大力士。"孔子之劲，举国门之关，而不肯以力闻。"（《吕氏春秋》）"有力如虎，执辔如组。"（《诗·邶风》）力与兽性有关。"吾力足以举百钧，而不足以举一羽。"（《孟子·梁惠王上》）"以力服人者，非心服也。"（《孟子》）"力足以至焉，于人为可讥，而在己为有悔。"（王安石《游褒禅山记》）

《易经》里面没有"暴"和"力"这两个字。《易经》讲："柔顺利贞"，"刚柔接也"，"柔履刚也"，"大有，柔得尊位，大中而上下应之，曰大有。其德刚健而文明，应乎天而时行，是以元亨"，"生生之谓易"。暴力不生生，生死。

中国文明的主流反对暴力，主张和。非暴力，和印度相似。所以佛教传得进来。

任何极端的、"以力闻"的东西来到中国都会打折。中庸反对极端、反对暴力，中庸根深蒂固，这是一份伟大的遗产、一种福分。

### 丝绸

玄奘穿着丝绸衣裳去印度

他以为足够了　布中之布

谁上身都会飘飘欲仙

怪力乱神必遁

越过砾石

在通天河东岸饮水

噶顺的沙漠磨破了他的脚

一只乌鸦在卡塔尔附近的天空

鸟瞰过他

在梵衍那国穿过集市

听见人们说话　算账

与脸孔如夜的陌生人

同床共枕（通铺）

抵达那烂陀寺的时候

真丝散了

随后无影无踪

印度人看着他的肉体说

柔软　光滑　洁白　坚强　干净


@灵光。


而我问道：那纤纤发丝，

那眼神，如何环抱昔日的生灵！

如何亲吻那张嘴，荒谬的欲望

缠卷着那张嘴，仿佛只见烟，却无焰！

斯特凡·格奥尔格

本雅明在一本谈论摄影的小册子（《摄影小史》）里提出了"灵光"。这个词与"摄影"一词有关，西文"摄影"源于希腊语"光线"和"绘画"，两个词合在一起的意思是"用光线绘图"。本雅明没有定义"灵光"是什么，只是有些诗意的说法，比如前面引用的德国诗人斯特凡·格奥尔格的诗。本雅明认为，机械复制时代的到来乃是"灵光消逝的时代"。历史上的这种东西消失了："时空的奇异纠缠：遥远之物的独一显现，虽远，犹如近在眼前。静歇在夏日正午，沿着地平线那方山的弧线，或顺着投影在观者身上的一截树枝，直到'此时此刻'成为显像的一部分——这就是在呼吸那远山、那树枝的灵光。"什么意思？本雅明说，不可说。从《摄影小史》提供的图片和本雅明的阐释，可以感觉到这种东西。读者众说纷纭，莫衷一是，都感觉到确有这种东西。"灵光"（Aura），中译者有的译为"气"，有的译为"灵韵"。韩炳哲说："本雅明在《机械复制时代的艺术作品》中将自然物或艺术品的光晕（Aura）归结为'所处之处独一无二的此在'。Aura是光辉，一种在特殊的此时此地散发的光芒，在彼处无法再现。如果这个地方是把一切都聚焦在自己身上的'矛尖'（Spitze des Speers），那么光晕就是其内在性的表达。"

实际上就是司空图在《二十四诗品》品的那种，或者严羽讲的"羚羊挂角，无迹可求。故其妙处透彻玲珑，不可凑泊，如空中之音，相中之色，水中之月，镜中之象"。

摄影的出现是划时代的事件。人类又多了一件可用于"属灵"的工具。就像巫师的魔法骨（甲骨）。

本雅明在《摄影小史》中说："将来的文盲是不懂得摄影的人，不是不会书写的人。"

查拉1922年曾提到："正当一切名为艺术的东西都已瘫痪麻痹，摄影家却亮起他那一千烛光的灯泡，而感光纸则将日常事物勾勒的黑色轮廓缓缓吸收。他发现了一种具有力道的闪光，纤柔而冷峻，其重要性远超过任何星辰所能带给我们的视觉享受。"

"摄影这门极精确的技术竟能赋予其产物一种神奇的价值，远远超乎绘画看来所能享有的。不管摄影者的技术如何灵巧，也无论拍摄对象如何正襟危坐，观者却感觉到有股不可抗拒的想望，要在影像中寻找那极微小的火花，意外的是因为有了这火光，'真实'就像彻头彻尾灼透了相中人——观者渴望去寻觅那看不见的地方，那地方，在那长久以来已成'过去'分秒的表象之下，如今仍栖荫着'未来'，如此动人，我们稍一回顾，就能发现。"

"逼真的图像，近乎真理。在希尔那个时候，摄影仍然是蕴含着'伟大奥秘的经验'。他对待相机态度谨慎，他拍摄的人物面对相机仍带着羞涩感。"

"精神战胜了机械，将机械获得的精确结果诠释为生命的隐喻。"

"艺术作品的独一性也等于是说它包容于所谓'传统'的整个关系网络中，两者密切不可分。无疑，传统本身仍是活生生的现实，时时在变化。比方一座上古时代的维纳斯雕像，属于古希腊社会传统之复杂体系，希腊人将它视为仪式崇拜物，可是到了中世纪，教会人士则把它当作险恶的异教偶像。然而这两个全然相反的观点之间却有一项共通之处：无论古希腊人还是中世纪的人对维纳斯的看法都出于它独一无二的属性，他们都感受到它的'灵光'。"皮蓝德娄写道："感觉像被放逐了一般。不只从舞台上被放逐，也从其自身被放逐疏离了自身。他们带着一股愤恨，无可名状的空虚，甚至挫折感，含含糊糊地表示，他们的身体几乎已被剥夺消除了他们的真实性，他们的生活，他们的嗓音，甚至连走动时发出的声音，都变得琐碎单薄，只为了幻化成无声的影像，在银幕前闪过，随即又在寂静中消逝。……小小的放映机在观众面前玩弄演员的影子游戏，而演员也只能满足于摄影机前的表演。"

"1850年代的摄影家在掌握工具方面已达到了最高层的境界——这是有

史以来第一次，也是长久之间最后的一次。"

本雅明的意思是，开始的时候，摄影作品还有"灵光"（真实性），因为摄影师和制作技术还带有"手工"的天真、独一无二、惊奇和羞涩，也是最后一次。

之后，机械复制的时代到来。

"机械技术可以将复制品传送到原作可能永远到不了的地方。摄影与唱片尤其能使作品与观者或听者更为亲近。大教堂可以离开它真正的所在地来到艺术爱好者的摄影工作室；乐迷坐在家中就可以聆听音乐厅或露天的合唱表演。机械复制所创造的崭新条件虽然可以使艺术作品的内容保持完好无缺，却无论如何贬抑了原作的'此时此地'。"

灵光。灵："神灵也。""阳之精气曰神，阴之精气曰灵。"（《大戴礼记·曾子问》）"惟人万物之灵。"（《尚书·泰誓上》）

"欲从灵氛之吉占兮。"（屈原《离骚》）"笔落惊风雨，诗成泣鬼神。"（杜甫《寄李十二白二十韵》）

异名同谓，气："仰以观于天文，俯以察于地理，是故知幽明之故；原始反终，故知死生之说；精气为物，游魂为变，是故知鬼神之情状。""柔上而刚下，二气感应以相与。"（《易经》）"气，体之充也。"（《孟子》）"形者，生之舍也。气者，生之元也。"（《文子》）

异名同谓：志。气是先验的，大地上的。气在人就是志。"夫志，气之帅也；气，体之充也。夫志至焉，气次焉。故曰：'持其志，无暴其气。'"（《孟子》）

某种来自大地的力量，气氛也许是某种附着在人身上的不可见的感觉、气韵、魅力、力道……气得到帅，就是通过语言去蔽、记录、阐释，说这个"不可说"，就是曹丕说的："文以气为主。"

这种东西是"此时此地"的，是宇宙、大地本具的，本来就有，本来就存在的，先验的。"天地之大德曰生"，并非人为，人只是通过文、语言

（诗、摄影、艺术……）转喻它。说不可说之说，只要大地上那种不可说之说依然能够感觉到，灵光就不会在文本中消失（对于天才而言）。在"灵光消逝的时代"，无论技术含量怎么高，算法多么精密，但是按快门还是要用手，"咔"或者"噗"的一声。

"惚兮恍兮，其中有象；恍兮惚兮，其中有物。"（《老子》）这就是"灵光"？

咔嚓！


@庄子有一段话论及语言。

"芴漠无形，变化无常，死与生与，天地并与，神明往与？芒乎何之，忽乎何适？万物毕罗，莫足以归。古之道术有在于是者，庄周闻其风而悦之。以谬悠之说，荒唐之言，无端崖之辞，时恣纵而不傥，不以觭见之也。以天下为沈浊，不可与庄语。以卮言为曼衍，以重言为真，以寓言为广。独与天地精神往来，而不敖倪于万物。……其辞虽参差，而诚诡可观。彼其充实不可以已。上与造物者游，而下与外死生、无终始者为友。其于本也，弘大而辟，深闳而肆；其于宗也，可谓稠适而上遂矣。虽然，其应于化而解于物也，其理不竭，其来不蜕，芒乎昧乎，未之尽者。"

窃以为是这个意思：

语言到来之前。芴漠无形（无名），变化无常，死与生与，天地并与，神明往与？芒乎何之（不知何意），忽乎何适（不知何名）？万物毕罗（先验者芴漠无形，被无名遮蔽着，无言之世），莫足以归（归，有名。诸神无着落，神明往矣）。

古之道术（道可道，非常道之术。名可名。语言也）有在于是（语言）者，庄周闻其风而悦之（为语言而快乐，人的解放之道）。

以谬悠之说，荒唐之言，无端崖〔语言，道可道，非常道（《老子》）。这个"非常道"是不确定的。灵性的，谬悠、荒唐，无端崖，都是灵性〕之辞，时恣纵而不傥（自由自在），不以觭见〔概念。定义。觭，庄子在另一处说，"以坚白同异之辩相訾，以觭偶不仵（违背）之辞相应"。成玄英疏："独唱曰觭，音奇，对辩曰偶。"〕之也。

以天下为沈浊，不可与庄语。（天下人还在糊涂混沌之中，没有知音。庄子深感孤独。）以卮（音支）言（卮，不确定之言）为曼衍（意义的变化流通），以重言（重，厚也。真实之言。能指，符号，名副其实）为真〔真，"实也，伪之反也"（《古今韵会举要·真韵》）〕，以寓言（转喻）为广〔寓，手持面具，寄居。道无法直接说，只能非常道。道只能言此意彼，住在彼这个寓（面具）里。能指是一，所指是广。所指指何，要看上下文。维特根斯坦说"一个词的意义就是它在语言中的用法"〕。语言，所指是不确定的。

语言是存在者的符号，真言（位焉），名副其实。

"喜怒哀乐之未发，谓之中；发而皆中节，谓之和。中也者，天下之大本也；和也者，天下之达道也。致中和，天地位焉，万物育焉。"（《中庸》）

未发，无名。发，语言也。语言位焉，世界被命名。这种命名就是天人合一，人从无名进入名，通过语言进入人。人即语言。仁者人也，仁就是语言。语言乃是人对动物性无明的超越，解放，德行。天下达道。道可道，非常道。世界开始。

语言是道可道非常道，道的寓所。说不可说之说，道在其中矣。

独与天地精神往来（语言就是自由，人通过语言获得解放，从物中解放出来成为"仁者人也"之人，天地精神成为人的主动精神），而不敖倪于万物。（成玄英疏："敖倪，犹骄矜也。抱真精之智，运不测之神，寄迹域中，生来死往，谦和顺物，固不骄矜。"）不"敖倪"万物，不轻蔑忽视。万物不是对象、敌人、威胁，而是"共生"者。"天地与我并生，而万物与我为一，既已为一矣，且得有言乎？既已谓之一矣，且得无言乎。"（《庄子》）万物有灵。语言是对物的超越，"物物而不物于物"（《庄子》）。

其辞虽参差，而叔诡可观。彼其充实不可以已。〔彼，语言。已，止。语词汹涌不绝。"充实之谓美。"（《孟子》）〕。美是先验的，只待"非常道"。语言到来。

上与造物者游，而下与外死生、无终始者为友。（语言，无死生，超越生命，无始终，语言是时间性的。）其于本也，弘大而辟，深闳而肆（无拘束，放肆，解放。视通万里，思接千载）；其于宗（宗，尊祖祭祀的庙堂。根本，本源。语言起源于贞人的祭祀活动，从声音到结绳记事到龟甲记录贞人之卜，到文字诞生。文字诞生就像上帝降临，惊天动地，"天雨粟，鬼夜哭"，文教开始，语言即宗教，超越性的存在开始）也，可谓稠适而上遂矣（成玄英："遂，达也……调适，上达玄道也。"语言是超越性的）。虽然其应于化而解于物也（一方面"上逐"道，一方面命名以化解混沌为各种细节），其理不竭，其来不蜕，芒乎昧乎，未之尽者。（语言乃是人道法自然的转喻。邻近自然。自然是无时间的，"未之尽者"。语言是时间，这个时间像自然一样无涯，也像自然一样变易，"生生之谓易"。）


@予欲无言。

"子曰：'予欲无言。'子贡曰：'子如不言，则小子何述焉？'子曰：'天何言哉？四时行焉，百物生焉，天何言哉？'"孔子是伟大觉悟者，他觉悟到无言。但是，不言，何述焉？

述，乃是人之为人的在此。"仁者人也"，就是由于"述"。

述，乃是对无言的转喻。

人。语言（述）之本质乃是无言。这就是道法自然。

"圣人设卦观象，系辞焉而明吉凶，刚柔相推而生变化。"（《系辞》）吉凶是存在、事情，而不是意义。所以是明。

吉凶是"生生"之事。"天地之大德曰生。"语言聚集于这个大道、这个事件。

@布鲁姆。

认为艾伦·金斯堡"其实说不上是个诗人"，他推崇阿什贝利（见孙康宜《布鲁姆访谈》，原载《书城》2003年11月）。在我看来，金斯堡不是诗人，是巫师。金斯堡比阿什贝利更接近诗这件事的本源。就像屈原比杜甫更接近诗的本源。屈原、金斯堡是第一手的。阿什贝利是二手的诗人。正是"垮掉的一代"的魅力，为西方世界带来了生命活力（他们催生了嬉皮士），而不是已经祛魅的"纽约派"。

金斯堡与狄更生、惠特曼都是巫师。金斯堡更为极端，质胜文则野。惠特曼、狄更生则像孔子讲的"尽美矣，又尽善矣"。

李白更近于巫。杜甫可谓"尽美矣，又尽善矣"。


@诗是对语言的沉思。

朱熹："今人观书，先自立了意后方观，尽率古人语言入做自家意思中来。如此，只是推广得自家意思，如何见得古人意思！须得退步者，不要自作意思，只虚此心将古人语言放前面，看他意思倒杀向何处去。如此玩心，方可得古人意，有长进处"，"看诗，义理外更好看他文章。且如谷风，他只是如此说出来，然而叙得事曲折先后，皆有次序"。

语言而不是立意！

诗是语言。写诗，是写语言，从一个字、一笔一画开始，而不是意义。

诗是对语言的沉思。


@波希米亚。

庄子是一个"波希米亚人"，凯鲁亚克们的同党。他鼓励的生活方式和肯定的人物都是波希米亚式的。"支离疏者，颐隐于脐，肩高于顶，会撮指天，五管在上，两髀为胁。挫针治繲，足以糊口；鼓筴播精，足以食十人。

上征武士，则支离攘臂而游于其间；上有大役，则支离以有常疾不受功；上与病者粟，则受三钟与十束薪。夫支离其形者，犹足以养其身，终其天年，又况支离其德者乎！"这个支离疏就是一个伍德斯托克音乐节上的人物。

"子祀、子舆、子犁、子来四人相与语曰：'孰能以无为首，以生为脊，以死为尻；孰知死生存亡之一体者，吾与之友矣！'四人相视而笑，莫逆于心，遂相与为友。俄而子舆有病，子祀往问之，曰：'伟哉！夫造物者将以予为此拘拘也。'曲偻发背，上有五管，颐隐于齐，肩高于顶，句赘指天。阴阳之气有沴，其心闲而无事，胼躃而鉴于井，曰：'嗟乎！夫造物者又将以予为此拘拘也。'"

"孔子适楚，楚狂接舆游其门曰：'凤兮凤兮，何如德之衰也。来世不可待，往世不可追也。天下有道，圣人成焉；天下无道，圣人生焉。方今之时，仅免刑焉！福轻乎羽，莫之知载；祸重乎地，莫之知避。已乎已乎，临人以德！殆乎殆乎，画地而趋！迷阳迷阳，无伤吾行。吾行郤曲，无伤吾足。'"

同质化的世界就是要画地而趋。"迷阳迷阳，无伤吾行。吾行郤曲，无伤吾足。"这乃是一场不断消亡又兴起的生命运动，诗是这种运动的旗帜。五四一代、"垮掉的一代"都是这种运动的参与者。

萧红说："鲁迅先生的笑声是明朗的，是从心里的欢喜。若有人说了什么可笑的话，鲁迅先生笑得连烟卷都拿不住了，常常是笑得咳嗽起来。

"鲁迅先生走路很轻捷，尤其使人记得清楚的，是他刚抓起帽子来往头上一扣，同时左腿就伸出去了，仿佛不顾一切的走去。

"鲁迅先生不大注意人的衣裳，他说：'谁穿什么衣裳我看不见的……'

"鲁迅先生出书的校样，都用来揩桌，或做什么的。请客人在家里吃饭，吃到半道，鲁迅先生回身去拿来校样给大家分着，客人接到手里一看，这怎么可以？鲁迅先生说：'擦一擦，拿着鸡吃，手是腻的。'

"到洗澡间去，那边也摆着校样纸。"

鲁迅其实是个"波希米亚人"。

# 我读鲁迅

张宗子

最早接触鲁迅，印象最深的是其语言之美，仿佛来自另一个世界，那么漂亮，那么自在，那么风度翩翩。现在分析，当然可以说出一些道理。他使用的词汇比别人丰富，又简洁有力，他的描写富于诗意，语言干净、精致，更难得的是，他的语言有让人读着特别舒服的节奏感。

中国古文最大的优势之一便是它的节奏感。诗歌有音乐性，古文的音乐性也很强。赋和骈文是用韵的，句子长短有规律，要求对仗，即使是散文，也注意节奏，音调和谐，跟诗词一样。你读一段古文，当它大量使用长句子的时候，就感觉到它的节奏是从容舒缓的，如果突然出现大量短句子，一气贯注，就有一种急促感，这种急促感往往是情绪特别激烈的缘故，尤其是句尾用入声字的时候。

这样的讲究，在那时候读到的其他人的文章里，是没有的，很少文章能注意到这一点，但鲁迅的文章里有。我现在写文章，写好了，会下意识地默念一遍，念到某些地方，觉得不顺畅，就换一个词，拿掉或加上一个虚词，合并两句话，或者相反，拆分出一句话，再念，果然舒服多了。我不知道鲁迅是否也有这样的习惯，但读多了古文，潜移默化，修养变成习惯，下笔自然会照顾到。当然鲁迅带给我更大的惊奇，还是他文字的表现力、他的形容，比如《野草》里的《秋夜》。鲁迅在《秋夜》里写，秋夜的天空"奇怪而高"，我当时就想，怎么有人会形容天空"奇怪而高"呢？后面鲁迅进一步写天空的高，说它高得"仿佛要离开人间而去"，是这样一种高，所以他说奇怪。

他还写秋夜的星星。星星，在别的书里读到，无非说它多美，多么皎洁明亮，因为秋天空气澄净，夜显得更幽深，星星自然也更晶莹。但是鲁迅不这么说，他说天上的星星像鬼睒眼一样。这种形容我也没见过，非常新奇。你读了，觉得一定要去琢磨他为什么这么说。鲁迅的语言好，当然不仅如此，但在我十岁前后的年纪，开始读他，对他语言之美的理解，只限于一个很小的方面，就是描写。

作文老师常说，描写很重要。小学生写作文，谈不上发什么议论，没有那个能力，要掌握的就是叙事和描写。我对描写人物、描写建筑没有兴趣，我有兴趣的是描写风景和静物，描写一棵树、一朵花、一片树林、山坡和护城河的两岸。在报上看到好的文章，会抄在本子上。在《解放日报》的副刊上，我就抄过一篇小豆腐块文章，叫《傲霜松》。我不懂什么是傲霜松，以为傲霜松是一种我们当地没有的松树。这样杂七杂八读了很多，包括老师推荐的，同学互传的。名作家浩然写了两本《西沙儿女》，很抒情地讲故事，他也尽量写得很诗意，但我最终发现，谁都没法和鲁迅比，鲁迅在这方面实在太好了，尤其是《野草》里的《秋夜》和《好的故事》。《秋夜》描写天，描写枣树，描写深夜闯进屋里的苍翠的小虫子；《好的故事》描写坐船经过山阴道时所见的岸上和河里的景物，乌桕树、茅屋、村女、狗、和尚和蓑笠、白云和塔，都映在碧绿的水里，而这一切又都是在他的梦中。

他还有一篇《雪》，一篇《腊叶》，都有迷人的片段，甚至在我并不明白的《失掉的好地狱》里，"蜂蜜色的"天地，"花极细小，惨白可怜"

的曼陀罗，也使我一读难忘。这些文字对我的影响是深入骨髓的，养成了我一辈子对语言敏感的习惯。我读别人的作品，首先也是看能不能接受他的语言，读小说的时候更是如此。有些小说可能故事和情节很好，写得也很深刻，有很多这样的作品，别人推荐的，我往往读了几十页就读不下去，因为语言不好，粗糙，没味道。

我们经常听到批评家讲，文学作品不能追求华丽，好像华丽是很浮艳很颓废的东西。但我不这么看。文学首先是语言的艺术，文字写得华丽是一种优秀品质。但你不能为了华丽而华丽，为了卖弄而华丽，要有深刻和实在的内容。批评家说文章必须写得朴素，写得平淡，可是朴素和平淡只是一种风格，华丽和丰富也是。该平淡的时候平淡，该华丽的时候不妨华丽。华丽中有平淡，平淡中有华丽，这才是文字的高境界。

苏轼给一个叫二郎的侄子写信说，文字没有什么太难的地方，只一点，我得嘱咐你：凡是文字，年轻时候写，一定要写得气象峥嵘，色彩绚烂；随着阅历增加，修养提高，写得越来越熟练，再慢慢地把那些华丽的东西藏在背后，这时就达到了平淡的境界。这样的平淡不是平淡，而是绚烂到了极点。你看我如今的文章貌似平淡，以为我一向如此，其实不然，你找我年轻时应举的文章来看看，那是"高下抑扬，如龙蛇捉不住"，你得先学学这个。

明朝的张居正说过类似的话。他是大政治家，也能写文章。他从写文章和修身这两个角度都讲到，华丽之后的平淡，才是有意味的平淡。

第一，平淡是华丽的最高境界；第二，平淡不是枯燥无味的白开水。那时候我不能从理论高度意识到这个问题，鲁迅的文章读多了，自然明白了这个道理。

从大学到大学毕业，到现在，我自小养成的趣味没有改变，一是唐诗，一是鲁迅，都是常年在读的。如果你问我读了多少遍，我没办法告诉你。任何时候我拿起书翻开，立刻就读进去。什么是好的语言？我从鲁迅身上得到的启发是，首先你得对古典文学有深厚的了解，因为语言是几千年的传统，是一步一步发展来的，是不断丰富，不断提高，不断积累经验的。好的语言必有深厚的底子，这个底子就是深厚的古典文学修养。

年轻的朋友常常问我，怎么提高语言的能力。我的回答是，按鲁迅的路子做。学究天人标准太高，我有条捷径：把唐诗读五六百首，读熟读透；把宋词读两三百首，反复念诵，读熟读透。这要求不高。再把魏晋南北朝的抒情小赋、短文、书信，一直到唐宋，韩柳欧苏的文章，读上几十篇百篇，反复地读，揣摩、念诵。有些不以文章名世的前辈，其实文章写得也非常好，比如陆象山的《荆国王文公祠堂记》，文字好，道理好，堂堂正正，气势恢宏，我不时会翻出来念念。这样读了两年之后，再写文章，你会发现，不知不觉间，你的语言已经变了，变得丰富、典雅、有底蕴，你的文字有了气质。

想想看，幼稚、简单、粗俗、无逻辑的文字，能传达出什么样的情感和思想呢？须知语言本是思维的工具，只有复杂深刻的语言，才能传达复杂的情感，产生深刻的思想。

刚才说到六十年代末到七十年代中后期，是一个特殊年代，我们在小学四五年级的时候写作文，不是谈"新学期的打算"，虚构"好人好事"，就是去批判孔子和他的"孝子贤孙"们。孔子说"克己复礼"，我们不懂，语文老师也不懂。报上说，克己复礼就是"努力克制自己，使个人的行为符合封建统治阶级的礼的规范"。这是什么意思？还是不明白，但是我们都"知道"这是不好的东西，是"毒草"。小学生写这样的作文，怎么写得出？只能抄报纸。我们一篇一篇地写，批《三字经》，批"天马行空"，批"勉从虎穴暂栖身"，直到批宋江的"投降主义"，全是抄报纸。

抄了报纸，再去比较鲁迅的杂文，《辱骂和恐吓决不是战斗》《答托洛斯基派的信》等，你就发现，同是批判别人，批判各种社会现象和思潮，鲁迅也笔锋犀利，也讽刺挖苦，但你觉得他不一样。首先，他的语言非常讲究，讲道理，有逻辑；其次，他幽默，即使骂人的话也说得很俏皮，而不是仅仅在声嘶力竭地喊口号。

写文章不讲道理容易，讲道理难。不讲道理的文章往往气势特别足，讲道理的文章倒像是很理亏的，因为声调没有那么高。那时我们学的就是报上那些，幸亏被鲁迅矫正过来一部分。高一的时候，语文老师——很学究气的一位——在课堂上评讲作文，评到我的，说我学鲁迅，念了我作文里一段话，问全班同学：你们说，像不像鲁迅？引得同学大笑。我至今不知道他是夸赞还是讥笑我。我惭愧，却也高兴。

除了熟悉古典，鲁迅还有一个长处，就是知识面广，对一切可以触类旁通的东西，博涉精研，比如音乐、绘画、雕塑，比如历史、神话、哲学。鲁迅的美术史研究，比一般的专家还要深还要博，从汉朝的画像砖到西方的油画，再到日本的浮世绘，他都收集了大量资料，整理出版，这些对他的创作都产生了影响。研究鲁迅的专家孙郁先生写过一本书，谈鲁迅的藏画。他说鲁迅描写景物，颇受油画的影响。我们看《补天》里面的两段，第一段："粉红的天空中，曲曲折折的漂着许多条石绿色的浮云，星便在那后面忽明忽灭的睐眼。天边的血红的云彩里有一个光芒四射的太阳，如流动的金球包在荒古的熔岩中；那一边，却是一个生铁一般的冷而且白的月亮。"

看完这一段，你的感觉是什么？一种非常强烈的油画感，是那种色块鲜艳浓烈、笔触粗犷有力的油画。

再看写女娲的一段："伊在这肉红色的天地间走到海边，全身的曲线都消融在淡玫瑰似的光海里，直到身中央才浓成一段纯白。波涛都惊异，起伏得很有秩序了，然而浪花溅在伊身上。这纯白的影子在海水里动摇，仿佛全体都正在四面八方的进散。"

实在太魔幻了。给人的印象是近代的油画，像接近十九世纪末二十世纪初，后期印象派以及表现主义的那种油画。如果你在博物馆看过大量印象派的画，你就知道，对女娲的描写，就是从画里来的。熟悉绘画对文学的语言有很大帮助，你可以看看画家是怎么展现细节的。你要把细节展现得既逼真准确，又是主观的，最好多看绘画，甚至多听音乐。音乐对文章也很有帮助，因为音乐就像鲁迅称许的"文以气为主"，也是以气为主的。音乐听多了，文章有气势。

再说鲁迅语言的第三个长处。他的描写不仅精彩，还有一个难得的地方：他不是单纯地描写，而是表现出强烈的个人情感，带着强烈的个性。我尽量少举点例子。《在酒楼上》是收入《彷徨》的一篇小说，写辛亥革命后知识分子的失落和消沉。叙事者回到故乡，打算见几位旧日学校的同事，结果一个都不在。"不到两个时辰，我的意兴早已索然"，于是到酒楼上，坐在酒楼的二楼，上面一个客人都没有。他独自坐着，叫几个菜，在窗边喝酒，看楼下荒废的园子。这时鲁迅有这么几句描写："几株老梅竟斗雪开着满树的繁花，仿佛毫不以深冬为意；倒塌的亭子边还有一株山茶树，从暗绿的密叶里显出十几朵红花来，赫赫的在雪中明得如火，愤怒而且傲慢，如蔑视游人的甘心于远行。"

小说写主人公孤独、寂寞、伤感，此时写他看到梅花斗雪怒放，不以深冬为意，山茶愤怒而且傲慢，鲁迅就写出了主人公内心的愤懑和不甘心。小说结尾，主人公和意外相逢的老友吕纬甫在一番长谈后，走出店门，此时又有一段描写："我们一同走出店门，他所住的旅馆和我的方向正相反，就在门口分别了。我独自向着自己的旅馆走，寒风和雪片扑在脸上，倒觉得很爽快。见天色已是黄昏，和屋宇和街道都织在密雪的纯白而不定的罗网里。"

这段文字精彩至极，而且非常有趣。我很少在诗里看到，很少在一般的散文和小说里看到这样的描写，说雪是"纯白而不定的罗网"，密密地飘散着的雪好像在天地之间织出一张罗网，把万物众生都收拢在里头。鲁迅的意思是说：人在世上，摆脱不了各种世事的羁绊，不管那些事物是美好的还是不美好的。结合前面关于梅花和山茶花的描写，你能感觉到鲁迅内心的激情，在这么一篇格调低沉的小说里，他显示出强烈的不屈服，显示出他的孤傲和矛盾。

前人说，一切景语皆情语。杜甫说"感时花溅泪"，说"花近高楼伤客心"，愉快时说"江山如有待，花柳自无私"。情景交融，本是常识，这个常识我最早却是从鲁迅这里得来的。然而鲁迅不仅如此，他的景物描写，不仅体现了情感立场和态度，还有更深的思想性。通过写景写出对一件事的立场和看法，是蔑视还是尊敬，从而表达出作者的思想倾向。

随着年纪增长，我们慢慢学会欣赏鲁迅的讽刺和幽默，这是鲁迅文章最大的特点。鲁迅的杂文是从古代小品，尤其是他推崇的唐末罗隐、皮日休和陆龟蒙的小品，称之为"一榻胡涂的泥塘里的光彩和锋铓"，还有魏晋时候的一些批判性文字，这么一路发展来的。先秦诸子的文章，有后人难以企及的大气，鲁迅的思想极受庄子影响，他文章里的批判精神，他揭露得深刻，讽刺得犀利，层层剥皮的手段，却更多得益于孟子和荀子，以及更直接的韩非子。再弹什么"绍兴师爷"的老调，不免让人齿冷。鲁迅的杂文谈的多是具体的人和事，为什么我们读来觉得妙趣无穷，毫不落伍？一是矛头所指，常是根本性的问题，虽有时空之隔，我们仍然感同身受；二是在毫不留情地尖锐批判的同时，辅之以幽默风趣。在收入《集外集拾遗》的《诗歌之敌》中，鲁迅挖苦某一类文学家："豢养文士仿佛是赞助文艺似的，而其实也是敌。宋玉司马相如之流，就受着这样的待遇，和后来的权门的'清客'略同，都是位在声色狗马之间的玩物。查理九世的言动，更将这事十分透彻地证明了的。他是爱好诗歌的，常给诗人一点酬报，使他们肯做一些好诗，而且时常说：'诗人就像赛跑的马，所以应该给吃一点好东西。但不可使他们太肥；太肥，他们就不中用了。'这虽然对于胖子而想兼做诗人的，不算一个好消息，但也确有几分真实在内。"

幽默需要极高的智慧。比如鲁迅谈"打落水狗"，小时候读了虽然不全懂，也觉得有些片段好玩，光看标题就很好玩。见贤思齐对有些人来说大约是本能，所以忍不住想模仿。但我的性格和鲁迅相去甚远，他的讽刺和批评我学不了，我只能学到一点幽默和机智。

在欧洲文学里，写小说也好，写随笔也好，都强调机智，就是wit，也有人翻译成妙语。类似的还有反讽，irony。所谓文学，第一你要表达思想；第二你要以一种文学的方式、智慧的方式，以一种容易让读者喜欢和接受的方式来表达思想，所以内容和艺术性这两个方面是密不可分的。同样的意思表达不同，给读者的感受就不同。鲁迅不管写什么，都能涉笔成趣。

鲁迅对我的第三个影响，虽然非关文字，却是最重要的。不光是对我，我相信对很多读鲁迅的人来说都是这样。读了鲁迅，起码有一点，如果你愿意，是可以做到的：不管做人还是写文章，你要有自己的思想，不随波逐流，更不同流合污。在鲁迅，这就是他的斗争精神；在我们，是仅有的一点自尊。

1997年后，我高中快毕业，当时国家恢复出版古典文学和外国文学图书，我最先买到的一本梦寐以求的书是复旦大学中文系编的《李白诗选》。在高考之前的这段时间，我把它读得几乎能全部背下来，有一百五十多首诗。后来在大学读唐诗宋词，我最喜欢的人就是李白。毕业以后，加上庄子，并且此后的十几二十年，随心所欲地读庄子。我发现，从阅读的顺序来讲，我是从鲁迅到李白，再到庄子，而作者的时代正好倒过来，是从庄子到李白再到鲁迅，这是一条清晰的线索。稍有文学史常识的就知道，历代受庄子影响的大作家很多，其中大部分也是鲁迅特别欣赏的。

受庄子影响的大作家，首先是魏晋时期的阮籍和嵇康，还有陶渊明，不过陶渊明不那么明显罢了。到唐代，如果只取一个，是李白；到宋代，是苏轼；到清代，我们知道有曹雪芹，还有龚自珍；到现代，受庄子影响最深的就是鲁迅。郭沫若专门写过文章，谈鲁迅与庄子的关系。从庄子到李白，我接受的是一条最简单的道理：《庄子》中开宗明义的第一篇是《逍遥游》，庄子在《逍遥游》篇只反复讲一件事，人在世上，最重要的是什么？是精神的绝对自由。

这个"绝对",不是我凭空添加的。庄子说,绝对的自由就是"无待",即无所凭依的自由。有所凭依,不免受其限制,不免屈从于它。大鹏一飞九万里,虽然飞得那么高,那么远,傲睨群物,雄姿壮观,如李白形容的,"块视三山,杯观五湖",但它不是自由的,它依靠风,没有风飞不起来。所以,大鹏的相对逍遥不是我们要追求的。真正的逍遥游是什么都不依靠,完全自由自主。这是一个理想的状态。没有理想是可以实现的。不可实现,所以叫理想;可以实现,就不是理想,而是计划或目标,或等而下之,是野心和企图。但理想的意义在于让人遥望和有所寄托,这个遥望和寄托,就是人在道德和智慧上进步的动力,至少是免于堕落的力量。

庄子讲了很多理论,无欲、无名、无功、心斋、坐忘等,我们暂且不提,能读到的就是这些,在李白身上体现的也是这些。李白借助了对神仙世界的信仰,主要是道教的神仙信仰。庄子是道教的思想基础之一,庄子抽象的自由理念,在道教就被具体化为人格的神仙,超脱了名利,超脱了生死。(但神仙世界还有等级制度,还有权力和服从,这却是和庄子精神背道而驰的。)李白觉得神仙世界就是那个更高的精神世界。我们不能胶柱鼓瑟,说他所痴迷的,在于寻求长生不老,也许他年轻时真的相信这些。其实李白不糊涂,他仰慕神仙,是醉翁之意不在酒。有这么一个精神世界,有它做对比,现实世界就不那么重要了,不值得你去计较它,贪恋它。人世的痛苦,一切欲望和激情,不必看得那么大,因为还有比现实更高的世界。

李白有臣服于现实的时候,也有超脱的时候。哪一种情形下他更清醒,哪一种情形是他的常态,我们很难说清楚。他就是这样一个矛盾的人。天才必然充满矛盾,庸人则无所谓矛盾,他们只是随波逐流而已。

鲁迅和李白一样,身上充满了矛盾,不为任何力量所奴役——尽管会被利用,甚至没有意识到被利用,但他终生是一个自由的人,从不站在权力者一边。他站在弱者一边,站在劳苦大众一边,站在促进社会进步的一边。鲁迅虽不无偏激之处,但他始终不妥协,始终像我们刚才说的,愤怒而且傲慢。他以战士自命，这是有师承的。他的老师是章太炎。

鲁迅受章太炎影响极大，从章太炎那里学到了好几样东西，我觉得至少有三样。一是刚才说的文字，鲁迅说章太炎的文章写得古奥，写得好，但太炎先生有个小小的习惯，现在来看算毛病，但当时是个特点，喜欢用偏僻字。胡适在《五十年来中国之文学》中说，近代古文，章太炎是写得最好的人之一。章太炎在报上发表的文章，鲁迅认真学习。鲁迅自己开玩笑说，连章太炎用那些极为生僻的怪字的习惯，他都学来了。鲁迅早年的文言散文，如《摩罗诗力说》《破恶声论》，里面有很多拿字典都不容易查出来的字。但鲁迅到晚年，也就是到二十世纪三十年代，他就说不该这么学，学章太炎更重要的是学他文章的作法和精神。

鲁迅受章太炎的第二个影响，是重视魏晋文学。章太炎论文，主张回到魏晋。他认为，汉朝的文章以小学为功底，脚踏实地，后人难以为继，唐宋文缺乏根底，文风浮滥，只有魏晋文适得其中，诚恳，清雅，富有辨析能力，学有根底。《国故论衡》的《论式》篇这么讲："魏晋之文，大体皆埤于汉，独持论仿佛晚周。气体虽异，要其守己有度，伐人有序，和理在中，孚尹旁达，可以为百世师矣。""夫雅而不核，近于诵数，汉人之短也；廉而不节，近于强钳，肆而不制，近于流荡，清而不根，近于草野，唐宋之过也；有其利无其病者，莫若魏晋。"

再其次，鲁迅在悼念章太炎的文章里说，太炎先生不独是国学大师，最好的文章作者，他更佩服太炎先生是伟大的革命家，是永远的战士。鲁迅最好的朋友许寿裳回忆说，在日本的时候鲁迅和他谈章太炎，就谈到他对老师的认识和景仰。据此，我们对鲁迅的平生作为就更容易理解了。

然而对我们来说，鲁迅给我们的影响是复杂得多的事，不仅人之性格有异，所处的时代也不相同。我是一个性格平和的人，甚至很懦弱，不管我怎么佩服鲁迅，我也做不了战士。尽管做不了战士，有一点可以做到，就是做一个洁身自好的人。即使在写文章上，也要做洁身自好的人。不写那些后来翻出来让自己觉得汗颜的文章，这个总可以做到。我写作三十年，发表了几百篇文章，你问我文章写得多好，这个我不知道，我唯一知道而且可以肯定的是，我所有的文章都是干净的，没有任何脏的东西，没有让人非议的东西。

宋朝诗人流行写梅花，他们觉得梅花高洁。写梅花诗最著名的隐士诗人林逋，在临终明志的绝句里说："茂陵他日求遗稿，犹喜曾无封禅书。"他说假如我死后皇帝派人来搜寻我的遗稿，我很高兴没写过一篇封禅文，我写的都是发自内心的东西。这样的洁身自好，就是鲁迅，加上李白，加上庄子，在思想上对我的影响。虽然最后归结到庄子那里，但鲁迅是引路人，是他引我走进李白和庄子的世界。

讲到鲁迅文章之好，我想起欧阳修的话。欧阳修在一封信里谈到韩愈的诗，他说韩愈的诗："资谈笑，助谐谑，叙人情，状物态，一寓于诗，而曲尽其妙。""寓于诗"我们不管，因为是讲韩诗的。其他评价用来形容鲁迅，照顾到各个方面，再恰当不过，真是很巧合的事。"资谈笑"是说文章里见闻丰富，"助谐谑"是说风趣幽默，"叙人情"就是我们说的散文的叙事，"状物态"就是我们说的散文的描写。欧阳修说，韩愈在所有方面都"曲尽其妙"。

这个"所有方面"，我们勉强细分，来看看散文都有什么东西。简单说，就那么几件事：第一个，描写；第二个，叙事；第三个，抒情；第四个，议论。还可以加上结构，包括寻找最好的切入点。结构非常重要，但就内容而言，文章无非就是四个方面。描写和叙事相对简单，小学生中学生都可以写出清新可读的描写文字，也可以写出同样的叙事文字。抒情也容易，年轻人心中充满激情，抒发出来，往往是很美的文字。最难的是什么？我觉得是议论。议论最考验作者的思想深度。你要有敏锐的观察力，丰富的阅历，广博的知识，看事看到一般人看不到的那一面，看到深层的东西，要有强大严谨的逻辑分析能力和推理能力，一句话，要才、学、识兼具。放在今天，还必须加上一个德字。

我较早时候写文章，评论古诗词，涉及议论和推理，但议论一直非我所长。疫情前有两年，我在《财新周刊》上开专栏，字数不多，限定一千八百字，差不多是鲁迅那时候杂文的比较适中的长度。我写专栏，一开始也是随笔性质，但是写着写着，不免发点议论，尽管是比较幼稚的议论。那时我常想，鲁迅杂文写得好，他好到什么程度呢？我们写文章都是从眼前发生的一件事，或报上看到的一篇新闻，或书上读到的历史上的一则逸闻，由此生发开来，形成一个观点。我以前很少写这样的文章，没有太多经验，这时候写，发现是个问题。我读到一段故事，比如苏东坡的故事，王安石的故事，有所感触，产生一些想法，觉得意思不坏，就想写出来，可是一路写下去，越写越难，因为要求往往随着文章的推进而不断提高，原来的构思就觉得不够了。

我想，任何人看到一件事，不假思索，立刻就有对这件事的看法，觉得荒唐，觉得太过分了，等等，这算是我们说的第一个层次。这是一种直观的看法，任何人都能有，但由于各自的修养、态度和气质不同，第一反应也不同。第二个层次是什么？这件事给我印象很深，事后我反复想，又产生一些看法，比我早前即时的反应更全面，更深一层。这一层次大部分人也能达到，除非你不愿意多想，或者事情不值得多想。

有这第二个层次，写一篇议论文差不多也就够了，事实上我们在报刊上看到的大多数杂文，百分之九十的杂文，无非如此。但我觉得还不够，还有第三个层次。你更加深入地思考，凭你的才学和识见，联想到古今中外的事，想到前人的认知和总结，据此分析，一定会深刻得多。打个比喻，就是一层一层往里剥竹笋，看你能剥几层。

我写专栏杂文，感受最深的就是，文章快写完，或者写了一大半，发现剥不下去了，不能再往前推进了。如果只推进到这个层次，文章不算好，但也可以交差。可是我自己不能满意，我就绞尽脑汁继续想。有时候，也许精诚所至，突然来了灵感，果然有所得。如果灵感不来怎么办？我的办法是去读鲁迅。写不出来的时候，写到推不动的时候，我的应急妙法就是找鲁迅的文章来读，受到启发，得到实际的经验，学以致用，立竿见影。苏东坡就是这么读书的，他说是"八面受敌"法，这叫带着问题来读书。目标明确，全神贯注，自然探骊得珠。这个时候就觉得鲁迅真的是太厉害了，他总能在你觉得无法再深入的时候，还能继续深入。

他早期的《朝花夕拾》里有篇文章，叫《狗·猫·鼠》，其中一段说："在动物界，虽然并不如古人所幻想的那样舒适自由，可是啰苏做作的事总比人间少。它们适性任情，对就对，错就错，不说一句分辩话。虫蛆也许是不干净的，但它们并没有自鸣清高；鸷禽猛兽以较弱的动物为饵，不妨说是凶残的罢，但它们从来就没有竖过'公理''正义'的旗子，使牺牲者直到被吃的时候为止，还是一味佩服赞叹它们。"

这是鲁迅的幽默和反讽。鲁迅说，厕所里的蛆也许很脏，可是它们并不自命清高；猛兽猛禽猎杀弱小的动物，在我们看来很凶残，可是它们从来没有高喊正义。动物不会说话，所以鲁迅说反而比人好，因为它们不会既做婊子又立牌坊。上面这些意思，我们都能想到，文章写到这一层不很难，我也能写，但后面那一句使我非常佩服，自愧不如。鲁迅说鸷禽猛兽不光没有竖过公理和正义的旗帜，更难得的是没有"使牺牲者直到被吃的时候为止，还是一味佩服赞叹它们"。

使被吃者不仅甘愿被吃，还为自己的被吃感激赞叹，这是什么样的本事？掠食者的思想工作，简直是到了天人合一的化境。

他后来的杂文里，这样的出人意料之处，更比比皆是。《集外集拾遗补编·辩"文人无行"》："近十年来，文学家的头衔，已成为名利双收的支票了，好名渔利之徒，就也有些要从这里下手。而且确也很有几个成功：开店铺者有之，造洋房者有之。不过手淫小说易于痨伤，'管他娘'词也难以发达，那就只好运用策略，施行诡计，陷害了敌人或者连并无干系的人，来提高他自己的'文学上的价值'。连年的水灾又给与了他们教训，他们以为只要决堤淹灭了五谷，草根树皮的价值就会飞涨起来了。"

那段时间我反复读鲁迅，有一个题目鲁迅写得特别精彩，关于"帮忙文学与帮闲文学"。"帮闲"这个词好像还是鲁迅发明的。这个题目鲁迅至少写过三篇文章，不知道我记得对不对，一篇叫《帮忙文学与帮闲文学》，一篇叫《从帮忙到扯淡》，还有一篇是《帮闲法发隐》。写了三篇，就谈"帮闲"，就这么一个小小的题目。如果我们把三篇合在一起看，会惊讶鲁迅从这里居然写出了那么多意思。其中最好的一篇是《从帮忙到扯淡》，现在我们来看看他怎么写的。

文章一开头，鲁迅说，"帮闲文学"曾经是恶毒的贬词，其实是误解了。这个头开得好。大家都觉得帮闲文学，是帮助统治者、帮助杀人者说话，很要不得的，可是鲁迅说这是误解。为什么是误解？他讲了三段，排比句似的三段（酷似庄子《天下篇》的技法）。先说《诗经》。鲁迅说《诗经》是伟大的文学作品，但其中有很多悠闲的诗，是给诸侯在酒宴上助兴的。其次是屈原的《离骚》，是帮忙不成的牢骚话。楚辞到宋玉那里，已经"毫无不平"，宋玉的赋就完全是帮闲，给国王逗闷子的。尽管如此，鲁迅说，屈原、宋玉仍然是伟大的作家，就因为他们有文采。

第二段，鲁迅说，古代的皇帝有两类，如果是开国的雄主，如赵匡胤、刘邦，都很聪明，把"帮忙"和"帮闲"分得很清楚，治国是一套，文学是另一套。汉武帝养了东方朔、司马相如这些人，地位只等同弄臣。所谓文学侍臣，就是陪着皇帝玩的。鲁迅说，尽管如此，司马相如也还是伟大的作家，就因为有文采。

到第三段，鲁迅说，后来那些文雅但平庸的君主，文化素养很高，比如南朝末代的那些君主，他们就分不清"帮忙"和"帮闲"。然而主子"庸"而不"陋"，帮闲的人，文采也还是有的，作品也因此至今不灭。

这就回到开头所讲的，鲁迅特别注重文学的文采。他从历史上的三次变迁，来解释为什么把"帮闲文学"当作贬词是个误解。接下来鲁迅从正面讲。帮闲的人，后代叫清客，《红楼梦》里贾政手下就有好几个，各有所长，用贾宝玉的话来说："詹子亮的工细楼台就极好，程日兴的美人是绝技。"所以鲁迅感叹，当一个合格的清客并不容易，须得琴棋书画样样精通。那时候的主子也有文化，你棋艺不好，没办法和他下棋；你不懂诗，赶上节庆你没法唱和凑趣。杰出的清客，鲁迅举清朝的两个例子：李渔写《闲情偶寄》，谈种花，谈居室布置，谈欣赏女人，最有价值的是谈戏剧创作和表演；第二个是袁枚，著名诗人，写过很厚的一部《随园诗话》，是清人诗话中相当重要的一部。这部书我还挺喜欢。袁李这样的清客，鲁迅说，哪里是一般人做得了的？一般人哪能写出《闲情偶寄》和《随园诗话》这样的名著？

所以他总结说，清客虽然是有骨气者不屑为之的，却又非大空架子者所能企及的。鲁迅故意抬高清客，是为了说明现在的清客和清客的主人，是何等粗俗没文化。到此，文章才点出题目，《从帮忙到扯淡》：如今的帮闲，是堕落到连帮闲都算不上，因为双方腹内空空，说者洋洋自得，听者附庸风雅，只能名之曰扯淡。多干脆利落的收束！多漂亮的阐发！可是鲁迅还没完，他进一步指出，帮闲的盛世是帮忙，到末代，只剩下了扯淡。既与开头呼应，又把文意拔高一层。

文章很短，却有很多层次。虽然文中有些说法似可商榷，但他是就题目而论的，即所谓尊题，我们且不去说它，只看他一步一步严密推理，从一件事挖掘出那么丰富的内涵，大概也只有在韩愈等不多的人那里，我们才能看到如此的典范。

读这样的文章，感受太深。我写文章，一般来说，顶多到三层，运气好，也能写到第四层；但鲁迅写到第四层、第五层，好比剥竹笋，你剥呀剥呀，以为剥到头，无可再剥了，鲁迅说，我还可剥一层给你看。等他剥到这一层，你感叹不已，鲁迅说别急，我还有一层要剥。谈帮忙和帮闲的文章，另外两篇还谈到别的方面，如说帮闲怎么恶劣，"有一件事，是要紧的，大家原也觉得要紧"，像段政府枪杀示威学生这样的残酷事实，"他就以丑角身份而出现了，将这件事变为滑稽，或者特别张扬了不关紧要之点，将人们的注意拉开去，这就是所谓'打诨'"，起到了帮忙者难以起到的作用。

文章之道，从细枝末节的描写，到最了不起的思想性，鲁迅都给我们树立了一个非常非常高的标杆。

我常常想，开始接触文字，读的就是鲁迅，而且其时唯有鲁迅可读，即使是懒人，在无可选择的情况下，只好把鲁迅像古代的孩童读《论语》《孟子》一样读，对于我来说，这是多大的幸运。之后的写作，基本上就是受鲁迅的影响。鲁迅的典范作用，体现在各个方面，艺术性，思想性，写作者的人品，这些形成文品，也就是文章的"格"。因为鲁迅在前，如果写得卑下，我会觉得无地自容。我想起一个故事，勃拉姆斯是德国大作曲家，他最敬佩贝多芬，俯首膜拜地敬佩。他的第一交响曲写了十几年，翻来覆去地改，没有勇气拿出来发表和公演。他已经写得很好了，为什么不肯拿出来？勃拉姆斯说，这是我的第一首交响曲，有贝多芬伟大的九首交响曲在前，我的作品必须拿得出手。勃拉姆斯写作的时候，案头摆着贝多芬的石膏胸像，一抬头，就看到了贝多芬严峻的面容，他觉得，我不和其他人比，只以贝多芬为榜样，我写的每一个音符，必须无愧于贝多芬。所以我在文章里几次写过，我和鲁迅的关系，就像勃拉姆斯对贝多芬，就是那种仰之弥高的感觉，是亲密得不能再亲密的感觉，没有第二个作家给我这种感觉。

许寿裳在《亡友鲁迅印象记》回忆："鲁迅对于汉魏文章，素所爱诵，尤其称许孔融和嵇康的文章。"其原因，许寿裳说，在于鲁迅严正的性格，坚贞劲烈，憎恨和蔑视权势，很有一部分与孔、嵇相似。

许寿裳认为，鲁迅喜欢魏晋文章，自己作文，也有魏晋的风格和气度。曹聚仁在《鲁迅评传》里说，他把鲁迅的文章拿给章太炎看，章太炎称赞说确有魏晋之风。鲁迅有一篇精彩绝伦的演讲录，叫《魏晋风度及文章与药及酒之关系》，就是谈这一时期的文学和思想潮流的。他谈服药那一段我们暂且不说，就谈文章。关于魏晋文章，鲁迅有非常透彻和精辟的分析，他用四个词来概括这个时期文学的特点：清峻、通脱、华丽、壮大。

鲁迅把魏晋分为两个阶段。第一个阶段是汉末魏初，开风气的是曹操。鲁迅说曹操这个人，是个做实事的政治家，不喜欢浮夸的言语。他不仅是政治上的领袖，也是文坛的领袖，在他身边聚集了当时中国最多也是最好的一群文人。曹操治国，立法严峻，因为是乱世，不得不用重典。影响到文章，便是清峻的风格。清峻，鲁迅解释，是简约严明的意思。曹操的文章存世不多，不过我们如果读秦朝的文章，比如李斯的文章，更早的《商君书》，以及韩非的文章，对于清峻，可能会有比较感性的认识。曹操有一篇求贤令，招来不少人的非议，因为曹操说，一个人只要有才，有本事为国家服务，个人品德差一点，哪怕不忠不孝，都无所谓。这种思想体现在文章中，就是通透。鲁迅说，通透就是随便，想说什么就说什么，没有顾忌。思想既然通透，废除固执，就能充分容纳异端，接受外来的思想。

曹操改造文章，引领风气，这一阶段文学的特点，便是清峻和通透。

第二阶段是从魏到晋初。曹操的儿子曹丕做了皇帝，也是兼具最高统治者和文坛领袖的双重身份。曹家几代人都好文学，都有很高的文学天赋。曹操，曹丕，曹植，曹丕的儿子曹叡，也就是魏明帝，文学上都有相当成就。曹丕在《典论·论文》里提出两点：第一，"文以气为主"；第二，"诗赋欲丽"。诗赋欲丽，就是诗和赋必须辞藻华丽。鲁迅对"诗赋欲丽"评价很高，认为这样的主张是强调文学自身的价值，把文学从实用文字中解放出来，代表了文学的自觉。曹丕还说，诗赋不一定非得寓教训于其中，不必作为政治和道德宣传的附庸。所以这一阶段的文学，在通透之外，又加上了华丽。

曹丕又说，文以气为主。气是作家的个性，表现在文章里，就是风骨。以气为主，结果便是壮大。文章是个性的体现，这句话有两重含义：第一是说，一个人文章的风格是由他的个性和气质决定的；第二是说，文章必要表现作者的个性，表现他和别人不一样的地方。鲁迅说壮大，大概就是从后一个意思里引申出来的。魏晋时代是一个社会急剧变迁的时代，士人常死于政治斗争，或因牵连其中而死，如刘勰《文心雕龙》里所说："观其时文，雅好慷慨，良由世积乱离，风衰俗怨，并志深而笔长，故梗概而多气也。"

这些论述，等于是鲁迅自己现身说法，来解释他为什么喜欢魏晋文章，他为什么学习魏晋文章。在汉末，有孔融，到晋的初年，有竹林七贤，其中的主要人物是阮籍和嵇康，这三个人的文章，最能代表以气为主的特点，刘勰就说："孔融气盛于为笔。"他们是鲁迅最推崇的几个人。

鲁迅说阮籍的诗写得好，文章不多，最有名的是《大人先生传》。嵇康的文章中我们一般都读过《与山巨源绝交书》，还有《声无哀乐论》《难自然好学论》。鲁迅特别挑出《文心雕龙·才略》评价阮籍和嵇康的两句话："嵇康师心以遣论，阮籍使气以命诗。"像是他的文学宣言。师心是以心为师，不拘常法。使气是意气用事，张扬个性。意气这个词在古代用得多，成语里有"矜才使气"，因为有才，不免意气用事。做人意气用事，也许不那么可取，甚至有危险。但是写文章，鲁迅对这两句话非常佩服，赞叹说："这'师心'和'使气'，便是魏末晋初的文章的特色。正始名士和竹林名士的精神灭后，敢于师心使气的作家也没有了。"

我们注意鲁迅的用词，他用了"敢于"。师心使气本是自然而然之事，为什么要"敢于"？可见"师心使气"不单是技巧和风格的问题，它涉及作者的态度和立场，需要作者明辨是非，对现实有清醒的认识，有讲真话的勇气，一句话，需要良知。而这样做是要付出代价的，甚至是生命的代价。退一步讲，即便只是愤世嫉俗，不肯"以皓皓之白而蒙世俗之尘埃"，结果也很危险。嵇康因为"非汤武而薄周孔""越名教而任自然"，便被司马昭借故杀了头。

所以鲁迅说，师心，文字发自内心，不光独出心裁，还必须真诚；使气，文章不受局限，完全自由自在。梁简文帝萧纲在有名的一篇短文《诫当阳公大心书》里写："立身先须谨重，文章且须放荡。"这个放荡跟今天的意思不一样。放荡是自由无羁，潇洒奔放。吴均《与朱元思书》写富春江一带的佳景，"风烟俱净，天山共色"，后面说"从流飘荡，任意东西"。在秀丽的山水之间，乘一叶小舟，自由漂流。这个"任意东西"，就是萧纲所说的"放荡"，也就是师心使气的境界。

鲁迅总结的清峻、通脱、华丽、壮大，正可以用来形容他自己的文章。他有克臻于此种境界的才华，纵横古今中外的学养和识见，和不屑于雕章琢句、不汲汲于媚世取宠的高华品格，以及，也许最了不起的是那种所向无前的勇气。

我觉得我们能从鲁迅那里学到的就是这么一种精神和态度。师心使气，往简单了说也很平常，就是修辞立其诚，不说假话，不说违心之言，不以文字为谋取利禄的工具，写出你的个性，你的真见和思考。师心使气也可以分开讲，师心是必需的，使不使气，看性格。台静农先生是学者和作家，也是了不起的书法家。他的散文不多，但是写得非常好，炉火纯青。台先生恰好是鲁迅的学生，因为和鲁迅的关系，他在台湾，轻易不写文章。拿台静农和鲁迅比，鲁迅的文章师心使气，台静农的文章，师心，不使气。

# 一个寂寞的地方

彭　程

住在这个地方，时常会有一种被遗忘的感觉。

这一感觉首先来自它的僻远。小区位于一道山脉和一个湖泊之间的狭长谷地中，被两千亩的葡萄园包围。它距我生活了大半辈子的那座大都市一百公里，距县城三十公里，距最近的小镇也有八公里。从窗口望出去，正前方两栋楼房间的缝隙，被一排高大茂盛的白杨树遮挡，屏障一般。后方便是大片葡萄园，间或有几块玉米地和菜园，一直延伸到远处一道绵延高耸的峰峦。右前方几百米处，一架风力发电机高高矗立，风轮上的三只叶片舒缓地旋转，它的下方，就是一片浩渺的湖水。这个地方多风，深蓝色湖水波涛汹涌，让人想到大海。

小区住户很少，基本上都是老人。早起散步，半个小时走下来，最多也只遇到几个遛狗的。人际关系简单，止于相逢时相互点头微笑，最密切的情形，也不过是和住在带着小院的楼房一层的邻居，交流一下种花种菜的感受。节假日，谁家的亲戚朋友从城里赶来，大都当天就回去。几个小时的笑语喧哗，更反衬出大多数时间里的清静寂寞。

对物质生活的需求在这里变得简单，也容易满足。出家门步行近一公里，就是一个农场，蔬菜种类丰富，新鲜便宜且无污染，还可以自行采摘。隔上一段时间去一次小镇，到同一家理发馆理发，在同一家超市买生活必需品。偶或有要回城办的事情，开两个小时的车回去。在那栋住了二十多年的高楼里，却每每有一种住旅馆的感觉，住上几天就惦记着回来，觉得这里才是家园。

这种错位之感背后的逻辑，是生命状态的转换，进与退，收与放，仿佛是听从了自己的心意，但也是依循着自然的节律。

已经退出职场，卸掉了责任义务，不需要朝九晚五地奔波劳碌，且离三天两头跑医院的迟暮时光，尚有些距离，因此这一处山水之间的所在，安静、优美，适合置放一具心无挂碍的身躯。住在这里，便是从热闹退向了冷清，从喧嚣退向了寂静，从中心退向了边缘。

人事退场，大自然登台，并一跃成为主宰。都市生活的几十年间，风景只是短暂地、片断式地进入意识，如在夏日雷雨后望见远处楼群上方架起了一道彩虹拱门，如在大街拐角处小公园里听到一声鸟鸣，把疲惫黯淡的情绪瞬间点亮一下，让内心纷扰的声音短暂地减弱了分贝，但很快恢复如初。如今则是全天候无死角地陷溺在大自然中，触目所见，步履所至，起卧之间，俯仰之际，无往而不是自然的声光形色。你在田野间，仿佛一尾水中的鱼，一只林中的鸟。

最初来到这里时，大自然作用于人的方式，是一种劈头盖脸式的覆被，一种破门而入般的闯进。好像是溽热汗蒸时分，忽然有一阵凉爽的风灌进毛孔，无比惬意；又好像是走入一道湍急的河流，身体被水流冲击得不由得摇晃。它不动声色，让你还来不及反应，就被其巨大力量和非凡魅力降伏。但很快，被动的领受开始转变为主动的寻觅，你受着好奇心和意愿的驱使，开始端详它的种种样貌，眼前的一切于是都变得新鲜，显现出某种意味。

你看到坚硬干枯的黑色葡萄藤上，绽放出鲜嫩的绿叶，看到一片几十年树龄的杏林枝叶间，无数颗青色的果实等待慢慢变黄。密密挤挤的玉米秆叶摩擦发出的窸窣声，紧贴在农场菜园田埂边长出的一簇簇肥大的马齿苋，让你有一丝恍惚，再现了童年的某种记忆。观察过一群蚂蚁协力搬运一只野蜂的尸体，起身抬头，将目光投向天空，蓝天上是棉絮般悬浮着的大朵白云，被阳光镶嵌出暗黑色的花边。但午后云朵往往消逝了，因为风经常从那时开始刮起，一直刮到黄昏，摇晃的树木和起伏的芦苇，衬着远处天穹下风电机叶片优雅地转动，渐渐地隐入晚霞和暮霭中。

在这里的每一处角落、每一个旮旯儿，你都被大自然的气息环绕裹挟，无所逃遁。我返回房间，坐到书桌前，试图收视返听，但瞳孔中永远荡漾着一片光色，来自窗外小花园里众多茂盛花木的映照。开春时用五元钱买了一棵水竹，种在花坛里，根系扩展膨胀，长成了一片丛林，折下一枝插在玻璃瓶里，是绝好的案头清供。女贞的根桩造型优美，仿佛一束棒棒糖，树冠被修剪成几个高下错落的圆球。沿着小院木门拱顶攀缘的凌霄花，在高处挺出一簇簇猩红色的艳丽花朵，下垂的一枝，搭在一丛枝条蓬松的蓝雪花上。花如其名，它蓝得皎洁飘逸，像是一团团轻盈雪花，刚刚从天空落下。它们在风中摇曳，枝叶花朵被阳光筛过，影子在地面上晃动。

住在这里的日子，是一次长长的补习，让我知晓了许多植物的名称和习性。这是一门从告别童年后就中断了的课程，现在重新接续。就拿花卉为例，依据这个地方的地理和气候，它们有着自己的剧情安排。春天以丁香浓烈的香气作为序曲，夏天用绣球饱满丰盈的硕大花朵营造高潮，秋天的格桑花飘逸空灵，用长时间的绽放来从容收尾，余音袅袅。中间漫长的日子、繁复的情节，则用众多的花朵填充并连缀起来，涉及众多的科属品种。单单是菊花，植物分类学菊科菊属下面的种类，级别序列的最末端，这里就有很多，百日菊、金鸡菊、蓝目菊、姬小菊等，在田埂上，在人行道旁，在楼房墙根下，在窗外护栏边，或低眉顺眼或招摇喧哗地开放着，以各种形状和颜色，丰富着季节的表情。

既有当下的凝眸静观，也体现为长时段的悉心端详，于时光的流淌中，目睹美的色相的流转不已。在大都市钢铁水泥的丛林里，对于季节的变换十分钝感：看到玉兰花开，知道春天到了；银杏树的黄叶飘落，意识到秋天深了；而对中间过程的感受则是模糊的。但如今在这里，季节递嬗中的每一个环节，其间细微的区别，都能够体验得完整和准确。打个比方，过去仿佛是与一位美人在街头擦肩而过，惊鸿一瞥，惊为天人，但知道她必是精心装扮过的。在这里则是与她整日相处，看到她的完整和真实，既有光彩照人的瞬间，也有普通凡庸的日常，包括慵懒和邋遢等种种不堪。

　　这样说还是浮泛了，要具体一些才好。以这里到处可见的海棠树为例，我知道海棠花在四月下旬怒放，在晚春明亮的阳光下，满树的繁花仿佛大片晴雪，光亮闪烁，绵延无际。不久后，花瓣的底托处开始结出小小的绿色果子，坚硬圆润，从七月份，朝着太阳光的一面开始变红，然后红色渐次缓慢地扩展，洇染到整个果实。一直到九月，果实才能熟透，那时，成千上万粒鲜红的珠子，在浓密碧绿的树叶间熠熠闪光。

　　在这样的环境里，我有更多的兴趣打量动物，这个地方的另外一些居民。早起散步，蜗牛慢慢地横穿过脚下的柏油路，留下一道清浅的唾涎痕迹。一只小土狗贴着墙根迎面跑过来，看到我有些害怕，躲进草丛里瑟瑟发抖，眼神柔顺胆怯。一整天的时间，小院木栅栏墙外边的草地上，那几棵国槐树枝上，总有几只麻雀冲我点头，叽叽喳喳地议论评点什么。我知道，我每次望见的都是不同的一拨。一群野蜂执拗地要把蜂巢建在小花园里，先是在女贞的枝杈间，后来在木栅栏围墙的木格子里，被铲掉后又重建，不屈不挠。一家流浪的橘猫每天定时上门讨饭吃，猫妈妈带着六只两个月大小的奶猫站成一圈，耐心地等待猫粮倒进几个碗里，眼神清澈，身姿优美。两个多月过去，原本绒球一样的小奶猫也变成了壮实的幼猫，活泼欢快，仿佛小学低年级的孩童。和我一样，它们都是生命的样式，寄寓于同一个大自然家园。

在这里住久了，伫望或者行走，不但感官中充塞了种种风景物象，我同时也觉察出，天地自然的气息，也进入了灵魂的空间，氤氲弥漫。

每日面对的都是熟悉的事物，面对阳光的倾泻、风的聒噪、树木的舞蹈、田野的静默，面对它们的喧哗或沉寂。不知不觉中，感觉有些东西从无声的交流中产生，自己与某种深沉而恒久的东西合体了，对方的消息变成了你的消息，你的身心中也沾带了对方的品性。譬如看到深秋寒风把树叶吹落，只留下光秃秃的树干和枝条，而在漫长的夏日它曾经那样繁茂，冠幅丰满，枝叶浓密。这时就会想到，从生机蓬勃转为衰颓朽坏，佛家所谓诸法生住异灭的道理，原来是多么自然醒豁，不需要借助讲授和思辨，就能搞明白。直觉的力量那样丰沛，启示的来临那般自然。这样，对于生老病死，不觉中便多了一份淡泊豁达，懂得随遇而安、委运任化，坦然地接受命运的安排。有一位古代哲学家的话，在这里便能理解得更为深切透辟："存，吾顺事。没，吾宁也。"

不只是中国哲人这样想。梭罗在《瓦尔登湖》中写道："一个人吃了午饭，只睡了半个小时的午觉，一醒来就抬起了头问：'有什么新闻？'"他在广阔静谧的湖边思考，便获得了一种不同寻常的尺度。相比亘古不变的天地山水，那种过眼云烟般的日常事件，显得多么无所谓。多年前就读过这本书，但觉得今天最能理解，对他语调间的讥讽更觉莫逆于心。电视机连续多天不打开，并不担心错失什么。心无挂碍的舒畅，属于这个年龄的收成，也来自大自然的馈赠，来自阳光的照晒和风的荡涤。一个诗人这样写道："从明天起，关心粮食和蔬菜。"他写作时还很年轻，他向往的明天正是我真实的今天。今天，我对这句诗的理解就是，只需在意最为基础和本质的生存，其他种种都显得造作，虚妄不实，是生活这具躯体上的赘疣。

一个朋友来做客，说他喜欢这里的风景，但无法考虑长久居住。他也已退休，孩子成家自立，于公于私都不再有什么羁绊。他难以忍受的是寂寞。他只能留在城里，可以经常会见众多朋友，隔不多久就有一个饭局。我理解他的选择，生命的方式原本因人而异，推杯换盏让人欢愉，酒酣耳热忘却烦忧，无可厚非。但对我而言，这里的静寂中自有一种深沉醇厚的滋味，不愿意用别的来交换。

不过，在删繁就简的同时，不是也有一些东西，在悄悄地生长，在缓慢地积累？相比前面被剥离的那些，它们属于增加的内容。它们无声无色，无形无迹，但如果沉浸进去，就会明白它们真实不虚，有着另一种看不见的天平才能称出的重量。

就说走在田野间，时时处处，都会意识到生命的积蓄和生发。譬如一个胚芽怎样长成一簇叶片，一朵花如何变为一粒果实，我看得真切仔细，而在过去这是想不到的，或者根本不会去想。譬如看到田野里兀立着的一棵老树，茂盛高大，巨伞一般遮蔽了周边一大片地面，你会想到它站立了多久，才成为现今的样子。这是大自然的教导方式，它们都会告诉你，怎样理解孕育和创造，耐心又代表着什么。长成一棵大树如此，做一个人、成就一件事，都需要在缓慢的时间中坚持，从容不迫。诗人里尔克的一句话也表达过这个意思："居于幽暗而自己努力。"

此刻，五六级的大风正在室外肆虐，那几棵挺拔的国槐树，茂密细碎的叶子几天前还是一片碧绿，如今染上了浅淡的黄色。几只小流浪猫正在树干上磨爪子，飞快地爬上爬下。这里地势高，刚刚进入十月，已经寒意明显，物候比那座大都市至少要提早半个月。这是享受夏日凉爽的代价，大自然的账目条理清楚，收支平衡。接下来，季节的脚步将会提速，我会看到它的叶子变成金黄，飘落进枯黄的草丛里，枝干变得稀疏简洁，质感十足，衬着后面高远蔚蓝的天空，仿佛一幅笔力遒劲的炭笔画。

我在心中预习这样的画面，它是这个季节的下一副表情，即将显现在迎面走来的日子里。但又何尝不可以说，我同时也是在复习，重温去年这个时节的风景？去年和今年的落叶，在脑海里叠印在了一起，没有区别。大自然循环往复，万古如斯，就像一部精密仪器的运作，齿轮咬合紧密，毫厘不爽。这一种感觉，让人心神安稳笃定。

我看到了一条时光的传送带，在广袤无垠的天地四合之间运行，周而复始，头尾衔接。我端坐于上面某个微小的位置，被负载着前行，穿越树林和草地、河流和田野，一路观看，一路赞叹，收获感受和思考的小小果实。仿佛一只鸟啄食一颗樱桃，一条蚕啃噬一片桑叶。

这是属于我的福报，我乐意领受，坦然享用。

# 世上所有的离散

杨献平

## 不同时代的沙漠故事

她拍电报说，"我和孩子明天出发，清水接"。落款"秀"。他所在的单位，在戈壁深处，收到电报的时候，先是一阵兴奋，再看日期，已经过了三天。20世纪80年代初期，单位内部虽然有电话，但只限于本系统，外线无法接入。在这里工作的人，来自全国各地，当地人也有，但相对较少。沙漠瀚海，常被称为死亡之海，几乎隔断了与外界的联系。唐代边塞诗人岑参的诗说："马上相逢无纸笔，凭君传语报平安。"与此情景类似。人生在世，谁人谁家都会有各种各样的事儿，但限于条件，往来沟通的方式还是以书信为主，只有生活在县城以上的城市的人，才可能拍电报。他赶紧收拾行装，出戈壁滩，坐上了由酒泉卫星发射中心通往兰新线清水段的小火车。

这条铁路线，被称为沙漠中的绿色血液，当年，身在其中的人们，都依靠这条铁路吃穿和工作。小货车在戈壁之中越过弱水河，宛如一条巨大蜈蚣，爬行了三个多小时，才到达清水镇。一下车，他撒腿就往车站跑。清水是酒泉市下属的一个镇，因为这通往酒泉卫星发射中心的小火车，不管哪一趟客运列车，都要在此停靠几分钟。站台很小，对面是祁连山，别看那山常年积雪，其中还有大面积的草原和森林，但靠近河西走廊这一段，大都是黑色的荒山，寸草不生。

他在车站转了一圈，站台上只有带着浓重土腥味的风。他又出来，在周边的小餐馆和商店里找了一大圈，没找到他的秀和孩子。再去清水车务段的招待所打问，一个中年妇女，穿着铁路制服，把登记表翻了几遍，也没找到他所说的朱明秀。他心里慌慌的，好像里面奔窜着遮天蔽日的沙尘暴。"按道理，应当到了。""这清水，就这么大一点地方，他们娘俩能去哪儿呢？"他茫然地站在招待所门口，看着幽蓝天空，以及祁连山高处的积雪，一时不知道怎么办。

"该不是到酒泉了吧！"他一激灵，跑到车站，买了火车票。那年代，兰新线的客运列车不多，两天才有一列。在四面漏风的候车室里，他一会儿站起来，一会儿坐下；一会儿趴在窗户上朝镇子里那条唯一的土街上张望，一会儿又转到靠近站台的窗户，朝空荡荡的月台上打望。直到列车来到，又哐当哐当地进入无边黑夜，他才觉得，妻子朱明秀和他们的儿子张吉林应当就是去酒泉了，他到了，就会在单位设立的办事处找到他们母子。

从清水镇到酒泉市六十多公里，火车走了一个半小时，到酒泉，已是夜里十点多了。令他恼火的是，酒泉火车站距离市区还有二十多公里的路程。不光酒泉，几乎河西走廊的火车站，都距离市区有点远，武威、张掖是，酒泉也是。深更半夜的，也没了公交车，他甩开双脚，沿着坑洼不平的土路，从月明星稀的傍晚走到冷风灌肠的深夜，到单位办事处门外，敲门，一个同事看到是他，让他进去，还给他倒了一杯热水。他急切地问，有一个叫朱明秀的妇女，带着一个六七岁的孩子，来过没？

同事说："你老婆啊，我认识，前天不是来过吗？"他腾的一声站起身，两只眼睛电光一般盯着同事那张睡眼惺忪的脸。同事呵呵笑了一下，看着他说："真凑巧，前天，单位的徐副主任来参加'双拥'工作会，坐着一台吉普车，昨天下午回单位，车上就他和司机，便把你老婆孩子带到基地了！"他嗷的一声，把茶缸丢在桌子上，捂着头，竟然哭了起来，委屈和愤恨使得他无法自控，身体大幅度抽动。哭了一会儿，又猛地起身，朝外面走去。同事急忙探手，拉住他的胳膊说："这深更半夜的，哪有班车？"他说："那就步行！"同事又说："你这是扯淡，三百公里的路，就凭你这双脚板，三天都走不回去！"

酒泉到位于戈壁沙漠边缘的单位，确实三百多公里，过金塔县城，一色的戈壁滩，合黎山荒芜蜿蜒。他先是搭乘早班车从酒泉到金塔县，又乘坐班车到鼎新镇，还有三十公里的路程，因为是军事禁区，地方车辆不去，他只能再次步行。到深夜，他回到机关所在地。他的单位，还在沙漠深处，他去招待所问有没有一个叫朱明秀的带着一个孩子的妇女住进来。负责登记的战士查了一下，说有的。他长出了一口气，颓然坐在凳子上，心正要放下来，可那战士又说，不过，那娘俩下午走了，说是去清水找孩子爸爸。

他再也忍不住了，哇哇地哭了起来，还一边用拳头擂打头部和胸脯。

这个故事先后有几个老同事给我讲过，过程大同小异，最终结局有两个版本。一是这位张姓军官去接临时来队的家属和孩子，收到电报当天，赶去清水车站，可老婆孩子已经到了两天，他又去了酒泉，而后乘坐单位的吉普车到了机关所在地招待所。可其实老婆孩子等了两天，不见丈夫的影子，打问之下，听说去了清水镇，她以为丈夫在清水镇等她们母子，就又去了清水。可丈夫又去了酒泉，返回了单位。就这样，一家三口，折腾了半个多月，也没见上面，妻子朱明秀要回去上班，就又乘坐火车，带着孩子回了老家。另一个版本是，张姓军官在从酒泉返回单位机关所在地途中，突然刮起了沙尘暴和龙卷风，困在了金塔县，等他赶回来，老婆孩子恰好乘坐小火车去了清水，实在见不到他，无奈，又乘车回了老家。

所有的美好与痛苦都是折磨人的，也必定是悲剧，不管大小，必定要戳中人心最为柔软和脆弱的部位。许多年后，我来到巴丹吉林沙漠的时候，电话还是不普及，大致只有地方的党政机关，才能通过总部总机联系到。人们最常用的，还是电报。直到1995年之后，程控电话开通，但电话费昂贵，没什么要紧的大事，一般都是长话短说。驻守在巴丹吉林沙漠的官兵，大都与伴侣两地分居。女方在农村或者某个城市，男女双方都有工作，唯有一年当中的来队探亲或者回乡休假，才能双方团聚，耳鬓厮磨。当时有话说，旱的旱死，涝的涝死！吃不饱的时候，吃不上；吃撑了的时候，还得要！这话虽然原始，但对每对夫妻来说，情感之外，性也是维系双方关系的重要因素。

给我说这个故事的老同事姓孟，江苏人，平时关系也不错。他妻子和孩子来队时，还请我们几个吃了一顿饭。他爱人个子不高，皮肤略黑，但眉眼灵动，很会说话，也很会照顾人。当时我们都很羡慕，也说了很多祝福的话。

几年后，这个姓孟的老同事突然又抱着一个孩子，在落日熔金、杨树森然的马路上，和一个年纪大致三十来岁的妇女一起溜达。打招呼的时候，我突然惊了一下，那年代是不允许生二胎的。他的大儿子我见过，还有他媳妇，一个长相妩媚的女子，说起话来，一听就知道是苏北的。后来我才听说，他前妻带着孩子来队住了一段时间，就返回了原籍。等他再回去，无意中听邻居说，你不是才回来过吗，怎么又回来了？他大惊，细问之下，才知道单位另外一个同事去了他家，和他妻子同居了很久。

两人离婚，不久他又再婚，生了二胎。

我调到机关工作之后，虽然只隔了几栋楼的距离，但和以前单位同事之间的来往变得非常少。

有位老同事姓李，陕西西安人，长得细皮嫩肉，也是一个技术骨干。其妻我也见过，肤色白皙，个子不算高，好像在西安市某医院工作。前些年，也来沙漠探亲过几次，大家一起说笑，吃饭，是一个开朗又有修养的军嫂。

有天上午，大家都在忙碌，突然听到马路上有女人在大声嘶喊，好像天崩地裂，受了天大的委屈一般，有些歇斯底里，弄得满单位的人都不约而同地把目光投向她。那是一个地方妇女，穿着一身绿衣服，脑袋后面扎着一个马尾，旁边还跟着一个男的，个子瘦高，总是低着头，眼睛里的光很阴沉，有一种瞬间爆发的愠怒。侧耳一听，才知道事情原委。那女的是酒泉人，和她一起的，是她丈夫。那位李姓老同事，早些年去酒泉出差的时候，和她认识，久而久之，他们两个之间，似乎有了男女之事。如果仅仅如此，一男一女，你情我愿，倒还罢了，令人惊掉大牙的是，那位老同事居然给那妇女打了一张三万块的欠条。具体内容怎么写的，我不清楚。后来两人反目成仇，或者那女的，确实缺钱了，就带着丈夫，理直气壮地杀到李同事的单位，对他实施赶尽杀绝式的"围剿"。

如此的事情似乎屡见不鲜，那是21世纪初期，人们的主要梦想和目的，都集中到了如何赚钱这一俗世目标上来，只要有钱可赚，任何手段都用得出来。与此同时，单位也逐步开通了局域网，主要用于内部办公与业务往来。为了传送文件方便，OICQ99是用户量最大的一款软件。我也加入其中，甚至把自己写的那些小诗文，像模像样地搬到了局域网上。有些人尽管不写东西，但多少都有点舞文弄墨的先天爱好。

我新单位的一个同事，比我小几岁，姓杨，起初只负责新闻宣传，先后在一些相关报纸发了不少新闻作品。一时间，也成了人人皆知的才子。天下诸多的事情，不论虚拟还是现实，有男女就有男女之事，没有男女之事，也会有男女私情。有一段时间，我和一个女的聊得热火朝天。我正好未婚，她似乎也是，而且她是"单位二代"。她父母亲早年至巴丹吉林沙漠，结婚，然后生下她，她长大，大学毕业，又返回，成了真正的"献了青春献子孙"的第二代奋斗者。

聊久了，她告诉我，在一个风沙之夜，她和她父母介绍的对象，两人"狭路相逢"，便拥抱和亲吻了。我觉得这很浪漫。当即夸奖，并表示羡慕和祝贺。我说，你想想，风沙吹得天地昏黄，连迁徙而来的乌鸦都睁不开眼睛。杨树摇晃，无数光秃枝丫发出呜呜的啸声。这季节，本该月明星稀，大地辽远，有点冷，但又可以伸展手脚，两个恋爱中的男女，在前后左右杳无人迹的道路上，躲开路灯，肉身首度相拥，嘴巴和舌头互动，四只手配合，那该是多么美好的一幅图景！

她看到后，打了一个笑脸的符号。那一夜，我虽然周身空荡如古战场，但也有些莫名的意乱情迷。

忽有一天，我发现杨姓同事疏远了我，虽然同在一间办公室，看到我，脸黑不说，还拉得像一块严重纳垢的抹布。我不明其意。单位聚餐，喝了点啤酒，他才说我坏了他的美事。我说，我哪有那个本事？他说，要不是你小子从中搅和，我早和某某某成了！这时候我才知道，他其实很喜欢和我聊天的那个女孩子。在我之前，他们两个已经热聊了相当长的一段时间，我的出现，使那女孩子果断舍弃了他。我赶紧说对不起。他苦笑着说，其实这也不怪你。要是能成的话，别说你这样的一个小渣渣，即使嫦娥带着吴刚来捣乱，我和她也肯定分不开。

我连连称是。此后，我和杨姓同事的关系恢复如初。几年后的一个冬天，杨姓同事调到北京工作，相距遥远，但时不时还在网上联系。那女孩子也与风沙之夜相拥的男同事如愿成家。再几年，我也调离巴丹吉林沙漠。一个强烈的感觉是，尽管现在手机网络无比方便快捷，可这十几年以来，我也没再回一次老单位。那些同事故旧，大都没有了任何联系。时代的嬗变与人类科技的进步，在很大程度上与世道人心，尤其是人和人之间的情谊质量成反比。

当我们因为自然距离等原因深爱不得、往行不便，甚至阴差阳错遭受误解的时候，人和人之间的那种深挚之爱，却是简单、浓烈和真诚的。科技可以帮我们解决很多的现实难题，人和人之间的情谊反倒生疏甚至隔膜起来。当然，每个人只能受制于时代，时代之中的每个人，也必须服从于自然和当时的人文环境。因此，当我们把现实的天堑逐一变成坦途的时候，反而是会无端而又惆怅地怀念那些无可奈何的生离，与古老而历久弥新的人类情感实践和达成方式，如书信和电报、慢而少的火车，在某一地因为没有手机和电话鬼使神差的错失、遗憾等。

## 旁听的审判

案发过程我毫不知情。审判时，我负责全程录像。那是某年早春，巴丹吉林沙漠仍旧沉浸于冬季的酷冷与萧条，有活力的事物除了人，似乎只有人工湖边的春柳，已经隐约露出米粒般的黄芽了。上级检察机关、法院专业人员提前一天到达。本单位领导为真正惩前毖后，警示下属，召集数百人旁听。我骑着自行车，背着摄像机，在似乎剥开灵魂的寒风中，刀刃一般穿过，一大早就来到指定地点。

那是一座建于20世纪60年代初期的苏式礼堂，座位都是铁制的，背靠的木板一律暗红色。早上8时30分，听众陆续进场，然后是法官、检察官、旁听的领导，还有双方当事人家属。

气氛凝滞，诸多人的呵气无形而庞大，不多的窗玻璃瞬间模糊，好像贴了一层厚厚的不干胶纸。公诉人用极其严肃的口吻说，1997年8月13日19时30分，死者赵海江等几人在机场完成安检工作后，回到派出所。20时01分，赵海江与同事一同前往附近一家餐馆就餐。赵海江平时有吸烟的嗜好，走路的时候也点了一根吸起来，走到凶手朱子治妻子所在的冷饮摊点的时候，随手弹了一下烟灰，烟灰飘到朱子治妻子身上。朱子治妻子以为赵海江存在故意调戏的主观意愿，两人当场发生争执。据在场人员证实，双方情绪都比较激动。翌日，上午10时38分，朱子治怀揣水果刀，到派出所与赵海江理论。当时，赵海江正在组织内部会议。派出所其他人将朱子治劝到了门外等候。

会议结束，赵海江走出会议室，看到朱子治，便让其离开。朱子治起身，向赵海江提出要求说，必须向他老婆道歉。赵海江拒绝，继而发怒。两人撕扯之间，朱子治掏出放在裤兜里的水果刀，刺向赵海江右腹部。其他民警见状，当场控制朱子治，随即将赵海江送往医院抢救。

当日17点44分，赵海江因失血过多，抢救无效死亡。

我站在摄像机旁边，听了这一段话，才明白，这起传扬了大半年的案件，居然是这样一个过程。死者赵海江我认识，同在政治部工作。他是山东人，高高的个子，有些瘦，平时戴着一副深度近视眼镜。开会时遇到，我先笑着跟他打招呼，他有时"嗯"一声，有时就当没看到。我只是一个战士，给他打招呼尽管有谄媚意味，但也是出于礼貌，甚至说是一种职场的生存之道。他早就兼任我们整个场区派出所所长职务，除了平时的治安，就是每周三、五上午，带人到机场负责安检工作。

那时的巴丹吉林沙漠，只有我们单位有大型机场，每周三、五都有一班往返北京的联航航班。乘客多数为本单位出差、回乡探亲和返回人员，当然还有附近其他几个单位的各色人等。再后来，酒泉、嘉峪关、张掖一带，有人要到北京去，也会从我们机场走。毕竟，飞机肯定要比三十多个小时才能到达的火车快捷得多。在那个年代，能够坐飞机的，别说整个西北地区，即便放眼整个中国，也少之又少。曾有一段时间，一票难求，于是乎，各种关系也都蜂拥而来，这对于负责机场安检的人来说，当然又得到了在机票方面有需求的人们的另一份尊重。


整个审判过程最精彩的，是双方律师的辩护。朱子治老家是陕西，所请的律师有着一口浓重的陕西话。他首先强烈谴责朱子治故意杀人行为，破坏了部队安全稳定，耗费了首长精力，对于给赵海江及其家属造成的难以弥补的遗憾与痛苦，表示同情和理解。我只觉得作为辩护律师，不应如此说话。印象中，别说律师，即使一般人，在遇到纠纷和冲突时，口径一致对外，把所有过错全部说成是对方的，而后加以指控、谴责，以期博得旁听者同情，如果能达到与当事人同仇敌忾之效果，那更乐见其成。

我正这样想的时候，朱子治律师话锋一转，说，导致这起案件发生的原因，首先是朱子治家属对其丈夫的口头辱骂和道德胁迫。朱子治妻子与赵海江的争执已经过去了十多个小时，其间是一个漫长夜晚。按照常理，即便当时双方怒气再大，经过了这么长的时间，也应自行缓解了。朱子治之所以再度去派出所找赵海江理论，主要原因是其妻子放不下，连声辱骂他尿包，并指责朱子治不像个男人，自己老婆受人欺负、调戏，作为一个大男人，屁都不敢放一个，不如一头撞死算了！

朱子治是小车队的司机，性格木讷，平时很少说话，工作表现也好，曾有两次被评为优秀士兵，一次先进个人，本质上并非有犯罪倾向的人。只因为其妻子不断对他进行辱骂和撺掇，才使得朱子治生出去派出所找赵海江讨公道，以向妻子证明自己不是尿包，是个真男人的冲动。由此判断，朱子治主观上并无杀人意愿。可事与愿违，朱子治以为通过理论，就可以达成赵海江向其妻子道歉的单方面诉求，没想到，双方发生争执，情急之下，朱子治掏出水果刀，实施了十恶不赦的犯罪行为。

这是不可饶恕的罪过，是必须予以严惩的犯罪行为。

那位律师是一个矮胖、圆脸、前额有些秃的中年男人，五十岁左右，眼睛圆而大，且有神。我忽然感觉到一些悲悯的意味。朱子治辩护律师的语气听起来严厉且无情，但其中充满了对朱子治的辩护，且极其鲜明地强调了朱子治杀人并非主观意愿，应当予以同情甚至网开一面，充满了"语境诱导力"与"以反面叙述方式，唤起同情心"的叙述策略。我也被他的辩护词吸引了，浑然忘了身边的摄像机。

赵海江的辩护律师是山东人，年轻，帅气，个子不高，西装革履，白皙。他用一种不容置疑的方式，历数朱子治主观杀人、故意杀人、蓄谋杀人的种种迹象和证据。我在聆听的时候，感觉这位律师说的都是理由和证据，讲的道理大得似乎可以笼罩世间一切。

宣判的时候，全场寂静若死，坐满人的礼堂好像沉到了地底，空气也好像在相互撕咬、纠缠，甚至充满了杀戮。判决结果是，朱子治被判无期徒刑，剥夺政治权利终身。法官话音刚落，礼堂又是一片肃杀，每个人的嘴巴，都像是一个巨大的出风口。大约十几秒钟后，忽然有人哭喊着说，判得太轻了，这个杀人犯，应当立即执行死刑！紧接着，又有人高喊，该用枪崩了朱子治这个杀人犯！法官，这个判决太轻了，我不服，我要上诉！

我抬头看，是赵海江的父母和妻子。垂垂老矣的双亲，站在众人之间，好像两根歪斜的木桩。他的妻子，个头很高，几乎披头散发，整个脸虚肿着。他们歇斯底里的呼喊声和谴责声并没有驱散人群。路过他们身边的人也都一脸沉重，低着头，排队走出礼堂。

收拾好摄像机和充电器，路过赵海江家属身边的时候我想上前说几句话，可是又不知道说什么。叹息了一声，低着头，像一阵风般从悲戚的他们身边一掠而过。

这肯定很残忍，但也是现实。一个人在，一切都好，包括远近的，甚至陌生者；一个人没了，整个世界都会对他"鸦雀无声""万籁俱寂"。我骑着自行车，再次投入风中，惨淡的夕阳落在一群乌鸦聚集的杨树上，它们的嘶哑叫声好像在呼唤黑夜加速到来。哦，一天的时间，我在礼堂，有很多人参与了一起案件审判，也参与了一个死者的身后事，见证了一个即将服刑者进入监狱的前因后果。整个街道上没有一个人，风带着细微的灰尘，从巴丹吉林沙漠深处，一直奔袭到我身上，并且，还将奔向更多的事物。


沙漠夜晚，风使得万物动荡，包括关门闭户的我。我心情沉郁，整个腹腔好像被一双铁手攥住，使劲揉捏那般。夜深了，我睡不着。忽然想到，赵海江所在的派出所，距离我所在的单位不过三百米。平时，站在院子里，可以看清每一个进出的人的脸庞和表情。可赵海江被朱子治捅了一刀，不久死亡这件事，从始到终，我却毫不知情，事后才听说出了这么一件百年不遇的大事。

巴丹吉林沙漠本来地广人稀，虽然总会有各类奇特事情发生，但类似这种杀人恶性案件还是极为罕见。很长一段时间里，我想当然地以为，自己身边所有的人事物，都会按照既定的轨道运行，尽管会出差错，但不会太离谱和太出离人素常的经验和想象。

可我错了，这世界太过蹊跷和残忍，说不定哪个时刻，就有人杀掉另一个人，他自己也难逃罪责。或者，一个活蹦乱跳的人，在某个时刻，就被突如其来的某种利器、仇恨、怨念、嫉妒甚至莫须有的愤怒刺穿，一招毙命。这个"招"有时候是看得见，沾满鲜血甚至迫使灵魂痛号的利器；有时候只是一句话、一个念头、一瞬间的激情，乃至一次无意的失手、一种错觉和一种猝然的力量。数年前，我的几个同年战友，也在一场事故中没了性命。从那个时候开始，我觉得所有的猝然死亡，都是由重大事故造成的，其中有人为的因素，但根本上是某些比人更强大的事物，在不可控的情况下，而使得其他生命，尤其是人，遭受厄难。

赵海江被刺死，从根本上颠覆了我的这一惯性认知。老子的《道德经》中说："勇于敢则杀，勇于不敢则活。此两者，或利或害。"在活着和死去之间，唯有痛苦长久。现在，二十多年过去了，或许朱子治还在监狱服刑，也或者在某个地方继续生活，我想，他的内心，肯定也非常痛苦。毕竟，杀了人的人，但凡有一丝良知，即使自觉无罪，良心也会在某些时刻隐隐作痛。赵海江罹难之际，其子也不过十岁，现在肯定也三十岁了。至于他的妻子，好像事件发生没多久，就离开了巴丹吉林沙漠。至于改没改嫁，我不得而知。她或许更痛苦，也或许时间会消弭一切，她又开始了新的生活。

# 世上所有的离散

看着乌云堆积的天空，我忽然又想起一个人来。具体说是战友兼同事，他个子不高，宽脸庞，粗眉毛，厚嘴唇，为人也实在。原籍江西某地，比我早一年到巴丹吉林沙漠。从一开始，他就在后勤机关部门工作，有时候油运科，有时候营房科。我在政治部工作的时候，几乎每天都可以看到他，虽然只是一个小助理，平时总很忙，不是拿着单子找各个领导签字，就是身后屁颠屁颠地跟着几个地方人员，带车去往油库等地。因为在不同部门，我和他私下交集也不多。几年后，一个沙尘暴的夜晚，狂风吹着沙子，在空荡荡的戈壁奔袭，进入营区，像是乱箭，呼啸着连续击打窗玻璃。家家关门闭户，蓬松细密的灰尘却从窗缝蜂拥而入，呛人咽喉。

在沙漠生活，与沙子和灰尘打交道似乎是宿命，也是生命的必修课。沙尘暴肆虐，黑夜更黑，好像天和地，突然之间黏合在一起似的。即使白昼，能见度也极低，强大风暴带着黄尘，形成一道道移动的墙壁，吹得杨树、柳树东倒西歪，大幅度弯腰，几欲折断。正是周末，一家人吃了饭，儿子做完作业，已是夜里十点多了，安抚他睡下后前妻语气有些诡谲地说，庞庆卓老婆好像很不在乎他。我说，夫妻两个是父母亲之外，世上最亲近的人，怎么会？前妻说，有一次，我在他们家打牌，庞庆卓喝多了，被人送回来，躺在沙发上，吐了一地。我们几个都对他老婆赵芳说，去给你老公弄点蜂蜜水喝，再把他扶到床上！赵芳眼睛乜斜了一下，哼了一声，没好气地说，那个死猪头，一喝多了就吐，弄得满地都是，味道呛死人了！老娘才懒得管他！然后继续打牌。

我说，这不可能吧？前妻说，这是我亲眼所见，还能有假？我还是觉得，赵芳当时说的是气话。前妻叹了一口气说，赵芳和从外面来我们这里做试验的一个男的关系很好，两人经常煲电话粥，还约着去了几次酒泉。

我"哦"了一声，忽然觉得一阵悲凉。

对于婚姻，那时候我也本能、无条件地遵从世俗传统，头脑中还是农耕时期的思维，以为男女两人，一旦步入婚姻，就会相守一辈子。尽管也在报纸、电视和网络上看到诸多奇葩夫妻及他们那些匪夷所思的婚姻故事，还有不断飙升的离婚率等，但潜意识觉得，在这荒凉的戈壁沙漠，夫妻间的关系，应当多半还是比较牢固的，谁也不会半途撇下另一半。夫妻是一种合作互助的关系，一方为了应酬而醉酒，想来也不是本意，回到家，倒一杯热茶或蜂蜜水，让他喝下去，再捏着鼻子打扫掉呕吐物，也是本分。

夫妻之间的合作，主要体现在细枝末节上。男女两人，一旦成了一个家庭，就是一个整体，最好是有心，爱心、慈悲心、宽容心、互助心。最好的状态是牢不可破，让其他人无懈可击，而起主要作用的，是双方都要具备良善的本性，有底线，有尺度，然后才是社会地位和物质能力。

听了前妻一番话，我好久睡不着，沙尘暴依旧肆虐，在巴丹吉林沙漠内外，犹如夜间军团在相互杀戮。脑子里不断出现庞庆卓的面孔，以及和他偶尔见面的某些细节。有几次，我代表单位去找他开加油单，他都非常爽快。倒是有一次，他非要让我找后勤部副部长签字。而我知道，后勤部副部长到北京出差去了，至少一周才回来。

我说，你先让我们车子加油，等部长回来，我再请他签字。

他硬冲冲地说，没有部长签字，天王老子也不行！

我无奈，回单位如实汇报情况。最终还是我们政治部主任出面，方才得以落实。因为此事，对庞庆卓，我心里有点意见。但我是干事，他是助理，有意见也只能有意见。

有一段时间，随军家属间兴起麻将风，往往把孩子送到学校，就扎堆搓麻将。周末更是相互约定，不是在你家，就是在我家，麻将声噼里啪啦的。我对打牌之类的游戏，提不起半点兴趣，只认得东西南北风。前妻很喜欢，甚至着迷。因为是纯粹的娱乐，也没惊扰到治安部门。前妻开始只和东北几个随军家属玩，后来遍及两湖和广西、江西之地。

庞庆卓的妻子赵芳是江西人，她还有一个姐姐，也嫁给了他们江西籍在巴丹吉林沙漠从军的一个男人。赵芳个子小，身材好，皮肤也白，一双大眼睛，一看就很精明。

前妻有时也在家里摆开战场，赵芳多次来。每次见到，我都礼貌性地给她们几个家属打招呼，从心里敬而远之，都是战友之妻、兄弟媳妇，内心有一种莫名的"爱意"，这种"爱意"当中，更多的是包含了对她们嫁给军人的赞佩之心。遇到年龄大的，叫嫂子；小的，就称小陈、小张等，从不多说一句话。除非几家人在一起吃饭，相互间会多说几句话。平素，见面只是相互点点头或者微笑一下。

沙尘暴后，天空晴朗异常，远天之下，戈壁沙漠像是被清水洗了一遍，辽阔，富有光芒。生活按部就班，工作周而复始。别人的事情，尽管会在内心掀起波澜，但因为和自己没有实际关联，也就不会放在心上，也不会随时想起。无论怎样的事情，只有亲自感受，才会理解全部秘密。过些日子，前妻又说，赵芳和庞庆卓离婚了，现在跟着一个男的天天泡在北京，孩子也让她姐姐、姐夫帮带。我惊诧莫名，夫妻两个，刚有不好的传言，这么快就离了婚，实在叫人猝不及防。

我下意识地说，这不可能吧！

前妻说，不信你去问你后勤部的战友。

对于赵芳，印象中只是觉得她身材好，皮肤白。后来从前妻那里得知，赵芳的性格也颇为乖谬，常无端发脾气，甚至当众打过庞庆卓耳光。夫妻两个一吵架，就去找庞庆卓的直接领导甚至后勤部副部长。赵芳这些表现，是男人最怕和厌烦的。作为丈夫，没有后顾之忧，方能够投身工作，一旦另一半凡事吵闹，"上纲上线"，若只是在家里耍耍威风还能忍受，一旦不分轻重，直接到单位闹事的话，不仅颜面全无，更是灭顶之灾。

我唏嘘，也同情起庞庆卓。有几次，在办公楼遇到他，以前满脸光洁的人，黯淡如灰不说，还瘦得好像变了一个人。有一次，我去他们办公室，庞庆卓坐在办公桌前，我叫了一声庞助理，他很恍惚地左右看了看，才把目光落在我身上。我笑着上前握住他的手，看着他深陷的眼窝，想说一句安慰的话，可又觉得，说什么都好像在幸灾乐祸、落井下石，只好拍了拍他的肩膀，转身离开。

当年冬天，庞庆卓和赵芳先后离开巴丹吉林沙漠。据说，赵芳去了北京。庞庆卓独自带着孩子，转业回了老家。翌年，入秋时候，我也调到了成都。从旷古的瀚海大漠到人声鼎沸的繁华城市，一切都在起变化。

人不仅是环境和气候的产物，还是时间的随行物和随葬品。对男人来说，青少年时期对爱情和事业充满理想，幻想的都是伟光正、高大上，连打瞌睡的枕头都闪闪发光。中年以后，一切皆为梦幻泡影，余下的是生活残渣与诸般无奈，宛如受伤的老狼和野猪，只能在明月山冈、寂静角落，自己哀号几声，再起身，换上从容和笑意。晚年更趋于平淡，慢慢地归于虚无。

与此同时，我父亲也离开了人世。他在的时候，我浑身是胆，刀山火海浑不怕，可当他不在了，我就像被抽去了灵魂一般，整个人变得脆弱、多疑。

正在这时，我也离婚了。与庞庆卓和赵芳夫妇不同，我至今不知道具体什么原因，前妻也从没给我一个貌似正确的理由。

至此我也才豁然明白，这世上很多事情根本不需要理由，因为没有理由。凡是能说出来的都是借口，很多的决断与变幻，其实都是蓄谋已久的有意为之；世上所有的离散，很多也都是无可逃避、顺其自然的自我告别和相互遗弃。


## 历史陈列馆往事


"你眼神怎么那么忧郁呢？"一个声音传来，我下意识地"哦"了一声。那是一个少有的阴雨天，丝丝连连的小雨，好像一张张细密的布帘，使得常年干燥、板结的巴丹吉林沙漠顿时有了湿润、丝滑的气息。我刚从一个团级单位调到师政治部宣传科，职责是电视新闻报道。20世纪末期，那时音像和报刊依旧是人们喜欢的主要传播与接收方式。因为地处沙漠，单位也引进了闭路电视系统，为了宣传和调动官兵积极性，每周制作两期电视新闻节目，然后以插播方式，向全单位播放。起初，包括家属小孩在内，几乎人人收看，成了官兵热议的一个热门话题。我平时写点小东西，便被抽调上来。

电视台设立在老礼堂后面，那是一座庞大的，有些老旧的苏式建筑，据说建于20世纪50年代初，即苏联支援中国的时期。另一边是广播站，再一边是历史陈列馆。

那是一个下雨天，刘正理干事让我去旁边的历史陈列馆找馆长，拿回请他们做的某某电视台台标。刘正理干事，河北张家口人，性格直爽，每一次发放补贴，他都把我当成一个军官看待，发的要比其他人多点，理由是我做的最多，常常是摄录编写一人承担。

我出门，细若游丝的雨，似乎是天空垂下来的柳枝，打在脸和额头的触感微凉，但很舒适。走到历史陈列馆，很多门开着，但不知道馆长在哪个房间，就在走廊里逡巡，看到一名女干部正在用雕刻机做东西，便伸手敲了一下门，就走了进去。

那是一个面容姣好的女军官，好像还没结婚。此前，政治部开会的时候，总是遇到她，只觉得她美得有些与沙漠不相匹配。圆脸略方，细眉毛，眼睛不大，但好像汪着无尽的清水及清水中闪烁着星星。她看我一眼，兀自说："你眼神怎么那么忧郁？"我顿时愣了一下，潜意识觉得，她肯定不是说我，四下看了看，除了我和她，房子里再没别人了。我急忙"哦"了一声，然后支支吾吾了一下，不知道说什么好。她笑了一下，然后站起身来，说："有事吗？"我面红耳赤，结结巴巴地说："我们领导让我来找馆长，拿一块木牌子做的电视台台标。"

她笑了一下说："我知道在哪儿！"

我抱着电视台台标，走出历史陈列馆大门，心还是慌乱的。那时候，我二十二岁，一个男人，在女性堪称"珍稀物种"的巴丹吉林沙漠，第一次单独和一个女军官在房间见面时，她却对我说出了这样一句话。为什么呢？她居然从我眼里看到了忧郁。她是怎么看到的？她这样说的时候，内心真实想法是什么？又为什么对我说出来？

　　那时候，我绝对不会以为她会喜欢上我，一个战士和一个女军官之间，差距大到堪比苏联和美国、北极和南极。但她那句话，使我长时间沉思，或者其实是胡思乱想。有天晚上，我还为此写了一首诗："雨丝正在形成，一个人对另一个人/内心的呼应。忧郁似乎是这年代的黄金钥匙/光滑、直接，它打开的是一座初具规模的房舍/而我渴望宫殿，其中应有尽有/但我最爱的，肯定是，细眉毛以下的美丽瞳孔/以及在我青春孤寂时刻，轰鸣于灵魂的那一声/绸缎般的暖语，带着洞彻的力量和万物汇合。"克尔凯郭尔说："我们所害怕的，正是我们渴望的。"这句话，正好用来概括我当时的心境。

　　此后，我经常遇到她，却不敢正眼看，更不敢打招呼。有时候她骑着一辆粉红色的自行车迎面而来，有时候步行。一看到她，我就把头低了下去，脸发烫，好像做了什么对不起她的事，满心羞耻和自卑。再过些年，她结婚了，丈夫也是一个军官。我知道她的婚姻必定是这样的结果，也是最好的归宿。我去上海空军政治学院读书，再回来，她已经是一个孩子的母亲了。每次遇到，我都不自觉地多看她几眼，她也会看我，但谁也不说话，相互看着看着，一闪而过。我先在宣传科当干事，后来又去了一个偏远团站。2006年，单位要建一座历史陈列馆，珍藏和展示多年来的发展历程和主要成就。师政委专门打电话给我们单位领导，要抽调我去负责文字整理方面的工作。

　　这是一个意外，却使我想起了多年前"一句话的美好邂逅"，十年后，我从事和她一样的工作，这好像是巧合，似乎又没有实质性的纠葛。我系统整理了我们这支部队的历史，其中承载的是，人民军队在某些方面、领域的从无到有，从弱到强，从红外线到全自动，从短距到中距、长距的发展历史，当然，还有"两弹一星"、"神舟"载人航天等重大事件。在采访老军人的过程中，我多次热泪盈眶，他们的年代，人的精神力量无比强大，人人都有着一颗为国为民之心。如一位名叫崇恩才的老飞行员，曾经驾机穿越蘑菇云采样，飞过某型武器装备的中程航道，试飞中，以胆大著称，从不想着个人生死与荣辱得失；还有某位高工，癌症手术之前，仍旧坚持把试验情况做汇报之后，再进手术室。

维特根斯坦《文化与价值》中说："假如你已经拥有了一个人的爱，那么再大的牺牲都是值得的，但若是想购买它的话，那么任何一点牺牲都是巨大了。"这句话从更多层面触及一个深刻的问题：人在世上，精神和信仰才是根本性的驱动力，也唯有精神信仰，才是最为强大的武器。当人们开始讥笑精神、理想与忠诚的时候，大致也是一种灵魂的失守和溃败。直到现在，我依然觉得，每个人只能在现实中找到存在的依据和意义，而这个现实，却不是单一的"个人"和"个体"，而应当植根于属于我们自己的，具有根性和传承性的，更广大的文化传统和一以贯之的精神谱系当中。

在旧资料和旧物之中检索，我发现诸多人心中最闪光的细节，如病危的科技人员对专业研究的痴迷；妇女们为支援部队建设，也像男人们一样开荒种地；我国第一颗原子弹和氢弹试验中诸多普通人将生死置之度外；等等。不由得感慨，在那个年代，中国人的精气神确实昂扬向上，无坚不摧。

我反复改稿的同时，实物陈列也大部分完成。站在新修的历史陈列馆前，我获得一种成就感。尽管所有武器装备乃至战争都是反人道的，可人类历史多数时候，都是以战争为主要手段来解决诸多矛盾和危机。反战乃是最基本的道义，可人类的文明史却从不以人的主观意志作为既定方向。那些只是用愤怒情绪厌恶、痛斥战争的人，他们的内心也充满了战争，而且，他们的那种战争偏激、主观、自以为是，甚至带有强烈的伪人道主义理想和偏执的浪漫主义。

有一次，在陈列馆里，我竟然遇到了她。跟在她身边的，是一个差不多二十岁的小伙子。看到的刹那，我心惊了一下，像是爆破。然后定睛看着她，她眼角有了皱纹，但身材保持得很好。我点点头，她也点点头。我和她，还像当年在路上遇到的时候那样，只是相互看看，微笑一下，然后相向而行。

许多年后，我不知道她还在不在巴丹吉林沙漠。有几次，至今有联系的官兵打电话或者来成都，我都要问问历史陈列馆怎么样了，还有哪些熟悉的战友坚守在巴丹吉林沙漠。他们说，大多数不在了，新来的都不怎么认识。

世界一直在变化，一些人存在，一些人消失，一些人来到，一些人离开，多年之后都成了记忆；然而，这记忆也会消失，就像沙漠中的沙丘，今天在此处隆起，再一天可能换到另一个地方。萨特说："孤独是人类属性中一个必不可少的特征，它是被一种存在于人们'找到生命意义的需要'和'对人世本质的虚无的觉察'之间的矛盾所激发的。"

# 谈艺录

王久辛

  诗的社会批判，我说的是诗的，应该是对自我的批判，并通过自我的批判，来实现对社会的干预与批判。因为诗是生命，是灵魂，而不经过生命自我的血液与骨粉的反复淘涤，那诗就是死诗（尸）。没有真正进入生命的呼吸、脉动、血气偾张，没有进入自我的灵魂、情感与精神，写的诗首先失去了自我，失去了自我生命的参照，自我生命的体认与体认后对社会的比较……那么，就不可能具有真正对社会的思考、干预与批判。我，在诗的创造中，不是一个简单的我，而是生命的象征，只有真正经过"我"的生命认知的真相，才是真相。依赖这个真相，对自我的解剖与批判，才具有真正的社会批判的价值和意义。除此之外，一切未经自我的、表面的、直接的干叫喧嚣——都不是诗的。这本来是个常识，现在写诗的门槛低得不是不要审美、不要修辞，而是连常识都不要了。

  诗，是灵魂里的深刻渊潭，只有那些被践踏被侮辱过的过来人的表达，才有可能进入永恒。而且往往是故去之后才被认识。因为诗歌已经不是简单的欢乐与悲伤的表达了，而是对人情感的陌生世界的探索，对思想的含着人性真挚感觉的表达，每一行都是石破天惊的史无前例，所以越来越难，越来越难。

其实每个人的内心，都是一个史诗的渊潭，只有真正的龙饮者，才能将其一饮而尽，并为人间倾泻出来。难，才需要探索者。容易的事情，不需要天才去做。记住四个字：积厘垒寸。不看红紫，一心一意。对世界和平，永怀一种同理心，决不让任何权威带节奏，永远表达自己的见解。


真正优秀的诗歌，无论是情感的浓度，还是思想的深度，其实这都不是诗的要求，与诗歌的艺术并没有直接的关系。情感也好，思想也罢，最终都要落实到语言上，而语言的艺术实现所依赖的又是逻辑和修辞，以实现对形象和色彩、声音和天籁，这些包含着思想与情感的种种不同内容的深度表达，来实现艺术的高拔表达，因为唯有艺术的表达，才可以称为诗艺的表达，除此之外，难道还有其他的表达可以称为诗的表达吗？我想说的是：思想的表达与情感的表达，首先要是语言的艺术表达。单纯的思想情感的表达，是属于非诗的社会学范畴的表达，可能也动人也有深度，但那并不属于诗。我再强调一遍：诗是语言的艺术。它包含思想和感情，但是它不是思想和感情，它首先是——艺术。之后，或许包含着思想和感情。这也许就是美大于思想和情感的原因，也是诗首先是艺术的道理。在大革命的时代，诗之所以被称为匕首和投枪，那是因为根本无暇顾及艺术，诗要服从革命的需要，所以可以粗糙，可以应景。但是，当时代进入了相对和缓平静的生活状态时，就要提高诗的标准，恢复它本来就应该具有的高超的语言技艺的水准了。从这个意义上说，没有修辞含量与技艺精湛水准的"诗"，不是诗。哪怕你的思想正确，感情纯正，也仍然不是诗。


"飞"：一切就绪，只待起飞。进入一首诗的第一个字，在其中等待你的到来。不是我喜欢这个字不忍离去，而是这个字太大太长，而且还有七种颜色十二种声音。这个字让我沉醉，让我在其中徘徊徜徉，我在这个字的黎明看旭日东升，看卖菜少女眼里的月亮，真好，这个朝霞满天的早晨，这个华灯初上的傍晚，都在这个字里陪伴着我，使我有了更加从容更加沉郁与自信的心。我心说：可以再慢一点，甚至可以后退几步，反正这个字很大很长很辽阔，哪怕再晚一点儿也没关系——生命不就是用来徜徉的吗？不就是为了体会过程的吗？就在这个字的里面慢慢地沉醉，我知道，这个字现在就要起飞了，而我坐在飞机上，坐在这个字的深处，仍然不肯踱出。那就飞，你飞吧！那个字，那个"飞"字，还没有飞，飞吧……

文学宏阔无垠，尖锐锋利，它属于人，能够包容很多很多，像大海般浩瀚，它有它自己的淘涤万物的力量。从容自信，坚定勇猛，温情脉脉，又冷酷残忍。它的不妥协并不表现在呼号之中，而是在文字的色香味里，在直插心灵又感染人心的表达之中。文学本身没有敌人，它的敌人在文学之外，在所有反人道的行为里。

有些文学书的书名拙劣直露，一看名字，就知道作者的叙事角度，即目的。所以看到类似的书，就不必浪费时间了。最好的文学，一定是它的无立场的叙事，却实现了比立场更大的人道关怀。

其实，我早已经忘记了徐迟在《哥德巴赫猜想》中所写的故事。让我至今念念不忘的，是徐迟的报告文学中那瑰丽多姿、娇娆极致的疯狂修辞。那是摄人心魂、入人梦境的文字的珍珠，徐迟神一般将它们串了起来，而且编织成了锦绣文章。

我还是喜欢报告文学或纪实文学的概念，因为文字的条理化过程，就是事实上的一种表达，尽管这种表达是报告或纪实的表达。而这种表达的主观努力的客观公正本身，就是一种对作家的检验，包括对自我思想情感、道德情操与文化修养、艺术准备的检验。可以说没有任何一部这种作品的表达，不反映出作家的能力水平与天赋才情，而"非虚构"抹掉了这一切。我厌恶这种高明的诋毁。

凸凹（史长义）这部长篇小说《京西之南》与其他人的小说不同的是：它直接通向真，进而达到了信，它是一部让人看了就信的小说。我们读莫言等等大家的小说，我们不会产生信的感觉，他们的精彩是小说的精彩，你不会按照小说写的人物故事去找真实的生活。史长义的小说却可以让人产生一种真和一种信，它的艺术真实与生活的真实完全融合在一起了，我相信所有房山的人看了，都会获得对脚下土地的热爱和自豪……他的小说用一群人的命运，揭示了历史前进的内在的驱动力，让人感觉到了历史发展的必然逻辑。许多部分的写作实现了人物的极致性表达，如果改编成电视剧，一定是精彩的。


文字的诚实性：晚年的托翁在回顾自己的创作时，对自己在整个欧洲都获得广泛认同和好评的《童年》非常不满，甚至充满了憎恶之情。他对彼得什科夫说："这部作品严重缺乏文字的诚实性，没有丝毫的可取之处。"嗯，文字的诚实性，这是一个问题，值得所有写作人自问与反省。

夸张与浮泛的写作，尤其充满敌意的写作，往往会失去诚实的态度，而使文字躁性泛滥。一个清醒的写作者，不仅不会人云亦云，而且能够时刻保持警惕，对所要表达的意思，包括情绪、情感和意义，都会极其在意与警觉，决不让它们入侵公正无私的表达。这就是"文章千古事，得失寸心知"的秘密，也是不朽之盛事的真正道理。

很少有一上场的年轻人，就能葆有这样的"文字的诚实性"的自觉追求。而且我还悲哀地看到一些"老愤青"，都五六十岁了，他们的文字仍然充满了托翁憎恶的"严重缺乏文字的诚实性"的表达。从这个意义上思量，托尔斯泰的憎恶，就是永恒的憎恶，这值得我们永远警惕并时刻提醒自己不要太任性——写作，永远都有一个文字的诚实的严肃的问题。

昆德拉式媚俗：媚俗，这个词儿的全称，应该是米兰·昆德拉式媚俗。20世纪90年代曾经火过一阵子，而今天的年轻人似乎就不太清楚它的内涵了。之所以会被称为"米兰·昆德拉式媚俗"，是因为这个词"媚俗"的首次出现，是在米兰·昆德拉的小说《不能承受的生命之轻》中。昆德拉借小说中的人物托马斯和特丽莎之口，反复多次用它来批评一些社会现象——媚俗。于是乎，在20世纪90年代的文化界，就出现过一阵子的"媚俗热"，即都在用"媚俗"一词来指斥周围发生的一些社会现象和问题。那么，这个"米兰·昆德拉式媚俗"究竟说的是什么意思呢？在我的记忆里，它似乎说的是：一种形而上的选边站和一种形而下的表态、发言与带着情绪的咒骂……其目的很明显是"做"给一种势力或一种权力看的表演式行为。没有自信，因为本来就没有思想；更没有独立，因为这种种言行都是为了去依附于一种"势力"而发生的。这些众生，会因为讨好了某种势力而兴奋不已，也会因为同样的目的成功依附于某个势力而心安理得，幸福得不得了。这种被米兰·昆德拉痛批过的丑恶现象，事实上一直都没有消失，进入21世纪以来，这个"媚俗"进入了高级阶段，尤其在特朗普不以意识形态选边站来看待问题后，被抛弃的沮丧笼罩了天空，而中国迅猛的发展事实又不容置疑地导致了他的绝望，使得"媚俗"变得更加碎片化与经常化，像祥林嫂丢了阿宝，逮着机会就要冲将上去念叨一番。至今，此现象已经成为普遍的现象，而"媚俗"也升了级，变成了恶俗，几乎就要再进一步，变成黑恶势力了。真恐怖！

最后再告白一句，之所以现在人们不再用"媚俗"来批判了，我臆想：这就是"媚俗"连升两级的后果——被黑恶势力取代了，哪里还找得到影子呢？

杨绛翻译的一句英国诗人兰德的诗句："我跟谁都不争，和谁争我都不屑。"这句话被很多人征引，以证明杨绛超然物外，与世无争。那么，她的这句话是对谁而说，又为何而说？可以肯定的是：这句话，不是从天上掉下来的，她是有所指的。那么她的所指指向的是哪里？她的能指指向的又是哪里？是人还是势？我为什么要这么问？是因为所谓的"争"与"不争"，一定是有所指与有所不指，但是"指"是肯定的客观存在，而一旦确定有所指，那么无论你说什么"争"与"不争"，事实上就还是"争"。你写了那么多书，又研究了那么多学问，你可以说你是为"独善其身"而为，问题是你的存在难道不是一个高度，一个水准，一个令其他人等而下之的存在？这样的存在被人伤害、被人攻讦、被人遮蔽、被人诋毁、被人侮辱……就是在所难免的吧！我想说的是：人生在世，心可以有争也可以无争，重要的是要不畏一切的困厄，按自己的心向去奋斗。我不想得罪任何人，更不想伤害任何人，如果我的高度令你不安，甚至令你下作地采取了卑劣的手段，那绝对不是我的问题，大家都要好自为之，无须任何辩驳与解释。

　　博尔赫斯说："我知道我已失去了黄色和黑色，我思索那两种不可能的颜色就如同看得见它们的人从不思索一样。"我理解，博尔赫斯的意思是：所有人事，只有经过我们思索过了才是存在过的。进一步说，所有未经我们思索的人事，都是不存在的。于是，思索之于人，就是存在的所在。你存在吗？或者说，你思索吗？如果没有思索，也就没有存在了，换个说法就是：没有思索的人，与行尸走肉等同。我们看见过各种颜色，但是我们未必对每种颜色都有过思索，比如红，比如黄，比如绿……认真地沉浸于其中的一种颜色试试？会看到什么呢？它与你有什么关系？与你的感情有什么关系？与你的经历有什么关系……这也许是一个游戏，但是这个游戏却真真切切地与审美有关，与感觉有关，与思想有关。博尔赫斯说"我知道我已失去了黄色和黑色"，那就是说他思考过这两种颜色了，因为他说"只有丢失的东西才是存在过的东西"。博尔赫斯毕竟思索过了两种颜色，虽然不多，但是已经够自觉的了。事实上，我们还有很多很多东西没有被思索过，我理解的东西还有各种各样的味道和各种各样的声音、各种各样的人事……他说：我思索那两种不可能的颜色就如同看得见它们的人从不思索一样。"从不思索一样"，也就是"从不存在一样"啊！

读书，是一定要有一个自己的认识的，应该是边读边琢磨着，边琢磨着边质疑着，而边质疑着也就会有一些小的发现，不断的小发现汇成了不大不小的发现，待到这样读的书多了，发现也多了，发现多了就有了大发现，有了大的发现才会有写作的冲动，一次又一次，一次次地按捺不住，就有了大的掀天揭地的写作冲动，于是创造就诞生了……读安琪的微信久矣，发现她是文坛女流中难得的一个会读书的人，而且她读书是有自己的分析与自己的立场的，让我觉得是一个好榜样。

游读，一个深层阅读的方式。它不是死读书，读死书，而是读大地之书、百姓之书、人心之书。它是一个"接地气"的读书方式，使历史成为眼前的现实，使脚下的土地变成进入历史的门槛。一个新的阅读革命开始了，我骄傲，我是这场革命的开拓者、实践者、见证者。

由苏联著名诗人西蒙诺夫俄语撰稿，刘白羽汉语撰稿兼文学顾问的彩色纪录片《开国大典》的解说词，写得瓷瓷实实，每一个字，都是从地下五千年的历史深处迸发出来的，那不仅仅是才华，而且是神谕之语，带着上帝的闪电和人心的雷鸣。我嫉妒死了白羽先生，是新中国给了他抒写自己感同身受的心灵激情和思想的机会，我渴望这样的痛快得犹如替亿万人抒情的机会，我相信蒋介石当年一定看过此片，并对这样的解说词留下了锥心刺骨的记忆。

在渡渡的朋友圈里看到了我1976年七八月间去陕西省礼泉县烽火大队进行社会调查时住过的老式的窑房。当时我在这个窑房前与大队书记王保京（时任陕西省咸阳市委副书记）合影。在唐山大地震时，我们正在礼堂里开赛诗会。突然大梁嘎嘎嘎嘎响，记得主席台上王书记叫喊：大家不要紧张，听我指挥，把门全打开，让老人孩子先走！党员靠后站！考验的时候到了！礼堂左右与中间的门打开了，人们从三个方向的门蜂拥而出……我们因为被安排在中间，出去时王保京等仍然在里面没有出来。我还记得，在其中的一个窑房里面，我们同去的四个高中即将毕业的学生，都是文学少年，即李海峰、周超、彭程和我，我们一起拜会了《烽火春秋》的主笔、散文集《柴达木手记》《山·湖·草原》的作者——著名散文家李若冰先生，并见到了他七八岁的儿子虎子。往事如昨，历历在目。李若冰先生在我的眼前，仍然是当时的那种儒雅清秀，他的面容白皙含润，有一种天然的涵养，和蔼亲切又神采奕奕，那种文人气质，即使处于当时火红的年代，仍然挡不住魅力四射……我很早就读了他的书，对若冰先生的文字记忆，是那种朴素又流畅的雅致的印象……他对勘探队员的描写充满了真挚又朴素的感情，那种"勿卖弄"的才华，是我至今仍然心向往之的……哦，一个人记忆里有什么，一定是他想要什么。我想，我可能就是想要保京书记的那种无私忘我的大无畏和若冰先生的大雅朴素啊……

什么是经典？就是除去了意识形态的鼓噪之后，五十年后一百年后，让真正的专业人士看，看到的仍然是技艺的创新、脱俗的创造。对诗歌来说也是一样，就是当时光流逝之后，你的语言仍然是高级复杂并直抵人心的佳句，仍然让专家们叹为观止，仍然是艺术创新创造到了不朽的境界。当电视剧已经达到上百集的长度，长篇小说已经一年几千部的时候，你那么十几或几十行的小诗，还要靠抖个小机灵、弄个脑筋急转弯来博人眼球吗？梦可以做的，那就梦吧。

我一直认为经典就是经典，所有的经典都是赤橙黄绿青蓝紫，只有一种颜色的东西绝不可能构成经典。经典是丰富的，像我写的《狂雪》，首先是白色的，之后是黑色的、绿色的、紫色的、黄色的……当然有血，还有肉，还有骨头，那是红白相间的颜色，是大地的颜色、宇宙的颜色。我讨厌任何人对我的诗歌用红色来命名。什么是形而上学的猖獗？硬要把丰富的说成单一的就是。此感憋闷很久了，老有投机分子以红色来为劣质东西造势。经典适合任何时代的任何人，不需要用一种颜色来命名。除非你的作品不是艺术而是其他的什么破玩意儿。

给我难忘印象的经典，我都渴望着收藏并重新学习。说心里话：一个时代的经典，最后也就所剩无几。想想20世纪80年代，那热闹的景象比今天更喧嚣，结果怎样呢？哈哈！挤破脑袋钻，又是评论又是研讨会，最后不还是什么都不是吗？是的永远是，不是的永远不是，急也没用。如果真心爱诗，那就好好寻找经典，学习经典，珍藏经典，让经典滋养灵魂，这或许是爱诗于己最有意义的。


最好的艺术是最本分的。舞蹈诗《只此青绿》的每个动作都是一首诗中的一个字，每个字本身就是诗的有机整体的一部分，不需要龇牙咧嘴，也不需要任何夸张，让每个动作做到极致，让每个字本身的内蕴自己表达，不要形容词。腰弯下来了，弯到该弯的程度，像诗的杪梢，恰好触到湖面，风吹过去多少，就是多少，和你看到的自然一样，不多不少，不增不减，远山近水，错落有致，不疾不徐，各有难度。险是险本身，奇是奇本身，行云流水是本身的难度，本身的难度就是行云流水，不要标点符号，个别地方连间隔也不需要，而有的地方需要留白，要果断地斜插进去，看那一排脚，要勾起来，然后要猛甩，要利落干净，绝对不能有一丁点儿的凸起。齐，要齐，像切的一样，不要表情，不要表情，要不是沉默的沉默，不是内敛的内敛，是没有一丝多余眼神儿的表演，是表演，不是爱，不是恨，是一个字一个字的动作，一个词一个词的意义，是你听到的歌、看到的舞，但不是你唱的，也不是你舞的，然而你分明在唱，分明在舞……

中国终于有了艺术的舞蹈。衷心感谢。

什么是值得期待的书法家？为什么有的人写了一辈子，而你对他竟没有一丁点儿的期待，却对才写了几天的老头儿老太太有兴趣？这就是因为他们有天赋与神性啊！怎不令人期待？草书，如果让人看上去觉得一定写得很慢，却有飞白带雨，佳；楷书，如果让人看上去觉得一定写得很快，且工整虔敬，又锋尖尾锐，佳；行书，若让人看上去觉得如老僧人敲木鱼般不迟不冒不紧不慢，且笔墨收放自如、行云流水，佳。临帖临什么呢？临的就是一种气质、气韵、气场。拙劣的字看上去永远是一个写法……看一幅就可以永远不需要再看了。优秀的书法，永远让人想看他的下一个字，魅力由此而生，好字不是你写得帅，写得符合规矩，就是好字。好字没有草腥气，没有油滑带水，没有一丁点儿的卖弄。好字有先人的遗气，有陌生的滞涩，有诚恳的虚心，有高洁的傲骨……

观大先生鲁迅的字，真乃百看不厌！笔笔棱角分明，却又整体内敛含蓄；既有魏柳之骨，且含曹张之隶；行文潇洒如二王，诗意豪放哭雄英。观当代书坛，无一有点滴精神，却豪价惊人，实令我蔑之！

跟着时代的意象转换群而转换的心灵创造，极度陌生感的获得与创造，才是真正的一流的大艺术家。

真正的大艺术家，都有赎罪的心灵。因为，他们从自我中看到了他人的苦难。解脱变成了赎罪，而赎罪又使他们的灵魂得到净化，升华。于是，他们便有了终生不渝的背负之重责。当然，也使他们的努力，成了不朽。

所谓的抽象画，其实，所有的抽象绘画，都有内在肌理的自然流溢，看似荒诞与无厘头，那也是一种表达，一种感染心灵、侵入心灵的企图，尤其是那些大师的抽象派绘画。也许因为具象太虚假了，他们要用抽象出来的更本质的筋骨，来实现对本质的接近。特别是色彩，几乎所有的抽象派大师，对色彩内部的参悟与表达，都是对本质的一种接近与抵达。

　　要我说吗？我说：这个女人可以画得更美一点。一幅画，它的可看度，决定它的魅力。所谓美术美术，先美，而后才是技术。而技术就是为了使作品更"美"。这个美，不是美术的"美"，而是观赏者心中的"美"，此美非彼美，是靠技术实现的美，所以是"美术"，而不是"术美"，美在先，术在后。不是说你画什么就一定要是什么，而是我画什么我做主。我眼前的东西很多，但是哪几个，或哪一个最能打动我，并可能画出来会打动人呢？大胆果断地画打动你的那个东西就够了，其他的都省略掉，不要。这就是艺术之心，简称艺心。

　　每个创作者创作之初都有很多想法，关键的问题是如何把想法落实到具体的绘画中，即心手统一，心画统一，心境统一。我们都喜欢闫平[①]的画，为什么？因为她的画准确地表达了自己的想法。看她的《正午的花》，你可以看到阳光直落在花叶上的色彩变化的生动形象，准确得令人吃惊。她实现了想什么画什么就是什么，而且还有征服人的力量。这就是艺术家的能耐。

　　入秋之后，春发与夏茂结束，就是说要准备入冬了。入冬的意思是向下生长，即扎根。我希望我把根扎得深深的，在深深的泥层里，饱吸大地的精华、人类智慧的精华、所有成功者的失败之后又再获成功的精华。根的美学价值在于——它永远向下，向着黑暗，向着所有有营养的地方掘进，而且顽强，不信邪，敢孤独，能够苦斗不息，乐此不疲。

―――――――――

　　① 闫平：当代著名女画家。

躺下去不难，难的是躺下去就可以睡着；睡着了不一定就是幸福，幸福的是可以做个好梦；即使做个好梦也未必就一定快乐，快乐的是醒来后发现刚才的梦竟然与眼前的一切完全地融合……所以，好梦与现实真正地融合，才是人生最美的境界。

两件事情两种人：一是见义勇为，二是拦路抢劫。前者利他且爱人，后者自私且无情。处于中间的人，向前斜者善人，向后斜者恶人。没有绝对中间的人，只有含而不露的善恶之人。中间的人因为含蓄，所以是暧昧的、游移的、胆怯的，当然也是很有可能被争取拉拢的。所谓的发动群众，说的就是对这类人的争取。要么善向善靠拢，成为利他且爱人之人；要么恶向恶前移，成为自私且无情之人。做人难，难在想做善人却被利益驱使成了恶人，而成了恶人知道不对却无法回头……难，就难在身心分离。故知行合一，贵在坚持到底的选择，即有禅机，其不二法门也。

人生不过是——人临死前的一段时光。这话谁说的？这一段时光的有限性，构成了它的永恒性。因此，这一段有限的时光，就显得尤为珍贵。这珍贵的时光里，有的人成了山岳大海，有的人成了森林江河，更多的人则在阳光下活得平凡而充盈。在这有限而又公平的时光里，不一定非要活成庞然大物，高阔雄伟的样子，能够有效地过好每一天、每一小时、每一刻钟……就很不容易了。能时刻注意着这段即将消逝的时光，能在这段即将告别的时光里，不懈地感受着八面而来的真实，能从这真实中看到悲伤中的欢乐和平凡中的珍贵，相信就会更加珍惜临死前的这一段时光。能够时刻意识到这是临死前的一段时光，对于所有身外的东西，也就不会再那么在意了吧。送别了我的老首长，我写下这一段话，给自己，给亲人，给朋友。


瞬间与美：对时空来说，过去的百年与十年，都是过去。而对于一声美妙的鸟鸣的啾啾之声而言，它带给人的纯净的美感所留下的艺术表达的独特价值，却是永恒的，而且什么时候拎出来，都是当下的、即刻的、崭新的。从这个意义上说，美大于思想，而且漫无边际，永在我们的眼前——历历在目，夺眶而出……

如果认同唯美之美的美好，那么它对于不美的否定、批评批判与蔑视，就是对唯美最好的反证。一瞬间的美大于一万年的时空交错，而一万年的时空交错却包含着一瞬间的亿万个瞬间的美。人为什么伟大而又幸福？是因为人这个灵物之魂可以感知到无穷无尽的美的瞬间，并觉悟到这个瞬间的美妙滋味。瞬间永恒，人永恒，意思就是人不是活在永恒里，而是活在瞬间中。所以，瞬间永恒，感知的觉悟永恒。

# 鹤北红松林

李青松

莽莽苍苍，松涛汹涌。

小兴安岭南麓的鹤北林区拥有红松林16万亩，是亚洲最大的集中连片红松林。

当年，东北抗日联军第三军军长赵尚志所率部队的秘密营地就在这片红松林的深处。在打击日寇的间隙，赵尚志常率领疲惫的抗联队伍在这里休整。战士们怀抱"三八大盖"步枪，守着篝火，唱着歌。

历史上的鹤北，被称为"温登窝集"，满语的意思是林木茂盛的地域。这里本属封禁之地，但由于清王朝财政吃紧，便在光绪年间开禁——"于经费不为无补，防御亦属有益，并可安置私垦人丁。"于是，大量流民、伐木人、垦荒者、淘金客涌入鹤北，使这里的森林资源和黄金资源遭到严重破坏。

1932年，日寇把魔爪伸向鹤北林区，沿梧桐河一线修建警备公路，在嘉荫河流域设立一道木营、二道木营、三道木营、四道木营，强行移民，毁林开荒，盗伐林木50万立方米，造成光山秃岭，满目疮痍。

面对多次盗伐，16万亩红松林，却幸运地躲过了劫难。

新中国成立后，鹤北林区走上了开发和保护并重的道路，迎来新生。1972年，建立了鹤北林业局。从建局到1986年底，鹤北林区已建成从伐区调查、伐区生产、木材运输到贮木场造材和管理的全部森工体系。1981年，鹤北铁路正式通车。鹤北铁路长约44公里，自鹤北站，经宝泉岭、北大岭、至鹤岗站，连接佳木斯站及全国各地。

20世纪80年代木材价格最好的时候，有人提出采伐红松林，可卖个好价钱。当时的鹤北林业局局长王忠笑断然拒绝，此后再无人敢打采伐红松林的主意。

此处虽是雷击密集区，但已多年没发生森林火灾。其实，雷击时常会增加山火的风险，只不过红松林周边的4个森林消防中队，都会在第一时间赶到现场，迅速处置。

2006年12月27日，国家林业局批准设立红松林国家级森林公园。此处有红松母树43万株，红松籽每年产量达300万斤，是我国重要的红松种质基因库。

红松林里古树遍布，树龄超过五百年的古红松就占相当大的比例。我来到红松林，置身林间，抚摸红松巨木的树干，不禁感慨万千。我也看到了一些倒木：或者被狂风吹断；或者年老体衰，自然倒伏；或者被虫蛀蚁食，轰然倒地。是的，这才是森林本该有的样貌——不光是乔木，不光是灌木，有倒木，也有腐木，有朽木，也有枯木。

倒木并非意味着生命的完结，它裸露于地面，或在地下浅层埋藏，经几百年或者几千年后，大部分木质纤维腐烂，只有油脂含量极高的少部分通过自然氧化，其木质纤维与油脂融合，才得以保留。油脂渗透凝结，形成了一种奇异的物质，被林区人称为"松明子"，此物与蜜蜡同宗同源，亦唤作"琥珀木""红松沉香"。

松明子不畏潮湿，无虫蛀，不开裂，不变形。它源自红松，却已经不是红松；它似晶体化石，纹理细致，光泽璀璨，却又不是晶体化石；它历经时间的磨蚀，弥漫着淡淡的幽香。闻之，安神，醒脑，清肺，能让人在焦躁的状态中平静下来。

近年来，鹤北务林人将松明子发掘出来，用于制作各种工艺品，比如手串、笔筒、摆件等，深受青睐。

红松喜欢生长在湿润松散的黑腐殖土山地。它表皮棕红，带有灰黑晕。它最大的特点是结构稳定，纹理细直，光泽亮丽，耐腐力强，不易开裂。据说，红松木材是少数受干湿影响而不变形的良材。

红松林上空，常常弥漫着黄色烟雾，像是撑开的一把宽阔的黄色大伞，把整个森林都罩住了。鹤北林区的朋友说，形成黄色烟雾的，是千万株红松的花粉。高大的红松上，开着无数朵雄花和雌花，雌花在树冠上端，雄花在树冠下端。6月下旬，花儿开放了，黄色的雄性花粉飘向空中。每一个小花粉粒上，有两个小小的鼓鼓的气囊，飘啊飘啊，升腾到树冠上端去同雌花结合，其场面热闹无比。远远看去，便是林海中飘浮着黄色的烟雾了。

松果实，在林区被称为松塔。红松籽既是繁衍育苗的种子，亦可炒熟食用。红松籽含有大量的脂肪油、油酸酯、亚油酸酯、蛋白质和挥发油等，可用于治疗喘咳、肺结核。红松籽炒熟后食之，芳香可口，即便吃多了也不会有胀腹之感和引起腹泻之虞。

早年间，按照山规，开山之日，"山把头"都要带领打塔"把式"（采松果的人）搞一个祭拜仪式——选一株年头足够久远且高大挺直的红松，敬奉为"山神"。人们给"山神"系上红布，在树下摆上猪头、糕点和白酒之类。山把头及打塔把式们便纷纷跪下磕头，嘴里念叨着一些祈祷的话。而那株被敬奉为"山神"的红松是不能攀爬的，树上的塔（松果）也是不能打的。人们以此表现对"山神"的敬畏和尊重。

如今，"山把头"和"把式"等称谓，在林区日常用语中，基本绝迹了，代之的是"打塔人"。

打塔人在绑脚扎子（爬树工具）之前，都要先围着要爬的树木走一圈进行观察，通过一些现象，对树木的情况有个基本判断，做到心中有数。比如，"焦梢树龄大，底下多半空"，"树梢来回晃，打塔不用忙"，"树尖未干枯，树根未腐烂，放胆往上爬"。在森林里，打塔人迷路了怎么办呢？不急，老山把头总结出的一些谚语，就能帮助他们找到方向。比如，"迷山看树墩，年轮南松北紧"，"转向看苔藓，阳面少，阴面多"。

我来得正是时候，这几天，打塔人正在起早贪黑忙着打塔。某日傍晚，我与收工归来的打塔人金喜春攀谈起来。他出生于1978年，个子不高，脸膛黝黑，穿一身迷彩服。他从小就喜欢爬树，像猴子一样。初中没毕业，就跟着大人上山打塔了。打塔的主要工具有长杆、抓钩子、脚扎子、安全绳、布袋子。

金喜春说："立秋一过，就开始打塔了，前前后后，也就一个多月时间。其实，熟透的松塔，不用上树去打，在树下一摇，塔就下来了，哗啦哗啦掉一地。但那都是不太粗的树，大树，那种合抱粗的大树，根本摇不动，就得上树去打。上到作业的位置，将安全绳一端束于自己腰上，另一端束于树上，然后就打塔，打不下来的，就用抓钩子钩过来，用手摘。打塔是非常辛苦的活儿，每天弄得满手都是松油子，黏糊糊的。松针刺破脸面、胳膊、手掌是常事。"

我问："一天能打多少塔呀？"

"没准儿，遇到'大年'（丰收年），一天能打七八袋子；赶上'小年'呢，也就打两三袋子。"

"午饭怎么解决呀？"

"中午不下山，午饭就是吃自带的馒头和咸菜。"

"天气凉呀，冷馒头要用火烤热吗？"

"林子里不能生火，林区大事，防火第一。馒头放在保温桶里还是热乎的。"

"你的防火意识很强嘛！"

金喜春说："进山打塔从来不带手机，一则上树担心手机掉下来，二则带手机也用不上，因为老林子里压根就没有信号。"

金喜春喜欢喝酒，每晚喝二两"小烧"（当地酒作坊酿制的白酒）。

他说："喝点白酒，解乏。"

我问："你吃红松籽吗？"

他说："吃。吃这东西长劲儿！"

金喜春转身从角落里拿起一包红松籽递给我。他说："留个纪念吧！"我接过那包红松籽，说："这就是一片红松林呢，舍不得吃呀！"

我们彼此都笑了。

森林里，如果有一种树的所有产出都能物尽其用，那一定是红松了。林学家、生态学家王战说："红松全身是宝，更重要的是，其生态价值胜过它的经济价值。红松持水量极大，一株红松就是一座小水库。红松林里，即便下一两小时的大雨，地表也不会形成径流，雨水都被红松的根系储存起来了。"

红松林里，黑熊、猞猁、野猪等野生动物出没其间。野猪喜欢蹭痒痒。野猪蹭痒痒一般选择红松树干，且以倾斜的树干居多。选定某棵红松后，野猪先咬破树皮，使松脂流出，然后就将身体贴上去，开始蹭——嚓嚓嚓——嚓嚓嚓，舒服极了。一方面，红松树皮粗糙，用红松树干蹭痒痒，舒筋活血，解痒；另一方面，野猪身上滋生了很多螨虫、蜱虫等寄生虫，红松的松油子（松脂）气味可以除虫驱虫。此外，蹭痒痒时，野猪把松油子也涂到猪皮上了，可以使猪皮增厚增韧增硬增强，这是防寒需要，也是御敌避险的需要。

野猪的生态价值是不可替代的。野猪的翻拱行为增加了土壤中原生生物的多样性，提高了土壤的固氮能力。它们翻滚过的泥塘渗水率下降，为旱季鸟类和小动物提供了取水地。它们也是虎豹等肉食动物的猎物，在觅食和行走过程中传播了大量植物的种子，说野猪是"播种机"，一点也不为过。

那些枯朽的、内有空洞的老松树，还是紫貂、黄鼬、灰鼠、花栗鼠等小动物及原生蜜蜂栖息的巢穴。

松鼠是红松的挚友。红松树上哪颗松塔最饱满，松鼠最清楚。松塔成熟的季节一到，松鼠就开始忙碌起来。它把成熟的松塔运到洞穴里储藏起来，作为冬天的食物。可是，松鼠的洞穴分布在红松林底层的地下，像迷宫一样，纵横交错，情况复杂。松鼠搬运的松塔具体都藏在哪个洞穴，八成它们自己也忘记了。客观上，松鼠也为红松播下了种子。

夏季，红松林的底层，还生长着一种菌类——松针菇。它一定是珍馐美味吧，不然为何那么多的鸟类和昆虫争抢食之呢？

我的朋友丁郁是"林二代"，长期生活和工作在林区，对红松的生物学特性颇有了解。他说，红松属于鹤北及小兴安岭林区的原生树种，鲜有移植成功的例子。曾经，某市为了城市绿化的"面子"，而移植了一些红松进城，可那些红松并不给"面子"，而是以死抗争。

红松，伟岸、通直，却也有自己的傲骨和性格——它坚韧、顽强、昂扬向上，不畏风雪严寒，不屈不挠，其品格和精神是多么可贵呀！

由红松我想到了人。红松的品格和精神，不也是林区人的品格和精神的真实写照吗？

# 我的小三毛

罗聪明

## 1

离湖不远的石板坡上，一只花猫踮着脚来回走着，冲人喵喵叫唤。我刚一停脚，猫跳将过来，急迫的声音像在叫喊："饿死了，饿死了，给点吃的吧！"

看这小家伙，骨架在皮囊里奔突，浑身灰尘"篡改"了毛发的原色，这都是流浪的标签。我打开手提包，包里装着食堂带来的剩饭，准备投给湖中锦鲤。从中挑出两块鸭骨丢在地上，只够猫三两口，很快，它又喵呜喵呜地含着干瘪的肚子开始四下寻觅。

湖那边笑浪阵阵。手里这点食物，如投给有专人喂养的湖鱼，不过是鱼们换换口味的零食，于猫却是救命粮。遂全数给了它。问它，从哪里来的？家呢？妈妈在哪里？野生野长的猫狗流二代大都不会靠近人类，只有被人养过宠过的猫狗，不意或被迫流浪，才会继续向人类投以信任。这猫应是有过主人的，只不知因何丢家失宠流浪到此。

花猫埋头果腹，不理会我的疑问。落在草间的每一粒饭，都被粉舌采起，卷入腹中。

"小家伙，你多久没吃东西了？"

猫蹲坐于地，语焉不详。毛发黑白灰三色相间，像一串带着叶片的栀子花。填充了一点能量，叫声明显不似先前那般急促，还仰头跟我对视。那眼睛竟有欧美之风，湖蓝色的眼底清澈剔透，宛若翠玉，眼球则如月光赠给秋叶的投影，颇有几分媚惑。薄薄的粉唇微微开启，露出洁白尖细而整齐的牙。我被它可爱到了。

"没了。"打开手提包亮亮底，让它验证。

唔。声音低柔起来，已然明白的样子，然后伸出一只爪子放到嘴边舔，润湿了口水，再朝脸上一圈一圈地轻轻抹擦。灰尘和饥饿遮不住的优雅。我说拜拜时，猫停住洗脸动作，目送我沿青石板走向湖边。

绕湖一圈返回青石板坡时，那串带着叶片的栀子花，像是扎了根长在树荫下——猫趴在那儿睡着了。

两日之后，又去湖边。踏上青石板路才想起猫，左右不见猫影。扎堆的锦鲤在水中作彩云追月，三五个人抓着鱼食或米饭振臂一挥，享受千军万马指哪向哪的痛快。一株蘑菇状的红花檵木旁，两个青年头碰头蹲着。我凑去一看，原来猫在这儿。一个剥鸡蛋，另一个剥香肠。树下的猫急迫地蹲起，眨眼间吃光了鸡蛋和香肠，它这才有空跟我打招呼：喵呜！你带了什么好吃的？

我有些歉疚。原以为它只是过路客，没想到还会长住下来。此地前不着村后不着店，湖那边是山，这边离办公区域好几百米，并不是流浪的好去处。流浪也得靠近有残羹剩饭的地方啊，看来它是新手上路。

与喂猫的二人聊了一会儿。他们是杂志社的编辑，也在这大院里办公，半个月前遇见此猫，便偶尔带点食物来，碰上了就喂猫，没碰上就喂鱼。

我也来吧。中午，湖边，蘑菇树下，不见不散。

此后爱买食堂的鱼。平时最怕吃鱼,吃鱼总被鱼欺。喝醋,吞饭,灌汤,手指头抠,钳子夹,干呕干咳,吃尽骨刺卡喉的种种苦头,整得我丧失吃鱼的自信,心甘情愿孝敬猫。不久,猫儿树杈般的骨架渐被鼓胀起来的皮肉遮蔽,小脸也越来越圆了。

"如果我是片叶子,我看到我的同伴在打哈欠,伸着懒腰,到处鸟语花香。我难过我的同伴会飘到哪里,我害怕我也会和它们一样。秋天到来时,我飘呀飘,飘到了地上,被人做成了标本。许多小朋友说我很漂亮,我原本难过的心情又变得开心了。"

老家九岁的小朋友多多写下这段文字时,我的心也纠结成秋叶。中秋节之后就要出差几十天,家只能交给铁门将军管。养了八九年的狗,也得寄养到外地亲友家。别的不担心,流浪猫怎么办?

先找领养。往几个小动物救助群发照片,发视频,发地址,发求助。群里从早到晚滚动着猫狗认养和丢狗找狗的信息,我连发三天,如滴水入海。

又打电话求助小动物保护协会。一名女子问,猫几岁了?是男是女?有没有受伤?我一概不懂。我只告诉她小猫脑袋上有一小块掉毛。女子道,那只是皮肤病,喷几天药就会好,既然它在野外能生存,就让它待在那吧,我们能力有限,只能救助一些老弱病残。

本地救助流浪小动物的都是民间组织,全靠募捐维持运转。我小女儿曾做过多年的职业公益人,跟这些组织结缘很深,我对他们的苦衷了解一二。他们不受强制,而是一切皆自愿。有心救助,就自己动手。

网购了防雨防风材质的户外猫窝,又在湖边选中一片背风向阳、两面临水的小树林,将小房子拴在林中。我在林子里忙手忙脚,猫就在旁边蹦蹦跳跳,尾巴扬成一枝芦苇,拂得我脸上酥酥痒痒。相处数十天,彼此熟稔得没了距离。新屋落成,它兴奋地钻进去逡巡一番,又跳出来。秋燥还在,小屋太过闷热。我踏着稀疏的阳光步出树林,猫坐在窝边,喵喵地轻声道别,洁白的牙齿有着玉珠般的圆润和光泽,一双蓝幽幽的小眼睛在灰色鼻梁旁顾盼流光，它把这两湖夹岸之景搬到了脸上。

路遇那两位编辑，赶上去搭讪："喜欢养猫吗？"对于我这藏着阴谋的提问，二人笑而不答。高个子腼腆得像是被老师点名回答问题的学生，头一低，快步逃走。又问矮个子青年，这座湖叫什么名字？他摇摇头。这问题我已问过不下十人，回答毫无例外，如同日日在电梯里相遇的邻居，为邻十年二十年，彼此均不知名姓。

乡下猫狗千千万，有几只是有名字的？往往做了盘中餐方能有一名，一道菜名。乡村湖塘千百座，有几座是没有名字的？乡村的湖塘不是零食，而是救命粮，被当作命根子看待，汛期有人守护，秋冬有人清淤，筋骨打理得顺顺溜溜的。有名字与没名字，背后关联的，无非是一个情字。

眼前这湖光洁如镜，以明媚之姿迎来送往，却只是功能性的存在。谁听得见它深夜的叹息？谁会心疼它秋瘦冬凉？它跟那些不配拥有名字的乡下猫狗以及城里的小流浪一样，白天纵是风光，入夜无家可归。人与这湖山一样，倘若只用其能而不养其性，纵然在眼皮下机器般忙转，心却已流浪他处。

湖既无名，且叫它玉湖。两湖相夹的小树林，名玉湖林。与一只珠牙玉齿的花猫常来常往，这地方值得有个名字。

"你也得有个名字啊！"又跟猫商量，"你住在山林里，就叫你山猫，好不好？"

喵呜。它趴在一块大石板上，眼望他处，看情绪是说，不好。

相对于一只俏丽的花猫，山猫这名字确实有点暴力。"那就叫三毛吧。三毛，三毛！"

迟疑半晌，它才喵喵答应，不情不愿的。

出差前一日，离玉湖老远我就喊着："三毛！三毛在哪里？"路人纷纷注目，以为我召唤同伴。平时一喊，三毛总是应声而到，有时从树林深处踩着太空步悄然冒出，有时从我头顶某棵树上嗖地落下。今天却没叫应它。我将食物倒进窝边饭盒，却见堆积如毯的树叶之中，躺着斑斓的三毛。送饭迟了点，它午睡了。新窝牢固又干净，但它根本没住进去，垫在窝里的小毛毯一直洁净无染。

席地而坐，静静地望着三毛，不忍叫醒它。它伸个大大的懒腰，爬起来唔了一下，有点不悦，然后在饭盒里挑挑拣拣，时不时喵一声，评价这个味道好，那个有点咸。

我就在旁边跟它闲聊："三毛，我们是不是早就认识？几十年前，你就是这身花衣。"

## 2

老家养过一只花猫。那时我七八岁，养猫的是父亲。

每当饭菜上桌，父亲总是端着一只缺了个小口子的白瓷碗，装盛半碗米饭，倒进一点菜汤，细细拌匀来，放到头顶房梁架上，叫几声："猫丽，猫丽！"猫丽是父亲叫唤猫的声音，久之就成了猫名。肥嘟嘟的猫丽飞檐走壁现身房梁，边吃边喵呜喵呜表达畅快。它是前世得了这男人的恩情，此生前来报恩的吧！它报恩的方式，在别人看来是笑话，在父亲这却是贴近了心窝。父亲到菜地干活，它就在菜地里逮蚯蚓，捉蝴蝶，听父亲跟它打讲。父亲毫不在意它能否尽到自己的天职本分。只有过一次，猫丽把一只圆溜溜的小老鼠叼到屋前地坪上当众戏耍，证明自己虽然每天不务正业游游荡荡，但功夫在身，职守未弃。父亲高兴得如同见到我们从学校捧回来的奖状。冰雪掩窗的日子横跨长冬，父亲在炉边端着水烟管咕噜咕噜，猫丽在柴火堆里呼噜呼噜大睡，两个声音唱和相谐，好比人民公社修水库的劳动号子。

母亲从不沾猫。她是个裁缝，越到年关越忙，忙着为四方邻居赶制新衣，没有时间侍弄家务。她也不喜欢猫，嫌猫懒，还偷腥。那时村里没见过冰箱，腊肉腊鱼全挂在房梁上，养猫如同养家贼。父亲母亲大半时间以吵架方式共处，"猫"字在那些火星四溅的言语里跳来跳去，仿佛阻隔他们通达彼此的，是一只比山还高的巨猫。

有年冬天，家人都外出了，我独自坐在火炉边，拿着火钳拨弄炭火，烤红薯吃。猫丽从外面悄无声息地踏步进屋，在我面前的四方形地炉一角趴下。我在甜而香的红薯味里望着它栀子花般的身子，忽然，"栀子花"颤抖起来，抖得像碾米机上放置的一盆水。我以为猫丽冻坏了，赶紧拨旺炭火。眼看它就要弹进火里，想摁住它，却惊惧于它的狰狞而不敢伸手。我抓着火钳死命地插入半尺厚的炭灰，挡在猫与炭火之间，撕裂着嗓子尖叫："猫要死啦！快来救命啊！"猫丽抽搐一阵，蹬向空中的双腿如同寒冬里的枯枝慢慢倒下。活泼的猫丽，竟以这般激烈而恐怖的姿势在我眼前归于死灰。一直记得父亲跪在门前焚香告天的情景，他用尽种种恶语，诅咒村里乱下老鼠药的人要得报应。

近日网上热传一段视频。某动物园将一只小猫关进猴笼，小猫被一群泼猴抓咬得遍体鳞伤。一名女游客尖叫着欲跳进猴笼救猫，被人死死拖住。我没有看完那四分钟的视频。小猫生无可恋的绝望，是我无法承受的痛。当年，无辜的猫丽生生被夺走性命，父亲的心，一定跟那名女游客一样，被动物园的冷漠和自己的无奈一刀一刀切割得鲜血淋漓。

年将九十的父亲病弱之时，精气全被抽走，暗沉的皮囊委顿在椅子里，脸也僵成了门板，失去了笑的能力。离家二三十年，唯一一次我说服了父亲跟我进城小住。那些日子，父亲每天的事情便是等，等我下班回来给他喂饭，唱花鼓戏给他听。

有次下班进门，守在阳台的父亲惊疑地问我："你从哪里回来的？"我指指阳台之外。父亲恍然道："你是从天上回来的啊！下次回来，给我带一只猫吧！"我连连答应，还跟他讨论，是要猫丽那样的花猫呢，还是黄色的橘猫？

直到两个月之后送父亲回老家，我仍没有践约，只当那是他的糊涂话。

不敢养猫了，女儿四五岁时闹着养过一只小橘猫。小家伙跟我结了仇似的，充电线、网线，凡线必咬。每天下班回家，门口总是白花花一地碎纸，全是它撕的纸巾。那家伙还喜欢藏在床底下偷袭人脚跟，跟鬼扯脚一样。半夜，明明关好的房门时常吱吱呀呀无人自开，待起床察看，门外啥也没有。这个游荡的精灵把我折腾得抓狂，最后连猫带笼子同城送了网友。明知父亲对猫钟爱如命，但他如今连自己都照顾不了，怎么养得了猫？心里巴望诸事糊涂的他，快点把猫忘记。

再回老家时，床上的父亲被时光啃噬得只剩一把骨头。我把带回的衣服和食品一件一件展示给他看。他问，猫带回了吧？我装作没听见。猫呢？仍在追问，挣扎的声音如同被死神扼住喉管的猫。我继续哄他，下次带，这次走得急，忘了。

然而父亲走得太急，不多日便归西而去。我未能在床前陪伴他最后的时光，更未达成他最大的心愿。养育之恩已是难报，欠他的那只猫，更是一笔沉重的债。父亲去世十多年，我常被路边不期而遇的猫撞得心疼。父亲要的哪里是猫呢？他要的是不离不弃的陪伴，是永不厌烦的倾听，是粗粝生活里的温存，还有不言不语的懂得。

背包里随时备着猫粮，在居住的小区，在出差入住的宾馆，在工作的单位院落，随时投喂那些躲在树丛里讨生活的小流浪。祈望有一只猫愿意为我报恩，在它仙去之后能奔向父亲身边，帮我了结心债。又想，即使它能在尘世之中与我父亲相遇，又如何能抵偿父亲那些年独居家中，让母亲进城帮我照管家事的空巢岁月？

"三毛，你是猫丽吗？是转世投胎来跟我相认的？"

三毛吃完饭，绕着我转圈圈。我用湿纸巾帮它擦干净脸和眼睛，又在它毛发上喷了些驱虫药，内驱虫药已混进食物。

"我的小三毛，你要好好地活着。等我回来，如果你还在这里，我就带你回家。"

这次来，是跟三毛告别的。终于找到帮忙喂养的人，就是那两位男编辑，还有他们的两位女同事。我买了一大袋猫粮交给了他们。他们答应有空就喂，已是难得。奔忙在事业路上的年轻人，难得慢下脚步作一喘息，我不能以爱心为绳绑人手脚。

三毛不知分别，只管绕膝承欢。走时，它却跟着我离开窝。上坡，过湖，再上坡，前面就是大马路。我说，三毛回去吧。喵呜！它像是有什么心事急迫地想要与我说。我站着不走，它便蹲坐树下，眯着眼睛眺望远处。顺着它湖蓝的视线，一片办公楼如组装的车厢驶往天际。它明白我属于那片它无法进入的世界。我快步穿过马路，不敢回头。

出差地距此三四十公里，不算远，但工作是突击性的，连干两三个星期才能休息一两天。到玉湖林送猫粮，成了休息日要事。这天正逢休息，大雨瓢泼。老家亲戚来访，火车半夜到达。车站有地铁通达我家附近，但我坚持开车去接。接到后，车子绕道开进单位院子，停在玉湖附近的马路边。雨伞坏了，我把大披肩顶在头上，开着手机灯，踩着没过鞋面的积水跑向玉湖林。

"三毛，三毛，你在哪里？"一路喊到林中，雨水哗哗，风声呼呼，不见猫影。猫窝里的小毛毯依然洁净无痕。鱼干没了，地上的饭盒装满雨水。我把一包小鱼干放进猫窝，朝黑暗里连叫几声。喉管里跑出来的声音，自己听着都觉惊悚。

突然，连接林子的山头冒出一束微光，抖抖索索向这边移动。那边是座野山，树林甚密，白天我曾爬过山顶，山顶有座老坟。明知不可能是三毛，我仍冲着那光束大叫："三毛！三毛！"

光束晃到十多米处停住，依稀照出一条人影。荒郊野外，又是漆黑的雨夜，一个女人披着头巾在林子里叫着某个名字。我想我这副样子一定让对方志忑着是人是鬼，是梦是幻。而我，也惊惧黑暗里走来的人，于是先声夺人："哎，你好！这地方有一只猫，你看见没有？"

"猫？"年轻的男声反问，声音有点虚空。

"是的，一只花猫。它平时就在这附近，我经常来喂它。"

对面的声音变得镇定了："好像南门那边有一只花猫，经常跑来跑去的。"

我连忙道谢。这位八成是院里的保安。南门离此上千米，看来我的小三毛活得好好的。

秋去冬临，出差归来。

回到单位的第一天中午，阳光暖照，我抱着一只四方形纸箱走向玉湖。整整一秋过去，眼下天寒地冻，三毛还在吗？还会在玉湖林等我吗？猫有九命，流浪的三毛不一定需要我，但我要它。我要它喂养我，喂养我日渐沉寂的活力，喂养我时常被拉得快要崩断的神经，喂养我自己都不愿意看见的一些伤。

过马路就听到猫声，宛如天籁。追着太阳讨热量的人穿梭如织，三毛就在我们初次相见的那棵树下来回走着，追着人脚跟喵喵乞食。它的骨架又从身形里顶出来了，空荡荡的肚皮垂在衰黄的草地上。去看它脸上那两弯蓝湖，却见一只眼睛红如蜻蜓。我将一包鱼肉拌饭放在地上，不待喊出"三毛"，它三两步跃到我脚上，尾巴在我身上摩挲不停。

快吃快吃！它只顾在我腿间穿来穿去，欢喜得停不下来。万物有灵，在生死之间，谁都会选择生，而一个有人爱着的毛孩子，在生死与亲人之间，它首先选择的定是爱它的亲人。

等它吃饱了，我把纸箱放倒在地。"我来接你回家，你自己走进去。"

三毛瞄瞄纸箱，眼里有了些警觉，退到树底下，眯着眼，装出一副准备午休的样子。我知道它在思量，便蹲在箱边等它做决定，一边喋喋不休地"求亲"表白："三毛，我们认识也有这么久了，你应该知道我是什么样的人。跟我走，你就有家了。冬天你在外面会挨冻受饿的。你要是不反对，我就来抱你啦！"

我走向三毛，伸手摸它。三毛早已习惯我戴着塑料手套的抚摸，我顺势捏住它脖子，往上拎。刚走出两步，三毛猛然一挣，从塑料手套里滑落下去，落地就跑，跑到一棵树后与我对望，任怎么叫唤也不出来。

第二天中午，三毛没在路边等我，玉湖林也不见猫影，我把宠物店买来的抗生素混进食物，放在窝边。按医嘱买了七天的药。医生说，如有需要，他们来帮我抓捕。

每天中午都来送饭，第二天饭盒总是洁净如洗，却再也见不着三毛。我和它就像两个搞地下工作的间谍，从不公开接头，只通过这一秘密地点传递的情报，向彼此报安。

没有请人来抓捕。三毛已是个成年的毛孩子，它只要这片山林，我尊重它的选择。

<h2 style="text-align:center">3</h2>

新年将临，留学读博的小女儿回国度假。狗也从外地接回了家。白天我上班，女儿去医院做调查，晚上三条身影共享月下时光。

女儿研究的方向有点特别：预防青少年自杀。这段时间正在网上招募课题研究员和志愿者。原以为响应者寥寥，没想到一两天竟有几十上百人报名，大都是接受过治疗和帮助，或者帮助别人治疗过心理疾病的人士。何承想我们身边，有多少抱病和将病之人，在承受着精神重压，在苦苦寻找生命的出口？

某夜，我们走到小区北楼的僻静之角，女儿望着树丛问，以前这儿不是有好多猫吗？怎么不见了？女儿游学在外的日子，我们常以视频分享苦乐。小区里的猫猫狗狗，隔山隔水千万重的她早已从我口中熟知。我敷衍道，天冷，都躲起来了。

想躲开眼前这片树丛的，是我。一年前，一个男孩从北楼飞身扑下，未及打开的青春花季就殒没在这片树丛里。

此事发生前的一个晚上，我牵着狗溜达到南楼一株柚子树前，碰见一高个男孩在树下低头踢石子。我认得他。三四年前，他爷爷栽了这棵树，有一天在树下刨出一条长长的坑，说是要把孙子养的狗一榔头敲了，给柚子树当肥料，还向路过的我抱怨说，孙子一天到晚搂着土豆，不写作业，浪费粮食，埋了干净。土豆就是他孙子养的小狗。我请求爷爷暂缓下手，当晚就呼来一位爱狗人士把小土豆领走了。那时小男孩还在我肩膀以下，小土豆被汽车载走时，他就在柚子树下低头踢石子。现在的他，肩膀已高过我脑袋，忧郁的神色竟跟着身子在生长。问他这么晚了怎不回家睡觉，男孩淡然回答，睡不着，我有抑郁症。你爸妈知道吗？他显出果决的表情道，他们不懂，我这病要去医院治，不能上学了。我握住他肉乎乎的手，跟他聊唱歌，聊体育，聊了半个小时，看着他上了南楼，才离开。

没过几日，晨跑时，正见一辆警车疾驶而入，接着又来一辆救护车，都开往北楼。几个邻居交头接耳，某家小孩出事了。一问，十多岁的男孩，一米七的个子，初中生，作业没做完，晚上被爸妈骂，早上又被爷爷骂，就从窗口跳下去了。

不敢再问，支着有点失衡的身子走到南楼，看见柚子树，我才猛然反应过来，不是他！他住在南楼。我庆幸又感伤。从女儿的研究资料里看过一组官方公开的数据，中国儿童的自杀死亡率在过去十年之中，从每十万人零点一，上升到了零点九。一年一年高攀不止的阶梯线，是多少家庭垮塌的废墟垒加而成。悬坠在阶梯线上的那些小小灵魂，曾经跟阶梯之外的稚子一样，都在苦寻一所有音体课的学校、一段跟泥巴游戏的时光、一个没有责骂的家庭、一个不被作业本压得喘不过气来的假期。而寻觅之路竟是如此艰难。

次日晨跑经过北楼，一位白发长者哀哀地站在树丛旁，又过来一位中年女子垂着泪，搀住老人，两条身影纸人似的摇晃着进楼。

北楼飞走了一个男孩，南楼的男孩也没再见过。他爷爷说，孩子回爸妈身边读书去了。

北楼前的树丛里住着一只黑猫，我以前常去投喂，出事那段日子间断了。一个无法安定的灵魂飘浮在那，猫未必还能在那儿栖身。

某晚，下着小雨，我牵狗跑向北楼。黑幽幽的树丛，仿若一张巨嘴朝向楼里昏黄的灯光。风扫过来，树叶悸动。我把猫粮往路缘石上一放，抽身即逃。此时楼里走出一个女子，端着一碟食物，朝树丛叫："猫猫！小猫猫！"一只黑猫应声而出，站在滴着雨水的樟树下相迎。女子招呼道，吃饭了！猫却不吃，只朝她叫，喵！她答，哎！又叫，喵。又答，哎！这明明是一对母子在交流。妈，哎！妈，哎！

女子戴着口罩，我无法确认她是不是那天在此泣泪的女子，也不知道是不是那位痛失爱子的母亲。但这亲如母子的密语，听着竟不是相聚的欢喜，而是离别的悲戚。

当小女儿在北楼前骤然问起猫，我只想逃避，害怕那只黑猫会从树丛里跳出来，掀开一个血淋淋的事实和恐惧的黑洞。

女儿紧拉我的手是热乎乎的，她常练攀岩和篮球，抓握的力量远胜于我。这双手，将要牵着那些挣扎于暗黑中的心去往有光有热的地方。第一次，我对这双握过万千次的手生发了敬意。女儿申报博士专业时，没有去研究朝阳产业而走向冷僻的角落。我曾对她的选择表示怀疑，甚至亲友问起时羞于说出。这两年跟随她的关注，我日渐感知，无限内卷的压力之下，那些角落如同阳光背面一寸寸增大的阴影，正在侵入越来越多焦虑的心、越来越多貌似幸福的家庭。或许，每个人心里都有一个隐秘的小角落，角落里住着一只不安的小流浪，在渴望一双手越过怀疑、越过戒备、越过任何羁绊的牵引与拥抱。这双手，或许是一只猫狗，是他人，或是接受不完美的人生而不压迫自己的自己。

"外婆，你什么时候送给我新年的礼物？"小外孙打电话来问。

他期待的新年礼物，便是三毛。我曾许诺，等我把三毛从林子里带回家，养熟了，下次出长差时就送到他家去养。外孙已向幼儿园小朋友隆重宣告，我马上要养一只猫了！当天几十个小朋友都向家里提出想要一件新年礼物：养一只猫。

但三毛仍然疏离地出没在我生活之中，与我鼻息相接，却不知隐身在哪棵树后。我们只能以这样的方式互相喂养。

我对外孙说，我们的新年礼物，还在树林里生长，我们不一定要它住在家里，我们只要它快乐地活着，好吗？

# 盛开的花垛

朱永官

## 盛开的花垛

我对兴化向往已久。一方面，由于研究生态环境，我一直想看看兴化垛田这一独特的农业景观；另一方面，我小时候村里有一户船上人家就是来自兴化。这三口之家摇着船从兴化来到桐乡。他们制作麦芽糖，然后走村串户地用麦芽糖换各种废旧物品，像牙膏皮和鸡毛之类的。二十世纪七八十年代，这种"鸡毛换糖"的生意是挺好的生计。这家人都很厚道，男主人经常晚饭后上岸来我家串门聊天。我从他口中了解到当时兴化经济欠发达，有时洪涝一来农业减产，老百姓生活很艰苦，所以他不得不背井离乡以船为家，来我们桐乡挣些辛苦钱。

前些天，应南京朋友之约，我们利用周末时间驱车到兴化，终于可以去看看已经藏在我心里四十多年的兴化了。

到了兴化，第一站自然是去看垛田。地处里下河地区的兴化，地势低洼，历史上备受洪水泛滥的困扰。为了抗涝，当地的老百姓大量开掘排水渠，把开挖出来的土壤堆在排水渠之间的土地上，形成抬高了的垛田。排水渠和垛田彼此镶嵌，形成了阡陌纵横的农田景观。垛田就是人类和自然和平共处的产物。这垛田还是联合国的农业文化遗产呢，最早可以追溯到三千多年前。

我们一早赶到千垛景区，车辆驶入一个巨大的停车场，一看停车场的规模就知道前来垛田的游客数量可观。进入景区，我们首先登上瞭望台，一览景区全貌。大家被眼前金黄色的油菜花海震撼。我老家也种油菜，春天油菜花开对我而言太平常了，而眼前这一望无际的金灿灿的花海给我的视觉冲击已经不是油菜花本身了。

从瞭望台开始，我们沿着排水渠步步深入菜花地，立刻被空气中弥漫的菜花香包裹。我抬头望去，看到一只只粉蝶在菜花间欢快地飞舞。再仔细一看，淹没在花海里的蜜蜂正不停地驻足花头，轻吻花蕾。蜜蜂是人类的好朋友，它们在辛勤地采蜜，也为油菜传花授粉。我们走在菜花间，还惹了满身金色的花粉。我花粉过敏很严重，但此时已经顾不了那么多了，只想和粉蝶和蜜蜂一样徜徉在这花海里，去尽情地享受大自然的馈赠。

走着走着，我看到不远处渠道里有一大片黑色的斑块在水中向前漂移，仔细一看，原来是一大群蝌蚪在结伴前行。小时候在老家，初春时节，在田沟里的水还很凉的时候，我常常看见草丛里的蛙卵。随着天气转暖，蝌蚪慢慢从草丛里游出来。而眼前这成千上万的蝌蚪结伴而行却是第一次看到，我兴奋极了。顾不得随时有滑入水渠的危险，我急切地走近蝌蚪群，用手机拍摄了一段珍贵的录像。看着这场景，我脑海里立刻响起故乡夏日夜间稻田里此起彼伏的蛙声，那是宁静中的天籁啊。有青蛙在，我们农田生态系统里的生物多样性应是不错的。

时间过得很快，我们不知不觉中在这花海里度过了两个多小时。当我们离开景区的时候，一拨拨游客才不断涌来。陪同我们参观的工作人员告诉我们，十多年前刚开始设景区的时候，一天的门票也就四五千块，如今千垛景区在旺季一天的门票收入两百多万。不说餐饮、住宿等消费，光门票一项的收入就非常可观了，其价值远远超出收割油菜籽的收入。同样的油菜地，生产、生态和文化的结合使其价值得到升华。所以农田可以公园化，公园也可农田化。眼前独特的垛田农业景观是极好的例子。保护好、利用好垛田景观就是把绿水青山转化成金山银山，同步实现生态美和百姓富。

要说兴化的美，不仅美在景观，还有很多美食。

兴化美食以河鲜为主，与垛田有千丝万缕的关系呢，蟹黄包便是一个代表。为了品尝蟹黄包，我们第二天六点多就起床到郑板桥故居边上的一家饭店排队吃早餐。同行的朋友老家是兴化，对本地美食自然了如指掌，给我们点了很多，不仅有蟹黄包，还有蟹黄煮干丝等一大桌。蟹黄包一上，大家迫不及待地趁热咬上一口，蟹的鲜香味一下子弥漫了整个屋子。工作人员介绍，这是纯手工制作的。和工厂化生产的包子不同，在面包师傅巧手的揉捻下，蟹黄包的面皮和蟹肉馅紧紧相拥。在包子蒸熟的过程中面慢慢暄起来，形成的多孔结构愉快地接纳了蟹黄馅鲜汁的浸润，于是蟹黄和面浑然一体了。朋友特别指出，这蟹黄用的就是垛田水渠或周边水塘中近乎自然养殖的螃蟹。

还值得一提的兴化河鲜是虎头鲨，也叫虎头呆子。虎头呆子全身黑黑的，个子不大，因其看上去呆乎乎的，不怕被人抓而得名"呆子"。虎头呆子既可入汤又可煎炖，特别鲜美。朋友介绍，虎头呆子尽管呆，但是对生活环境要求还挺高，无法在被污染的水体里存活。所以虎头呆子能上寻常百姓家的餐桌，说明当地水环境很不错。

独特的景观和由此产生的美食，构成了兴化的主要生态产品，吸引了来自八方的游客。如今快速发展的文旅业把这些生态产品转化为惠民的经济价值，换来了当地老百姓美好和富足的生活，他们再也不需要像父辈们那样背井离乡"鸡毛换糖"了。

# 竹 园

在江南，竹子是太普通的植物了。竹子通常比较耐瘠薄，能够在边边角角的废地上生长。竹园是江南乡村景观的重要元素。在过去，每家每户房前屋后往往种有竹园，竹园是家园的一部分。

竹园给人居环境带来的益处很多，比如调节风力，提供荫蔽。盛夏时节竹园是人们纳凉休息的极佳去处。我依稀记得，小时候我的暑假作业基本是在竹园完成的。夏日炎炎，我把板凳搬到竹园，竹园便成了我天然的课堂。在竹园里写作业，我可以尽情呼吸竹叶释放的清香，还有枝头欢唱的鸟儿来做伴，和谐极了。现在的孩子们常常在空调房里过暑假，写作业，渐渐地，孩子们少了和大自然接触的机会。

可以毫不夸张地说，竹子真的全身都是宝，以竹子为原料的产品多极了。小时候家里用的菜篮和箩筐都是父亲用竹篾手工编制的。我依稀记得，那时还有走村串户的竹匠，他们是手艺人，用竹篾编制竹席、竹椅和各种各样、大小形状各异的容器。江南用来养蚕宝宝的蚕匾也是用竹篾编的。蚕匾不仅可以养蚕，也可以用来晾晒各种食物。到了秋天，蚕豆、绿豆和赤豆，还有萝卜干和红薯干，都可以在蚕匾里晾晒。这蚕匾中五颜六色的食物也成了秋天里一道亮丽的风景线。

竹制品既天然又耐用，是绿色环保的产品。但是近三四十年来，塑料制品大量涌现，竹子似乎慢慢失去了人们的青睐。塑料既轻便又便宜，且很多是一次性的，使用起来似乎很方便。但是这"方便"的背后却是极大的不方便。随着塑料的大量生产和使用，目前塑料污染已经成为一个全球性的问题。科学家们发现，在大洋最深处的马里亚纳海沟也有了塑料的踪影。为了让塑料有更好的强度和耐用性，塑料生产过程还会加入五花八门的添加剂，很多添加剂都是有毒的。有毒的添加剂在塑料使用过程中慢慢释放出来，造成环境污染，给人和自然界的生物的健康带来风险。科学研究发现，橡胶轮胎里的一种抗氧化剂会导致北美洲一种鲑鱼幼鱼的死亡呢。

如今联合国正在制订全球塑料污染防治公约，希望遏制不断蔓延的塑料污染，保护地球，保护人类。此时，人们的目光再一次投向了竹子。现在技术先进了，通过加工可以把竹子变成优质的纤维。这种纯天然的纤维可以纺织袜子和内衣之类的，深受大家欢迎。竹制品可以替代塑料的途径还很多。

如今我们面临的不光是环境污染问题，还有如何通过减少排放温室气体或增加固碳来应对气候变暖的挑战。说起固碳，竹子的贡献不可小觑。科学家们发现竹子的光合作用效率很高，可以高效率地吸收大气中的二氧化碳。竹子不易腐烂，考古学家还发现埋藏在地下两千多年的竹简呢！因此竹子固定的碳可以长久储存，包括以各种竹制品的形式储存起来的碳。

对我这样一名在竹园里长大的生态环境研究人员来说，自然期待竹子在环境保护上发挥越来越多的作用。不过，竹子给人类的馈赠不仅仅它是绿色环保的竹制品和拥有固碳能力，它还有营养美味的竹笋。因为从小吃笋，竹笋已经深植于我味蕾记忆的深处。也因为家里有竹园，小时候每年春天都有吃不完的竹笋。竹笋的吃法很多，较为奢侈的吃法就是咸肉炖笋，也就是现在闻名遐迩的腌笃鲜。而最简单却又百吃不厌的就是竹笋加点腌菜爆炒微炖，咸鲜味十足，太适合下饭了。

到了夏天，尽管竹园里少了竹笋，但是盘旋在地下的竹鞭（根）还在默默地生长。竹鞭在地下生长时，地面会被微微拱起，并产生丝丝裂纹。这些新长出来的竹鞭我们叫鞭笋，可以说鞭笋比竹笋更美味。春笋往往会略带苦涩味，而鞭笋却总是带着一丝甜味。小时候我常常在竹园里寻觅鞭笋，我会扒开地面的竹叶，循着地面的丝丝裂纹精准找到鞭笋。鞭笋长得不大，但是味道极鲜，因量小而更显珍贵。鞭笋可以切成丝或片，可以和很多荤素菜搭配，或清炒，或炖汤，或清蒸。无论哪种烧法，鞭笋都是味蕾上的明星。

竹子给予我的不仅是食物的馈赠，更是对生命的感悟。我依然记得，小时候一到春天，特别是下雨过后，我家竹园里的春笋一夜之间可以冒出很多来。有一次我和一位资深学者一起聊天，谈到新兴经济体，其中"新兴"的英文是emerging。这位老师问我这个英文说法妙在何处，我脱口而出，emerging就像是在描述江南竹林里的雨后春笋。这位同样在江南长大的老师非常赞同我的说法，他说emerging就是这样的感觉，很有活力的一个词。这个词被广泛用来描述事物快速发展。

再后来，我邀请了一位美国学者去我老家一起考察罗家角古水稻土遗址。我们的先民在八千多年前就在这里种植水稻。我们从县城驱车到罗家角，美国朋友一样被我们南方随处可见的竹园吸引了。我告诉了他关于竹子生长的故事。在春天当春笋破土往上急促地生长时，你可以在夜深人静的时候听到竹笋挣脱笋壳束缚所发出的"啪啪啪"的声音。这位美国学者的家乡在美国中部的玉米带，他从小生活在农场，对玉米的生长有类似的感受。他告诉我，在万籁俱静的时候人们也可以听见玉米迅速生长发出的声音。无论是竹子还是玉米，这种声音是生命与自然的对话，正可谓天籁！正是这天籁把我和美国学者相距万里之隔的童年生活连在了一起。

如今江南乡村景观发生了很大变化，许多分散的村落不断集中。乡村建设确实给老百姓的生活带来很多方便，但却少了不少像竹园这样的自然要素，少了不少的乡愁。

社会变迁是永恒的，人们的生活方式和生活环境永远在演化的过程中。不过如何道法自然，始终是我们需要深思的问题。毕竟，人类只是地球上千千万万个物种中的一个物种而已，我们的繁荣深深植根于地球生态系统。人类想要在地球上持续繁荣，我们还得与自然和谐共生。

# 低山三百

鱼　禾

## 1

穿过桐柏山与大别山之间的垭口，沿长江右岸向东南，贴庐山西麓南转，经鄱阳湖西滨，当浑滔滔的赣江水面出现在车窗外的时候，我就在江西腹地了。这一趟是搭乘高铁进入江西的。上次来时高铁尚未开通，要在动车卧铺上睡十来个小时才能到达。时至今日，即便交通工具如此发达，这一趟行程也辗转了大半天。隔着这么些年，江西的容貌并没有什么改变，依然雾蒙蒙湿漉漉的。云影漫漶的天空下，莽野青绿，低山幽蓝。这一派景象隔着若干年的时间再现眼前，令人有某种直觉上的失真感，仿佛这不是实地，而是旧梦重现。

过了赣江，高铁线路便进入丘陵地带，一个山洞连着一个山洞地钻。这正是我印象里的幽僻之地。层层叠叠的山谷有如天之巨手布下的迷宫，等闲不可得见。由于地面交通极其艰难，在现代交通方式出现之前的漫长历史上，这样的地方总是成为不同群落聚居地之间的天然分界线。不同方言风俗区（大致也是后来的省级行政区）之间的交界地带，诸如川陕甘交界带、湘贵渝交界带、赣闽粤交界带、鄂豫皖交界带等，都属此类。尽管对这一带的地形大致有数，但这些大大小小、高高低低的山丘都叫什么名字，我基本不知。它们密集而零碎，像一张按比例尺放大的释迦果皮。即便在列车驶出山洞的间隙，视野也会被近处几座小山构成的天际线局限，看不见在大平原上看惯了的苍茫无际。我一向偏爱一览无余，偏爱平坦如砥的莽原和视野尽头微微呈现弧形的地平线。只要一想到出门，总喜欢往西，往北。比华北平原更大的平地都在西部和北部，在长满了黄玉米红高粱的黑土平原，在绿海洋般的内蒙古草原，在阳光如金、棉花雪白的西疆平野，在遍布深褐冻土和孔雀蓝湖泊的羌塘荒原，在因富含锰矿而泛出纱衣般的黑灰之色的辽阔戈壁。而在江南丘陵腹地，人总是被十面山丘包围。毫无区别的山丘给人一种在山里回环往复的错觉，仿佛乘坐的列车并没有前行，只是在山间周而复始地打转。我也说不清从什么时候起喜欢上了这种回环往复，这种错觉中的不断返回，这大地上的犹疑与低吟。

在龙南下了高铁，换乘到三百山的中巴。因为等人，我在登上中巴之前抽了支烟。空气太好。这是唯有幽僻地带才会有的干净空气。所谓"富氧""负离子"之类，直觉是捕获不到的，能感到的只是空气的干净。空气的清凉与烟草的香味相随吸入，简直能听见肺腑的欢叫。由于天气适宜，车内已经不必制冷，中巴车一路开着外循环送风。丛林的清新*丝丝缕缕*漫进来，令暑热一扫而空。不同于在西部或北方看到的树林，这地方满山的树木都属于冷色系。沁着水色的嫩绿，隔着雾气的蓝绿，偏点灰黄的老绿，接近于黑色的墨绿，层层叠叠，皴染点滴，有如一幅青绿山水的长卷。谁能不喜欢这漫山遍野、鳞次栉比的树呢？遮蔽的树木曾是原始人的安身立命之所，我们的身体里面一定还潜伏着来自远古的记忆。对树林的亲近就刻在人的基因里，抹都抹不去。车窗外的青山绿树正渐渐隐入暮霭。我看着手机屏幕上的地图，龙南高铁站与三百山分布在一处菱形高速公路的两个对边。无论怎么走，都需要绕行菱形的一半边线。我们搭乘的中巴选择顺时针方向，北上，东行，南下，天擦黑的时候，终于到了住宿地。落脚的宾馆坐落在三百山西麓一个叫梅屋的村子旁边。向南过省界就是梅岭，这里想来也是多有梅树的。这一带的村名多含有"坑""背""上""下""屋"的字眼。其他的名字无疑是由于地形地势，而这个"屋"字，大约是客家人南迁以后保留的中原语词习惯，在赣闽粤交界带常见的"围屋"即为印证。住地向东北十公里，有建于清道光年间、规模最大的方形围屋"东升围"，是客家围屋的代表作之一。

赣闽粤交界带多山且通行不便，历史上曾是人们的避乱之所。在数千年的中华文明史上，这里曾是中原人大规模南迁的落脚点和中转站。传说最早的中原人南迁在秦时——秦始皇南征时在百越之地屯兵，后派商人女子等十余万人勤军，这些人大部分定居下来，成为最早的客家人。有信史可考的中原人大规模南迁，则始于魏晋南北朝时期。从那时起，大批中原人离开战火不断的故土，先到了长江流域，再进入赣闽粤交界带山区，形成客家民系；明末至清，部分客家人向西南迁往两广、云贵一带，向东南迁往福建、台湾，向南迁往海南岛及遥远的南洋群岛。由此，汉文化也随着这一批批千辛万苦的移民，渗入他们所到之地。

三百山所在的安远县，是客家人定居的核心区之一，所谓"逢山必有客，无客不住山"。我从中原来到安远，说是探亲也不为过。在江西的安远和全南、广东梅州、福建龙岩之间这个菱形丘陵区域，许多村落都有土楼和围屋。尽管通行说法常常把土楼和围屋归为两种建筑，它们在建筑材料和形制上也确有差异，但是在我看来，这种差异没有本质区别，也不是泾渭分明。从性质而言，土楼和围屋都是客家人在异乡构造的特殊建筑，集家、堡、祠于一体，既是各家各户的居室，又是共同抵御侵扰的堡垒，居中还往往设有用以祭祀祖先的祠堂。它们的建筑风格，与魏晋南北朝时期中原地方为防御胡人侵扰而修建的坞堡有些类似，不但体量庞大、外观冷峻，而且质地坚实、构造繁复。事实上，这一带的村落也有许多以"堡""寨"为名的，与围屋土楼有相同的缘起。"土楼"之名，概括的是构筑材料，指墙体由古老的夯土之法筑砌；"围屋"之名，概括的则是建筑形状，指建成之后的屋子四面围合。"围"，更能代表这一类建筑的特征，也更能标注这一类建筑的来历。因此，我一直把土楼也归为围屋的一种，尽管这种合二为一从建筑学的角度看未必恰当。

晚餐果然遇到了似曾相识的家常菜。这些菜式多是淳朴的乡间菜，没什么虚头巴脑的名堂，但从食材和加工风格来看，却带着明显的中原痕迹。其中有一道面食，滋味鲜美，口感筋道。左右有人介绍，这就是著名的安远小吃假燕饭。"假燕"看上去就是北方的面条，只是取材有别。面条是以小麦面粉加工制成，"假燕"是以草鱼肉泥糅合薯粉经蒸煮晾晒而成。一种说法是，"假燕"是"假意"的谐音，是客家人待客时对自家饭食的谦称。还有一说，假燕饭乃由当地人招待名士唐伯虎时假称燕窝而得名。但我吃了一口假燕饭，品其滋味，便想起在福州一带吃过的"肉燕"。"肉燕"形同馄饨，别称"扁食"，而"扁食"正是中原很多地方对饺子的称谓。只是，福州"扁食"的皮也不是用面粉做成，而是用猪肉加芋泥或薯粉手工打制而成的，做法与眼前的"假燕"类似。这"假燕"之名或许与"肉燕"有关？是否因为以鱼肉替代了猪肉，又不加馅料，所以称"假燕"？民俗的惯性是巨大的。自彼时中原人南迁至今，时光已近两千年，此地的物产与中原也大相径庭，但中原地方的饮食习惯依然顽强地流传下来，与本地食材百般糅合，形成了带有浓厚怀乡痕迹的客家菜。

同样经过了两地素材糅合而成的还有语言。此地是客家话方言区的中心地带。客家话是汉语八大方言区里面最难听懂的语言，其语系分布区域与前述围屋的分布范围大体一致。房屋和语言都是跟随着南迁的中原人来的，只不过语言因其人际交流的用途，在漫长历史中渐渐糅合了中原古音韵与赣闽粤交界带的土语，进而形成一种具有独特发音系统的新方言。曾有语言学家做过一个实验，用客家话诵读《诗经》和唐宋诗词。他们发现，那些古诗词用客家话读起来不仅押韵工整，而且声调十分和谐，读起来抑扬顿挫、朗朗上口，有一种用普通话朗读很难达到的古器乐般的优美。

留有明显中原基因的还有客家人的长相。不同于赣南及闽粤一带居民方脸阔颌、深目宽鼻的面貌特征，客家人大多脸盘椭圆、饱满多肉——这是典型的中原人面貌，是时隔两千年而未曾中断的血脉。有人注意到如今客家人的长相格外悦目，在饱满流畅的面部线条中，中原人偏于清淡的五官变得更具有立体感，而皮肤也成为细腻而中和的浅麦色。这样的变化，无疑是中原移民与当地居民聚居通婚的结果。人类肉体的演变也如文化，总是格外悦纳差异悬殊的各方之间的交流与融合。因为生命的基因选择总是趋向于最优的生存与进步，这是生物界早已形成的铁律。


## 2


这一天正是中元节，是传统祭祀先亲的日子。三百山的夜空明净如洗，阳台上的月光白花花铺了一地。在我的老家豫北，人们把月亮照耀下的大地称为"月亮地"，把满月照耀下的地面称为"大明月亮地"。中原人中元祭祀的时间是在上午，一般要赶早，太阳初生时，家族里的子孙便已齐聚坟前，上香跪拜，压纸祝祷，培土添坟。因为中元时节正值秋稼成熟，所以烧纸送冥币的环节便减去了。与中原习俗不同，客家人的中元祭祀会提前一天，放在农历七月十四。据说这也与中原人在宋末的逃难有关。提前一天，是为了赶在入侵的金兵到达之前把祭祀的大事完成。由于经历过翻天覆地的离乱，背井离乡的客家人格外重视祭祀。就连在八月十五，在象征着团圆的中秋节，客家人也会把祭祀放在首位。想来人们心中的团圆，不仅有生者相聚，也有与逝去亲人的灵意相通吧。在中原，至今还保留着请逝去的亲人回家过年的习惯——除夕那天早上要到坟前请亲人灵位回家，正月十六晚上再恭送亡灵出门。在这期间的每日三餐，第一份盛出的餐食要先供奉到灵位前，焚香敬告。也许人们对于团圆的盼望，正是祭祖的最初动机？祭祀的仪式形形色色，归根结底，不过是为了赋无形以有形，寄托生者的怀念。我看着那一片白花花的月亮地，歪在榻上养神。满月夜是适于怀念的。在这个静谧的山中居所，我才切身体会到怀念的情感流向——不是向外，而是向内；不是给予，而是吸纳。

满月正在唤起汪洋里的潮汐，血管里的红色液体仿佛也在起着潮汐。有科学研究表明，由于人体里70%是水分，因而月球对人体也有着像对海洋潮汐那样的引力作用。在新月时，人最为抑郁；在满月时，人最为兴奋。由此想来，有什么生物的躯体不是以水为主的呢？所以，有什么生物能够避免月球的引力作用呢？万物之间，本来就是气息相通的啊。起着潮汐的体液会让本来日落而息的生灵变得生猛活跃。我记得有位倾心于自然写作的作家曾有记录，有明月的夜晚，野外的松鼠会把人们宿营帐篷的坡顶当作滑雪场，招朋结伴，一趟趟跳上滑下，玩得兴高采烈。自然科学的调研结论表明，有许多植物在月光照射下会生长得更快；树木纤维受到损伤后，晒晒月光会让伤处更好地痊愈。而精通种植的农人则发现，一些植物在新月的时候播种会更快地萌芽，在下弦月时收获的水果和庄稼更耐储藏。在人类还不知道使用火的原始时代，当伸手不见五指的黑夜让双眼盲视，连正在逼近的野兽毒虫也看不见，夜晚便是每天都会准时到来的恐怖时段。当月光剪破黑夜，尤其，当月亮一夜比一夜更饱满，当满月把黑夜照耀得类如白昼，那白花花的月亮地，是否曾让懵懂惶恐的人们总算有了依赖？在月亮地里，人的眼睛看得见，人的血液灵醒着，一切都可以防备和抵御。我幼时格外怕黑，因为从父亲那里听了许多聊斋故事，夜间一熄灯，便觉得黑暗里影影绰绰飘来了喷水的老鬼、吹气的小鬼、画皮的女鬼。农历十五前后的明月夜是让我格外安心的夜晚。后来虽然不再怕黑，但对明月的喜爱却保留下来。尤其是满月夜，对我来说差不多都是节日。只要那一天天气允许，我便会找个安逸去处，在大明月亮地里待一会儿；又或者把软榻搬到阳台上，索性晒着月亮睡一宿。

住在三百山西麓的这个夜晚，满月在我这里唤起的却是潮水般汹涌的睡意。我潦草洗漱，倒头便睡。这一觉睡得真是浓沉，着枕即眠，没有入睡过程，没有半梦半醒的恍惚，没有梦。第二天一早醒来，我感到了难以言喻的轻快。唯有在经过了十分饱和的睡眠之后，身体才会有这样的感觉——它是轻松的，仿佛卸下了百般重负，成了风，没了重量；它也是饱满的，有着想要起跳的雀跃和欢快。唯有在漫山遍野的树木供给了充足氧气的地方，唯有在安静得让你疑心自己耳朵聋了的环境里，才会有这种一夜之间改变身体状态的睡眠。平常多少个夜晚入睡的困难，原来并不是身体作怪，而只是环境造成的。素日里滞重有如围墙般的躯体，在这样的时刻才与我和好如初。它不再是拧巴得几乎要匍匐在地的外壳，不再是被杂念搅扰得如一团乱麻的负担，而是我的根基与本质，是正在滋生力道与欣悦的土壤。

## 3

从停车场到福鳌塘的索道是我搭乘过的索道里最长的一段，缆车在空中足足运行了半个小时。缆车上行不久便遇到漫天云雾。四下望去，山的轮廓已经不见，唯有层层叠叠的树影从灰蓝的雾气里泅出百般绿色，深青浅翠，凹晶凸碧，令人恍如置身仙境，空气清凉无比。同缆车的文友从聊天中安静下来，似乎都被这空气俘获，正在专心享用。

福鳌塘是位于三百山西部山中平地上的一小片火山湖。池塘罩在浓雾里，水面如镜，波澜不兴。天上下起了小雨，气温也明显降下来了。我们各自罩上轻薄的白色雨衣，沿着山间小道往一处瀑布方向走。山间小道略有起伏，平路与坡道参半。好在步行路段不远，又都修砌了防滑的石头台阶，走起来颇为轻省。只是观瀑回返的时候遇到一小段玻璃栈道，着实难住了我。

我恐高严重，对于任何玻璃做成的地面都会感到不适。所幸这里的玻璃栈道做得极为体贴，在外缘齐整的玻璃路面内侧，又贴着山体随形取势，做了一道宽宽窄窄的木板路面相拼接。同行的朋友便体贴地挡在外侧，我总算顺利通过。前头俱是木栈道了。后来从朋友们发出的照片看，木栈道几乎是全程悬空吊筑。只是当时为视觉所瞒，以为脚下是实地，并没有感到紧张。站在木栈道上远望，丛林的色调也一致起来，近处层林叠翠，远处便是一派漫漶，唯有凭着天色在树梢留下的反光才能分辨丛林的纹理。

我也举起手机拍了几处风景。可惜，能够把近处的细节拍得极其精妙的手机，拍摄大风景却总是局促，拍出的照片远不如眼睛看到的丰富生动。不知道相机的感光能力为什么会在远视的时候下降。不过就日常印象而言，无论多么精密的感光仪器，显然都难以穷尽人眼的精妙；仅在某些极端的情形下，仪器才具有生物眼不可能达到的视力。也许，生物眼与机械镜头的差别仅仅在于环境适应能力。数字化时代的仪器有了强大的模拟功能，但模拟无论如何逼真，也不过是一种有限设置罢了，它有着死板的上限，不会自然生长，不会随机应变，不会自我评价并且自主修正。因此，仪器永远是客体，是宾语，是动词后面被指使的物。

凝视丛林久了会心生畏惧。这是一种深不见底的所在，浩瀚、无边无际，让人觉得自己整个被它包围，产生"陷入"的幻觉。我记得一位朋友曾经描述他第一次深入海洋的感受。那是在东海，他租了一艘快艇在海上观景。因为不满足近岸的风景，他要求掌舵师傅把快艇开到看不见岸的远处去。快艇很快开到了四顾不见陆地的区域。他开始是兴奋的，觉得那才是大海的模样。可是等到快艇再往远处开，他在船上四下看看，入目尽是水泥般灰黑凝重的波涛，他陡然感到了恐惧，有种没着没落、正在往下陷的感觉。眼前不过是一片面积不算太大的低山丛林。我与丛林之间隔着开阔的空间，还有一道坚固的人工栈道护栏。但是在这样的片刻，直觉总能强烈到屏蔽一切判断，让身体无条件地沦陷。正在视野前方滚荡而过的绿色波涛，让我感觉自己像一粒投入水中的盐，正被无尽的丛林溶解，我骨肉中也有风在鼓荡，有云雾弥散，有氧离子充盈。每一种生命体都有自己的乐土与禁区。人难以深入海洋或丛林，正与鱼类不能上岸、走兽不能腾空一样，都是天道。我们这些在有条件的陆地地块上才能生存的蝼蚁，哪怕走远了一点都会有水土不服的问题，更遑论经受巨大的环境差异。

时近正午，雾气在阳光和风的作用下渐渐消散，但还有一缕一缕的薄云在山间飘拂。我驻足其上的漫云栈道的确名副其实。云雾在栈道近旁的山间，在缓慢而广阔的风阵里从容漂移，时而漫漶如烟，时而丝缕成绺，不间断也不拥挤，是地道的"漫云"。有了薄云的隔离，丛林的层次显得格外分明。远山很远，远到了雾霭的那一边。风在丛林的梢头经过，掠起阵阵波涛。这么宽阔的山风，在我印象里阵势荡荡的山风，在这浩漫的群山之间，竟然听不见什么动静。所谓"大音希声"的抽象，也是受了具象的启发。

满覆树木的山峰在眼前层叠展现。我因为提前看过地图，知道那一派苍绿之下还有一条东西贯穿山谷的步道，步道是沿着一条溪流开拓的。溪流流经九曲回转、深林蔽日的蝴蝶大峡谷，称九曲溪。九曲溪向东汇入东风湖水库，出库称定南水，再向西南流往枫树坝水库，成为东江上源的西支。汇入枫树坝水库的还有寻乌水，源出三百山诸峰东段，乃东江上源的东支。水出枫树坝称东江，经龙川、河源、博罗到东莞，以多股岔河汇入珠江。与所有大河的上源一样，对面丛林下面的溪流也汇聚了无数的山间潭水、瀑布和涌泉。上山第一眼看到的福鳌塘，便是"东江第一瀑"的源头水；而"东江第一瀑"跌落成溪，又是九曲溪汇聚的众多水流之一。长江中下游右岸的山脉大多呈西南—东北走向，罗霄山与武夷山是这些走向大致平行的山脉中的两座。水随山势，长江右岸的一级支流也多是这样的走向。作为这些支流之一的赣江，只流经罗霄山与武夷山之间的山谷，其源头也在赣南的丘陵区。江南丘陵、浙闽丘陵、两广丘陵一带的地形充满了小体量凸凹，可谓山脊连绵、山头林立。在罗霄山与武夷山南端余脉之间，南岭余脉大庾岭之东，也是一片参差错落的低山丘陵，三百山正是对这一片低山丘陵的统称。三百，不过是个状其繁多的形容词。三百山及其西侧的大庾岭，是东江与赣江的发源地，也是长江下游水系与珠江东支的分水岭。三百山作为东江源受到关注，主要是因为这路水源是香港的救命水。香港淡水资源极其匮乏。这座城市饮用水紧缺问题的彻底解决，是在20世纪60年代。当时，遭遇严重水荒的香港向内地请求援助。经周恩来总理批示，1963年底定下的引水工程方案计划在东莞桥头镇东江河口开挖河道，接水入石马河，沿石马河河槽把河水逆流回调，先入雁田水库，再开挖人工渠引水入深圳水库，最后输水入港。这个过程，需要把东江水从海拔2米的位置逐级提升到46米的位置，让石马河逆流百里上到高处，才能引水南下。工程之艰巨可以想见。工程竣工使用后，香港70%的饮用水依靠东江供给。

城市的水是从山上来的，山上的水则是山对雨水和空中水汽的"截留"。每一场雨落下，山都会敞开怀抱接纳，以它的土壤、植被、岩石缝隙尽可能地挽留雨水，把雨水藏到地表之下，再以涌泉的形式有节律地释放。富含水分子的空气只要经过一座山，其中的水分子便会被树林广泛地吸纳、冷凝，滴到地表，再渗入地下。植被茂盛的山，便成为水的仓库。说到底，还是生命体挽留了水，对天上之水做了智慧的调节。

在长长的玻璃天桥尽头，树上有一块木牌，上面刻了一句颇煽情的流行语："想你的风吹到了三百山。"几个恐高的人从便道过来，在松树下等那些正在穿过玻璃天桥的人们。在云雾缭绕的透明天桥上，他们走得颇有仪式感。山风撩起了他们的头发和衣襟，看上去潇洒而飘逸，有如一群踏云而来的神仙。我坐在能看见远处山峦的长凳上，看树梢上一番番滚过的风浪。这条玻璃天桥长333米，显然是为着照应三百山的名头而刻意规划的长度。在汉语文化系统里，"三"是实指的有限数，又是虚指的无穷尽；是对数量的指称，又是平衡稳固的象征。鼎有三足，礼有三让，人有三生，事有三思，诗有三百，曲有三叠。而这数也数不清的群峰，称三百山。

# 4

不知道眼前的群山里，哪一座山上会有茶树？安远向以九龙茶著名，九龙茶出自九龙山，九龙山在三百山以北，两处山峦隔着安远县城南北相望。但茶树的生长，往往不会局限于这么小的地理区划之内。据说，茶树的祖根地在喜马拉雅山东麓的亚热带雨林。在植物繁盛的森林里艰难争取生存空间的原始习性，使它们最初长成了拥有深广根系的高大乔木；而为了避免过量的雨水沤烂根系，茶树往往把扎根的地方选在水流能够迅速排泄的斜坡上；又为了避免过于强烈的阳光灼伤叶片，它们学会了控制自己的高度，让自己的树冠与森林顶层保持恰当的距离——既能享受充分的光照，又能获得顶层树冠的遮阴。在西北部高山庇护下躲过了第四季冰川寒流的直接袭击而幸存下来的茶树，是为数不多的上古时代遗留植物之一。

原始人类是什么时候发现茶树的？没有考证。据说他们是从猴子摘食树叶时开始注意这种树的。迄今发现的最早的茶树种植记录始于西汉。彼时，茶树早已适应温带气候环境，由高大的乔木进化为高不足一米的低矮灌木。我相信在那之前，人类与茶树已经有过漫长的交道。至少，在文字出现之后，这种后来被称为"茶"的树叶已经有了"槚""荼""茗""荈"等称谓；而"茶"这个字，正是从"荼"字来的。"荼"，本指苦菜。大约由于茶叶也是苦味的，《尔雅》把"槚"归为"苦荼"的一种。到了南北朝时期，"荼"字因义分音，表示苦菜的"荼"音tú，表示"槚"的"荼"音chá。到了唐代，两者又在字形上分化，音tú的写作"荼"，音chá的写作"茶"，两类植物自此才有了各自的归属。继而便有陆羽《茶经》，三卷、前后十章、洋洋七千余字，对茶的前身后世进行了全面铺陈。《茶经》首章"茶之源"，从南方嘉木写到"茶累"，对茶的来历名堂、禀性作用娓娓道来。这一段文字，也是我习书常抄的段落。开始并不觉得有什么稀奇，但随着对茶的了解，才逐渐体会到这篇文字何以称"经"。文首提到"巴山峡川，有两人合抱"的茶树，也就是说，从上古遗留下来的乔木茶树种属，它们的祖根地竟从横断山区之南一直延伸到巴峡一带？文中所言茶树生长地的"上""中""下"，我原以为是地块的品级区别，后来才醒悟，这个"上""中""下"所指的不过是地势。于是"烂石"二字，就让我想起了曾在雅江南岸和贡嘎雪山半坡见过的流石滩。事实上，只要是高原草甸和雪线之间的山坡，都可能有流石滩。这些冷寂的貌似生命禁地的地块，大约支持不了如茶树这么大体量的植物。但是，高山茶树茶芽上普遍会出现的绵密茸毛，其生长动机正与流石滩上那些瑰丽的雪兔子、绵参之类一样，是植物为了御寒而自生的"羽绒服"。而茶饮与"精行俭德之人"的"最宜"，不也一语道破了茶饮的至境？

经过了冰川寒流考验而幸存下来的上古植物，每一种都让人肃然起敬。凭借数千万年积累的生存经验，它们似乎有着特殊的智慧。未经人工干预的茶树，总是把自己的扎根地选在有充足雨水和适宜温度的地理带，常年有漫射光的多雾山区、倾斜的坡地。这种禀性，是在漫长的进化途中渐渐形成的生存智慧。这种来自上古的神奇树木，想必是它们叶片中特有的茶多酚、茶氨酸和咖啡碱恰好满足了灵长类动物对于杀菌、滋味和提神的需要，所以才在某些机缘巧合的时刻，被某个淘气的猴子尝试，再被某个好奇的人看见，进而才被驯化的吧！

神奇树叶的玄妙滋味和提神效力终于被发现了。茶树开始接受人类的驯化和地理环境的变换，但是，它喜欢山坡和漫射光的习性却保留下来，以至于许多平地种植的茶园里，要开挖保证及时排水的排水沟，要栽种专为茶树遮阴的红豆树、木芙蓉或者马尾松（它们树冠高大且叶片碎小，能够满足茶树对于光线的挑剔需求），茶树才会好好生长。而眼前这一派多雾且起伏不定的群山，不需人力，已经天然满足了茶树的挑剔习性。这样的地方，茶树一定会知道的，它们会派遣无数的种子随风飘落，在这万事俱备的三百座山上扎根生长，繁衍成浩浩荡荡的有着芳香树叶的茶树林；或者被有心的人们移植到此，成为"阳崖阴林"的"砾壤"上得天独厚的茶园。

# 把　酒

朱法元

在奉乡喝酒，一不小心就是豪饮。

上了年纪，我喝酒就有所顾忌了，逐渐在控制酒量，一般不会喝醉，顶多也就喝个七八分收手。可是那天硬是没有控制住，有点喝高了。原因有二：一是那酒好喝，是修水有名的"上奉米酒"，又甜又浓，入口好极了；二是需要压惊，当天在拜谒大板尖下山的路上，我们乘坐的那辆火石村朋友的爱车，被一辆载客的"昌河"车拱了一下屁股，差点葬身山崖。回来后几个人都心有余悸，口干舌燥，端起酒杯便是庆幸劫后余生，一饮而尽。

我曾经与外地朋友多次说过，到江西喝米酒千万要小心。江西多好酒，尤以米酒为甚。全省百多个县市区，几乎都有自产米酒品牌，你看，井冈山的叫"红军可乐"，九江的叫"蜜沉沉"，赣南的叫"酒娘"，南昌的叫"封缸"。上奉米酒自然名列其中，而且尤为香浓，尤其容易迷惑人。江西米酒又称老酒，初喝像糖水，几无酒味，少喝无妨，民间还将其作为一种营养饮料，比如产后发奶，比如做中药引子，等等。可要是喝多了，那酒劲就非白酒黄酒啤酒能比的了，它会让你三天三夜醒不过来，七天之内走路打晃。很多饮酒高手都是轻"敌"纵情，酒后进医院打吊针抢救，才知道它的厉害。

当然那天我的纵酒，主要原因还不是这些，而是想表达一种心意，什么心意呢？是敬意，也是歉意，抑或是可惜之意、期待之意，总之是兼而有之吧。我跟同伴说，我们来到奉乡，来到何市镇，不能不肃然起敬，不能不拜谒先贤。人是要有敬畏之心的，《易经》讲"天地之大德曰生"，孔子说"君子有三畏：畏天命，畏大人，畏圣人之言。小人不知天命而不畏也"，《尚书·舜典》记"月正元日，舜格于文祖"，《论语·学而》载"慎终追远，民德归厚矣"。说实在的，我真的是孤陋寡闻，正如汪玉奇先生自谦的，一句"一寸光阴一寸金"这么广为流传的话，直到年过古稀才发现是他的乡贤王贞白的诗句。我有一次写了一首纪念苏东坡贬居儋州的小诗，有诗友谈及"牛栏西"，我竟一时茫然，回到家中赶忙翻书，方知那三首《被酒独行，遍至子云、威、徽、先觉四黎之舍三首》早忘到九霄云外去了，真真愧煞人也。那次去何市，原本也是应友人之邀，去爬一座山峰——说得不好听，是健身去的。谁知一进奉乡，就如同掉进了一座宝窟，顿时被那里厚重的历史文化震惊，也为自己以前对这个家门口的地方缺少关注而自惭形秽。我们对历史，对先贤，对文化，对宗教，都太缺乏敬畏之心了！

奉乡地处修水县何市镇，又称奉仙乡。我惊奇于那个"仙"字，因为我知道修水以前叫分宁，也曾设州，叫宁州，清朝后期还因为打击太平天国残军有功，被朝廷封为"义宁州"。全域划分为"高、崇、奉、武、仁、西、安、泰"八乡，都是单字，加一"仙"字必有含义。到吴仙里，才知此地确是仙乡，说是神仙圣地毫不为过。

奉仙之仙，首推吴猛。吴猛真的非等闲之辈，二十四孝中的"恣蚊饱血"，说的就是吴猛的故事。我以为中国传统文化中，确有精华、糟粕之分，所谓传承，一定要取其精华去其糟粕。二十四孝中有两孝出自修水，黄庭坚的"涤亲溺器"就值得大力宣扬，发扬光大；而吴猛的"恣蚊饱血"就有点不可思议。脱光衣服让蚊子叮咬，能不能办到是个问题；他让蚊子咬了是不是就没有蚊子咬他父亲了也未可知。当然作为一个八岁的小孩，能有这样的孝心也难能可贵。相比之下，有些就真的难以置信了，如"卧冰求鲤""哭竹生笋"，明摆着就是封建迷信；而"孝感动天""埋儿奉母"则更是愚昧至极的行为。封建社会鼓吹愚孝，目的是要人们愚忠，搞上智下愚一套，好让皇帝老儿踏踏实实安坐龙廷。现在还要宣扬就太不合时宜了。

吴猛的伟大，当然远不在这一件事情上，他是把他的孝心变成了孝道，史书上讲他四十岁时"得至人丁义神方。继师南海太守鲍靓，复得秘法。吴黄龙（230）中，得白云符，遂以道术大行于吴晋之间"。那么四十岁之前他干了些什么？据《搜神后记》《老氏圣纪》载，他是晋西安（即今修水、武宁一带）县令干庆的幕僚，职位为"舍人"。我想吴猛所处时期为三国至西晋时期，那时还没有科举，选拔官员实行的是九品中正制，盛行"举孝廉"。他那"恣蚊饱血"的大孝行为，应是感动了地方的九品中正官，便被举荐入仕，当上了地方官。偏偏吴猛志不在当官，而是崇尚老庄，专心研究道家学说，他把儒、道两家思想糅合，主张"欲修仙道，先修人道"，"非忠非孝，人且不可为，况于仙乎"。因此他在斩蛟治水、炼丹除疫、治病救人的活动中，大力宣扬伦理道德，教化民众忠君尽孝。晚年又收南昌许逊为徒，把所有秘术尽传于许逊，后又转拜许逊为师。二人在互相切磋、共同研习的过程中，逐步形成了明忠净孝的思想。

孝文化的起源，可以追溯到三千多年前，早在商周时期，祖先崇拜就已压倒夏以来的鬼神崇拜，成为社会主流，邹鲁之风其实就是忠孝之风，孔子所竭力奔走呼号的"克己复礼"，也就是要复忠孝之礼。不得不说，孝文化的力量是异常强大的，以孝为核心的家风家训，巩固了家族；家族的代代传承，结成了宗族；宗族通过联姻接亲的关系，推而广之，便形成了民族。家族、宗族、民族，有了孝文化这根纽带相连，就能日趋强盛，牢不可破，就能自立于世界民族之林。我行走在吴仙里，也就是今天的何市镇火石村，所到之处，无不感受到孝文化的浓厚氛围。

中国孝文化中，以"事母至孝"一类的故事居多，这是母性的特点所决定的。一般情况下，养育子女都是"严父慈母"型，相对父亲而言，母亲更加温柔和顺，其教育方式更易为子女接受。封建社会女性在家庭中的地位偏低，所受苦难最多，生活最为艰辛，遇到大的挫折更加无助，因而更为子女怜爱。你看，古代神话有《宝莲灯》沉香劈山救母，佛教有目连救母，包公戏里的《打龙袍》，讲的便是宋仁宗接母孝母的故事。其实包拯自己就是一个孝子，他中进士后被朝廷安排在建昌（今江西永修）任县令，就是因为他母亲年迈体弱，他要尽心侍奉不离左右，便毫不犹豫地辞去了颇有诱惑力的官职。直到父母双亡，又完成丁忧三年的使命，前后历时十年，才再次出去做官，"故以孝闻于乡里"。类似典故不胜枚举，即便当代社会，带着病弱母亲出去求学务工的儿女，也时有出现，其中突出的还被评为了感动中国的年度人物，受到央视等媒体的宣传表彰。

离神山十余公里的地方，便是大板尖。大板尖为逍遥山主峰，高998米，雄奇险峻，神似玉板，故而得名。人们常说有一种天人感应，我深以为然，因为很多巧合都无法解释。要不为何就叫逍遥山？是先有山名还是先有道观？反正既为"逍遥"，自有神仙居住。果然这山很不寻常，它发自幕阜、九岭山脉，东西走向，迂回百里。除大板尖外，沿途还有东浒寨、仙姑岭、陶姚尖、龙崖石窟等山峰，形态各异，别具特色，都是道家修行炼丹场所。更有极为珍贵的山背文化遗址，令人向往。山背遗址为东南地区罕见的有代表性的新石器时代晚期文化遗存，与江汉平原的屈家岭、浙江良渚、岭南石峡一起被归为中国东南三种新石器晚期文化，在考古学上具有重大意义。可惜自从20世纪60年代被考古发掘，80年代被命名为省级文物保护单位后，至今没有继续挖掘，也没有作为文化旅游景点开发，不知何时才能重见天日。

登大板尖并非易事，可说是险象环生，艰辛备至。由于缺乏修缮，那条盘山公路至今还是沙土路，天晴尘土蔽日，下雨泥泞难行，且又是路陡弯急，不熟悉路况的车辆上下山很不安全，一不小心就会掉下万丈深渊。为防止远道来的车辆出事，当地加强了管理，组织了一批小面包车专营香客运输，但还是有胆大的外地司机自行上下，交通事故在所难免。乘车上山之后，还有一段数百米的人行道，甚为陡峭，均是石板台阶，需拾级而上。我注意观察了一下，真是人来人往，不绝于途。与我走在一起的是一个老汉，他手提一只竹篮，装着一篮香纸爆竹，还有一包功德钱。我问他从哪里来，来求什么。他说他是湖北通山人，专为求子而来。我问他高寿，他说六十有五。我不禁愕然，心想这么远道而来，又是年逾花甲之人，还求什么子？他也尴尬地笑了，说他是求孙子。他仅有的一个儿子结婚多年，至今没有生育，他和老伴心急如焚，他知道"不孝有三，无后为大"，自己年纪大了，要是见不到孙子，死后怎么面见祖宗？他早就听说来大板尖求子最灵验，便上山来向赵、白二仙求个孙子。看到这个身材矮小、一脸忠厚的老者，我心里不觉受到了触动，真心为他祈祷，希望他这次能够求到一个孙子，以满足一个老人对祖上的一份孝心。

站在山头望去，古奉乡尽收眼底。崇山峻岭簇拥之下，八卦地形清晰可见，乾坤艮巽各处其位，丹霞仙观居中镇守。山梁左右都是肥土良田，正是孟秋时节，水稻已是颗粒饱满，在绿野之间铺开片片金黄，间或有白墙黛瓦点缀其间，酷似一幅凡·高笔下的油画，美不胜收。原来的道教圣地，受千年孝文化滋养，果然非同凡响。就在这幅画里，曾孕育出许多杰出人才，他们源源不断地走出大山，走向天地间的博弈场。北宋徐禧，松林村人，少时饱读诗书，喜好旅游，却厌倦考试，不事科举，熙宁时王安石变法，推行新法，他来了兴致，以《治策》二十四篇上呈朝廷，立即得到王安石、吕惠卿的重视，竟然打破常规，以布衣之身入仕，任经义局检讨，此后一路擢升，官至御史中丞左迁给事中。后为鄜延路经略安抚使沈括（就是那个写《梦溪笔谈》的历史名人）邀请，到西北边境建永乐城，并率军守城。在与西夏军队的鏖战中，因寡不敌众而全军覆没，他自己以身殉职。徐禧儿子徐俯，历任谏议大夫、翰林院学士、端明殿学士等职。为人刚直忠勇，颇有才华，受舅父黄庭坚的影响，诗词出众，风格平易自然，名列江西诗派诗人。火石村的祝彬，自幼孜孜不懈、超悟拔群。宋皇祐六年中进士，擢抚州路崇仁县丞，曾主持湖广、江西两届乡试，元至顺时，升任翰林院文学徵仕郎，同知制诰兼国史编修官。徐禧、祝彬均列入修水"八贤祠"，修水是个大县，八贤之中，一个乡就占了两个，足见风水之盛，底蕴之厚，实属罕见。

　　不知从何时起，文人在一起聚会饮酒的时候，形成了一个习惯：酒过三巡，菜过五味，便开始了吟诗唱和，或长诵或短吟，或新诗或旧词，抑或歌曲戏剧，不拘一格。一人吟罢，众人皆举杯畅饮，我对此甚为赞赏。中国的所谓"酒文化"，一般都是俗气的，豪饮之后，便借酒交际，或以酒充能。要么是喝喝叫叫，匪气十足，要么猜拳行令，你输我赢，都是些市井浅薄之气，毫无文化含量。而吟诗唱和就不一样，有此雅兴，就得有个良好的心境，真正能够不为名利所累，不搞阿谀奉承一套，只管"人生得意须尽欢，莫使金樽空对月"。你看太白饮酒，就会"与君歌一曲，请君为我倾耳听"，何等惬意！当然还得肚子里有货，倒得出诗词歌赋来。总之，多了此等高雅之事，就提高了酒席的档次，甚而提高了城市的文化水准，何乐而不为？每每出席这种活动，我都兴致盎然，恍惚穿越到了唐宋，与李杜苏黄们同乐，岂不快哉！那天告别奉仙时，我们几个雅兴又起，都说在这样的文化重地，不能不一吐胸襟为快。我突然想起了一首诗，其中一句是：烹茶可供西天佛，把酒能邀北海仙。"奉仙，奉仙"，我在口中念叨着，等到那坛上奉米酒上来时，我提议，这第一碗酒，就先敬这里的各位先贤，以表达后学们对他们的敬意、歉意，还有对这方宝地的可惜之意、期待之意……

　　敬酒之后，便是饮酒吟唱，奇怪得很，几人所选的诗赋，竟然都是善、孝一类的内容。

# 在深山

傅　菲

## 鸟　群

那是什么东西？黑乌乌一团。朋友指着天边说。

是鸟。我说。

不是鸟，是飞的乌云。朋友说。

秋末，大地素黄，天空澄明，低矮的丘陵贴着乐安河起伏。我们入了香屯，丘陵就开阔了起来，天际线拉得很远很远，一团黑黑的东西从西边向东边滚球一样滚过去，越滚，球形越大，呼啦啦地叫着：嘻喊，嘻喊。这是丝光椋鸟的鸟群。我说。

这么大的鸟群啊，估计有上千只鸟。朋友说。

远远看过去，鸟群如一幅沙画，沙有节奏地在起舞，不断地塑形，看起来像弯曲的河流，或像长颈鹿，或像一棵移动的香樟，或像虚线勾勒的山丘，或像夕光下的山影。鸟群不断地变化着队形，变化出千奇百怪的形状。它们杂乱又有序。它们呼啦啦地叫着，喧闹、欢庆。它们飞过了我们的头顶，飞过了江村，沿乐安江而上，落在一丛混杂的阔叶林里。树梢在摇摆，树叶在翻飞，鸟群在树林里消失了。

很少见到盛大的鸟群。

鹩哥、八哥、山斑鸠、珠颈斑鸠、白鹭、金腰燕、麻雀、苇莺等都是喜结群的鸟。白鹭是结群营巢，在某一处丘陵的密林或山塘边的高大丛林，一棵树一个巢，巢堆在树冠上。早晨，数十只白鹭呈"人"字形，飞出营巢地，去往浅滩，或田畴或草泽地或藕田，分散觅食；晚归了，又排出阵形，嘎嘎嘎而鸣。

在大茅山腹地，见过最多的鸟群便是山斑鸠了。绕二镇的一个偏僻山村（四户人家），在一个很深的山垄里。山垄有数十个狭小的山坳，一个山坳有数块山田。稻子黄熟，山垄虚静。我数次遇见这样的情景：山田飞出数十只山斑鸠，呼噜噜，低低地飞，落在山边树林。它们出其不意地从稻田里飞出来，吓人一跳。

作家周洁茹在《利安邨》里说：只要你开始注意哪一种人，那种人就会出现得特别多。周洁茹的发现，同样适合自然界。有一段时间，我很留心一种叫灰胸竹鸡的野鸡，在大茅山各个山坳，可以经常发现灰胸竹鸡。现在，我留心鸟群，又发现鸟群随处可见，只是鸟群并不那么壮观而已。但也有壮观的时候。有一次，在胡家大桥下洎水河边，有一处芦苇、刚竹、矮灌混杂的地方，柳莺数百只窝在一起吃食。我走进芦苇丛，柳莺突然起飞，呼噜，一阵阵飞出叶丛，落在十米远之外。

鸟在迁徙或迁飞时，会不断集结，形成鸟群，甚至形成数万之众的庞大鸟群。天鹅、豆雁、鹭鸶、鸬鹚、赤麻鸭、白骨顶、凤头麦鸡、东方白鹳、丝光椋鸟、红嘴鸥、海鸥等，都是以庞大集群迁徙的。蓝冠噪鹛在迁飞时集群，繁殖季结束，各回山林，隐身不见，毫无踪迹。山斑鸠、乌鸦、柳莺等，在日常觅食时集群，数百数千之众，共同出没。

农历三月，是丝光椋鸟的繁殖季，它们喜欢在裸砖墙营巢。我发现村巷有两栋紧挨着的民房，没有粉刷，丝光椋鸟落满了墙，有百余只，它们在营巢、喂食。我站在民房下，看它们，它们也不飞走，嘻喊嘻喊叫着。

鱼在洄游时，会大量集群。最著名的北美大马哈鱼洄游，是地球上最壮观的鱼类洄游，五亿多条鱼集群，行程三千多公里，越过激流，越过瀑布，回到出生之地，繁殖之后，死在出生地，供子鱼作营养。2018年4月，在峡江赣江水利枢纽工程，（在水下记录仪）我看到鳜鱼洄游，密密麻麻，多得不可胜数，穿过鱼道，数日数夜不息。银鲴、鳊鱼、黄颡、鲩鱼、鲤鱼、白鲢、鲫鱼等，都具洄游现象。角马迁徙，有领头马；大象迁徙，有领头象；大雁迁徙，有领头雁；黑蜂迁徙，有领头蜂。鱼在洄游时，有领头鱼吗？

洄游和迁徙，是动物界神秘、神奇的生命现象，有许多待解之谜。集群是待解之谜的一环。为什么集群？怎么集群？如何传递信息？鸟依据鸣叫，大象通过嘶吼和脚步的共振，把家族或群落召集在一起，而鱼依据什么呢？不得而知。它们听从了季节的召唤，听命于基因，顺从于食物。

集群，是为了抵御意外事件的发生，比如躲避恶劣天气、防止迷途、抵抗天敌袭击等。丝光椋鸟是体形较小的鸟类，易受猛禽袭击，集群迁飞，可以阻击猛禽偷袭。游隼俯冲袭击猎物时，时速可达三百余公里，是飞行速度最快的鸟类之一，可以直接击穿猎物的大脑，扑杀。丝光椋鸟集群迁飞，游隼袭击，翅膀会被鸟群折断，它只攻击落单的鸟。

黄柏是德兴市最南部的镇，丘陵地貌，植被丰富，河汊纵横交错，有广袤的农田。龙湾有一个大水库，周边山丘长了许多高大的樟树、朴树、泡桐、香椿、洋槐、香枫、苦槠等。每到4月，数千只鹭鸶在高树上营巢，在农田觅食。凌晨或傍晚，鹭鸶在树冠上憩息，振翅而舞，尤其在6月，小鹭鸶试飞，呜呜嘤嘤，如树上开满了白花，广玉兰一样饱满的白花。这就是生生不息。

2021年初冬，我去大茅山北麓的小婺源，在山脚下，火棘挂满了浆果，鲜红欲滴。数百只暗绿绣眼鸟在吃火棘和胡秃子。那是一个无人耕种的山谷，番薯地长了许多火棘、胡秃子、盐肤木、白背叶野桐、苘麻。暗绿绣眼鸟站在细细的枝头上，叽叽叫，啄食鲜甜的浆果。它们吸收了浆液，排出了籽。它们是山野的播种者。

村郊墓地易长的灌木是胡秃子、枸骨树、朱砂根、菝葜等，每到深秋，红果缀枝。竹鸡垄村边的矮山就有墓地，野坟很多，我常去。祭坟的人，常留祭品在墓前，招来了野猫。野草枯败，红珍珠似的矮灌浆果引来了鸟，以大山雀、画眉、暗绿绣眼鸟、太平鸟为多。它们都是小型鸟，飞起来，黑压压一群。

9月，枣熟。杂货店的阿姨在吃枣。我去买食盐、老抽、恒顺陈醋，阿姨嚼着枣，鼓囊着嘴巴，说：你带几个枣去吃。我摸了一个枣塞进嘴巴，嚼了一口，酸死了，吐了出来，说：这是什么枣啊，酸死人。

酸枣。酸枣健脾开胃，养心安神。多吃酸枣好。阿姨说。

我拿了五个，握在掌心玩耍。看守门房的老余说：你要这几个酸枣干什么？

我说：找个花钵埋下去，看看能否发芽、育苗。

明天下午，我带你去凤凰岭摘酸枣，那里有一大片酸枣林，你都能摘满一箩筐。老余说。

凤凰岭森林茂密，小叶冬青、五裂槭、柞裂槭、木姜子、山毛榉、栲槠、槲树、栓皮栎、麻栎、锥栗、野山柿等野生树遮蔽了畚斗形的山坞。岭口的枕山之巅是六层三重檐的聚远楼。聚远楼始建于宋熙宁二年（1069），由乡绅余仕隆兴建，后毁于战乱。2004年，再度重建。枕山之下是凤凰湖，披戴翠微，山楼叠波映月。山坞枣叶欲黄未黄，地上落满了枣叶和烂枣。双手抱住树摇摇，叶纷飞，枣纷落。林子里，到处都是太平鸟。它们在吃酸枣吃锥栗吃野柿。我大喊一声，太平鸟惊飞，数千只。它们飞一会儿又飞转回来，继续吃。这么多太平鸟，头一次见。

竹鸡垄的老张师傅，爱喝酒。有人在来垄杠的山丘伐了一片针叶林，垦出一垄垄的山地，想种橘树。橘树一直没种下去。老张师傅在山地种高粱。高粱耐旱，只要泥肥，不浇水也疯长。高粱红熟了，却颗粒无收。山麻雀数千只，天天吃高粱。他拿一根竹竿去赶山麻雀，赶一下，山麻雀呼噜噜飞到林子里，叽叽喳喳叫。他不赶了，山麻雀又飞回来吃。赶了几天，他不赶了，任由山麻雀吃。吃了半个来月，高粱剩下光秃秃的秆。平时，山上很少有山麻雀，高粱熟，周边的山麻雀全来了。它们就像一群难民，一窝蜂往施粥营跑去。山麻雀看起来憨憨的，其实非常聪明。

"人为财死，鸟为食亡"，是古时谚语，说透了人性与动物的自然性。鸟趋食，无论多遥远，鸟也会不远万里去吃食。有了丰足的食物，才得以繁衍。一路上集结，家族组成了群落，无数的群落组成了庞大的鸟群，遮天蔽日的鸟群。

鲭鱼是深海鱼，繁殖季到了，每个鱼卵含有一滴油脂，鲭鱼就向海岸迁徙，浮在浅水区。鲭鱼集群逐浪，延绵三十余公里，它是海豹的主要食物之一。海豹追逐，鲭鱼集结成巨大的球形，继而不断变化着队形，以逃避海豹的猎杀。数百只海豹不断穿破鲭鱼的队形，驱散、分割它们，逐一绞杀。数千只鲣鸟，冲飞入海，啄食鲭鱼。这是海洋世界最壮观的猎食场面之一，十分惨烈。繁殖季结束，鲭鱼返回深海。

看到丝光椋鸟的鸟群从乐安河掠起，我就想到鲭鱼。庞大的鸟阵令人震惊，叹为观止。它们飞出密密麻麻的一团，乌黑黑一大片，不断地变化着队形，以曲线、弧线，不断地组合成无穷无尽的鸟阵。它们飞得很快，呼呼呼，掠过树梢，树梢摇摆。它们的翅膀卷起风暴，但它们不会相互碰撞，自由、优美、有序地飞。一个庞大的鸟群，看似杂乱无序，其实它们遵循着严格的规则，不会发生"高速撞车"事件。

它们遵循的规则是什么？庞大的鸟群是否有头鸟呢？乔治·帕里西（意大利理论物理学家，2021年诺贝尔物理学奖获得者）以三维坐标研究了椋鸟鸟群，发现每只鸟同时观察六七只身边的鸟，若有一只鸟的飞翔体形发生变化，便也随之发生同步变化，从而使整个鸟群的队形发生变化，如飓风卷动乌云。

鸟群，是鸟的一种防御形式，防御自然暴力，防御天敌。鸟在觅食时，发现食物丰盛，会呼唤同类一起觅食。我很仔细地观察过麻雀。在院子的圆石桌上，我撒谷子，一只麻雀来吃，吃一会儿就飞走，再带十几只麻雀来吃。麻雀边吃边叫，叽叽叽，更多的麻雀飞来了。山斑鸠也是这样的。鸟类与人类一样，懂得分享食物。

我有一张竹茶几，摆在阳台上，每天中午在茶几上撒谷子。麻雀、斑鸠、燕雀、白腰文鸟等，来吃谷子。有时，它们一起吃，各鸟吃各食。家禽就不一样，把陌生的鸡扔进鸡群，会被群鸡啄。被人驯养的家禽，带有人的劣根性。

一只鸟，两只鸟，三只鸟……鸟群。大多时候，大多数鸟，是单独飞行、单独觅食的。这与人相似。尤其是林鸟，分散在森林的各个角落，栖在不同的树或岩石上。在某个时候，因为季节的召唤，它们开始迁徙、迁飞，在路途上一一集结，不断地壮大，如行军的队伍，往目的地进发。它们在漫长的路途中，共度生死。

在4月下旬，蓝冠噪鹛从高海拔往低海拔迁飞，一路迁飞一路求偶。配上偶的，停下来，在高树上营巢、繁殖；没有配上偶的，继续迁飞。鸟群一路集结，又一路分散。鹭鸶也是这样迁徙的。回程了，鹭鸶数万只结群，往南而去，蔚为壮观。它们走固定的路线，俗称鸟道。

吉安遂川县营盘圩，是我国三条鸟类南北迁徙大通道里的中部通道，是千年鸟道。每年清明至白露，因季风影响，南鸟北飞或北鸟南飞，尤其在9至11月，越冬候鸟南迁，高峰期每天有数百万只冬候鸟在营盘圩补给，在池塘、在农田觅食，在树上夜宿。一棵大树，有几十只鸟夜宿。白琵鹭、白枕鹤、白鹤、豆雁、鸿雁、东方白鹳、小天鹅等冬候鸟，川流不息，如江河入海。

鸟群是个体生命的集体怒放。在客居之地大茅山北麓，每日都会见到鸟群，或在树林，或在河畔，或在田畴。数千只的庞大鸟群却难以见到。我们会被触动，甚而震撼、惊骇。鸟群是大地上的神迹，神迹一闪而过，无比神奇。

# 山头斜照

瑞港至双溪，有一条盘石山峡谷，鲜有人走过。当然，游泳爱好者例外。山谷有数十个水潭，深则三五米，浅则齐腰，水清澈明净，可见鱼翔潭底。早上六点游半小时，下午五点游半小时，是赖永忠雷打不动的四季作息安排。他一口气可游千米。在雨季，他不敢去游。随暴雨而来的山洪，惊涛骇浪，振聋发聩。峡谷外，可听到轰隆轰隆的逐浪声。

洪水冲出了狭长的水潭，也把巨大的山石卷入河道。8月，山溪枯水季，河道被"洗劫一空"，河石裸露，水潭以镰刀形、弧瓜形、双月形、茶盅形、铁锅形，分割了河床。水潺潺，渗透了砂石层，蓄在了水潭里。河床阴湿，有深灰色的水痕，凸出来的石块则是青黑色或麻褐色。青黑色的，是石灰石；麻褐色的，是花岗岩。山坡上的花岗岩体被风与水割裂，滚入了河道。河床的基石有石灰石，也有花岗岩，花岗岩被水冲出一个个臼槽。臼槽有的如脚印，有的如牲畜的食槽，有的如春米臼。水改变了石头的形状，也赋予了时间形态。时间有时是液态的，有时是固态的，有时是气态的，随物赋形，随物塑形。

低矮处石崖盛开着黄花菜，在整个山野，显得很挑眼。石崖上长着七节芒、石蒲、知风草、白茅、黄茅，一株黄花突然冒出来，斜斜长长，给杂色的秋天涂上了一抹厚重的色彩。黄花菜又名柠檬萱草、忘忧草，属于阿福花科萱草属植物，因花色金黄而得名，因花苞片是披针形，又称金针菜。萱草原属百合科，黄花菜与黄百合颇有相似之处，让人误以为是黄百合。秋分至寒露，正是迟熟型黄花菜的盛花期，花朵盛绽，又称中秋花。蒴果初挂，形似酸浆果。人的出身不同，气质也会不一样，有的出身于大贵之家，天生就有了贵气、雅气、书卷气；有的出身于贫寒之家，天生就懂得吃苦耐劳，粗衣粝食。可出身仅仅是出身，决定不了命运。植物与人一样，有的长在肥沃的淤泥里，有的长在盐碱地，有的长在石崖。黄花菜耐干旱、耐阴寒、耐贫瘠，就像个出身在赤贫之家的孩子，却模样俊俏、面目洁净、神采英拔。越是长在高寒地带、干旱之地的植物，生命力越强大。

盘石山峡谷是大茅山最长的峡谷，约八公里长。峡谷如一列拐弯的火车，呈游蛇形。山上覆盖了阔叶林和矮丛。平坦的山垄，乔木林更加茂密。山上多香枫树、青冈栎、苦槠、荷木、柞裂槭、五裂槭、山乌桕、黄栌，河岸两边多盐肤木、苦楝、香樟、榆、金枝槐、酸枣树、檵木、荆条、木姜子、野枇杷。盐肤木烂贱，草不长的地方它长，草长的地方它也长，过了霜降，叶先红如烈焰，后黄如金箔。仲秋，正是盐肤木花期，落在地上，如一粒粒糙米。盐肤木从来就像个营养不良的孩子，树叶从来就不会绿，淡淡青黄，又很糙，患了皮癣一样。生命太沉重，它过多吸收了土壤中的盐分。盐注满了它的身体。

酸枣树是盘石山最多的树之一。枣落时节，有人提着布袋或竹篮来峡谷捡酸枣。酸枣树高二十余米，枝丫密匝，错生而上，树冠婆娑，小枝呈"之"形弯曲，叶丫挂着枣。在枣树下喝茶，枣噼噼啪啪落在脚边，又大又青。捡枣人不打枣，落枣才是熟枣。熟枣汁液丰沛，果肉软厚，捡了回去，放在木桶里捣烂，去了核，与红薯粉一起和浆，揉团蒸熟，晒干切片，成了酸枣糕。灵山、三清山、怀玉山、大茅山，同为怀玉山山脉，唯独大茅山的酸枣树特别多，也不知道为什么，可能与岩层有关吧。灵山、三清山、怀玉山、大茅山都是花岗岩（酸性岩浆岩中的侵入岩）地貌，大茅山的花岗岩地貌又混杂了石灰岩（碳酸盐岩）地貌，酸枣耐寒、耐旱、耐碱、耐瘠薄，萌蘖力强，很适合在石灰石发育的土层上生长。德兴酸枣多，乡间便有做酸枣糕的传统。在酸枣树下喝茶，品酸枣糕，听酸枣落，看乡民捡酸枣，便有了生趣。

夏有枣花，秋有黄花，峡谷有了许许多多的野蜂。在一栋废弃的工房（约六十平方米）里住了一对养蜂人。养蜂人七十多岁，大叔养蜂，大婶卖蜂蜜和料理生活。他们在这里养蜂十多年。大婶姓董，是德兴市海口镇人，大叔是中学退休老师。大叔酷爱养蜂，戴着斗笠，裹着纱罩，一箱一箱地查验蜂。在峡谷养了蜂，他们再也不走了。无人的峡谷，清净，睡到自然醒，无梦到徽州。虎头蜂是大杀神，黄黑相间，大颚发达，螯针和毒腺相连，在秋冬季节，会为抢食而杀蜂。虎头蜂又名黄脚胡蜂，巢如鸡笼，日出而出，到董大婶的蜂箱杀蜂抢蜜。董大婶就用一个火钳，钳虎头蜂。一个上午，她要钳三十多只。我看到大婶把一碗虎头蜂倒给鸡吃，就感到很惋惜。虎头蜂泡酒多好，泡上一年两年三年，可以去孩子身上的痱子、疮疖，去种田人手上的皮癣。

在大茅山东麓，我请人摘过一个虎头蜂巢。空巢挂在香枫树上有十多年了，不摘下来太可惜。那个蜂巢有多大呢？一张床单正好包住。据说，空蜂巢挂在树上，百年也不会腐烂。蜂巢由蜂脾构成，平行垂直，一列蜂脾由数千个蜂房连接在一起组成。蜂房六角形，由工蜂分泌的蜂蜡构筑。蜂巢撕下来，揉在手上，如草纸。蜂蜡是由什么成分构成的呢？我不知道。我觉得蜂蜡是世界上最神奇的东西之一，通风、干燥、防潮，可寄蜂的肉身，可囤蜜，数十年也不腐烂，比乡人瓦房用得更久，还无须翻修。据老中医说，野蜂的蜂巢煮水喝，治过敏性鼻炎，比任何药厂出的鼻炎药都好。我是冷空气过敏性鼻炎，但我还是没有煮过蜂巢。那样的话，太残忍，虽然无蜂了，可毕竟这个蜂巢曾生活过数万只蜂，是自然界最伟大的家之一。

山坡多细流，细流如丝，一层层往下漫流。林中蛙类依赖细流生存。大茅山乡、绕二乡、花桥乡、龙头山乡有捕蛙人，夜里偷偷上大茅山，循着细流捕蛙，暗地卖给餐馆。细流边的草本，是山中最好的草药，解毒、镇痛、去火、治蛇毒、治疮毒。

山溪发端于大茅山的马溪，马溪经桐溪坑，过双溪。双溪当地筑坝建了双溪水库。水库建于1969年11月，完工于1975年，并建三级坝发电。电站在二级坝下游，设了生活区，建有小学、职工用房、办公楼。1990年，双溪水库定位为德兴市饮用水源，实行水源地保护，电站生活区搬迁。三十年过去，大部分建筑物自然坍塌，爬满了藤萝，长起了芒草、构树。当年遗落的枇杷籽，长成了野枇杷树。梁断瓦碎，剩下砖混残墙。杂草作为第一批主人，占领了人居之室。杂草沿着雨水的印迹，把废墟带回了丰茂。仅存的一栋建筑物，是办公楼，暂住了两户老职工。那些坍塌的旧房，成了獾、野猪、山鼠、黄鼬、蛇、蜘蛛的临时避难所。

看办公楼的陈设，就知道这个峡谷曾有多喧哗。内院有带水池的花园，现扔满了垃圾。一级级开垦出来的菜地，长满了野山茶和杂草。酸枣树、榆树，盖住了楼前的机耕道。

山溪还在，公路桥还在，一只白鹭沿着山溪往峡谷深处飞。前些时间，我坐滴滴车，问开车师傅：你开滴滴车，是专职的还是兼职的？

兼职的。在盘石山水电站上班。师傅说。

你勤快，利用闲余时间赚伙食费。我说。

五天上一天班，太闲了。盘石山太清净了，待不住。师傅说。

这样的工作好。我说。

去过盘石山吗？师傅问我。

去过。去得少。有什么好玩的地方？我说。

在一个地方工作了三十多年，会有好玩的地方吗？十三四年前，有人在河里下毒，毒死了好几千只水鸟，有鸳鸯，有油鸭，有斑嘴鸭，捞了好几天，才把那些死鸟捞完。真是可惜。活活的水鸟被毒死，欠下几千条命。有好几年，水鸟都不来了。鸟真聪明，知道这里有坏人。前五六年，又有水鸟来了，每年增多，到了冬春季，有两三千只水鸟在瑞港水库。有好多鸳鸯都不走了，留在了盘石山。有了水鸟，在电站上班，也就不觉得寂寞了。师傅说。

在德兴，盘石山是冬候鸟最多的地方了。我说。

因为游泳的人太多，也因为有人给鸟下毒，峡谷实行了管制，外人进不去了。电站管理员把守着峡谷入口。

在峡谷，我只见到一只白鹭，一只水鸟也没看到。鱼倒是很多，蛇见到了一条。蛇是锦蛇，有两米多长，在七节芒草丛里游动。大鱼在深潭的上层游，一条，或两条，或三条，或四条。龚晓军说：那是鲩鱼。说是大鱼，是相对马口鱼而言的，其实也不算大鱼，约一斤来重。我说：不是鲩鱼，是红眼鱼或上军鱼。红眼鱼别名赤眼鳟，眼上缘有红斑，杂食，尤喜藻类、有机屑，喜欢在洁净的山溪浪游。军鱼即刺鲃，栖息在山中激流，杂食、凶猛，尤喜动物内脏。红眼鱼和军鱼均有白金色的鱼鳞，鱼鳍宽大。我看到潭中游鱼，游速快，鱼鳍近乎透明如水母绽放，白鳞闪闪。鲩鱼在潭中，忽而静止，忽而游动，受惊了，才会快速游动。鲩鱼是河中的"阿尔茨海默病患者"，只有在吃食时才能得到快乐。

假如水潭是一面天空，那么游鱼如一架大飞机。在我眼里，游鱼更像大海中的一叶帆船。帆船在无风无浪的大海上，漂移漂移漂移。鱼之美，在于水，在于水中的自由。水潭，究竟还是水潭。鱼游不到水潭之外，河断流。我想起陶渊明的《归园田居·其一》：

> 少无适俗韵，性本爱丘山。
>
> 误落尘网中，一去三十年。
>
> 羁鸟恋旧林，池鱼思故渊。
>
> 开荒南野际，守拙归园田。
>
> 方宅十余亩，草屋八九间。
>
> 榆柳荫后檐，桃李罗堂前。

暧暧远人村，依依墟里烟。

狗吠深巷中，鸡鸣桑树颠。

户庭无尘杂，虚室有余闲。

久在樊笼里，复得返自然。

不知道鱼会不会想滔滔的河水。河水汹涌，鱼才会跳跃，竞相欢腾。河水上涨，它们千里迢迢斗水而上；河水退去，它们留在了水潭。水把鱼囚禁在水里。

一日，我独自一人去盘石山峡谷，早早就去。峡谷阴阴，鸟叫得很是喧闹。画眉比较多，每一个山坳的树林，都有画眉叫，叫声婉转、优雅、洪亮，如一天开始的序曲。秋风微凉，山乌柏在山坡上被秋风翻动着黄叶。风在阅读每一片树叶。千峰高耸，斗转星移。因前两日下了雨，河水淹没了河床，冲击着巨大的河石，激荡起白水花。褐河乌在河石上摆尾、抖翅，兀自独舞。

深秋，就是树叶上的寒露，枯草上的白霜。山边烂湿的泥浆被冻住了，冻出了冰凌，泥被寒气钻出了针头大的孔。山楂又红又大又甜。金樱子又黄又鼓又蜜。野吊瓜挂在枯死的藤上，金晃晃的。生命有气数，盛衰兴亡。大地不会有气数，大地只负责生命轮转。须浮鸥沿着峡谷飞，驮着第一缕阳光。阳光斜斜地照在山谷，通红透亮。一襟晨光，有了凛冽之感。

须浮鸥在找鱼吃。我知道，再过半个月，鸳鸯、斑嘴鸭、赤麻鸭、普通秋沙鸭等水鸟，会来到盘石山峡谷。那是上一年的终结和下一年的开始。飞走的鸟，又飞了回来。太阳依旧照，不疾不徐。太阳推着车轮，在峡谷踽踽独行。山溪断了又流。

# 黄麂之死

死亡是神秘的，甚至无法窥视。在低海拔森林，我目睹过黄麂的自然死亡。

欲雨未雨，积雨云散去，阳光突然亮起来，葵花黄，盖满了森林。耀眼的瞬间，林木显得更挺拔。柞裂槭、青冈、鹅耳枥、三尖杉、蒙桑、鹅掌楸等高大乔木把阳光撑了起来，滤下斜光。花叶扶桑、俏黄栌、九里香、红桑、毛杜鹃、木绣球、双荚决明、硬骨凌霄、杜梨等灌木，扎起一道天然的林缘篱笆。马溪从崖壁泻下，冲击着崖底岩石。崖壁数十丈之高，如刀削。站在竹墕村，可以看见瀑布湍泻，如一张巨大的白布。瀑声哄哄，传之数华里之外。

竹墕村是大茅山南麓半山的小村，只有两户人家：一栋瓦房，一栋别墅。后山是一道无人涉足的山梁，荒僻，毛竹、乔木丛生，泥土路巴掌宽，路被高高低低的茅草、沿阶草遮掩。竹林往高山之巅蜿蜒，形成了壮阔的竹海。有一块山坡，被人砍了茅竹，无人管理和栽种，长起了乌饭树、硬漆、山楂、山毛榉、野山茶等灌木，以及芒草、蛇床、薤头、野荞麦、野芝麻、姜花、野大豆、鼠曲草、败酱等草本。辛丑年丁酉月丁卯日晌午，我来探山，站在石墩上，看见一丛野芝麻晃动得厉害，便拨开草过去，发现一头黄麂躺在草窝。

黄麂是鹿科麂属动物，当地人称山麂或麂子，生性胆怯、谨慎多疑，白昼躲在灌木丛，晨昏出来觅食。黄麂十分惧人，略有风吹草动，就躲藏起来。它怎么躺在草窝呢？野荞麦被它压在身下，它歪着头，身子斜躺着，四肢缓缓地伸一下，又缓缓地缩回来。它瘦弱如干柴，肩胛肉陷了下去，体毛蓬乱。它垂下眼帘，又睁开眼，看着我。它的腹部在剧烈地起伏，看起来它的每一次呼吸都很困难。它的嘴巴张一下，又闭合，周而复始。陪我进山的朋友说：它的症状像中毒。它虚弱且无力。它伸脚缩脚的频率在减缓，它呼出的鼻液有了黏膜。白白稀稀的黏膜，如米汤。

这是一头雄性黄麂。雄性黄麂具长而向后内弯曲的两叉角，如两枝卷柏。野荞麦正扬花，瓣白蕊黄，茎节各开一枝。我对朋友说：黄麂食草，不会中毒，全身也无伤口，应该是寿数到了，衰老而死。它的犄角又粗又短，角尖磨掉了，老黄麂才会这样。

趁肉热，我们抬回去吧，可以好好吃两天。朋友说。

将死之兽，人亦哀之。古人尚且如此，我们更要人道。黄麂死在这里，你不能告诉任何人。我说。

黄麂在极力地撑眼皮。于它，眼皮似乎是最重的物体，撑起又盖下来。它撑不动了，留着一条眼缝，睫毛在抖动。一群苍蝇叮在它湿湿的眼角。我摸了一下它腹部，热热的烫烫的。黄麂的眼环在慢慢变黄变白。它的脚再也不伸缩了，勾曲、僵硬。它的腹部瘪了下去，微微起伏。它的舌头伸出了牙关，缩不回去，舌苔发黑。它的喉部在艰难地蠕动。它始终不发出声音。我拔来野芝麻，盖着它。

我坐在石墩上，有些茫然。山梁对面，是南北横贯的苍莽峡谷和峡谷之上的梧风洞，山峰苍翠缥缈。空空茫茫的竹林，山鷯莺在嘘嘘嘘地欢叫。生命个体无论多雄壮，也必将死亡。

黄麂是鹿科动物中最小的鹿，叫声似犬吠，故称吠鹿，毛黄如焰苗，又称赤鹿，是独居动物，在低地山谷、丘陵、矮山冈，喜出没灌丛、草丛。我遇过黄麂在溪涧边吃草。

春日，我一个人徒步去山中寺庙，途经水库，在山塆处，有沙沙沙的树叶晃动声从灌木林传来，我停下了脚步。我隐在一棵喜树下。一头黄麂扬起圆滚滚的脖子，伸直前肢，竖起耳朵，啃食矮灌木叶。它脸短且宽，体毛棕褐色，颈背部深棕褐色，腹部白色，一对犄角如两把半月之弓。它潦潦草草啃食，嗦嗦嗦，把树叶撩进嘴巴。我拍了一下巴掌，啪啪啪，黄麂跳出灌丛，往山上跑，一跳一跳地纵跃，消失在松林。

癸巳年己未月至甲午年乙亥月，我在福建浦城生活，认识一个杀麂人。九牧是我途经的高山下小镇，竹木遍野。杀麂人在家门口摆麂肉铺，当时的麂肉价是一斤四十五元。肉铺斜对面路口，有一家小餐馆，烧农家菜，很合我口味。我三天两头光顾。我常见到麂肉铺上，堆着半边麂子，蝇虫飞舞。杀麂人是一个中年男人，个头偏矮，腰上扎一条蓝布围裙，围裙口袋塞着一包"利群"烟、打火机和散钞。我看过他杀麂。黄麂被箩筐绳绑住了四肢，他老婆按住麂臀，他右手按住麂头，左手握着一把尖刀，试了试，找喉管。黄麂睁大了乌眼睛，在挣扎，四肢扭动。他一刀捅入喉管，血沿着刀背飙射出来。黄麂张大了嘴巴，呃呃呃呃呃呃，叫得很惊恐。血射在脸盆里，足足有两大碗，红红的，番茄汁一样。他老婆倒一碗盐水下去，搅动血。黄麂慢慢咽气，血在凝固，起了一层带血丝的白泡。

黄麂咽了气，肉还是热热的。杀麂人伸出舌头，舔舔刀尖上的鲜血，开始剥皮。刀尖从头割向脊背，割向臀部，一分为二。杀麂人左手拉紧皮，掀开，右手用刀剔皮肉，分割出皮。杀麂人抽了一根烟，喝一口浓茶，继续剥皮。烟一根接一根抽，抽到第五根，他把半截烟头吐出来，一张黄麂皮剥完了。

皮挂在竹竿上，淋着血。狗舔着地上的血，舔净了，又舔皮上的血。皮上的血凝固了，黑黑的，成了血块。杀麂人剖麂腹，剁刀剁下光溜溜的麂头（没有皮），扔进木桶。剁刀是厚刀背，刀口半月形。刀重沉手，他沿着喉管往腹部深深切下去，一直切到排泄处。他掰开腹肉，伸进血糊糊的手，掏出一把把热气腾腾的血团，掏出肠，掏出肺，掏出心，掏出肾，掏出胰。肺胰扔在地上，他噜噜噜噜噜唤狗。狗摇着尾巴，舔着下巴的血，叼起血物走到屋檐下吃。

他沿着脊椎骨剁黄麂，一头黄麂分两半。他老婆舀起热水冲洗木墩，冲洗只剩下一堆肉骨架的黄麂。杀麂人开始叫卖：肉热，一口鲜，一口鲜。

盘亭镇与九牧镇毗邻。盘亭有一家餐馆，麂肉烧得好，食客盈门。餐馆由婆媳主厨，儿子负责烧锅、杀麂。他把活麂吊在院子的桂花树上，刀割麂喉，吊着剥皮，刀剔皮肉，把皮往下拉，现杀现剐，血洒满地。肉割干净了，树上吊着一副麂骨。取下的肉，直接入热锅。青椒炒麂肉，白萝卜丝炒麂肉，红烧麂肉，氽汤麂肉，炭焖麂肉，火锅麂肉，冬笋炖麂肉，火炉干锅麂肉。有少数食客不吃麂肉，吃麂骨。烧锅的儿子架起一口大锅，把骨头丢下去，放老生姜、胡椒、陈皮，熬一个时辰，汤熬好了，剁白萝卜、切豆腐下去，一锅煮。食客吮吸着骨髓，吃得满嘴油。

有一次，我去盘亭，时间尚早，我看烧锅的儿子杀麂。麂吊在桂花树上，四肢拼命地擎动，擎动一下，泪窝滚出一泡水。它的泪窝比眼窝还大，眼里的水不断地注入泪窝。它的喉咙鼓起来，发出"喔啊喔啊"的声音，既像犬吠，又像鸭叫。那是一种难以描述又忘不了的尖叫声。刀割喉管，它的眼睛突然睁大，大得骇人，眼睛里的光却瞬间暗下去，也无水涌出来。它的四肢撑了几下，慢慢伸直、伸直，脊椎挺直，头蔫耷下来，舌苔伸直发硬，耳朵软耷，竖起来的体毛软下去，血顺着皮毛往下泻。他用手拍拍黄麂的头，说：这头麂蛮重，有四十多斤。他剖开黄麂鼓胀的腹部，掏内脏。杀麂人的女儿十来岁，默默地流泪，哀绝似的低号：爸爸，你为什么这样残忍？

小孩子瞎说什么？一头麂可以赚半年酒钱呢。杀麂人说。

甲午年开始，我不吃家禽家畜之外的飞禽走兽。我曾是个热衷于吃的人，没有什么食物不敢吃。我也曾是麂肉店的食客之一。所以，我也是背负罪孽的人，并不因为禁口了，而消除了罪孽。吃下去这么多的生命，我也因此永远无法得到救赎。

大茅山山脉东西横亘三十余公里，山体堆叠，渐渐抬升，形成大茅山主峰。这里有着茂密的原始次生林。山脉以东，高大的山体交错，如大地隆起的肌肉。交错地带是小峡谷或高山盆地，涧水飞泻，山坡低缓，灌草丛生，阔叶乔木参天。这是黄麂最理想的栖息之地，食源丰富，易于藏身。东部高山之下有一小村，叫革畈，有职业捕黄麂的猎手老汪头。

黄麂有自己的领地，活动范围半径约为三公里，以草窝为巢穴。老汪头会辨认兽迹。兽有自己独特的路，野猪、野兔、黄鼬、狐狸，莫不如此。草往两边压倒，脚印如梅花，便是黄麂之路。草丛有团状干涩粪便，就确凿无疑了。他不用铁夹子捕猎，而是用绳套。绳子一端绷紧在树的高枝，另一端打一个绳套，绳套圈在机关（陷阱）上，黄麂踏上机关，树枝弹回去，黄麂被吊起来，倒立在树下。方圆几十个村子，唯老汪头有此绝活。我表哥很想拜老汪头为师，提着烟酒去了好几次，他也不收。他说：猎人无善终，作恶太多。

胎不离身。这是赣东北一带的说法。小黄麂长到五个月，即性成熟，离开母麂独自生活。母麂怀胎七到八个月，生下小麂，在哺乳期也可怀胎。雄麂在发情期间夜夜吼叫，声传三华里之外。雄麂夜间满山游荡，翻过一山又一山，喔啊喔啊地吼叫，去寻找"情人"。它像个孤魂，出没于丘陵、河滩、山冈。猎人驼背老五说：雄麂会离开巢穴六十华里，找母麂求欢。陪伴母麂三天，月引雄麂沿山脊线回到自己领地。也有迷路的黄麂，进入村舍，误闯农家小院。

进入农家的黄麂，不可以打也不可以收留，得放回山林，不然厄运会降临。这是赣东北民间俗规。入了院屋的黄麂，是自己的先人，想家了，回来看看后人是否安康。有很多动物，入了农家不可以伤害。蛇无论多毒，都不能打。蛇是故去的父母或祖父母或外祖父母来托梦。黄鼬是庙殿里供奉的神仙，也不可打。狐狸是前世有恩相爱之人，也不可以打。松鼠是土地公的报信人，也不可打。用现在的话说，这是迷信。在农耕时代，这些哺乳动物在乡野常见，以宗教或寓言的方式，由一代代人口口相传，形成俗规，以育村人良善，与动物和睦相处。

黄麂性怯，但刚烈。误入院子，它出不去了，就猛烈撞墙，咚咚咚，脑壳撞裂而死。这个时候，有人施以援手，救它出去，它一步三回头，恋恋不舍，然后发力奔跑，去往山野。

黄麂性僻，除了它的母麂，它不与其他同类为伍，也不与异类为伍。它没有任何朋友。它是世间最孤独的动物。麂之死，是孤独者最后的涅槃。

　　自然死亡，于哺乳动物而言，十分神奇。哺乳动物可以预知自己生命的最后期限。猴子、野猪、老虎等群居动物，在预知自己死亡的前一天，会离开族群而去往秘密之地，安然躺下来等待死亡的来临。死前，它会饿自己，饿到没有排泄物了，找草棚或灌木茂盛的坑道或洞穴，舒舒服服地躺下去。

　　目睹黄麂之死，让我觉得，死亡并不会如想象当中那样可怖可怕。它死得安然，死得坦荡。它几乎没有挣扎，面部也不狰狞。它的呼吸慢慢衰竭，如水慢慢减弱直至断流。或者说，它放弃了与死神的抗争。作为生命个体，没有任何能力与死神搏斗，任何搏斗都是徒劳的。死亡是个体的，也是神圣的，需要一副安详、良善的临终面容。从容不迫地活过，就该从容不迫地面对死亡。死神就是没有尽头的时间，以无限的时间结束有限的生命旅程，一切都变得微不足道。

　　过了两天，我去看死黄麂。百米之外，我就嗅到腐肉腥酸的臭味。鸦、鹊在喳喳叫。普通鵟在山谷上空盘旋。棕树鹊、松鸦、喜鹊、鹊鸲，啄食糜肉。黄麂的腹部胀胀的鼓鼓的，像灌满了水的馕袋，眼窝爬满了皮蠹。它的身子爬满虫子：土元、大头蚁、粪金龟、食腐甲虫、蛞蝓、千足虫。它的耳朵还挂着两个蜗牛。绿头苍蝇嗡嗡嗡，成百上千只。它的排泄处，渗流出黄脓的液体。

　　第七天，腹部破腔了，内脏流了出来。肉孔上蠕动着肥嘟嘟的白蛆。眼睛被噬空了，皮蠹在口腔和耳朵内蠕动。排泄处溃烂出一个杯口大的洞，线蚯钻了进去。伯劳、银脸长尾山雀、山噪鹛、鹪莺，在啄食虫子。乌鸦扑在腹部啄食糜肉。

　　第十二天，黄麂露出了脊椎骨、肋骨、腿骨。鸟雀在吃成堆的蛆虫。头骨空空，一副骷髅的模样。脸骨很窄，额骨短而宽。眼睛和耳朵，成了互通的洞。我在竹垮瓦屋歇脚，屋主是一对年过七旬的老夫妇。大婆患有白内障，看人眼朝天，走路踮着脚。她是个热情人，给我泡茶。大叔偏矮偏瘦，听力不怎么好，不爱说话。大婆说：她的大儿子在好几年前意外死亡，儿媳妇带着小孩改嫁去了绕二炉里，三十多岁的孩子还单身。瓦屋是她借居的。天下雨，雨水从瓦缝滴下来，打在香火桌上，啪嗒啪嗒。

第三十七天，黄麂只剩下一副骨架和破破烂烂的干鬃皮。我铲起泥土，把剩余物填埋了。剩余物最终在泥下消失，皮骨化为泥土的一部分。似乎它从来不曾来过这片山林，甚至不曾活过。它所有的肉体痕迹被抹去，脚印消失，吼叫声消失。它吃过的草叶无影无踪。它的肉身彻底消失了。但它并非终结，并非消亡，生命是断断续续的存在。一头自然死亡的黄麂，进入了万物的循环。个体生命的伟大与渺小，均在于此。

自然死亡，是生命的至高境界。我站在瓦屋前，眺望群山。群山缄默。天已半秋，风带半寒，茅草半枯，茅竹半黄。似乎一切都不曾发生，也似乎一切正在发生。

# 大院里的小森林

金　艺


## 一


风用纤纤素手在草地上绣出一片新绿，阳光和雨密谋，交替用七彩丝线勾挑出红的黄的白的粉的紫的蓝的各色花，春就成功逃过门岗的盘查，明目张胆地入住机关大院，唤醒了沉睡一冬的小森林。

大院和赣江仅隔一条马路，十六层的主楼坐西朝东，无论从哪个方向看，都能感受到它硬朗的线条展示出的力度，楼前是宽阔的东门广场，绿化带从北排到南，又从两头折弯到楼后，融入主楼和西门边两栋副楼之间的小花园。

我说的小森林，就是这些绿化带和小花园。

参天古木、雾霭云海、飞鹰走豹、瀑布小溪，森林常有的这些它都没有。仅仅几眼就看完的花草树木加上一些小鸟和昆虫，如何能称得上小森林？

如果小森林会说话，也一定会谢绝"森林"这个头衔，太不符合机关实事求是的作风。

但它对于我的意义，就像一片小森林。

可能和父辈以及更早的祖先基因遗传相关，当然也可能是因为我从小就在大自然里撒野着长大，成年后我依然喜欢在节假日往山野里跑，在城市里工作生活的每一天，也都会有意无意地寻找钢筋水泥的缝隙里顽强生长出来的绿意，以弥补工作太忙无暇远足的遗憾。

不管是上班日急促行走时的匆匆一瞥，苦思冥想后的偶一抬头，还是值班日清晨、午间或傍晚的流连，小森林都能为我打开一扇绿色之门。

## 二

单位时常需要值整天班，24小时不离院。值班的黎明，是我和小森林最亲密的时候。

大院东南角那片草地十分活跃。太阳出来之前，最闪亮的角色是露珠，有挂在新生茅草尖上扮演清晨小灯笼的，有在叶片上环绕一圈充当月季项链的，还有的密密麻麻洒在红花檵木上，装扮成甜蜜的绵糖。碎米荠、点地梅、柳穿鱼、车前草各赶各从地里冒出头来，有的腰杆笔直颇有英武之气，有的枝条左顾右盼。

零零星星的几朵白花地丁和紫花地丁旁，一簇簇清新秀美的绿叶小白花吸引了我的注意，用手机软件扫一扫，显示是球序卷耳，是《诗经》里"采采卷耳，不盈顷筐"的卷耳。当时我的心猛地跳了几下，有点不敢相信，那么古老而诗意的植物怎么会出现在机关大院呢？用几个识花软件反反复复识别，在网上多方查找资料，没错，就是它，真是从《诗经》里走出来的卷耳。诗歌讲述一个女子拿着斜口筐去采卷耳，可是半天也采不满一筐，不是卷耳不够多，而是女子采着采着就没了心思，想念远方的心上人，后来就索性不采了，把筐子放下，坐在路旁痴痴张望远方。想必两千多年前的卷耳就是一种野菜或中草药，当实用转化为浪漫，它在两千年后的作用就不是果腹或治病，而是让一个埋头各类会议、文件和机关事务的现代女子，好几天的心情都像燕子在河流之上飞翔。

后来我又在一棵用篱笆围起来的大树下，发现了一小片野豌豆。它紫色的花在白天的微风中形如翻飞的蝴蝶，夜晚就收成一把镰刀状。让我惊喜的是，《诗经》里"采薇采薇，薇亦作止"里的"薇"就是野豌豆，那句广为传诵的诗句"昔我往矣，杨柳依依。今我来思，雨雪霏霏"，就出自《小雅·采薇》，这让燕子在河流之上又飞了一回。

不过这次不是缠绵深邃的情思引发我的共鸣。豌豆苗是上好的蔬菜，野豌豆苗应该味道也不错吧？这个念头唤醒了千年来女子好采集的本能，浪漫主义迅速转化为实用主义，在值班后一个周六的早晨，我在院子里掐了一小把野豌豆苗，回家后用开水焯一遍然后打汤，摆上餐桌后迫不及待地夹几根放进嘴里。可惜无味！完全没有期待中的鲜美，还有点嚼不动。原来豌豆苗要在没有开花的时候采，等到花开，苗就已经老了。这点，其实和机关文化挺合拍，在最合适的时间说最合适的话做最合适的事，否则事倍功半。相比《诗经》里的采薇人，我对农事时令的把握就自愧弗如了。

一时兴起，我把《诗经》里写到的植物全部翻查了一遍。大院草地上的白茅和飞蓬，大院外荷塘里的菡萏和菖蒲，还有我居住的小区花园里的花椒和枸杞，都出现在《诗经》里。这些我经常踏足的地方常见的植物，某些不知姓名的古人也看到了，并且把它种在了诗歌里，逾千年而不死。一想到照耀我的阳光千年前也照耀过它，轻抚我的和风千年前也轻抚过它；一想到经历数不清的自然灾害和人类破坏后，它还能从千年前的旷野生机勃勃地走到我的身旁；一想到千年前和千年后都有人和我一样看着同样的树和同样的花，我的内心就会沉醉于一波一波的喜悦里。

人真是时光长河中的一粒微尘啊，然而有这些不朽的植物的陪伴，再渺小的微尘似乎都有了穿越时间烟云的眼光和胸怀，进而忽略现实生活里林林总总的羁绊。

发现《诗经》和大院的神秘联系后，某种自信在我身体里小小膨胀，遇到棘手的事情抓耳挠腮郁闷烦心时，我就给自己心理暗示，一个能在机关大院草地上读出风、雅、颂的人，即便做不到无坚不摧也该百毒不侵吧。

## 三

当晨曦初现，小森林里的鸟叫声便此起彼伏。

它们站在高处，躲在暗处，偶尔从我面前飞过，我也只能辨出它是一只鸟，有头有翅膀有爪子。估计鸟们看我和我的同事们也是分不清，同款衣服同款裤子统一的黑色皮鞋，哪能认出谁是谁呢？

我时常坐在一棵鸡爪槭下的大石头上，聚精会神辨识鸟语。全都是叽叽喳喳的，有区别吗？只是有的高亢有的低沉，有的急促有的从容，这怎么能证明它们是不同的鸟呢？同一只鸟也会因为情绪起伏发出不一样的声音。好比办公室里的交谈，时而轻松活泼，时而严肃紧张，谁能说清楚鸟们是不是也这样呢？

只有斑鸠的叫声辨识度高，它们是小森林里音色最柔美的独唱演员，"咕咕，咕咕"的叫声忽远忽近，从不消失。

麻雀、八哥、乌鸫、白头翁、黑脸噪鹛在院子里常见。黑脸噪鹛常常上十只一起在灌木丛中飞来飞去或是在地面上跳跃前行，一只鸟发出"咕——咕——"的叫声，其他鸟就跟着一起嘈杂地鸣叫不息，即便是寒冬也阻止不了它们在冰天雪地里展露笨拙的身姿和喋喋不休的歌喉。一个秋日的黄昏，我在靠近北门的小树林里发现它们长时间地在草地上跳跃、啄食。其中一只不停地在同一个地方翻找，它用尖尖的细嘴把凋落的桂花树叶一左一右地用力甩开，不知在树叶底下找到了什么美味，那动作像极了年轻时候的我和现在我那些毛头小伙同事加班熬夜写材料时，顶着黑眼圈在一桌凌乱的文件中翻找急需的资料的样子。

喜鹊个大，黑白相间的翅膀时常在大院的上空优雅地划过，当它们喳喳叫着停在某扇窗前时，就会有人欣喜地探出头来表示欢迎。

初夏的一个雨后中午，我第一次见到伯劳便立刻被它吸引，当时它停在北边小花园里的一棵黑松上，然后越过水杉和青冈，向江边飞去。灰色向浅棕红棕过渡的头背部，黑色的两翅和尾巴，白色的腹部，这样的颜色搭配极其赏心悦目。几个月后再见，它站在一根紫薇树枝上，一边用爪子按住一只小鸟，一边用鹰似的喙撕扯小鸟的肉，这勇猛剽悍的动作和它块头不大的身材形成反差。上网查找伯劳的资料，才知道它虽属鸣禽，却有着猛禽的习性，能捕获青蛙、老鼠和其他小型鸟类，还会把猎物挂在带刺的树上，在树刺的帮助下将猎物杀死。

小森林里的鸟儿就像机关大楼里的人一样，有的安静有的活泼，有的温柔有的勇猛，有的爱独处有的喜欢集群活动，它们各有优点和特长，共同体现着物种的多样性，维系着小森林的生态平衡。

鸟儿们叫得最欢的地方是主楼后面的鹅掌楸大道，这里春夏之交被绿意和阳光剖开一条路，秋天飘落一地金黄后便往冬日的萧瑟去，年年按时演绎四季更替。这条路也是我们午饭后从食堂去往小花园散步的必经之路。

鹅掌楸的历史比人类还要久远，它曾经遍布北半球的温带地区，在第四纪冰川后，鹅掌楸属植物大部分灭绝，只有中国鹅掌楸和北美鹅掌楸存活下来，隔着浩瀚的太平洋遥遥相望。

鹅掌楸的花一朵朵明黄色，外形酷似小宝莲灯，我一直想清楚地拍到一朵，可是它们只在我头顶高高的绿叶间闪闪烁烁，从四月开花到六月花期结束，我也没能平视的地方发现一朵花，只有一片片小马褂似的绿叶随便你看。

正如小辣椒的辣完全是被逼出来的，因为它的种子没有坚硬的保护壳，为了自保，就在身体里合成了辣椒素，用灼烧的感觉吓退敌人。鹅掌楸把花开得那么高，应该也是一种让人难以采摘破坏的自我保护吧！作为珍稀濒危物种，它生育困难，雌蕊和雄蕊不是同时成熟，雌蕊在花朵含苞欲放时已经成熟，开花时则失去授粉能力，留下君生我未生，我生君已老的遗憾。

人出生时又何尝不是一颗种子，原本什么样的种子开什么样的花，结相应的果，可是长着长着，我们很容易忘了自己的脾性和资质，都照着某种或某几种貌似光鲜的果子努力生长。有人如愿长成，满心欢喜；有人终生不可抵达，于是失落、沮丧、遗憾，甚至愤愤不平。

鹅掌楸似乎可以做个榜样，活得孤高却从不懈怠，即便不能结果，也没看哪朵花焦虑，能结果来年就生根发芽，不能结果就泰然飘落。它们不紧不慢，一朵一朵按自己的节奏轻摇慢舞。

# 四

大院主楼和副楼之间的花园从中间被两口浅浅的水池隔成南北两个阵营，据我潜心观察，它们并非两军对垒，而是和蝉鸣蟋唱一般相互呼应。

南边一棵胡柚树的小白花开始从枝头飘落，北边对称位置的更大一棵胡柚树就让满树花香漫过水池，托举南边同族姐妹再续青春梦想。杨梅树一家四口，母亲带着两孩分列南边花园一条弯弯曲曲小路的两旁，父亲像是犯了什么错，独自在水池的西北角罚站。小金鱼在水池里游来游去假装很忙，它们懒得传话，各家的事各家管。

时催鸟语，暖烘花发。院子里的花开是严格讲究时间顺序的，茶花落时白玉兰结满花苞，接着紫叶李开，海棠紧跟，然后就是杜鹃、樱花、月季、金丝桃、绣线菊次第怒放。当然，花多了就总有几个不守纪律，比如十一月满树海棠结果子，唯有两朵还赖在春天里，没有理由批评它们，是气温升高的客观条件造成的，无主观故意且无碍观瞻。又比如，冬天满木萧条，花园里一棵树状月季未见一片叶子，却在枯枝中间独独开出一朵大红花。虽然它也不按套路出牌，我却想给它开个表彰会，表彰它从春到冬的坚守、不惧严寒的顽强。我也有理由相信，这棵长在机关大院里的月季还不够沉稳，没等我启动程序，它就进行了自我表彰，那朵挂在胸前的大红花就是证据。

大院的四边全部都是香樟树，仲春时樟花略带潮湿的清甜香味弥漫大院的角角落落，它们无缝不钻的本领和秋天的桂花难分伯仲。

靠近西门的马路两边面对面各站一排笔直的银杏，只是身形还有些瘦弱，个头也不够高，好在它们都在朝着一个共同的目标奋斗，就是有朝一日长成参天大树。这个目标我小时候也有，还在课堂上大声朗诵过。

在课堂上朗诵的时候，我还是个羞涩、孤僻的小学生，以冰冷的眼神和独来独往的性格拒人于千里之外。大人们都希望我开朗些，我也常常怀疑自己是不是性格有缺陷，于是在长成大树的过程中不断痛苦地修正自己，直到读大学后成功蜕变，每天轻舞飞扬很是合群的样子。现在我常常想，那个敏感多思的孩童也许才是最本真的我，每天安安静静的却有一万个心思在奔腾，自以为是地修正后，我就在傻乎乎的无忧无虑里一天天坠入庸常。

我这颗种子是不是也把自己弄丢了？

这些花草树木常让我笑出声来，也不时让我陷入沉思，好像我和它们是同类，好像我了解它们就像了解我自己，有时清清楚楚，有时雾里看花。

我曾经通过微信帮朋友向中国科学院一位心理学教授咨询抑郁症的预防和治疗，隔着屏幕我都能感受到他诧异的表情：不会是你吧？你每天在大自然里拍花拍草，没有理由抑郁啊！

我承认，每天看花看草看大自然里的一切让我身心愉悦，如同梭罗漫步在瓦尔登湖畔时写下的文字：感到前所未有的自由，通体舒泰，每个毛孔都洋溢着快乐。

人在感觉自由的时候，思维最是开阔活跃。我在花草树木间独处的快乐，兴许就是找回那个离天性最近的少年的快乐。这里的花草树木，我看它们，它们就用细小的触须轻抚我。当我陶醉于它们的体香，那些细小的触须又渐渐变粗变长，捆扎成一把带魔法的扫帚，成为我忘乎所以飞来飞去的坐骑。

# 五

我是在2022年底奥密克戎肆虐的时候关注到无患子树的。

为最大限度地保存工作力量，避免更大面积的感染，单位的同事分成两班岗，每班连值一个星期，24小时吃住在单位，然后休息一周。可事实上，无论在单位里还是在家里，每天都有人在生病。

我是第一个星期值班，周一早上做核酸，下午出结果，一个同事病了，撤退前他来我办公室送过文件。第二天早上六点多，斜对面办公室的同事发信息说他发烧了要请假回去，可能是因为周一中午开了会儿空调。我默默看了眼正开着的空调，立刻弹跳起来按下关机键。

单位早已取消堂食，各部门分时段取餐。我清楚地记得是周三，中午在办公室吃过盒饭后，下楼到东广场晒太阳。那阵子各类防疫宣传都提到要多补充蛋白质、维生素，多晒太阳，老天也很配合，原本是寒冬却天天艳阳高照，温暖如春。

出主楼正门，往右，下坡，再往右，我先是看到几朵锦带花开，再往前走，草地上一棵大树的枝梢上挂着两个小果子，逆光，看不清是什么颜色，果子旁飘着一些絮状物。什么树会在冬天抽出絮状物？我当时预感到会有非同凡响的收获，快步向前，看到树下落了一地的棕黄色小果子，树干上挂着树铭牌：无患子。

在我每天都觉得下一个生病的人就会是我的时候，神奇地遇到了无患子树，光听这个名字，就觉得吉祥，没有忧患。

当然我是唯物主义者。无患子的果实含有丰富的皂素，是天然无公害洗涤剂。我天天用洗手液洗无数次手，用酒精喷剂喷无数次手，手背都有开裂刺痛的感觉，改用无患子洗手不是更好？

我捡了几颗到办公室，果实外皮滑溜溜的，紧贴果肉，好不容易剥出一些坑坑洼洼的果肉放在水里揉搓，果然出了丰富的白色泡沫，手洗得干干净净。

下午我又去捡了一些果子，想着轮休时可以好好研究怎么用它洗衣洗碗洗头。

周三的核酸检测我有两个同事在下午该收到结果的时候没有收到，周四一早就被告知检测结果呈阳性，他们都到我办公室交流过工作。

不停地损兵折将让我心疼不已。也是在这天，孩子他爸阳了，之后孩子也阳了，我成为传说中的"天选做饭人"。

半塑料袋的无患子果实被我拎回了家，我兴致勃勃地告诉家人：这是无患子，可以当肥皂和洗洁剂用，它里面的硬核就是"菩提子"，据说能驱邪避灾。家人们不关心，他们发烧、乏力、咳嗽，只想待在自己的房间一边隔离一边自我修复。

我也不知道自己为什么一直没阳，也许是强烈的使命感激发出了超强的免疫力。到现在孩子和他爸还很怀念那段休息的日子，啥也不用管我就准时把合口的饭菜放在房门口，平时做梦也想不到会有这种待遇。

后来我也常常来看这棵给我鼓舞的无患子树，看它在春天长出新叶，看它渐渐枝繁叶茂。

谷雨过后的一个傍晚，我又来到树下探望，越来越密的树叶把树枝往下压，我清楚地看到了去年冬天见到的那些絮状物，像是被扯断的风筝线，将树干和树叶层层环绕。

我很抱歉当时看到无患子的果实后，就完全忘了研究那些絮状物是什么，让它受束缚长达半年之久。

我把那根枝条轻轻拉到身边，小心翼翼地一点点扯开那团乱糟糟的线，手一放，那根枝条借力欢快地摇摆，整棵树都在有力而欢快地摇摆。

# 六

小森林里的风景并非一成不变。

东门那些野豌豆，隔了两天再去看，了无踪影，它们在园林工人不定期对大院里的杂草进行清理时未能幸免。当我还沉浸在对它们命运的唏嘘中时，却在北门附近的一片红花檵木里发现它们悄悄伸出头来。

品种的更新，季节的更替，还有某些意外，比如干旱造成的死亡，让变化随时随刻都有可能发生。即便是同一棵挺立的树，你以为年年岁岁都是它，只有它自己清楚，每年有旧枝枯黄凋落，也有新枝蓬勃生长，它的形态每年都在变化。

小鸟和昆虫自来自去，从来没有人统计过它们的数量，登记过它们的"户籍"和行踪。

太阳每天从赣江那头悄悄爬上主楼，如果它细心观察，就会发现这大院里的人员和小森林里的动植物一样，也会不断变化。

每年都有一些年长者从院子里走出去，开启另一种人生；每年也有一些年轻人从院外走进来，迎接属于他们的崭新生活。机关大院就在新老交替中，保持着活力与希冀。

五月中下旬的一天，我到单位大会堂看一场演出的彩排，其中一个节目是退休老同志大合唱，多年不见，当一张张曾经叱咤风云的熟悉面孔出现在会场时，我心头一震。"几度风雨几度春秋，风霜雪雨搏激流"的歌声响起，背景大屏上他们青葱岁月的照片一张张闪过。

幸好当时会场灯光暗淡，要不然我眼里闪烁的泪光定会暴露无遗。

彩排结束后，他们三三两两在院子里散步、拍照，有的倚树，有的赏花，有的就在空旷的广场上笔直挺立，任风凌乱地吹。

这片熟悉的小森林，收藏过他们的脚步、思绪和分贝各异的嗓音。

我站在鹅掌楸树下静静地望着他们，头顶高处是小宝莲灯似的明黄色小花。没有传说中的法力无边，小宝莲灯也只会在树叶间闪闪烁烁，既唤不回他们奋斗的青春，也终将留不住我。

多年之后，我是不是也会站在这里，回忆当下的自己和这片给过我无限遐想和抚慰的小森林呢？

# 一关名梅

罗　铮

冷雨淅沥。远方山头迷雾阵阵，不识真面目。两侧山崖层峦叠嶂，树木葱郁。青石鹅卵石铺就的路面光滑、湿漉，像抹了一层油。

我抬头凝望。眼前这条石道，是中国古代历史的一条装订线，沿着这条线，就能穿越历史直抵一个个现场。

它是一条改变无数人命运、延续活的希望的生命之路，无数官员、商贾、文人、郎中、僧侣、匠人步履维艰行走过后，迎来新生。

它又是一条贯穿南北、繁盛千年的黄金交通线，为朝廷创造了高额税赋，见证了大量奇珍异宝，和璧隋珠在壮汉们的肩挑手扛中，或北上中原进贡皇族，或南下出海开展贸易。

它还是一条刀光剑影、烽火连天的军事要道，穿着各式甲胄的士兵在此浴血拼杀，只要打通此道，便可大振军威、势如破竹。

石道的核心是一道关卡，"一夫当关，万夫莫开"的关卡。它的名字叫"梅"。梅关，梅关，念着念着，硝烟散尽，曙光陡生。

千年梅关迎接我的方式，是一场风雨，似在考验我的诚意。既然上天有意迟滞我的步伐，我即顺从天时，一步一个脚印感悟巍巍雄关和漫漫古道的风霜雪雨与无尽沧桑。

踏石而上。路依山就势，盘旋蜿蜒。为什么不修一条平坦的栈道？"只有石路方能最大程度保存原貌。"同行的友人讲解道。难怪，假设庄重的攀爬朝圣简化成普通的拾级登山，怎能设身处地体验当年逃难人群的悲苦辛酸？又怎能感受他们扶老携幼翻越重重山峦驻足这座关隘时，眼里倏忽闪现的炯炯光芒？更何况，曾经这儿并没有路。

世上本没有路，走的人多了，也就成了路。古书中常有记载，某支军队久攻某地不克，忽得一位樵夫或猎户指引，悄悄绕大山深处僻静小路至敌军身后，出其不意取得胜利。这些小径本不是路，被樵夫、猎户们走得多了，自然成了路。只是，靠人踩踏出来的路，多半荆棘密布、险峻陡峭，稍有不慎便有去无回。梅岭亦然。

遥远的古代，梅岭必定无路可走，渺无人烟。但山两边总有胆大之人，他们翻山越岭，或狩猎，或砍柴，或采药，或做点小买卖。久而久之，他们的脚印便在大山的褶皱里留下了不可磨灭的痕迹。这条路必定弯弯绕绕，一会儿没入树丛，一会儿被垂下的藤条遮蔽，一会儿出现似是而非的岔道。一场春雨可能让它泥泞不堪，一夜漫天大雪或许让它面目全非。它没有名字，在地图上也没有任何标记，只存在于老百姓的口口相传中。

然而，还是有人找到了这条路。战国时期，为躲避战乱，一批越人迁往岭南，在大庾岭一带安营扎寨。寂寞的山岭人声渐稠，山间回荡着完全陌生的中原口音。为纪念开发岭南的先驱梅鋗，大庾岭遂把这段山峰命名为"梅岭"，以报梅鋗开拓之恩。

一举成名天下知。秦统一六国后，拥有雄才大略的秦始皇又把目光投向了南方。公元前219年，秦始皇先后以屠睢、任嚣为帅，两次南征百越，大获全胜。其中一路大军，即从梅岭山隘进击。于是秦始皇在此设横浦关，重兵戍守。梅岭第一次披上了朝廷的官服。原先的崎岖小道，也稍稍装扮得俊俏了些。

雨势渐大。友人劝我折返，我执意向前。赣南雨水多，顶风冒雨迤逦前行的古人应不在少数吧？"永嘉之乱"后，匈奴、鲜卑、羯、氐、羌等胡族大举入侵，劫掠中原，北方硝烟四起，人口骤减。迫于生存压力，人们纷纷逃离故土，集体向南。他们渡过颍、汝、淮诸水流域，进长江，入鄱阳湖，沿赣江南下，部分选择了地广人稀、崇山峻岭的赣南落户，部分深入梅岭继续向南。本来安详平和的小路，突然充满喧嚣；本来逼仄狭小的山路，突然拥挤得喘不上气。但是，这些苦难的百姓却获得了宝贵的喘息之机。翻过横浦关，他们将血脉延展在岭南的土地上，他们将先进的生产力播撒在曾经的蛮荒之地。

从此往后，这条古道成了救命之道、重生之道。

随着京杭大运河的开凿，中原货物顺大运河南下，经扬州，逆长江而上，从鄱阳湖进赣江，逾梅岭入广东，沿浈水、北江抵达广州，这渐渐成为对外贸易的主渠道。一批又一批光彩夺目的丝绸绢带、巧夺天工的陶瓷饰品、清香四溢的各式茶叶涌向梅岭，梅岭和它的古道的地位又一次水涨船高。然而，它的外形仍然简陋、破旧，远远难以匹配如此高规格的定位。

好在，它并没有等待太久。唐开元四年（716），历史给这条道路派来了最大的恩公——张九龄。这位广东韶关人负气告假还乡，途经梅岭。他曾经数次憧憬，这条久负盛名的道路该是多么大气壮观、宏伟磅礴。不承想一到现场，竟如此"衣衫褴褛"、狭窄稀烂。于是，家国情怀深重的张九龄向唐玄宗谏言凿山修路，得到首肯后，立即带领一众民工"饮冰载怀，执艺是度"，在"岭东废路""缘磴道，披灌丛，相其山谷之宜，革其坂险之故"，把破烂不堪的老路修成了"坦坦而方五轨，阗阗而走四通"的官方驿道，道宽达五米，迫于山势的最窄处也有两米。我脚下的青石鹅卵石，或许尚有些许当年的"遗老"气息。

除了旧貌换新颜之外，这条崭新的官方驿道选取了从大庾到南雄距离最短的一段路线，比秦朝古道缩短了整整四公里。遥想古人当年，不负重徒步四公里山路尚且需要两小时，如果背上行囊货物，时间更难计算。当然，路程的缩短必然给施工带来巨大难题。在没有爆破手段的情况下，唐人硬是发扬愚公移山的精神，削平了一个长二十丈、宽三丈、高十余丈的山坳。而且粤北韶关等地的石头容易风化，铺砌整块的条石难以保证使用寿命，工人们利用山体就地取材，不拘泥于原材料的规整，采用大小石块拼砌的办法，中间嵌以泥土使其平整稳固。为了减少雨水对道路的侵蚀，将山洪的危害降到最低限度，设计者又在道路两侧设置排水沟渠，纵沟沿山势向下，呈自然坡形，再种植梅树护坡。在陡峭路段，又以小块条石砌筑横沟排水。

据传，张九龄率人开凿到山岭的最高点，即赣粤两省分界地时，有一块大石，工人白天把它凿开，晚上它就自动合拢，反复多次。正当无计可施之际，张九龄怀孕的夫人不顾危险站在凿开的石头中间，石头才无法合拢，工程得以顺利推进。

待全线竣工，公私贩运"转输以之化劳，高深为之失险。于是乎镳耳贯胸之类，殊琛绝赆之人，有宿有息，如京如坻"。见此盛况的张九龄喜上眉梢，《开凿大庾岭路序》便一气呵成。至此，这条古道真正进入了官方话语体系。它遇见了越来越多雄壮魁梧的高头骏马，身着朝服的官吏贵族，未曾谋面的山珍贡品，特别是一篮篮新鲜的荔枝，足以让千里之外的皇帝和贵妃喜笑颜开。

梅岭山隘的官方驿道建成还不到四十年，史上又一次爆发大型战乱——"安史之乱"，成千上万的民众挈妇将雏逃离家园。他们别无选择，只能跟着人流一路向南，向南。他们中的相当一部分循着古迹钻入梅岭，成为这条驿道的又一批受益者。还有之后的唐末军阀混战、五代政权更迭、北宋"靖康之乱"，中原移民蜂拥南迁。南迁，已然成为中国历史上一种民族惯性。赣南、岭南、闽南、湘南，这些冠以"南"的大地，宛如远离喧嚣的桃花源，慷慨收留了被战乱驱赶的一众难民。梅关，成为这条南迁路线上最醒目的标识，成为这片大地上最璀璨的明珠。难民们在把家园搬向南方的同时，更是把数千年的文明带到南方，也把赣南、岭南、闽南、湘南升华为毋庸置疑的客家原乡，让梅关上升为这个族群的命门，一个无法替代的精神地标。

坡渐陡，两侧的梅树花盏怒张，花瓣纷披，一会儿雪白，一会儿嫣红，梅姿百态，气象清明，点缀于万壑千岩之间，更显高贵。逃难的人群见此情景，蹒跚的脚步也该轻快不少吧。

苏东坡正是其中一员。北宋绍圣元年（1094），这位文学大家因朝中党争波及，被贬谪岭南，第一次踏上梅岭。驿道上的梅花在细雨中傲然绽放，触动了东坡，之后梅岭古道的梅花就成为他心灵的寄托。当他获赦北归再次路过梅岭，又留下"梅花开尽百花开，过尽行人君不来。不趁青梅尝煮酒，要看细雨熟黄梅"的诗句，彰显了东坡超脱出风雨颠沛的状态，变得淳美飘逸、襟怀洒脱。梅岭同样感念东坡的欣赏，将这首《赠岭上梅》刻碑于道旁。

一百八十多年后，南宋丞相、客家子弟文天祥最后一次踏上梅岭。在囚车上，他用一首《南安军》与故乡作别："梅花南北路，风雨湿征衣。出岭同谁出？归乡如不归！山河千古在，城郭一时非。饿死真吾志，梦中行采薇。"虽未如《过零丁洋》般脍炙人口，却同样感今思昔，以死明志。但他足可欣慰，宋祚终结之后，"其随帝南来，历万死而一生之遗民，固犹到处皆是也……西起大庚，东至闽汀，纵横蜿蜒，山之南、山之北皆属之"。

脚步蹒跚的不只是将军和诗人，还有僧侣。由于《菩提偈》，禅宗五祖弘忍秘密将衣钵袈裟传给大字不识一个、只会挑水劈柴的弟子慧能，并嘱咐他立即离开湖北，南下避难。慧能朝着广东老家仓促行进，至梅岭，欲夺衣钵的师兄神秀门徒追至。慧能将衣钵弃置路旁，身为武僧的神秀门徒却无法挪动，只好无功而返。正当口渴难耐之际，慧能法师遂以锡杖击石，清泉汩汩涌出，味甚甘洌。幽静的六祖庙，正向每一个朝圣的后人诉说这段惊心动魄的往事。

留诗于梅关的文苑名宦数量众多，仅《大庾县志·艺文》就辑录了宋之问、刘长卿、汤显祖、戚继光、解缙、戴衢亨、袁枚等历代名人佳作二百余首。他们或带着报效家国的志愿，或带着对庙堂艰险的喟叹，或纯粹触景生情即兴吟诗，为繁华的古驿道添彩增辉。

当然，梅关和它的古道并非时时充盈着苦难与悲戚。在秩序井然的盛世，梅关古道见到的大多是粤盐、铜铁、香药、珠宝、漕粮、茶叶等百货。宋、元、明、清诸代，又多次对驿道进行维修和扩建，增设驿站、茶亭、客店、货栈。刚才路过的梅国驿站虽非原物，但黄色琉璃瓦覆盖的歇山式屋顶，质感强烈的赭红色立柱，布局似客家围屋的院落，仍然让我浮想联翩。

北宋淳化元年（990），宋太宗在大庾设南安军。北宋嘉祐八年（1063），江西提点狱刑蔡挺、广东转运使蔡抗两兄弟，代表两地共商扩建事宜，在驿道隘口修建关楼一座，并立石曰：梅关。元明时期，海运空前发展，对外贸易兴盛，东南亚的占城、暹罗、真腊、古里、爪哇、苏门答腊等三十多个国家，以及欧洲的荷兰、意大利等国商人纷纷进入中国，熙攘的梅关又迎来了素未谋面的珍珠、玳瑁、象牙和孔雀、狮子等奇珍异物。明代著名学者桑悦《重修岭路记》记载："庾岭，两广往来襟喉，诸夷朝贡，亦于焉取道。商贾如云，货物如雨，万足践履，冬无寒土。"清朝政府实行"海禁"，只设广州一个通商口岸，梅岭古道更趋繁荣。

前方，一个四四方方的饮马槽映入眼帘。虽青苔累累，但原先的规整古朴仍可管中窥豹。千百年来，得有多少马匹，高的矮的、胖的瘦的、老的少的，曾在此饮水休憩。

到了近现代，梅关的脚步声依然驳杂。20世纪20年代的三次北伐，均有部队取道梅关挥师北上。1934年，中央红军突破"围剿"，经梅关继续行进在长征路上。陈毅更是在梅岭周边开展了三年艰苦的游击战争，梅关古道上留有他的脱险处，他也回赠《梅岭三章》。

拐过前面的弯就到梅关了。或许见我一路寡言，同行的友人好意提醒。我从沉思中拉回思绪。尽管步履滞重，身上却已大汗。对每一个试图接近它的人，梅关都要用这种方式予以洗礼。山势愈加凶险，林木更为茂密。脚下偶有数颗白色圆形石块，闪烁些许光泽。古代没有路灯，晚上只能靠火把照明，火光映在圆石上，可反射出萤萤亮光，好似珍珠闪耀。夜间行走的路人至此路面，心中必定涌起股股暖流。

转过弯来，"南粤雄关"四个朱红大字赫然醒目。明万历年间南雄知府蒋杰的题刻依然如新。关门两峰夹峙，右侧立有一块两三米高的石碑，上书"梅岭"两个苍遒楷体大字，为清康熙年间南雄知州张凤翔所题。走进关门，南北两侧大风阵阵、云雾缭绕，青石鹅卵石路面铺展开去，"一步跨两省""一关隔断南北天"的壮阔油然而生。倘若关楼尚在，一人看守足矣。南面关门刻有对联"梅止行人渴，关防暴客来"，一动一静，一刚一柔，余韵悠长。

此时，我想起了那个少年。

七十七年前（1947）的今天，一个衣着单薄、骨瘦如柴的少年站在了梅关前。他已经连续暴走了十天。他只带了一点干粮充饥。他气喘吁吁，双腿酸胀，疲态尽显。和他同行的有三个人，两个和他一般年纪，也瘦得皮包骨。领头的中年男子尽管同样精瘦，却明显皮肤红润、营养富足。少年抬头观望，天上乌云密布，山峦危耸矗立，像围起了一个大瓮。眼前的关卡赭黑雄浑，仿佛一把巨大的锁，把两座山峰牢牢扣住。当他猛然看到刀斧凿刻的"岭南第一关"五个大字时，才意识到自己抵达了省界，他即将第一次离开广东，他的命运即将迎来又一次转折。过了这道关卡，是否能够获得新生？

少年又想起了自己的悲惨身世。十五年前，少年出生在广东潮州的一个小村庄，贫穷和饥饿围绕着全家。唯一的木桌满是窟窿，吊在房顶上的竹篮总是空的。祖母坐在瘸腿小木凳上，手腕里的骨头高高隆起。爸爸天天替人扛沙包，连半斤米都赚不着。妈妈外出打零工，朝不保夕。三年后，妹妹出生，更是雪上加霜。又四年后，奶奶和爸爸相继饿死，无计可施的妈妈只好带着兄妹二人流浪乞讨。慢慢地，少年习惯了以天为被以地为席，习惯了被人吆五喝六驱赶，习惯了挖野菜吃野果。四年后，妈妈忍痛把他卖给了一户商家，骨肉分离。少年成天干活，砍柴、挑水、放牛、耕田，从早到晚不得停歇。夜里睡牛棚，不知道喂饱了多少蚊子。顿顿只给一碗稀粥，拳打脚踢也是常态。忍无可忍之下，只得逃跑。第一次逃到邻镇，刚向人开口要饭，就因口音被人拦住。领回去，一顿痛打。不久又瞅准机会，拼命跑到河岸乘客轮到达邻县，总算逃出魔爪。再次乞讨之际，本村一名男性拯救了少年，把他带到一家织布厂当学徒。可仅仅两个多月，织布厂被洋货击垮宣布破产，少年重新流浪。

　　"小弟，你想到哪去？上面有大佬，正要请像你这样的人，烧烧开水扫扫地，轻松，待遇又好。"少年使劲揉揉眼睛，眼前的中年男子不是梦。"我领你去好吧？"片刻，少年惺忪，点点头。中年男子领他去餐馆，饱餐一顿后住下，傍晚又带来两个男童。晚上，中年男子就露出真面目："不要在这里做工，去筠门岭好，那里三餐吃大米饭，没有人欺负，就是卖给人家做子也好，住得好可以继承家产，如不好随时可以逃回广东。"别无选择的少年明知对方是人贩子，却只能把命运交给他……

　　"快点！快点！"中年男子不停催促，打断了少年的思绪。少年做了一次深呼吸，继续大步流星。道旁，梅花点点，妍态迷人。五六日后，他们到达筠门岭县城。黄包车一辆辆疾驰而过。绸布、钱粮、药材、饭庄等商铺林立，前有明柱，上覆青瓦，中悬牌匾，阵势浩大。烟囱婀娜出几缕白烟。驴、马昂首阔步，传递主人的高贵。花枝招展的女子微倚窗台，汪汪的大眼快要挤出水来。未几，一部老爷车呼啸着穿过人群，与狂躁的喇叭声格格不入。少年看得眼花缭乱，第一次发现世界如此五彩缤纷。

　　来到集市，铺着鱼干、鸡蛋、花生、豆角、茄子、西红柿以及各类新鲜水果的两条彩带尽情伸展。每隔几步，三两个和少年一般大的男孩正待价而沾。他们混杂在飞禽走兽之间，竟没有丝毫扎眼的。贩卖人口远没有想象中的复杂，相中了谈好价钱当场带走，没有眼缘便直接走开。肥胖的地主婆总喜欢指手画脚——这个骨瘦如柴，买回去会不会就死了；那个黝黑得很，可惜个头太小了。没过几日，少年就被一个中年汉子买下，来到举目无亲的凤凰峚乡黄冠村。

每天依然是干活。一千个日日夜夜，没有丝毫波澜。唯一值得开心的，只有1948年的清明节那天。在宗厅上谱期间，一桌号称有文化的人七嘴八舌，还是少年自己喊了句："'文兴'好！高高兴兴的'兴'。"于是，屡次被更名的少年，终于有了固定的名字——罗文兴。

三年后，全县征召抗美援朝志愿军。罗文兴背着家里报名成功，穿上军装、戴着大红花的他头一回笑得如此爽朗灿烂。可惜半年后，由于身体孱弱，背不起枪，也吹不响军号，罗文兴成了部队整编的首批退伍者。幸运的是，半年军旅生涯仍然给罗文兴的命运带来了转折。乡亲们把他选为民兵指导员，他领到了第一笔正式津贴，做了第一套新衣服。大受激励的罗文兴勇往直前，忘我工作，凡乡亲们有难，都主动伸出援手。日积月累，乡亲们愈发高看他一眼。

其间，罗文兴开始求婚。前几次均被女方家长以种种理由婉拒。不久，遇见了同样出身贫寒，被卖作童养媳的钟姓女子，两个苦难深重的人走到了一起。没有嫁妆，没有酒席，没有新家具，只有一床单被、两套新衣。同是天涯沦落人，是这场婚姻最鲜明的脚注。1957年，妻子分娩。从接生婆手里接过婴儿，罗文兴热泪盈眶。随着孩子们的陆续出世，生存的压力压得罗文兴喘不过气来——大女儿出生不足五斤，吃黄娘树叶的妻子无乳喂养。大儿子三岁患麻疹复发症，一个多月粒米未吞。老岳父年过古稀，时常饿饭。老六还在肚子里时，差点因为无力抚养用草药打胎。每回村里分粮分油，二儿子、三儿子总是碰一鼻子灰，背着空箩筐含泪而回。晚上子女轮流吵闹，夫妻俩二十多年从未睡过一个安稳觉……

"不要怕，千斤担子我会挑！"性格刚烈的罗文兴向妻子郑重承诺。他在山上开荒垦地，种粮浇菜。他养了几只鸡，鸡蛋用来交换油盐。他是全村第一个学会种茶的。他在周边空地种植竹子、柿子树、橘子树、柚子树，结出瓜果卖钱。他从不乱花一分钱，没有买过一两茶叶、一包香烟、一两酒、一粒糖，没进过一次饮食店，未曾参与一次"搞斗食"。在他的教育和熏陶下，孩子们也都早早下地干活，争相为家里分忧。

直到1994年，小儿子考入中专，罗文兴紧绷的神经才真正放松下来。这位早已成为我爷爷的人，始终没有忘记家族的苦难历史，始终没有忘记自己的悲惨遭遇，始终没有忘记带给自己新生的梅关。1963年夏，爷爷举了三百元钱的大债，上公安局开了几张介绍信，揣着万分之一的希望，独自一人南下寻母。当他再次踏上梅关古道，总感觉脚下的鹅卵石无比亲切，道旁的梅树情深意浓。当他再次站在梅关跟前，万千感慨涌上心头。十五岁的自己不会知道，二十世纪三四十年代从广东逃难的民众络绎不绝，他们穿过梅关散落在赣南的广袤大地上，垂垂老矣的梅关又一次扮演了救世主的角色；十五岁的自己不会知道，梅关在这些个体和家族中有着沉甸甸的分量，他们和自己一样不会忘记梅关；十五岁的自己不会知道，三十六年后，自己将和两个同样北上逃难的难民结为亲家；十五岁的自己也不会知道，在浩瀚的历史海洋里，这条蜿蜒崎岖的道路曾经掩埋了多少南下逃难的脚印，这片土壤深处已经收藏了无数举家找寻立锥之地的客家人。眼下，他似乎看见了这些急促庞杂的脚印，听到了这些满怀憧憬的南腔北调，更似乎从中找到了自己祖先南迁的身影。穿过梅关的祖先获得了新生，十五岁的自己穿过梅关，同样获得了新生。"梅关也是我们的恩人。"爷爷时常念叨着这句话。

辗转多方，逢人便问，可爷爷的母亲始终毫无线索。爷爷带着最后一张介绍信，费尽周折找到了自己的村庄，找到了自己出生时的老屋。族人们热情接待了爷爷，把家史一五一十说了个透彻，并把老屋交还于他。往后，爷爷隔三岔五就来老屋看看。每次一到梅关，他的心里就会燃起一股希望的火焰。

大雨瓢泼，梅关和它的古道门可罗雀。它们终究是老了，曾经的繁华绚烂归于冷寂。牛马车行消失了，哨卡官兵不见了，行色匆匆的人们销声匿迹。关于中原战乱噩梦般的场景和烧杀抢掠、黑烟滚滚的情境已经模糊为前世幻影，"永嘉之乱""安史之乱""靖康之乱"都静默为史书里的笔墨。如今的梅关，退化成一个遗址、一条老路，但是，来瞻仰梅关、重走梅关古道的人依然络绎不绝。因为，梅关是一个象征，是若干家庭的精神图腾。这些后人要想完整了解家族的历史，彻底理清家族的脉络，梅关是不可或缺的。只有亲临梅关，走一趟古道，才能真正感悟这座关隘和这条道路是怎样给予祖先力量进而赐予祖先新生的，才能真正感悟它们在家族中的沉重分量。

返程，路途更加湿滑，只能瞅准了碎石缝下脚。所幸，寒风中梅香阵阵，如诗如画。

# 山中卢卢

贾志红

他叫卢俊。我在看见这两个字的一刹那，喊了声"卢梭"，边喊还边想，这名字可真好记、真顺口啊，碰巧与那位法国18世纪启蒙思想家的中文译名一样。可是再细看，人家明明是叫"卢俊"嘛，姓卢名俊，隐在万千个寻常姓名中的一个，如同隐在三百山万千棵树中的一株鹿角杜鹃。说起鹿角杜鹃，那可是三百山的一大特色，三百山的鹿角杜鹃真多，沟沟岭岭都有，不挑地方，或单株，或一片，或成林，多得没法数，寻常得像邻家的丫头或者小子，漫山奔跑、撒欢……咦，明明是在说卢俊嘛，怎么又扯起了鹿角杜鹃？倒好像我认识这树很久了似的。其实，我不过是刚刚才知道它的名字。在入山的道路旁，鹿角杜鹃虽然密密匝匝的，却并没有引起我的注意，谁让它花期已过了呢，失去花朵的植物，不仅失去了最容易让人识别的标签，还像失去美好年华的人，无法吸引更多的注目，看客们就是如此挑剔与无情，尽管它绿意汹涌——说汹涌，一点也不为过，真是气势腾腾地扑面而来呢。在三百山，绿色实在是最寻常的颜色，想不看见绿色倒是一件非常困难的事情，俯视、平视，满眼都是绿，就连仰视也往往只见树叶不见天空，除非你挣脱树的缠绕，逃跑似的到达一个制高点或者沿着山脊栈道奔向另一个山头。等等，打住话头，为什么要挣脱或者逃跑？我来三百山不就是冲着这稠密的绿意而来的嘛，怎么才刚刚被森林淹没就胡扯什么挣脱和逃跑？真是令人分不清是炫耀还是矫情啊！据说三百山林海的三百多座山头的森林覆盖率达到了百分之九十八，虽说我并不完全理解百分之九十八的森林覆盖率究竟是个什么样的密度，不过，我记住了这个数据，它成为一个概念或者说参照。日后，在某个山岭，我打眼一看，或许就能脱口说出那个山岭的森林覆盖率是在百分之九十八以上还是以下，准确率或许八九不离十吧。

在三百山，我的眼睛有被绿色绑架的感觉，带着这种被动的感觉，当然就不会主动多看几眼鹿角杜鹃。若不是卢俊追着我，举着他的手机，非要让我看一看鹿角杜鹃花朵图片的话，我还真是连这绿意汹涌的树的名字都不知道呢。这么说好像也不全对，在看见鹿角杜鹃的第一眼，我其实并没有完全忽略它，我判断它大概是杜鹃科的植物，可是又不确定，那叶子的形状以及革质的光泽的的确确就像惯常见过的杜鹃，只是属于不同的种类吧。虽说我生活在北方，在北方野外很少能见到野生的杜鹃，可是谁家花盆里还没养过一两棵杜鹃盆景呢。尽管不合格的园丁或许根本就无法让自家花盆里的杜鹃在第一批花朵凋谢之后再开出后续的花朵，但是让叶子油绿苗壮还是不难做到的。我其实就是那笨拙园丁中的一个，屡次抱回一盆花团锦簇的杜鹃，却总是见不到自己亲手培育的花朵，它再也不肯开出第二茬花，那初始的花朵简直就像诱惑我买回它的阴谋啊。而那阴谋年年策划竟又年年得逞，也难怪，杜鹃的名气实在是有些大，尤其它的另一个名字"映山红"随着一首歌被唱得家喻户晓的时候，杜鹃其实已经被赋予了新的情感，它被叫作"英雄花"。我像许多蹩脚的园丁一样，或者说许多蹩脚的园丁像我一样，我们无法抗拒杜鹃花的美丽以及名气，乐此不疲地一次次从花卉市场买回，那些堆挤在枝头的鲜艳花朵，窃窃偷笑着买花的人。买花人无奈地一笑，心想，即便是一次性开放，也算是为北方点燃过激情的火焰吧。

三百山的鹿角杜鹃不是花盆中的灌木，它没有被铁丝捆绑扭成盆景的模样，它是山岭间的乔木，是高高大大的、自由生长的树。三百山为所有的树提供自由生长的土壤，大地肥厚着呢，树的根系想扎多深就扎多深；天空更是宽阔无边，枝干爱伸多长就伸多长吧。万树平等，不论寻常如鹿角杜鹃还是珍稀如钟萼木。哦，提起了钟萼木，那就顺便说说它吧。仿佛是个陌生的名字呢，不过它的另一个名字——伯乐树，大概被更多的人知晓吧。伯乐树也是高高大大的树，比鹿角杜鹃更高大，而它钟形的花萼仿佛还嫌不够高似的，执意要开在枝顶，那树便顶着一串串花朵，像位父亲把美丽的女儿高高擎起。三百山有钟萼木，钟萼木是濒危植物。"濒危"两个字让人联想到大熊猫，那人人喜欢的、憨态可掬的家伙一直让喜欢它的人们提心吊胆，好像稍有得罪它就随时会从这个星球上消失。其实，在最新的统计数据中，大熊猫已经不是濒危动物，而是易危动物，可钟萼木却是濒危植物，只是没有更多的人了解它罢了。

我想让卢俊带我去看看钟萼木。小伙子四下里望望，指着一处斜坡说，那里，那里就有两棵。我们便沿着山道往钟萼木的方向走。可是卢俊的心思还停留在鹿角杜鹃上，天知道这小伙子为何这么钟情于鹿角杜鹃。他举着他的手机小跑着撵上我，说，你看看，你倒是看看啊，看看鹿角杜鹃的花蕊啊。然后，他一张张地划拉图片，又点开一张粉白色花朵的图，用两根手指把图片放大，让我看花蕊中的两根果须。果然像一头鹿的两只角，是小鹿的角，就那么粉嫩嫩地挺着，嫩得渗出汁液。获得我的认可后，卢俊笑了一声，透着大男孩的腼腆，又似乎意犹未尽，他挥手指指一片林子，说，三百山不光有鹿角杜鹃，还有云锦杜鹃、锦绣杜鹃，春天的时候，满山都是杜鹃花，像云霞一样。他说完又小跑向另一棵树，在树下的牌子前等着我。这小伙子一路都在小跑，他在一棵挂着牌子的树前讲完这棵树的故事，再小跑到另一棵树的牌子前继续讲，如一只在树林间蹦蹦跳跳的小松鼠。

卢俊是江西安远三百山国家森林公园的导游。我和卢俊搭上话是在被称为"东江第一瀑"的福鳌塘瀑布处。那天的牛毛细雨淅淅沥沥，雾气弥漫，"东江第一瀑"也没能冲破雾的缠绕，它陷入一片迷蒙，只闻声音，不见容颜。我们倚着栏杆，听瀑布倾泻而下的声音，稍微有些遗憾。卢俊比我显得更为遗憾，他叹口气拿出手机，把他在晴朗天气中拍的瀑布照片打开给我看，落差一百多米的瀑布在一张图片上被缩小成一条白线，瀑布旁崖壁上红色的"东江源"几个大字十分醒目，这令我想起关于东江源头的纷争。这些年类似的纷争似乎并不鲜见，江河源头、名人故里什么的都能拿出来争一争、论一论，不仅仅是地理与文化的纷争，也是商业的竞争。人类的这些争争吵吵，东江是不知道的，它只管安静地流淌、奔腾，从发源地赣南一路往南，去更南的南方，五百六十多公里的路，它翻山越岭，接纳支流，从一条小江走成大江，成为珠江水系的四大干流之一，在广东境内投入狮子洋的怀抱，归于大海，完成了一条河流的使命。

若是时间回到1963年之前，东江可实在是一条过于沉默的河流，但1963年让它不再沉默。1963年香港遭遇严重干旱，政府租用游轮到珠江口取淡水，且对市民限量供水，据说每四天供水一次，每次供水四个小时，市民生活陷入困境，许多人携家带口逃离家园。香港水荒引起国家的极大关注，天将降大任于东江也，一项水利工程的实施，使东江顿时家喻户晓，使香港保持了稳定与繁荣，那便是"东深供水工程"。1963年12月决策、1964年2月动工、1965年3月供水，自此，东江的水经深圳水库源源不断输往香港。香港同胞喝的是东江的水啊，饮水必思源啊，那么东江的源头究竟在哪里，终于成了一个不仅限于地理范畴的问题。

同属江西赣州的寻乌县桠髻钵山与安远县三百山为此争论颇久，两个县都在水源地附近设立了旅游景点，也都极为重视水源保护，投入资金，大力宣传。

人纷纷扰扰、絮絮叨叨，山、水或许也发生过如童话般的唇枪舌剑吧。

比如，桠髻钵山拍着胸脯坚称从它怀抱里汩汩涌出的寻乌水是东江源头——寻乌水这个名字可真好听，令人联想到南方女子黑漆漆的长发在山岭间飘动；而三百山则唱着山歌回应：三百山的瀑布像一挂挂水帘啊，一挂挂水帘汇成千百条溪流，千百条溪流穿过九曲十八滩啊，九曲十八滩就是那东江之源的九曲河。

这柔软而诗意的纷争沿着东江水一直流，奔出桠髻钵山，奔出三百山，流出江西，流入广东，流到狮子洋，流向香港。

后来呢？后来某权威机构发布权威认定，说是东江在江西赣州境内有两个源头，东源是寻乌县桠髻钵山的寻乌水，西源为安远县三百山的九曲河。

真是皆大欢喜啊，寻乌水、九曲河，美丽的河流果然有美丽的归宿，童话也果然都有圆满的结局。有什么好争的呢？两县相邻、两山相依、两水相融，人与人还在喋喋不休的时候，山与河，它们早就在同一片蓝天下，你中有我、我中有你了。

雨依旧不停，雾也不散，"东江第一瀑"飞溅的水雾与细雨融合在一起，我们依然看不见瀑布，只觉得苍茫一片。不过我并不在意，我开玩笑地对卢俊说，瀑布嘛，无非就是水走投无路了，眼一闭、心一横，纵身一跳，摔出个景点而已。这句宽慰话依然没有拂去卢俊脸上的遗憾神色，倒好像他才是那个千里迢迢来三百山看风景的人。按说"东江第一瀑"几乎应该是三百山导游天天能看到的风景，或者说是天天被迫看的风景。看风景是导游的工作，看风景这件事一旦成为工作的话，再美的山水也将走向寻常，继而走向麻木。卢俊难道没有审美疲劳吗？我猜想应该是有的吧。可是小伙子脸上的遗憾之色的确是真诚的，就像他一路小跑追撵着让我看鹿角杜鹃图片时一样真诚，那急巴巴的殷切样，仿佛他自己是第一次看见鹿角杜鹃开花、第一次看"东江第一瀑"。我进而再猜想，卢俊大概是个新导游吧，三百山的风景在他眼里不是全新的话也是半新，还没有让他熟视无睹，更没有令他麻木、厌倦，激情依然在他年轻的身体内，他对身边的事物保持着新鲜和好奇。可事实却推翻了我自以为是的猜想，卢俊不是导游中的新手，他在三百山工作三年了，也就是说，他与"东江第一瀑"以及漫山遍野的鹿角杜鹃已经"厮混"一千多天了。人们常说熟悉的地方没有风景，也常说距离产生美，但卢俊表现出来的对身边熟悉风景的态度倒是真像个初入行业的新手，没有我惯常见过的一些导游的敷衍和油腻。我见过一些资深的导游，他们对解说词烂熟无比，但是在解说的时候却眼神空洞，既不看游客也不看山水，对着空气，面无表情地滔滔不绝，职业化的语言像一部播音的机器，机械、生硬。卢俊与他们大不一样，小伙子不念导游词，他讲故事，比如他讲他救过的一只受伤的小灰隼的故事，他说那只小灰隼真是没有良心啊，伤好了以后，从他手心飞走，连头都不回一下，毫不迟疑地奔赴自由的天空。卢俊一边失落一边替小灰隼高兴，它飞得又快又高，它没有忘记天空，没有忘记自己有一双飞翔的翅膀。卢俊讲故事的时候眼神明亮、表情鲜活、五官灵动，我猜测他当导游之前或许是位教师吧，说不准还是位幼儿教师呢，结果卢俊的回答让我吃惊不小。在来三百山工作之前，他做陶瓷艺术设计工作，他是景德镇陶瓷大学的毕业生。那么为什么改行当导游呢？我很好奇地问卢俊。在卢俊回答这个问题之前，我心里预想的答案无非是工资待遇方面的，毕竟，薪酬是择业的重要因素之一。但卢俊的回答让我又吃了一惊，他说是他的老师劝他放弃或者暂缓陶艺这个行业的。为什么呢？我刨根问底的毛病又犯了，继续追问卢俊。小伙子倒是不介意我追问，他说那是因为他的陶瓷作品总是缺乏生命力。"卢俊，你的作品缺乏生命力。"老师是这么说的，卢俊当时多么沮丧。时间过去三年后，令人沮丧的话被时间的砂纸打磨掉了能割伤人的锋芒，如今谈起此事，他语气平静，平静中包含了对这个判断的认可与无奈。

可终究还是个让人难堪的问题啊，那就不说了，我们还是聊聊三百山吧，再多的烦忧或许都能被大山化解。于是，我便又从卢俊的手机中看到了他拍摄的白鹇。那只鸟儿正展翅飞翔，从高处往低处飞去。照片的角度是俯拍的，鸟儿展开的翅膀在拍摄者的俯视角度下，舒展得极其完美。鸟儿通身雪白，尾羽又长又飘逸，头上的红色羽冠在阳光的照耀下，像红宝石般闪亮。我惊呼一声：天哪，像白色的凤凰。卢俊顿时来了精神，他说，这鸟儿还真是叫白凤凰呢，不过它有一个更文雅的学名，叫白鹇。卢俊一张张地翻着他手机里的照片，给我看他拍的更多的白鹇。当它不飞翔的时候，我能看见白鹇的腹部是蓝黑色的羽毛，有光泽，如缎子般细腻。它静静地立在石头上的样子，就如一位穿着白色燕尾服的绅士，蓝黑色的背心挺括讲究、做工精细。卢俊说这是雄性白鹇，至于雌性白鹇嘛，就没有这么漂亮啦。他翻出一张雌性白鹇的照片给我看，还真是的，雌性白鹇的体格大小只有雄性白鹇的一半，尾羽短而黯然无光，它几乎不能被称为白鹇，披着一身褐色的羽毛却被叫作白鹇，这令它十分尴尬吧，因而它总是低着头，躲在那位白衣飘飘的俊美绅士身后，黯然得像一只母鸡。好在，白鹇是对家庭负责的鸟儿，俊美的雄鸟似乎并不嫌弃雌鸟灰暗无光，那白衣飘飘的雅士率领它的妻妾们，在河谷、在滩地、在枝头，戏水、觅食、生儿育女。

就在我赞叹白鹇公子那舒展的翅膀与飘逸的尾羽的时候，卢俊却极其不哥们地把白鹇的秘密透露给了我——有着华丽翅膀与完美尾羽的白鹇其实根本就不擅长飞翔，它的漂亮翅膀最重要的作用是装饰，是吸引异性的青睐，它其实是靠脚力生活的鸟儿，当敌情来临时，白鹇首选的逃跑方式是往高处奔跑，然后再从高处起跳，往低处飞翔。

啊？什么？What？我配合着卢俊的故事，发出夸张的惊叹。我是一个多么好的倾听者呀。他看着我丰富的表情变化，脸上显出大男孩般的得意与调皮。

白鹇公子若知道自己的故事又一次被讲起，会恼怒的吧？不过它不会恼怒太久，因为另一件荣耀的事足以覆盖任何不愉快。诗仙李白赞美白鹇公子的那首诗《赠黄山胡公求白鹇》，谁人不知，谁人不晓呢？

请以双白璧，买君双白鹇。

白鹇白如锦，白雪耻容颜。

照影玉潭里，刷毛琪树间。

夜栖寒月静，朝步落花闲。

我愿得此鸟，玩之坐碧山。

胡公能辍赠，笼寄野人还。


白鹇公子记住这首诗就够了，够它在溪流旁、在树枝上鸣叫着炫耀一辈子了。

我没有见到三百山的鹿角杜鹃开花，也没有看见大名鼎鼎的"东江第一瀑"，更没有见识那隐藏着巨大秘密的白鹇公子，我只在卢俊的手机里看见它们的照片。不过我却一点也不觉得遗憾，我想象着它们的样子，倒是觉得比看见它们的真身更加丰富呢。

从三百山归来之后，我和卢俊成为微信好友。他仍然时不时地给我发三百山的照片，东风湖、知音泉、观音瀑、漫云栈道、玻璃桥……有时候也会发给我一首歌，他说，听一听吧，这首歌很安慰人，把人生写透了一半。我便放下手中的杂事，去听那首歌。最近一次闲聊，我问他，是否打算重返陶艺行业？他说，近几年不会去做陶瓷，就待在安远了，就待在三百山了，要结婚了，要安家了，要生小孩儿了。他也常常说一些很有哲思的话，比如关于生命力什么的。他大概从来没有忘记老师对他的陶瓷作品的评语吧。每每聊起这些说不清、道不明的形而上的东西，我便逗他说，卢俊，我干脆喊你卢梭吧。他便发过来个龇牙的表情，随后又说，喊我卢卢吧，山中卢卢。

卢卢是一种鸟，一种羽毛鲜艳、叫声清亮、飞得高远的鸟。

# 不再分开

杨永康

那是我第一次看到泥孙，在一片浓重的阴影里，不远处是几根圆形的柱子，柱子下是一个废弃的橡胶轮胎、一个蓝色的筒式切割机，还有几块铁板与成堆的白色石头。我只能把它们描述为石头，它们的棱角都很清晰，有一块从许多白色中突兀出来，向上的一面已经抛光，阴影的一面是一把直角铁尺，一根红色的铅笔"停泊"在一种灰里，灰的旁边散落着几枚灰黑色的螺帽、螺钉，螺钉的一侧是无边的阴影。

这是我第一次捕捉到难以捉摸且"善变易逝"的阴影。

"无论阴影表面上多么遵守简单的光学法则，其表象依然有难以捉摸之处"且"善变易逝"。这是E.H.贡布里希说的。

那么我们能捕捉到那个"难以捉摸"且"善变易逝"吗？

难以捉摸的另一侧是一个巨大的金属装置，外形有点像长臂风车，顶端是一个月形的金属齿轮，被固定在两根粗壮的钢管上，斜度在70~80度之间。钢管下面是一个三角形装置，三角形装置下面是一个可移动或可滚动的轮子。轮子旁边是一块更大的铁板，铁板上有一个猩红色的头盔，头盔旁是一把银灰色的金属扳手、一团灰色的电线绳子。电线绳子外侧是一个一人多高的木头架子，木架外侧是成片成片很惊心的荒草。

柯尔克孜语把荒草叫薛布夏朗。

在泥孙，到处都是来自远古的薛布夏朗，远远看过去红彤彤一片，一切都被晕染。我至今叫不出它们的名字，但我感知到了它们的红，喷薄而出的红，瞬间抵达摇曳着的灰白色的花与果实。我从没有在霞光里看到过这么多摇曳的红，还有灰与白。

我曾看到过一本谈及光晕的书。书中说："在光亮与阴暗的界限间好像有一种光辉发出，它罩盖住一部分的阴暗部分的层次，超出光亮物体的界限而突入在邻近的部位中。"是的，它们已经超出光亮物体的界限，而突入到我脸的邻近部位，我脸的深处，还有泥孙的深处。

在泥孙的深处可以看到一些零星的墨绿色在红里兀立着。一匹白色的马在墨绿色的一侧一动不动站着，走很近才看清楚是一匹毛色灰白的马。再靠里一点是几个浅褐色的蜂箱，蜂箱再靠里一点可以看到一排房子，应该是柯尔克孜牧民放牧搭建的住屋。屋顶上长满了灰色的草，屋前是一排木栅栏，栅栏里有一辆看不清颜色的摩托车，摩托车旁是一辆轮胎很旧的胶轮小马车。

在很强的光晕里根本没法看清它们的颜色，也根本没法看清是不是一辆轮胎很旧的胶轮小马车。必须穿过那些灰白色的草，正好有一片灰白色的草在不远处摇曳着纤细的枝干。必须穿过那些纤细的枝干，还须穿过那些散落在草里的浅褐色蜂箱，有三个是浅褐色的，稍远一些的是浅黄色的，另外几个是空的，被风摞成了一摞。

还有那匹灰白色的马。我最不忍心惊扰的就是它，身子的一半在光里，一半在阴影里。我必须在它低头吃草的间隙穿过它的身后。它的身后是一大片枯黄的草。我必须保证不发出任何声音；万一发出声音，必须保证我的意图绝对简单。我只有一个意图，就是搞清那是否一辆红色的胶轮小马车。

还好，我顺利穿过它的身后，并如期穿过了那片枯草地。穿过的时候，声音还是超出了预期，正担心着，一阵风来。真是太幸运了，我紧紧揢着自己的衣袖，因为我的袖口小，一瞬间产生了巨大的张力，我就这样被风裹挟着向前走了。因为身体轻盈，顺利穿过了整个枯草地。枯草地过后是一片空旷地带，草已经被收割走了。

终于可以看清它的颜色了，是千真万确的红色，千真万确的胶轮，千真万确的红色小马车。当时心中蛮担心的，万一那是一辆拖拉机，或者一辆其他什么车呢？还好，一切都很圆满。


在泥孙，我一直被这种源自远古的圆满照临着，在它的照临下，我顺利坐上了一辆红色小马车。我几乎没有做什么准备，驾着红色小马车就出发了。差不多就在我坐上的一瞬，马车就开始嘚嘚地往前跑了。一路都可看到古老的云杉、古老的木栅栏与柯尔克孜人的白色毡房，还有在枯黄色的草里静立着或静卧着的马。有一头体形不大的牛向我的方向张望着，也可能是向我的红色小马车张望着。

柯尔克孜人的房子整体由圆木垒成，呈长方形，人字形的屋架，颜色是深褐色的。奇怪的是我没有看到门。旁边有牲口围栏，围栏里有木头搭建的棚子。有座木屋冒着炊烟，应该是另一户人家。炊烟背后是灰绿色的山脊，呈条状的山脊。

再往前是另一户人家，大体也有三间木屋。右侧的一间应该是堆放杂物的；左侧的一间顶子是敞开的，应该是留给马的；中间一间住人。正以为空无一人时，一个围红色头巾的女人从木屋里走出来，她手提一个圆形的铝盆，一直走到一把浅黄色的木椅前弯下了腰，应该是要冲洗手中的奶桶子，另一只手提着一个铁皮奶桶。

因为语言不通，我只能坐在我的红色马车上，向女人及女人手中的铁皮奶桶的方向张望。

可能发现有人在远处张望吧，一个戴蓝色帽子的男人从屋子里走出来。

我下了马车，与这男人打了招呼。说了半天，我的话对方一句也没有听懂。正有点着急呢，屋内又走出来一个穿红色马甲的女子，这女子懂汉语，我说的话她听得懂。女子与那男人交流了一会儿，就让我去他们家的木屋了。

木屋里有一个很大的土炕。应该是土炕，上面铺着一条红绿图案的床单。靠门的一面墙上是一条很大的挂毯，图案以红绿花卉为主。居中的墙上是一条图案更繁复的挂毯，外围有三重图案。第一重是一种手工绣的红边；第二重图案由大小菱形图案连缀而成，外侧是黑色的，中间是粉红色的；第三重图案较为复杂，有花瓣形、雪花形、方块形，还有飞轮形，至于颜色，白、黑、褐都有。这应该是柯尔克孜人有名的帷幔了。

最右侧一面墙的前边摆放着一对有彩绘图案的木箱，上面摞了一摞很高的被子、毯子，外侧用红色的挂毯遮着。靠门有一排柜子，类似三斗桌或写字台，颜色是浅紫色的。柜子顶上是一个白色的小型电器盒子，一个黄色的饼干袋子，一个浅黄色有金属外壳的闹钟。闹钟旁边是一个浅蓝色的茶缸，里面是几把彩色牙刷。牙刷背后靠墙的是一个银灰色的盘子，盘子中央有银灰色的葡萄图案。还想继续看下去，门外的马叫了，应该是给我驾车的那匹灰白色的马在叫。

应该来说说给我驾车的这匹马了。自从那天在荒草中看见它，我心里就一直记挂着它。此后每当我经过那块草地的时候，那匹马只要听见我的脚步声就会大老远地跑过来，先是嗅嗅我的衣服，然后撒个欢儿又跑回荒草里。有一天我再去的时候，不知那匹马被什么人架在了马车上。我轻轻喊了一声，灰白色的马竟然驾着红色小马车嘶鸣着飞奔了过来。我想躲闪已经来不及了，就顺势跃上了马车。我一直渴望着有一辆红色小马车，这样就可以走遍整个泥孙河谷。

你猜我从那户人家出来看到什么了？我看到一座更小的木屋，这是我在泥孙河谷看到的最小的木屋，只有一个半人高的小门，门是关着的，旁边是一个木桩，木桩上拴着一匹浅褐色的小马。给我驾车的白马应该就是对着这匹马叫的。

再远一点是一个红顶子的小木屋，比刚才那个木屋要大一些，有红色的门，半开着，门前是一个烤馕用的土炉子，炉子旁边是一辆摩托车，摩托车旁是一个简易的木头围栏。正是正午，一束橙绿色的光柱从天空中倾泻下来，土炉子更白了，小木屋更灰了。

再远一点是两座灰黑色的木头房子，一座有浓重的阴影，一座完全裸露在光里。有三头褐色的牛正在不远处低头吃草，有一头腰间的毛是白色的。牛的背后是一大片墨绿色的云杉。云杉与灰绿色的石头间是一条布满石头的小路，应该是容易迷路的地方了，必须找牧民问问，半开着的门里应该有人。门口有一块很大的灰色石头，石头旁有一辆油漆已经脱落的摩托。泥孙河谷的路崎岖不平，骑摩托车也不好走，只是要快捷许多。路就在石头间隐约延伸，就看你如何选择、抉择了。

我考虑是否该停下马车了，因为前面是一片很大的林子，马车已经很难通过了。正拿不定主意时，木屋中走出一个戴浅蓝色棒球帽、穿灰色运动衣的小伙子。小伙子说着不怎么流畅的汉语，笑着问我是否要穿过前面的林子，我说是。小伙子指着身边的摩托车说，前边的路只有摩托可以走，可以坐他的摩托车进去。我说我还是驾着我的马车吧，他说马车也可以走，就是太颠簸了。更重要的是，穿过林子后会失去方向感。那不就是迷路了吗？最后我们达成了协议，我付一份带路钱给他，他给我带路。我驾着我的小马车跟着他就是了。过了林子就是无人区，谁知道这些交通工具用不用得上！

前面果然有一段路颠得很厉害，不是一般的颠，有几次我感到我的屁股与马车已经分离，离奇的是每次我离开马车的屁股在空气中短暂悬停之后，又稳稳当当回到了马车上。有几次我甚至听见了破裂声，橡胶轮胎的破裂声，可当我下车查看的时候，一切都完好无损。正在我暗自庆幸的时候，马车的两个轮子被两块巨大的石头给卡住了。小伙子看我的马车被卡住了，停下摩托安慰我说，可以先坐他的摩托去前面的冰川与达坂。看完之后，他一定想办法从石头缝里拖出我的马车。反正都这样了，我只能答应了。

他说的这个达坂与冰川我心仪已久。其实整个山谷就我和他，心中还是蛮忐忑的，你说在这无人区有个好歹，外界能知道吗？又一想，既然来了，就看看吧，也算是给颠簸了一路的自己一个交代！

穿过云杉林子，眼前豁然一亮，一片平坦的河谷展现在眼前，其间点缀着一小簇一小簇的灰绿色植物。再远是一片黄褐色的草甸，一棵深绿色的树，兀立在那些黄褐色中。小伙子说走完整片黄褐色，就可以看到达坂与冰川了。

走完整片黄褐色，是一个地势更低的河谷，可以看到一条白色的小溪在稀稀落落的灰绿色间流淌。小伙子说在流淌，我感觉更像一条灰白色的干涸河床。小伙子说不是河床，是河流。再往前果然可以听到清晰的流水声。走近才发现确实是一条很大的河，河水是灰白色的。河道两侧全是灰白色的石头，小伙子说是石灰石太多了。河流的尽头就是达坂与冰川，远远望过去灰灰的一片。确实是灰灰的一片，可能是河谷地带海拔太低，山看起来都是灰褐色的，顶端是白白的雪。这应该就是那个有名的垭口了。

返回的时候也算顺利，只是小伙子的摩托车颠簸得太厉害。小伙子怕我掉下去，特意用绳子把我与他绑在了一起。这样无论怎么颠簸，也不至于摔下去了。摔下去全是棱角锋利的石头，真不敢想啊。好在一路顺利。只是为了拖出马车，花去了不少时间，最后在两位骑马的柯尔克孜牧民的帮助下搞定了。

两位牧民都骑棕红色的马。一位穿浅灰的衣服，戴扁平的鸭舌帽，脸全在阴影里；另一位穿浅咖啡色衣服，戴浅灰色鸭舌帽，脸上一片光亮。

两人在马上定定地看了一会儿我与卡在石头间的马车轮子，其中一个从马上跳下来，轻轻拍了一下给我驾车的马，马车的轮子就从石头间挣脱了出来。

返回的时候我的马车一直与两位牧民大叔的马并排走着，其中一位大叔懂汉语，给我示范了一路的驾马车技术，最后甚至扯到汉代出土的一种小马车。好在我们及时收住了话题。临别，大叔建议我去古城看看，他的发音就是泥孙或尼逊。

泥孙河谷有两座古城，一座就在泥孙河边，可以看到走向清晰的城垣，内侧呈灰土色，外侧零零星星覆盖着一些莎草类植物。从最长的一面看过去，至少有几公里的样子，有一段裸露的部分布满大大小小的鼠洞，千疮百孔的；还有许多塌陷进去的皱褶，许多灰色的石片散落着，上面有灰白色的涂料痕迹。城垣外就是泥孙河，泥孙河河面很宽，在古城的一侧画出一个大大的弧形，呈青灰色，映着天光，里面点缀着灰绿色的水草，有一棵枝干干枯的树挺立在河岸的一侧，放眼望去全是灰褐色。这座古城现存残墙千余米。当时城外还有一条护城河，河床宽在20~40米之间，河深在5米左右。护城河如此之宽，说明城之外的泥孙河水量不小，只有这条河水量足够大，才有可能养活更多的人。

当时城内到底有多少人呢？我看到的一份考古报告没有提供更多的线索，要准确估量当时的人口密度蛮困难的。庆幸的是周围的遗存信息很丰富。这里曾出土过犬的骨头；还有一把烛形壶，有短短的壶颈；还有陶钵，底部较小，开口很大；还有陶烛台、陶罐、陶壶；还出土了一具乌孙人的头盖骨，从照片上看下颌偏长偏厚；还发现了铁刀、铁钉、铜碗、铜锥等。说明这一带确实有乌孙人生活，居住。

距此城二十多公里处还有一座古城。"城作方形，东西长360米，南北宽350米，城周1420米。夯土筑成。城垣残高3到4米，顶部宽3到5米，底部宽17到25米。墙基保存基本完整。"城外也有一条护城河，宽5~10米，深约1米。想了解更多信息的可参看这位古学家的书。

让人欣喜的是考古学家在台基西南30米处，发现了一口水井，直径约1米，还发现了牛、羊、马等的骨头。看来这座城比第一座城有更多人生活于此的信息。

此城附近古墓中最惊人的发现是红宝石金面具、红玛瑙虎柄金杯、红宝石金盖罐、红宝石包金剑鞘。红玛瑙虎柄金杯，从外形上看是一个不规则的类似陶罐的器物，杯口一侧略低，周身镶满了红色的宝石。部分宝石脱落了，圆形的镶嵌槽很是清晰，杯子的底色是浅咖啡色的。红宝石金盖罐罐体部分也镶嵌了一圈红色宝石与紫色宝石，紫色宝石拼成了三叶草的形状。单耳金杯杯体部分也镶嵌了一圈宝石，宝石已经脱落，只剩下金属镶嵌槽了。最华美的要算包金剑鞘，正面镶嵌了三道红宝石，形状有半月形的，也有花瓣形的。

关于红宝石金面具，考古学家给出的信息是高17厘米，宽16.5厘米，重245.5克。奇异的是眼睛部分，包括眉毛部分、脸腮部分及胡子部分，都有红宝石镶嵌。

关于这些珍宝，学者们认为其深受拜占庭艺术的影响。我看到过一件柯尔克孜女性的坎肩扣纹饰，得出的结论是，那些镶嵌物及其工艺，本身就是柯尔克孜人平常纹饰与日常生活的一部分。

我看到的这件女性坎肩是灰蓝色的，居中偏右侧有一排金属纽扣装饰，呈金黄色，每个扣饰左右是水滴形的，中间是葵花形的，一圈金色叶片中间镶嵌着玫瑰色的宝石，非常雅致好看。

柯尔克孜人的不少纹饰都有镶嵌宝石。我还看到过柯尔克孜女性的一对衣扣装饰，整体呈花瓣形，每个花瓣上都有镶嵌红宝石与绿宝石。

这座城的城垣更完整一些，呈方形。从残存的城垣上看过去，周围长满了枯黄色的草。荒草间是一条清晰的小道。我正沿小道往前走呢，荒草间出现一个穿红衣服骑黑色大马的大妈。大妈骑在马上很是威武，好像正在城垣上巡视。我仔细观察了一番，大妈确实是在巡视，城垣的外侧是她的牛群，大妈应该就是为这个在城垣上巡视的。牛群就在城垣外的一片树影下，应该有几十头牛吧，在树影里或站或卧，还有几头或静立或静卧在一块金黄色的麦茬地里。

那天回去的时候我还经过了一片更大的麦茬地，小麦刚被收割，满地都是打成捆的草捆子，在太阳照射下闪着金黄色的光泽。还经过一大片紫苏地，开始我不知道那是一种什么植物，茎秆很长，花是紫色的，叶片是翻转的，很像紫色的蝶。一打听叫紫苏。

那天还有一个收获是遇见了几头骆驼。据说泥孙的骆驼是最肥的，一见果不其然，体形高大而滚圆。只是身体的各个部位的颜色并不相同，有深褐色的，也有浅褐色的。驼峰的颜色更深一些。总的来说，大骆驼体形要好看些。驼群中确实有两头小骆驼，其中一头是深褐色的，脖子很短，驼峰很小，耷拉着，应该在脱毛吧，身体上的毛乱糟糟的。

我问陪同的师傅，可以骑骑吗？他说，骆驼很忌讳生人的。骑是可以骑的，但还是不要随便骑。最好是主人在场。


我一直想去泥孙河的源头看看，泥孙河的源头就在西天山的主脉。也算是在西天山流域游荡好些天了，能去主峰看看也好。我翻阅过地质学家的书，西天山的主要岩体是火山岩和火山碎屑岩。

我第一次看到泥孙山山顶的碎裂火山岩、火山碎屑岩，很是震惊。那是一种人类无法理解的碎裂，极像在火星上。看到它们的一瞬，我感到我的呼吸也停止了。第一次看到那么多的灰色，那么多的碎裂。

除去那些灰色山体、岩体及遍地的碎裂，就剩一条灰白色的路了，一直通往更高一些的山巅。山巅的铁黑色岩体上，覆盖着厚厚的雪，说它们像雪，实际上更像一种柔软的白，应该是一种铁黑色的白。从铁黑色的白中，一条细细的溪流汩汩流了出来。

陪我上山的师傅说这就是泥孙河的源头。师傅穿灰绿色夹克，午餐就是他在山上为我做的。那顿饭吃得实在可口，一大碗西红柿炒鸡蛋，加一大碗白米饭。我们都是蹲在黑灰色的火山岩和火山碎屑岩上吃的。几柱灰白色的光打在碎裂的岩石上，打在我的身上，可以清晰看到来时曲曲折折的路。突然置身于这些曲曲折折间，心绪很是复杂。

凝视完来路，开始凝视头顶的天空，忽然感到人类也不过是一粒火山碎屑罢了。甚至连碎屑也比不得，因为随便一粒火山碎屑、火山碎石的历史都要久远于人类的历史。在那些碎石间我徘徊了很久，一一打量了它们的颜色。

研究者认为火山碎屑岩是紫红色、灰色，是灰绿色或灰白色，还有赤霞色与黄铜色的。至于形成过程，地质学家认为是"爆碎"加"自碎"。至于形状，地质学家罗列出好多种，比如板条状的、方块状的、球面状的，还有花蕾状的。我捡起一枚，是扇面形的，呈青绿色，有灰白色的线状纹理。

我们还去看了泥孙河的源头，从灰黑色山体间流出的雪水，在山腰的一个低洼处，积聚成一泓灰白色的小河。算不上湖泊，就是一泓水而已。颜色是灰白色的，因为含硫黄与石灰石太多，故微微呈奶白色。

可以喝吗？这个现在不能喝的，要喝也得去"小泉"那边，那边的水可以直接喝。

去"小泉"还得再往上面一点。所谓"小泉"也是从石头缝隙中流出的雪水，不过这股雪水更清澈。掬起几口雪水喝，口感不错，没有什么异味，稍稍有点清凉。"小泉"最后也汇入下面的灰白色小河了。

我刚直起身子，一头白色的小骆驼在我身后挤了过来，陪我的师傅让我稍稍让开一点，说小骆驼要喝水了。果然，小家伙在我们退后之后，把头伸进了"小泉"。陪我的师傅说这个小泉其实还是小骆驼发现的。小骆驼能喝，人自然也能喝。我说确实是这个理。

上山的时候我坐的是大卡车。那车是红色的，车头很高。小骆驼喝完水打了几个响鼻，就跟着我们的卡车下山了。小家伙喝饱之后好像特别兴奋，一会儿跑在卡车的前面，一会儿又有意落在卡车的后面，好像在跟我们的卡车斗着玩似的。要知道一侧就是黑灰色的陡崖了。我们只好随着小家伙的性子走走停停。

师傅说骆驼要真跑起来，应该会快过卡车的，只是持久性不那么好。这个我有了解，骆驼的步子比较特殊，快步行进时是"对应步伐"，即同时举起同体侧的前后蹄前进。《大英百科全书》就是这么说的。这样的话，你说还持久得了吗？持久不了的。

柯尔克孜是一个被公认拥有"美妙之口"的民族。那天从山上返回的时候，我总算听到了他们的民歌。司机大哥哼唱了一路的柯尔克孜民歌，有一首的歌词翻译成汉语是：白纱巾围在脖颈上，美貌印在我心中，我留恋徘徊不忍离去……因为是用柯尔克孜语唱的，怕我听不懂，司机大哥又一句一句用汉语唱给我听。差不多是一首接着一首吧，后来我就打起了瞌睡。实际情况应该比这个还要严重一些，我是说我打起了呼噜。我平时很少打呼噜的，可那天真的打了，车颠簸了好多次我也全然不知。最后总算清醒了一些，可一切都无法挽回了，那头一路跟随我们的小骆驼早已不知去向了。司机师傅说，小骆驼是神仙指派的，已遁去了。我听后简直后悔死了，再也没法看到那头可爱的小骆驼了。

这件事让我的东道主朋友知道了，东道主朋友在中秋节的时候特意安排了一场丰盛的餐会，餐会间几位柯尔克孜小伙即兴表演了节目，一个穿灰蓝色T恤、军绿裤子的大哥表演了一种舞蹈，手臂伸展得很开，摆动的幅度很大。另一个瘦一些的大哥表演了一种舞蹈，手插在腰间，肢体一直在不停扭动，应该是柯尔克孜族的"挤奶舞"。

那天司机大哥还特意唱了一首民歌，你猜他唱了什么，他唱的就是他在车上唱的那首"白纱巾围在脖颈上"。这让我想起那头白色的小骆驼来。

那天大伙一直乐到月亮从山顶升起。月亮升起的时候，我找借口溜了出来，我想再好好感受一下泥孙河谷八月十五的月夜。这一天正好是八月十五。月夜的泥孙河谷梦一样亮，可以清晰感知到一种木本或草本植物在月下悄然生长。应该是毛茛或多毛毛茛吧，枝干茂盛，花朵硕大。月夜只能看到它们灰褐色、灰黑色的枝干。

灰褐色、灰黑色的枝干后面有一堵残缺的土墙，每天晨光升起的时候都有一匹马在墙的一侧静立着。远处是两匹黑色的马，一匹在低头吃草，一匹张望着远处。光线打在它们身上，留下浓重的影子。再远处是一个杂草丛生的土丘，这是乌孙人的大墓。泥孙河谷有许多这样的大墓。靠近山脊是两丛金黄色的大草垛，草垛再远一点就是泥孙山浓重的山影。

只有在月夜才能感知到这一切，感知到它们的存在。

是的，只有在月夜才能充分感知到它们的存在。一只灰白色的小精灵，一次次悄无声息地游弋到河谷的极远处，又一次次悄无声息地回到我身旁，小小的头颅与身影倒映在天空巨大的白上，必须保持对白还有游弋的感知能力。偶尔传来几声狗吠，一切都在流逝中，包括巨大的白与游弋，还有狗吠。你猜我这时候想到了谁？我想到了布朗肖。布朗肖说，当一切都消失在夜里时……是的，当一切都消失在夜里时，我在万古洪荒中伸长了自己的脖子。我明白我们将不再分开。

# 逆着时间

李达伟

## 1

他们三个人的友情让人感动。以他们之间的友谊作为参照，我努力打捞着自己是否也拥有了类似可以延续一生的友情。我在评论家的一本诗集里，看到了他写给萌萌（那是他们共同的另外一个友人）的诗，那是写在听到萌萌离世的消息时。评论家异常悲痛。他们谈到了萌萌，即便已经过了多年，即便评论家已经来到了苍山下，在有些冰凉冷寂的暮色里，谈论一个故人时，大家的内心依然是悲凉的。他们短暂地沉浸于再次相遇的喜悦中。当他们提到萌萌时，也意味着快乐是短暂的。提到萌萌的同时，他们也感伤总会听到一些让人战栗难过无法接受的消息，那是关于他人的消息，那是一些卑微者在现实中的苟活与艰难。他们那一代人与我们这一代人之间的区别，在渐渐浓厚的暮色里，越发突显。

一个地方的气候，一个世界的本身，会影响人的性格，人被气候与地理不断塑造。无论是评论家、诗人还是翻译家，他们对不同的地理空间于自己的影响很敏感。评论家曾在海南的一所大学教了一段时间书后，又去往河南的一所大学教书，有一段时间，他还在苍山下的那所大学里教书。已经近七十的他，总是给人和蔼慈祥博学深邃的感觉。每一个教书的地方，更多的时候是那个地方背后的一些好友，他们跟评论家说，你来海南吧，你来河北吧，你来大理吧。然后他没有经过深思熟虑就答应了下来，那是对于一个地方感觉上的喜欢，更是有着对友人们的信任。

我们提到了在其中一个地方生活时，人们对他的误解。评论家说已经没有任何解释的意义了，他早已释怀了。我们一些人可能会随着时间的慢慢流逝，被一些人理解，也很有可能，将永远被误解。我们还提到了另外一个地方，一些人在那里对他百般刁难，评论家表现出的依然是坦然与坚忍，他觉得已经没有任何意义与人争些什么了。他现在已经不在大理教书了。六十多岁的他，只是在河南的那所大学教书，也很快要退休了。（当我再次修改这些文字时，他已经从那所大学退休，长时间生活在昆明，偶尔回到大理。回到大理后，他有时会带着我去见见他生活在苍山下的那些诗人朋友。）教书之余，他会来到昆明跟女儿住一段时间，主要是带孙子，或者一家人会回到大理。在大理，带孙子之余，坐在客厅阅读写作，偶尔望向远处的那个高原湖泊。有次，我去找他，小外孙对他的那种依恋无比温馨。评论家在客厅里看到了湖光泛起的涟漪，还会看到一些经常打捞水中污物的人，他看到了一些人近乎旷日持久的平凡，他又一次把目光收回，继续着阅读与写作。高原湖泊在不同季节里呈现出的景色，总会让他感慨不已。我深信就是在客厅里，他无意间从阅读的片歇中缓缓朝湖边望去，他望到了世界所具有的季节性，他从客厅里走了出来，他发现了这个世界的一些东西是逆时的，一些花在冬日里开放了，一些人赶往花街把那些花买回家种植起来，他还看到了其他逆时性的东西，像古城，像那些被摆放在街头卖的大理石，还有其他种种物事也呈现出来逆时性。评论家有时会有些武断地说，只有大理的逆时性表现得最强烈。

我无意间获知评论家小时候有几年是在新疆生活的，这是我在这之前从未想到过的。当在昆明再次见到他后，我问起了那段过往。他矫正了我，是青海莫河骆驼场，而不是新疆。那是没有公路的时代，为了建青藏公路，用骆驼来运送物资材料，逾万头的骆驼到真正返回莫河骆驼场时已经所剩不多，许多的骆驼累死在了那条路上。骆驼的价值消失后，驼场便破败了。在关于驼场的博物馆里，我们会怀念一些精神价值与荣耀感，那是由驼工、知青和骆驼一起完成和创造的东西。我们看到了荣耀感的消失，荣耀感往往是牺牲带来的。后来许多人离开了莫河骆驼场，特别是年轻人，有一段时间，那个世界便荒凉了下来。当获知这个信息后，评论家写下那些充满浓厚情感的关于新疆与青海的诗篇就最自然不过了。近处的堪巴草一簇一簇地在大地上铺开，它们低矮地生长着，开始发黄发红。在这个世界里，一切的植物似乎都是低矮地生长着，与植物不同的是那些喜欢吃堪巴草的骆驼，它们无比高大，它们在那片大地上是最显眼的生命。驼场上簇拥着的骆驼，貌似笨拙与丑陋，以及它们在黄沙与戈壁上行走，有时会无端给人一种悲壮感。远处连绵的山脉上已经落满了雪，远处与近处，颜色与线条的堆积都有着鲜明的层次感。已经是秋天，秋天的景色有着肃杀的气息，当到了冬日，不知道又将是怎样的一种景象。冬日的景象，我们只能想象。

真实的是秋日景象，在这片评论家生活过的土地上，评论家的朋友遇见了牧羊人和他的羊群。牧羊人很年轻，十岁，骑着马，给诗人表演着他的骑术，那是让诗人惊叹的，在这之前她还未真正见过一个属于大地的骑手。那个骑手说自己不会离开那片金色的草地，自己读书几年之后，还是想回到这里以放牧为生，理由就是自由。牧羊男孩背后是在枯黄的草地上吃草的羊群，羊群的颜色与远处的雪色混淆在一起，有时会有雪山是羊群，在那里静静地啃着草的错觉，有时又会有雪被风一卷落到了草上的错觉。作为牧人的艰难，我们能通过多种渠道获悉，而在这之前，当世界被一场又一场大雪封闭之时，我们根本无法了解作为牧人的艰难，特别是尤为难过的冬日。转场的迁徙，有时很难抵达冬牧场，有时遭受雪灾，等等。关于那段生活，评论家在工作室里都不曾说起过。突然意识到，在工作室里，我们很少回忆童年时光，我们会陷入回忆中不能自拔，只是童年时光竟是缺席的。我知道只是暂时缺席，那段时光早晚会回来。评论家生活的地方离沙漠很远，但我们也知道有一些人住得离沙漠很近。他们在转场过程中，有时会沿着一条界线在行走，沙漠不断侵蚀着那条界线，那条界线不断往人们生活的边界在延伸。

评论家的童年里，有一条叫巴音河的河流，有一个叫托素湖的湖泊，还有红嘴鹤在自由飞翔，还有湿地红滩，还有茫茫戈壁。这些东西，在评论家的文字里隐藏得很深，评论家写下的那些思想性极强的随笔里，偶尔才会有它们的影子，而每一次隐约的浮现，都是充满柔和与温暖的抒情。当这些事物消隐，文字与思想都开始变得冷峻起来。原来每当浮现关于青海的文字时，我都以为他只是因为出差或者旅游，才出现在世界的那些让人感到温暖的角落。评论家还在海南生活过一段时间，在一所大学里教书，这与评论家童年在青海生活的经历完全不同。童年与成年，童年与老年，童年与暮年，都是完全不同的时间段，我们对世界与时间的感受也是完全不同的。

我先是羡慕他们在不同环境下生活的经历，陌生的环境对肉身与精神的刺激，有时还会对精神世界进行无意的拓展。我有着类似的深刻体验，我来到了那个热带河谷中的一个村子教书。热带河谷与在那之前我生活的世界都不同，热带植物、热带气候、在热带河谷中生活的那些人的热情，都刺激着我。在努力融入那个陌生世界的过程中，我对世界的多元与丰富有了不一样的认识。热带河谷中，人们对于自然的认识也在影响着我。一个庙宇有时会成为人们精神世界的中心，一些不可思议的说法就在现实中存在着，人们深信一些传说，人们迷恋那些发生在夜间的讲述和在白天与黑夜举行的祭祀仪式。一切源自自然，一切的自然与精神世界之间有了紧密的联系，植物丰茂生长，河流流淌不息，人们的脸上热情洋溢，人们纷纷醉倒在榕树之下。

在这之前，我生活在冬日异常冰冷的世界里，我的一切就像是被寒冷冻结了一样，变得很僵硬，僵硬的表情、僵硬的姿态、僵硬的精神，还有在生活中表现得拘束畏缩。这一切，在热带河谷生活了几年后，都在发生变化，我们呼吸着那些植物释放出来的自由因子，我们在那些植物丛林里彻底放松，世界的重塑意味在那里变得很强烈。在还未来到那里时，我根本不会想到还有着这样一个奇异的世界。在那些热带丛林中，我们喝酒喝得醉眼迷离，我们看到了一些少数民族少男少女，他们的身上携带着让人羡慕的青春气息，他们倏然出现，又在热带丛林的烦热中倏然消失，消失得就像一场幻梦。在不断回到那段一直不曾磨灭淡化的过往时，我又开始变得无比怀念那段过往。当我把那段过往跟很多人说起后，没有人会笑话我，很多人对我的那段生活表达了羡慕之意。

我又想起了那个在他年轻时候，曾在与我所在的热带河谷相似的地方生活过的老人（用老人来指代似乎也不是很准确的，他已经去世几个月了），老人在去世前的那段时间，经常跟人说起那段在热带丛林生活的过往，似乎除了那几年时间，老人再记不住什么了。也许，自己到了某一天，同样也会活成老人这个样子，人生的很多东西慢慢消失，最终只留下这样一段说长不长说短也不短的日子。我与老人一样，我们都是出现在热带河谷之后，才真正发生了一些变化。老人一开始来到热带丛林时，身份是医生，当地风俗中的巫医那部分，也对他的医生生涯产生了影响。那是一个特别关注内心和注重精神的世界。老人开始写作。老人离开热带河谷时，他的身份已经不再是医生，他被调往省城编辑一本文学杂志。我的身份开始是老师，当我离开那个热带河谷后，我的身份变成一个地方刊物的小编辑。

无论是评论家还是诗人，他们经历的世界越多，对世界的陌生感也会更强烈。他们并未把曾经遭受的一些打击，变成对世界的仇恨。各种各样的国家，各种各样的街道，各种各样的人，在他们的脑海里留下印痕。诗人是否出现在了几个国家，真正把自己汇入世界之后，也会有米沃什一般的感觉？米沃什并没有因为到过很多个城市和国家就变成了世界主义者，他反而保留了一个小地方人的谨慎。他们之间有着相似性。当我跟诗人提到米沃什时，诗人变得滔滔不绝，他内心无比敬佩米沃什的写作，在他看来米沃什无疑就是最伟大的诗人之一。

# 2

一幅画：天空中弥漫着的是湛蓝的色彩，与湛蓝相对的就是天空下黄色的沙漠，沙漠里面摆放着与黄沙不一样的白色桌子。如果不是画，而是照片的话，桌子可能是被一些人有意抬过来摆放在那里的。和桌子一样被抬过来的还有桌子上的三棵树。三棵树的根部消失，三棵长得还算繁茂的树竟是无根的，树的枝丫上长着的不仅是绿色的叶子，还悬挂着一些云朵，天空因为那些悬浮的云朵变得低了下来。我们把注意力从那些浮云上移开。绿色的树，成了一种摆设。如果不是摆设的话，那只能是幻觉中才会在那片沙漠上生长出来的植物。如果随着植物的增加，长成一片森林，还有汩汩流淌的溪流，那便是沙漠中的绿洲。三棵无根的绿色的树，会给人一些希望，又似乎没有多少希望，毕竟那是无根的，或者它们的根很浅，浅到无法穿透桌子的厚度。画上聚集着好几种色彩，沙漠中色彩本应是单一的，画中却不是这样，有五种色彩（其实只要超过三种，世界就不会显得那么单调了）。我们看到了黄色与蓝色的浓烈，蓝色是一种轻盈的色彩，黄色在那时却因为是沙漠的色彩便变得有重量了。我们只看到了被风卷裹后的旋涡般的小坑，没有飘飞起来的沙子，也没有在沙漠上生活的生命。在一些纪录片中，我们见到了许多神奇的生命在沙漠上生活的影子，我们还看到了一些独特的植物在沙漠中稀疏却顽强的身影。桌子的存在，让画面中唯一的植物也显得单薄无力。那几棵植物如果不被搬出沙漠的话，它们的结局可想而知。画家有意把不同世界的事物放了一起。当把目光放在树木的数量上时，沙漠与那些树木之间有了联系，树木消失，沙漠出现。另外一个诗人出现在沙漠之上。诗人小心翼翼地踩着那些沙子。诗人担心自己会踩着那些被沙漠掩埋的尸骨和魂灵，有些是植物的，有些是动物的，还有的是一些有着高尚灵魂和品质的人。

一开始在诗人的工作室里看到这幅画时，竟然没有感觉到任何的割裂感，我竟沉醉于那些色彩的绚丽。沙漠的黄颜色，同样也是绚丽和广袤的色彩，如果没有树的出现。树是那个世界里唯一的生命，没有植物的出现，绚丽的色彩也会让人感到绝望。我设想着把自己放入那个世界之内，我将手足无措。在看到那个画面时，我舔舐了一下干燥的嘴唇，情不自禁拿起了茶杯，赶紧喝了一大口。当华丽的色彩在脑海中褪去色泽，当画家所画的那些物显现出来后，我才猛然意识到在那种色彩感的和谐中，画家要呈现给人的恰恰是割裂感。我们看到了那些物象之间的强烈差异。我们还体会到了湛蓝天空之下沙漠给人的干渴感。我又一次吞咽了一下口水。当看到这幅画时，我开始意识到有时要把诗人的人生和这些画联系起来会有些牵强。诗人很可能只是很纯粹地喜欢这幅画。那样的一幅画，我们又怎么能不喜欢。如果把这幅画和诗人的大半生联系在一起的话，它呈现着诗人在一些时候与现实生活之间所产生的那种割裂感。我猛然想起了另外一个友人，她说自己深受抑郁症的困扰。如果不是她跟我说的话，我不会想到她在一些时间里竟然生活得那般痛苦，她一直强压着自己要平静下来。她说自己最近很难控制住低落的情绪，这是她患病十七年来最严重的时候。我只是安慰她要学会释放情绪，除了这样无力的安慰之外，我竟也不知道该如何安慰她。其实我根本无法理解受抑郁情绪折磨的那种难受与绝望，我只是希望友人能赶紧从那种会吞噬人的情绪中走出来。我想起了诗人曾经说过自己失眠的经历，情绪也会伴随着莫名的低落，那是艰难的岁月。现在，诗人说自己还好，已经好了很多，只是偶尔失眠，苍山下的这个世界和苍山本身会治愈人。见到眼前的这幅画，我会想到诗人过往生活中存在着的种种割裂感。我曾在友人的空间里，见到了一些视频，里面都是自然，丽江的雪山、苍山，还有苍山中的一些溪流也曾出现过。有时，我们也会悲观地感觉到自然也无法治愈我们的某些孤独与忧伤。有时，我们又欣喜地感觉到了自然的治愈作用。有一段时间，我重新翻着探险家沃德写的《蓝花绿绒蒿的原乡》，写了他在澜沧江、金沙江、怒江等河流边的探险考察，在看的过程中无比激动，竟有了强烈的渴望想进入那些亦幻亦真的高山峡谷之内，进行属于自己的一次考察与探险。我只是有了这样的想法，友人却拖着刚刚痊愈不久的身体，徒步探访红河源。我们内心的一些东西相近，我们又有着太多的不同。友人的探险精神要远超于我，我在友人面前显得卑微懦弱不已。我们虽然都知道自然与行走对于我们的意义，可在面对自然时，却表现出了完全不同的姿态。这样的画，评论家的书房里也适合挂上一幅。在了解到评论家曾在青海生活过后，评论家的书房里最适合放的画与照片是关于秋冬季节茫茫戈壁的风景，那些风景会塑造出坚毅的品性。

## 3

在工作室中，我一眼就看出了他们三个人之间的不同。那是我在寻找他们之间的相似时，却很容易地发现了他们的不同，最终他们之间已经没有任何相似之处。其实这并不是真实的，真实的情形就是他们之间有着太多相似的东西，他们对于世界的一些看法有些相似，他们都觉得在苍山下生活，收获了某种不言而喻的轻松。我与他们相似吗？我与他们之间的不同很明显。

当他们三个人出现在苍山下的这个工作室时，他们又真变得很相同，他们都已经厌倦了那种心灵上的飘荡感。在过去的很长时间里，他们习惯奔波在世界各地，他们无法做到在同一个地方安静地住上很长的时间。他们在某些时间里，成了同一个人。在工作室里，他们成了同一个人，他们成了一个人的不同分身，他们在相互间地对话。我惊异地发现现实就是如此。我猛地惊醒过来，告诉自己他们是完全不同的个体，他们只是生活中的密友。

诗人很多时候，一个人在他的工作室里，写诗，画画，听听唱片。这几乎就是废话，工作室里如果随时聚集着一群人的话，就将变成会客厅。很多人过来拜访诗人时，诗人都会把他们带到自己的工作室里。在那个工作室里，他们喝着茶，聊着与文学艺术相关的种种。我们刚刚从离那个工作室不远的一户人家出来，我们很多人都多少饮了一点酒。在那户人家里，我们就着酒聊的同样是与文学艺术相关的话题。

　　诗人无论是要阅读写作还是画画，都需要在一个安静的环境之下进行。其中有一次，我们说约着诗人吃顿饭，诗人婉拒了，说是最近花粉过敏，不是很方便。这是现实，也可能是一个借口。诗人来到苍山下的目的就是避开那些经常困扰自己的交际。在上海和北京生活的时候，他对那些随时有的喧嚷的聚会很排斥，他一直深信的是作为艺术家的孤独，少应酬少交际总是正确的。诗人是否曾迷恋各种生活上的应酬与聚会？也曾沉迷对名利的追寻？这些我都不好直接去问诗人。当诗人已经到了现在这样的年纪，其实他已经不会去避讳自己一些不堪的过往。

　　我还发现了诗人工作室里摆放着的那些唱片，不是摇滚乐和流行音乐，都是一些古典音乐。安静的音乐，忧伤的音乐，让人思考人类命运的音乐。诗人开始听巴赫。我在他的工作室里，找寻着巴赫的身影，我好像找到了他的身影。找巴赫的身影，是因为刚好那几天我正在阅读一本关于巴赫的书。那是关于复调的书，巴赫的音乐与作家的人生之间产生的微妙而复杂的联系，巴赫的音乐改变了作家。作家在不断学习巴赫音乐的过程中，慢慢悟透了人生与命运的一些深刻的东西。我最开始想要找寻巴赫的身影，是因为里面也有着这样相似的东西，我也在想象着巴赫的音乐对诗人产生的影响，特别是他在世界各地生活的过程中，不只是加深了对巴赫音乐的认识，也对人生的深刻性有了一些认识。我又好像没找到巴赫的身影，并不是所有人都喜欢巴赫。不同的人，喜欢的古典音乐是不同的。

　　诗人并未排斥我在他的工作室里用到处找寻的目光看那些古典音乐，它们被他好好地放在了那里，我分辨不出它们之间的区别。我只有把它们从架子上抽下来，才有可能分辨出那是谁的音乐，就像在诗人的工作室里有着许多法文书一样，那些音乐上没有任何的汉字。那些古典音乐也开始变得有些模糊。我们只能肯定那是严肃的古典音乐。音乐声响起。我们出现在诗人的工作室时，诗人几乎不曾放过那些古典音乐，竟也没有人提出要听一下古典音乐。评论家喜欢古典音乐，我在他的许多随笔里读到了古典音乐对他产生的影响。我也曾听翻译家说起过，自己一直想翻译一部关于古典音乐的书。我的书房里放置着一本关于古典音乐的随笔集，翻译家应该想要翻译的就是那样的一本书。他们都喜欢古典音乐。于他们而言，古典音乐适合一个人的时候听，也只有在一个安静的状态下，才会有更多的思考。诗人在工作室里思考着人类的命运，思考着精神的出处。当我把这样的想法跟诗人说起，诗人也深表同意。诗人早已从小我的那种困境中走了出来。他已经很少因为自己而痛苦不已，花粉过敏虽然难受，却只是略微不适而已。他在工作室里为那些生活于底层，又受困于各种生活现实的种种不确定而步履维艰之人，痛苦不已。他不知道该为他们做些什么。

诗人那时正在自己的工作室里，画着一个烟斗。诗人也拿起了现实中的烟斗，现实中的烟斗只有一种作用，那就是抽烟。抽烟的理由，却可以是庞杂的。诗人还有一个身份是画家，我经常提醒自己。诗人至少拥有双重身份，这对他而言，意义很大。只是在很长一段时间里，他不曾介绍过自己是画家，他只是记下自己的身份是诗人。诗人必然要画下一个烟斗。他要临摹下一个烟斗，那个烟斗早已不是他自己的，那个烟斗是别人的。诗人知道那个烟斗属于谁。当那个著名的烟斗出现后，很多画家在画类似的烟斗时，都是一次次模仿，也是内心对那个烟斗隐喻意的回应。

诗人辗转多地，就是为了找到真正属于自己的工作室。辗转多地，也是不断打乱自己的生活，有意识打破一种日渐习惯的生活。出现在一些陌生之地，也意味着要努力重新找到在那个陌生之地生活的秩序。有时，也没有我们想象的这般复杂，诗人已经习惯了极其自由的生活状态，不断更换着地点，只是为了回应内心对于不断行走的渴望。工作室，成了一个安静之地。工作室里，并没有任何奢侈的桌子和椅子，都很简单。

诗人的一个朋友，同样也是诗人，他的工作室很简陋，里面的东西比起诗人的，就更为简陋，他工作室里摆放的桌子是他父亲留下的遗物。在那样的桌子上写作是完全不一样的，他总会想起自己的父亲。椅子也是父亲给他留下的。他无比珍惜父亲留下的那些遗物。面对着那些遗物时，他总会想到自己与父亲之间近乎持续一生的对抗。曾经他想成为父亲，然后是近乎持续一生地要把父亲的影子从自己身上扫除。越是不想成为父亲，但最终他发现父亲的影响持续了一生。当父亲离开人世之后，他无比怀念父亲，又不断想在自己身上找寻着父亲的影子，他悲观地发现自己身上已经没有父亲的影子了。

诗人已经拥有了一个不是很简陋的工作室。当我跟一些人说起诗人的工作室时，他们都赞叹不已，都羡慕不已。还有很多人无法真正拥有一个属于自己的工作室。诗人经常要穿过一条坡度很大的路，那是去往工作室的必经之地，一些年轻人不管上下的车流，都要背对着山，或者是面向另外一边的田野和湖泊，拍下一些照片。诗人谈起那些人时，谈到的是那些年轻人的活力。站在那条路上，视野和风景确实很好。他学着那些年轻人，在那条路上站一会儿，看向山。如果是冬日，能看到山上的雪，有时还会偶遇下到半山腰的雪，或者看向湖水，看向湖水背后荒芜的山。他每年要关注的都是苍山上的雪线，如果雪线不断往山顶迁移，甚至消失的话，他的内心便恐慌不已，雪线的变化意味着很多东西。诗人不禁做了一些对比，有时背对繁盛，有时背对荒芜。远远望着海东，就是一片荒芜，现实中已经长出了许多的灌木。他的诗歌里都有着它们的影子，它们是诗人内心特殊的部分。当诗人的内心和诗歌里长满灌木时，那些灌木就成了诗人身体的一部分，一个人面对这些自然与风景。我能想象诗人每天一个人走在家和工作室之间的那段不是很远的路时，内心所产生的远远超过那段路的思想历程，诗人一直是思考着的状态，诗人无法停止自己的思考。

有些回忆是必然要触及的。回忆是一个永恒的主题，我们要面对着回忆的真实与变形。此刻，他们触及的是读大学时，每天晚上在教室里男女一起跳舞的过往，那是最美好的回忆，只是简单与女同学拉拉手，就要激动几天。当他们在回忆时，我都直呼不可思议，那是一个我们只能去想象的年代。那是与我们读大学时完全不同的年代，我们已经失去了他们那种面对美好时的激动。有时，生活本身就是在消解我们对世界的感受力。他们都说那真是无法想象的美好的年代，那种纯净与羞涩，已经再也无法找寻到了，都已经烟消云散。他们读大学的时代与我们读大学的时代，已经完全不同了。诗人他们说着，他们那一辈的幸福感应该是最强的，他们生活在很多人是理想主义者的时代。他们不用担心居住问题，有分配的房子；他们也不用担心工作的问题，有分配的工作。我们这一代不同，我们很多人背负着车贷和房贷，很多人为工作和生活奔波不已。我们的阅读也不同，他们曾经如饥似渴地阅读，那种阅读的饥饿感我们很难拥有。

翻译家，暂时他是诗人，我们谈起了他给孩子们上的写诗课，他说孩子很神奇，只要给他们时间和空间，只要给他们自由，他们都是诗人，他们将写出让我们惊叹的天才般的诗句。我竟无端想象了一下，那自己五岁的女儿是不是也可以是诗人？我没有明说，诗人也没有明说，我们对于孩子一些天性的消磨，将让他们在慢慢成长中，失去那种童年才会有的敏感，他们敏锐的感知力和无尽的想象力，是我们早已丧失的。我们拥有的只能是一种刻意的联想而已。

# 4

一幅画：烟斗再次出现。有着烟斗的画在工作室里随处可见。烟斗出现在猫头鹰的嘴里。很荒诞的构图。画中的猫头鹰睁大了眼睛。那同样是一双很难在现实中见到的眼睛。那只猫头鹰的眼睛是清澈的、宁静的，那是一双在安静思考下才会有的眼睛，那是向内的目光。我们看到的一些目光并不属于尘世，而是属于另外一个世界。这是一只在白日里醒着的猫头鹰。我们习惯了它们在暗夜的苏醒。猫头鹰背后又是一幅画，画面上有绿色的草地，有红色的山丘、白色墙体红色屋顶的建筑，没有人影，画中画置换了猫头鹰的背景。猫头鹰不是黑色的，依然是太阳在燃烧着的色调。太阳唤醒了一只本应沉睡的猫头鹰。与传统完全不同，与我们所习惯的世界完全不同。还有一个水杯，里面透明的液体可能是水，还可能是酒。是水的话，猫头鹰暂时不渴；是酒的话，猫头鹰可能会放下烟斗，饮着杯中酒，然后进入微醺的状态，或者进入大醉的状态。猫头鹰的目光并没有看向杯子，它暂时对酒没有兴趣。我们也无法说这就是一只忧伤与孤独的猫头鹰，一切隐藏起来了。

诗人抽烟。我们一开始进入工作室那几次，里面没有一个真正的烟斗，也没见过诗人叼着烟斗的情形。当这些类似的烟斗不断出现，必然就暗示着诗人对烟斗的热爱和热情了。终于还是在工作室里见到了烟斗，诗人对烟斗那般热爱，又怎么能没有实物。烟斗摆放在了书架上，一直摆放着，被我忽略了，当一个物件不再那么实用时，我们往往会把它忽略。烟斗于诗人而言，早已不是烟斗那么简单。画家一次又一次让同一个烟斗出现在不同的世界之内，用烟斗来观察一个世界，总觉得诗人早晚会成为一个用烟斗抽烟的人。诗人既不肯定也不反对。他会成为那些画中的人，也会成为画中的猫头鹰，或者是其他生命。当他是猫头鹰时，在午夜，诗人依然在工作室里写诗、画画，诗人还会在离开工作室回到家躺在床上后继续思考，一个夜间会清醒的灵魂。这些烟斗同样不断出现在我的脑海里。我也想拥有这样的一个烟斗。我的烟斗只是为了更好地思考。另外一个我喜欢的作家，时刻叼着烟斗，有时烟斗里面没有任何烟丝，一个空的烟斗，但与我在诗人的工作室里见到的那些烟斗太像了，它们就是同一个烟斗。我跟另外那个作家在苍山的雪山河边说起过这个烟斗。他同样说这就是一个有思想的烟斗，它真正的实用性已经淡化消失。这些画于诗人而言，一些意义也在淡化消失。我跟诗人说起了那个熟悉的烟斗。那幅画上就有一个烟斗，旁边写了几个显眼的字：这不是烟斗。看到那幅画后，我对文字的印象太深刻了，文字在强调着什么，那分明就是一个烟斗。画家用文字在提醒我们看的不是烟斗，而是人，是烟斗背后的人、熄灭烟斗的人、把烟斗点燃的人，那是可以去无限思考与联想的烟斗。一个藏在暗处的人，一个人生与命运都只能供我们去猜想的人。

# 炮 声

林 混

  小柳和我在同一个大院同一栋楼上班。我在二楼宣传部，小柳在一楼信访局。小柳本不属于信访局工作人员，但却来了信访局，那是迫不得已。

  多年前我们都在同一个乡镇上班，那时最大的愿望是调动进城。但对于祖上八代不是放羊的就是给地主拉长工的来说，要想实现这一远大理想，其难度不亚于揪着自己的头发离开地面飞翔起来。

  这当然只能是个梦想，想想也就罢了。手可摘星辰，这是美好的浪漫主义，适宜摇头晃脑去朗读，不是真能去触摸的。

  在一年又一年的望穿秋水中，小柳的孩子都上小学了，这个想法还是空中楼阁。好在他的一个同学荣升副处，他们是发小，有了这个靠山或者说跳板，梦想马上就变得触手可及。在这位同学的大力推荐下，小柳调进了县畜牧中心。拿着调令，小柳心花怒放地前来畜牧中心报到。这时小柳走路的脚步都是轻盈的，头顶上飞过的乌鸦的叫声都变成了佳音。当他满怀欣喜地敲开畜牧中心陈主任的房门，说明来意时，陈主任脸色一变，勃然大怒：我怎么不知道这回事？

刚才还兴冲冲的小柳，想着火箭是能上天的，怎么也没有想到陈主任是这种态度。小柳有些结结巴巴地说：我这是在……人社局办……办的手续。

陈主任手臂一挥，厉声说：人社局，人社局有那么大的权力吗？谁办的手续叫谁给我来说！

小柳哪里见过这阵势，从穷乡僻壤来到县城的一个小干部，好不容易才找着人社局的大门，哪能去要求人社局的干部给陈主任说话。小柳一下子被陈主任的这种汹汹气势吓蒙了，嗫嚅着还想解释，不料，陈主任一声断喝：滚出去，我是听你说话的吗？

小柳此时觉得自己像从头到脚被泼了一桶冷水，全身冰凉冰凉的，这也太悲催了。小柳灰溜溜地从畜牧中心滚了出来，内心有着万千不甘，心想这是人社局给他办的手续，接收单位的一把手怎么可以拒绝呢？手里拿的这张调令岂可成为一张废纸？

那个时候，我已在宣传部上班，见识也多了。小柳给我说了情况，让我也有些张口结舌，我说怎么会有这事，这人事调动是过了编委会的，这编委会是县长主持召开的，很严肃的一件事，他怎么把下发的文件不当回事，这也太嚣张了吧。

这是很天真的一种想法，这种想法在陈主任面前是一文不值的。

我还想啊想，这县畜牧中心主任是个小得不能再小的副科级，如果这副科级算是官员的话，这也是官员里面最低的一级，这最低一级的官员这么做也是太牛了！放在封建时代这就叫抗旨不遵，有违天命，那是要杀头的。又一想，在县一级这个层面，从一个普通干部到科级干部，也是有难度的，有的人工作了一辈子，干到退休也是无法跨上科级干部这个台阶的。畜牧中心主任虽然是个副科级，但确实是个官员，手下有五十多号人，由着他发号施令。这个职位也是个肥缺，每年从这里支出的各种惠农补贴以及实施的一些项目资金，是过亿元的。

这样一个位置，也不是谁都能随随便便坐上去的。

陈主任是单位一把手，不让小柳报到上班，还真是没有办法。小柳开始想办法，买礼物上陈主任的家，盯梢了几天，终于看见陈主任回了家，他便尾随而来，走到门口，定了定神，稳了稳身子，当当，当当，敲了敲陈主任家的门，无人应答，当当，当当，再敲了下门。小柳感觉到了，似乎有人轻手轻脚到了门口，趴在猫眼看了一下，然后就没了声音。

小柳怯生生地喊了一声：陈主任好，我是小柳。

这个世界除了小柳的声音，再也没有任何声音了，静悄悄的。这时，小柳听到了自己心跳的声音，咚咚，咚咚。小柳在这种孤寂中，强忍着无处安放的低落情绪，又一次鼓起勇气，把门敲了几下。

空气是死寂的，小柳的腿有些发软，他最害怕的是楼道上来一个人，看着他大包小包提的东西，那就恨不得有个老鼠洞钻进去。

陈主任的门敲不开，小柳提着东西在失望中下楼。一不小心，一个趔趄，手里的东西掉在了地上，小柳拾起东西，踉踉跄跄走出了楼道。迎面的太阳光芒射在了小柳的脸上，不由得有些眼花。那强烈的阳光，甚至使小柳的眼泪盈满了眼眶。

送礼不行，要换个角度。在我的参谋下，小柳在信封里装了一万块钱，算是给领导的见面礼，直接放到办公室，神不知鬼不觉，这就把事情办了。

小柳来到单位，看四下无人，敲开了陈主任的门，陈主任一看是小柳，眼皮翻了一下，开始圈阅桌面上的文件。小柳有些哀求地说：陈主任，我来看望一下您。边说边把信封掏出来，放在桌子上，迅速走出办公室。

陈主任喊了声：你站住。只听嗖的一声，这信封从小柳脚下翻滚着冲了过去，在走廊不远处停了下来。

小柳有些傻眼，有些腿脚发软，有些害臊，向着楼道张望了一下，只听咣当一声，陈主任关了门。小柳的心在狂跳，赶快往前走了几步，拾起信封，迅速装进口袋。突然听见楼道有脚步声传来，像是出了妖怪，小柳有些无路可逃，看到旁边是卫生间，灵机一动，赶紧钻了进去，关住蹲坑的门，浑身汗如雨下。他擦了擦脸上的汗水，眼泪夺眶而出，簌簌簌地从脸颊上流了下来。

小柳见到我，有些垂头丧气，带着哭腔跟我说：你怎么给我出了这么个点子啊，把我羞死了。

我说你嚎个锤子，此处不留爷，自有留爷处，大不了回原单位上班，咱俩喝酒去。

这陈主任居然是一个油盐不进的好干部，送礼送钱行不通，真的就没有办法可想了。

小柳给原来在乡镇的老领导，也就是信访局局长诉说了自己的遭遇，老领导也爱莫能助，老领导说：陈主任三叔是农业农村厅厅长啊，咱们县长都要给人家让三分的。

这下我算是明白了怎么回事，一个人一旦有人在后面撑腰，他的胆儿就壮了，说话的口气就不一样了，全然不把规章制度放在眼里。

不过这世间美好总是存在的，在老领导的协调下，暂时把小柳借调到信访局上班。这样，我俩就成了一个大院的工作人员。

山不转水转，三十年河东，三十年河西，这些古训，是一代又一代人总结出来的，有着极其深刻的道理。

有一天，小柳给我打电话，有些急切地说：快点，快点，咱俩喝酒去，咱俩喝酒去。

我说：有啥好事？

见了说，见了说。

我俩到一起了，我说：你今天咋了，急得没碗舀了。

小柳说：告诉你一个好消息，刚才我的领导说，这陈……陈被抓进去了。

真的吗？

真的，真的呀！我怎么能开这种玩笑。

这抓进去以后就不能叫陈主任了，只能直呼其名了，这陈的名字我是见过的，也是熟悉的。宣传部有一项理论大讲堂工作，每当开会时，我要给全县的乡镇部门一把手摆桌签，我把这项工作干得轻车熟路，面对会议室的桌子，我看一眼就知道谁在什么位置。这抓了，我以后就不用给他摆桌签了，我把闲置在一旁的桌签上有他名字的那一张纸，取了下来，扔进了垃圾桶，换上了别人的名字。

这消息先从内部传开，过了几天，认识的人知道了，不认识的人也知道了。深受其害的小柳这下卸去了心头的重负，他太需要宣泄了，他和我喝了一箱啤酒，还嫌没有喝好，我说：这要喝好，就还得一箱，你今天就放开喝吧，不醉不罢休。又是几瓶下肚，小柳似乎想起了什么，对我说：我想放炮。我明白他的想法。小柳买来了一盘两千响的鞭炮，在小酒馆的门口点着了。顿时，噼里啪啦，火光冲天，响彻云霄。

小柳说：这火药味道怎么那么香？

我说：这会儿屎在你眼前都是不臭的。

几个月后，我看到了一则新闻，其中一段是这么写的：

> 法院经审理查证，被告人在担任畜牧技术推广服务中心主任期间，利用职务之便，在工程承包和养殖项目扶持中，先后非法收受17人贿赂款物合计人民币243万元。庭审中，面对检察机关出示的大量犯罪证据，被告人对自己的行为深感后悔，并当庭表示认罪。法院鉴于被告人有自首情节，一审以受贿罪判处被告人有期徒刑八年。

小柳顺理成章从借调的信访局，转入畜牧中心上班。在一次现身说法的警示教育中，小柳也参加了，监狱报告厅里面，曾经的陈主任面对以前的同事，声泪俱下，深刻地忏悔，他说：我愧对党的培养、组织的信任，愧对家庭和父母。

小柳对我说：那会儿突然不恨他了，我这就迟了一年到畜牧中心上班，比起他的眼泪，这算个什么呀。

我问：他看着你了吗？

小柳说：不知道，他鼻涕一把，眼泪一把，我在几十个人里面，可能看着了，也可能没看着。

看着他那个样子，我以后不放炮了。小柳自言自语说了这么一句话。

我听小柳这么说，补充了一句：咱们喝酒去吧。

# 食花月令

祁云枝

与花相遇的刹那，眼睛会率先喊出声来。

花，是一声问候，一封情书，一泓清泉，一种生命。也有些时候，花以某种方式，补给滋养另一种生命。唇齿间，流淌出花的灵魂。

看见"鲜花饼""琼瑶浆""雪霞羹""冷香丸"等美妙的吃食，或者仅仅在书本里与这些字眼相遇时，那些我曾经食用过的香甜的花儿，纷纷携了露珠向我飞来。

我也曾像"食花客"袁枚那样，春食兰，夏食荷，秋食菊，冬食梅。

## 一月·干槐花

我的老家是槐乡永寿，处渭北旱塬，却因槐树以及槐花的反复皴染、润泽，记忆里的村子，生动且香甜。

麦子拔节的时候，枝头卷起千堆雪。团团簇簇的甜香，搅动起村子里的空气，浮动成让人惦念的味道。

小时候，我家门前有棵两人合抱的大槐树。花期，树冠像朵被白雪覆盖的绿云。云朵下，我和妹妹结伴摘花，矮处的槐花直接被将进篮子里。高处的槐花用手够不着，一人用钩子钩低枝头，另一人伸手将，有枝刺左抵右挡，却也枉然，我和妹妹都是一不怕苦二不怕累的好孩子。再高处，就得用绑了镰刀的竹竿去够了。

我俩一边将槐花，一边抽空儿挑水灵灵的花苞送入嘴里。唇齿开合间，凝脂般的花朵化为香甜的汁水，从口腔入肠胃，继而冲开毛孔，慰藉肌肤上张开的所有嘴巴。此情此景，类似于李白对月饮酒，喜不自知，把盏忘了歇。

槐花麦饭，是所有麦饭里最好吃的。当年，母亲做的麦饭里，只加了盐、醋、辣子，简简单单，却也掩不住槐花在口腔和胃肠里荡起的清鲜。

那些年，母亲从未忘记在春季晒槐花。

鲜槐花过一遍沸水，在簸箕上摊开，放到大太阳下晾晒，干透后装入布袋。想吃的时候抓一把干槐花，水里泡发，洗净，就能用来蒸麦饭、煎鸡蛋、包包子、包饺子了。

漫长的冬季，干槐花熟悉的味道，隔三岔五漾在碗盘间，弥散在空气里。无论是春季还是冬季，槐花用它特别的清香的嘴唇，吻我们的味蕾，一往情深。

尚记得一个细节，大冬天，母亲取出干槐花准备做饭时，我喜欢捏两粒干花放手心里，闭了眼，嗅。似乎，就到了春天。


## 二月·玫瑰


一股刚煮沸的水，冒着热气，注入洁白的瓷杯，杯底三五枚玫瑰花旋转着袅娜升起。这场奇妙的邂逅中，玫瑰花瓣渐次舒展，如红衣仙女，裙裾翩然间氤氲出迷人的香气。水色被点染成金黄，像是滋养过它的土地与阳光的颜色。

这是我每日进到办公室里做的第一件事儿。

茶汤里，玫瑰花依然鲜活，我疑心它一个转身，便会跳出窗外，跃上枝头，迎风递送它的香。

玫瑰，是以青红丝的方式进入点心，进入我童年生活的。

那时候日子清苦，点心于我而言是奢侈品，只有大年三十晚上，我们姐妹每人才会分到一块玫瑰饼。

咬开饼皮，含冰糖、五仁的馅料间，横七竖八地布有几根细长的红丝与绿丝，母亲说这是青红丝。轻轻扯出来，把玩片刻后才开始细嚼慢咽，青红丝柔韧、香甜，带着植物的香气。时光在那一刻走得甜美且意味深长。

再问母亲青红丝到底是什么，母亲说红丝是玫瑰花瓣的切丝。至于青丝，她说过，我已经记不起来了。

大学一年级，一个带露的清晨，我和兰大校园里一株玫瑰撞了个正着。妖娆的玫红，摇曳在覆满绿叶的枝头，巧笑嫣然，和我之前在图片上看到的一模一样。见四下无人，我快速摘下一片花瓣，放进嘴里大嚼起来，"呸，呸，呸"。苦涩从舌根上腾起，我的表情扭曲得变了形。

记忆里青红丝的甜香诓了我，让我以为玫瑰花瓣是甜的。

如今的玫瑰酱甜，是因为加了糖。《花草谱》云：玫瑰，"以糖霜同捣收藏，谓之玫瑰酱"。

在植物园工作后，我见到了真正的玫瑰。这个时候，把花草直接拿来入口的陋习，已止步于理智与知识，尽管我心里清楚好多花草并无毒性。

真正的玫瑰，朴实且低调，没有红玫瑰（月季）的姿色，却拥有悦人眼眸外的其他品质，譬如，行气解郁，滋阴养颜。虽是书本上的言论，但我大致是信的。

上帝是公平的，鱼与熊掌，不可能让一个人兼得。花儿，似乎也一样。

曾经，徐志摩把他和曼斯菲尔德见面的二十分钟，称为"那二十分不死的时间"。玫瑰，最初虽以青红丝的方式走近我，然而那段时光，已成为我记忆里"不死的时间"，以至于如今，我与玫瑰花越来越靠近。

晨起，清水洗脸后，先喷一遍大马士革玫瑰保湿水，再涂玫瑰花面霜。吃过抹了玫瑰酱的面包后步行去上班，在玫瑰花茶袅袅的香气里，开启一天的工作。

潜意识里，还是希望玫瑰能从里到外滋养我吧。事实上，我并不确定这样做的功效，我只是喜欢沉浸在玫瑰花的香气里，沉浸在那段"不死的时间"里。

就如同《红楼梦》里薛宝钗服用疗"热毒"的冷香丸，不过是一种愿望。冷香丸以白牡丹、白荷花、白芙蓉、白梅花等"四季花蕊"各十二两入丸，用特定时间段的"雨露霜雪"调和，制作过程大费周章，原料几无凑齐的可能。白色花蕊、雨露霜雪，皆是寒凉之物。寒凉的东西，的确适合降热。

想必，宝姑娘觉得服用冷香丸后可时刻保持冷静、冷漠，作者曹雪芹则借冷香丸讥讽宝钗热衷于功名利禄。

## 三月·玉兰

进入阳历三月，北方的草木睡醒了似的靓丽起来。一些植物甚至等不及叶子苏醒，花朵先舒展开来。玉兰树就是这样，先开花，后长叶子。

春寒依然料峭，玉兰花却抖落掉羽绒服，粉妆玉琢似的，香气漫溢开来。这第一缕芳香，伴着鸟语和晨光，轻轻推开我家的窗户，窗帘、地板、家具和家里的猫咪，悉数都幸运地第一批收到了香气的问候。

我居住的这栋家属楼的南侧，紧挨植物园的木兰园，这里聚集了玉兰、含笑、天女花、厚朴、天目木兰、辛夷等一园子木兰科植物，恰如文震亨《长物志》里所言："花时如玉圃琼林。"

女儿朝朝小时，母亲来我家帮忙照看。一天，婆孙俩回家时，带回来一兜子玉兰花瓣。母亲说，昨夜一场大风，满地都是花瓣，看起来干干净净的，就和朝朝捡了些回来。

那些花瓣硕大肥厚，白如雪，粉似桃，还有紫薇色，如杨贵妃与赵飞燕般各擅其美。花瓣如此迷人，不捡拾回家任其枯萎成泥，委实可惜。

母亲把做槐花的技法用在玉兰花瓣上，味道竟出奇地好。加盐水浸泡半小时，去除花瓣上的虫卵，也顺带去除了花瓣里的苦涩。洗净，控水，切成槐花大小，撒一把面粉，适量盐，搅拌均匀，放屉布里上火蒸，等气味从锅盖下往外冒时，满屋子都是玉兰的清香。

母亲还尝试过把玉兰花瓣切丝，加蒜泥、葱花、小米辣和十三香，这样一盘凉拌玉兰，吃起来酸辣脆爽，咸甜多汁。这种混合了多种口味的吃法，有点像我在湖南长沙吃到的"紫苏椒盐桃子姜"，在广西吃到的撒了辣椒粉和孜然等调料的"酸嘢瓜果"，吃罢，居然爱上了这种脑洞大开的料理。

玉兰花拉开了春的序曲，各色花儿次第展颜，桃花、梨花、樱花、油菜花、二月兰……活色生香的一串名字，似乎每一个都挂着露珠在春风里顾影自怜，寂寥等待，等待与人的眼睛相遇，等待与牙齿握手言欢。

它们看起来好看，吃起来香甜，可做煎饼、煮粥、蒸糕，可焯水凉拌。

行于乡野，顺手摘一朵地黄，嘴巴对着花蒂吮吸，一滴花蜜，便来到了舌尖上，是种温润的甜。

## 四月·紫藤

在我工作的植物园里，有两株超级紫藤，粗壮的藤蔓扭着身子攀爬在架子上。一株位于湖中心的小岛，另一株盘踞在药用植物区高高的门廊上。树皮沧桑，写满了年岁感。

小岛，是一座三面环水的袖珍山，藤架沿小山的台阶顺势搭建，藤蔓从山脚起步，莽莽苍苍逶迤至山头。整个小岛，除了亭子的尖顶，几乎都是它的天下。

有人曾问我最喜欢哪种植物，我难以回答。一些植物外形雅致，有好看的树冠和叶子，能开出美艳的花。一些植物拥有生存繁衍的智慧，还有些植物，面对逆境坚韧顽强……这些，都是我喜欢它们的理由，难分伯仲。

若要问我与哪种植物交集最多，倒可以张口就答：紫藤。

是的，我生命中许多重要时刻，都是在湖心小岛的紫藤下度过的，伤心时来，开心时也来。这株紫藤看着我一天天越来越忙碌，一年年从青年步入中年。

四月，紫藤花开，我用眼睛和鼻子向它致意，紫薇用它的花香拥抱我，在我耳畔呢喃李白写给它的诗："紫藤挂云木，花蔓宜阳春。密叶隐歌鸟，香风留美人。"不愧是诗仙，寥寥数字，即道出了眼睛、耳朵、鼻子的感受。

多少次，受了委屈，或是心烦意乱，我便来到紫藤下。只有在这里，我才不会像平日里那样假装从容，强迫自己事事得体。只有在这里，我才回到真实的自己。

母亲离开人世后，我更频繁地约会紫藤。

有阵子，眼前总晃动起一老一少的身影。年逾百岁的紫藤，一定记得她们在藤架下背诵唐诗，一起在花朵间追赶蝴蝶。紫藤也一定记得，新叶刚长出来的时候，婆孙俩喜欢把紫藤叶子夹在手指间，用嘴巴对着叶子吹，"吱、吱、吱"，"唔、唔、唔"，母亲曾笑她俩像是"炒蹦豆"。婆孙俩也曾经采了紫藤架边的狗尾巴草，编了一只又一只毛茸茸的兔子。手摁兔子尾巴，兔子会突然间蹦起来。一老一少喊着、笑着，令兔子赛跑。女儿着急了会自己跳起来，活脱脱一只兔子。

某个春天的一场暴雨后，我们三人去藤架下拾花。台阶上覆满了紫色的花瓣，像盖了层花毯，几无落脚处。很快，满载而归。

去掉花蕊和花蒂，只留花瓣。用清水淘洗数遍，再用白糖腌渍一小时，拌以猪脂油丁和面粉，做成饼状，放入电饼铛里煎。貌美的紫藤花饼，很快泛出诱人的金黄，依稀可见其中紫色的花瓣，色、香、味俱佳，是王敦煌在《吃主儿》中推崇的藤萝饼的做法。

一口咬下去，如触一团缠绵心事，嚼起来春雨绵绵，甜香溢远。

这个春天，当我回忆这些的时候，紫藤用花香又一次拥抱我……

## 五月·牡丹

植物园有片牡丹园，花开时尽显霸气，牡丹花盘大，花香浓。一园子牡丹，犹如一园子美人，环肥燕瘦，赵粉、豆绿、姚黄、魏紫……

"竞夸天下无双艳，独立人间第一香"，某天，当我读到这句诗时，突然就有了疑问，艳丽又芬芳的牡丹，是怎样打破了"香花不艳，艳花不香"这个自然规律？又是怎样做到"花开花落二十日，一城之人皆若狂"呢？

看到牡丹，会想起武则天，想起那个耳熟能详的故事。

一日，武则天突发奇想，要在寒冬腊月天游园，命百卉快速开花。所有的花儿都遵旨绽放，唯牡丹紧闭花蕊，拒绝了女皇。不畏权贵的牡丹花，被贬出长安，发配洛阳。

我知道，日常生活里，牡丹也是大无畏的，宁肯舍命，也不会舍花——牡丹一旦有了花骨朵，就必使出所有劲儿供养它，即便舍命也在所不惜，像一位爱子心切的母亲。这也是为什么移栽牡丹时，要选择无花苞的早春，或者要在晚秋时节。

开花，太耗费体能了。

同是王者，在君临天下与母仪天下间，女皇武则天选择了前者，花王牡丹则选择了后者。

美艳如牡丹花，我总觉得它是为美而生，入得了诗，也入得了画，与人的口舌肠胃距离甚远。

开元初年的某个春日，唐玄宗与杨贵妃在沉香亭前同赏牡丹。为添雅兴，玄宗召来乐师李龟年带一众乐工弹曲助兴。曲罢，玄宗不甚满意，召翰林学士李白进宫。时李白正酩酊大醉，被人扶到了沉香亭，醉眼蒙眬的诗人看见美人如花，花似美人，遂挥笔写下："云想衣裳花想容，春风拂槛露华浓。"这句诗，似乎是诗人早已酿好的酒，就装在心底的坛子里，只等牡丹花般的美人前来启封。

顺着这个思路，李白的好多诗，都是山川、河流、风物在诗人心里酿出的酒。

据说，杨贵妃出生不久，弘正大师赐名"玉环"，该名字与白牡丹有关。

杨玉环喜食牡丹，为此，宫廷御厨专门为她制作了牡丹饼，以豆类磨粉为主料，配以牡丹花馅烤制。据说这牡丹饼，吃起来舒爽，表皮酥脆，花香流溢，有兰圃之风。

牡丹花瓣漂洗干净，裹蛋液面粉，放进菜籽油里，炸酥，便是才子苏东坡在《雨中明庆赏牡丹》中提到的"酥煎"，美色与美味并存。

囿于花材的稀缺，我没有吃过牡丹。

这个季节，可食用的花材有很多，明代程羽文撰写的本季《花月令》里就有：牡丹王，芍药相于阶；罂粟满，木香上升；杜鹃归，荼蘼香梦。

单是看文字，足以令眼睛放光，唇齿含香了。


# 六月·金银花

周日，我漫步公园，被一股香气绊了个趔趄，寻香望去，是金银花。

金银花藤攀爬在白墙外的篱笆上。木条菱形相交，紧贴于白墙，搭成半镂空的木格篱笆。藤蔓爬上去，又绿瀑般垂下，缀着一簇簇黄白相间的小花，如金似银，也像是翻卷的浪花。

"金银花，金银花"，念出来或是听起来，都有股子喜气，让人有坐拥金山银山之感。有人说它初开时雪白如银，继而灿黄如金，故名金银花，也有人说它可清热、消炎，功效若金若银。

斜阳夕照，缕缕馨香穿过寂静的空气扑面而来。我像是走进了一幅画里，也像是走进了诗里。

闭眼深呼吸，五脏六腑便都浸润了金银花的气息。

与花合影，在朋友圈里晒出。

很快有人留言：金银花一蒂二花，两朵花蕊翘目相望，形影不离，如鸳鸯成双，我们这里的人称它"鸳鸯藤"。想起秋日里，金银花剔透的小红果，也双双对对地生在一起，便觉"鸳鸯藤"一名真贴切。万物总随心映照，世间皆因念幻形，果真如此。

日子不全是清风明月。感觉燥热上火的时候，我会去药店里买回一罐金银花茶，清肝去火。《本草纲目拾遗》中载："金银花气芳郁而味甘，开胃宽中，解毒消火，以之代茶，尤能散暑。"

金银花茶，灰绿色，全是尚未绽开的花蕾，像一支支玉簪。滚烫的热水，会刹那间唤醒干枯的花苞，还原出它在藤蔓上的美丽姿态。朵朵花儿在水中绽开，忽上忽下，升腾起袅袅香气。茶色微绿且明亮，仿佛微风吹过，也会摇摇曳曳。

喝一口金银花茶，幽香穿齿而过，喉舌间清清爽爽的，全是馨香。喝一口，再喝一口，神清气爽。

清香的金银花，想必也可入肴，只是我尚无缘品尝。

## 七月 · 荷花

夏天的傍晚，我喜欢绕池塘散步。

晚霞映照的天空，不时滑过串串鸟鸣，似与池塘里的阵阵蛙鸣呼应。

池塘不大，水面上点缀着王莲、睡莲、再力花、梭鱼草，还有大薸，更多的，是荷叶与正在收拢将息的荷花。偶尔，会看见一只蓝色的蜻蜓，歇在一朵莲蓬上，像幅工笔画。池塘边氤氲着草木的香气，风吹叶动，凉爽，逐香而生。

荷是入馔妙品，花瓣、莲子、莲子心、荷叶、荷梗、藕，皆可入馔。美食家李渔说荷"有五谷之实，而不有其名；兼百花之长，而各去其短"。

食荷，历来是雅事、美事。

传说西施的沉鱼之容，也曾有荷相助。夏令之时，西施晨起去荷塘，收集荷叶上聚积的露珠，摘取花瓣、嫩莲子及藕芽，将三者连同采集的露珠一同捣碎成泥，用纱布裹住，挤出浆汁，谓之"琼瑶浆"，日日饮用。

这桥段，简直就是金庸小说里香香公主餐芳饮露、体有异香的鼻祖。

某年夏天，在云南石屏，朋友请我乘画舫游完异龙湖后，又吃了一顿荷花宴，一湖的旖旎美景，化作一道道美食，定格成醇美甘芳的记忆。

荷的全身上下，都被搬上了餐桌。之前，我只吃过荷叶粥，那天尝到了荷叶包肉。采尚未展开的荷叶，焯水后在叶上平铺一层新鲜肉末，一齐卷起放入蒸锅，熟后，荷叶的清香渗透进肉末缝隙，清香袅袅，回味悠长。

枯瘦麻糙的荷梗，亦可入馔。去皮，切段，与肉同烧。那荷梗吸足了肉味，居然脆且香滑。

荷花宴里最养眼的一道菜，叫蜜汁荷花。采含苞欲放的白莲，取内层花瓣，洗净，沾鸡蛋面粉糊，下到热油里炸至浅金黄色，捞出装盘，还原成荷花的造型，中间用真花蕊点睛，淋上蜂蜜。甜甜的滋味，淡淡的荷香。

荷香鱼最妙。鲜鱼洗净，切段，油锅烧热，放葱姜蒜煸香，入鱼段翻炒，再加调料汁卤制，待鱼肉入味后收汁，倒入垫有荷叶的盘中。

金黄酥脆的莲藕饼，是把莲藕切碎，打入鸡蛋搅匀，摊成圆饼；浑圆厚实的藕夹，是在两片藕间夹了肉糜，油锅里炸熟，堆叠于一片荷叶之上；一锅藕煨排骨汤，乃天作之合，骨香、肉香、藕香，还有湖塘水泽的清香……

香不醉人，人已自醉。

一花，二鱼，五饼，皆是大自然的恩赐。

# 八月·桂花

晚上加班，干完活走出办公楼时，已是月上枝头，缕缕芬芳连同月光从头顶泻下。原来，桂花开了。几场细雨，已将时光温润地带到了秋天。

我不由得停下脚步。月光下，那些缀于绿叶间星星点点的花朵，细小，馨香，有着不谙世事的素净，似从遥远的月宫赶来，也是李清照诗词里的模样："暗淡轻黄体性柔，情疏迹远只香留。何须浅碧深红色，自是花中第一流。"

喜欢桂花，正缘于这首诗。第一次读它，便觉亲近，桂花暗淡轻黄，不张扬，香气与品性却是一流，契合了女诗人对自己的认知和期许。

办公楼旁三株大的桂树，秋来，开好多桂花。花开初期，香味细细的，很快变浓，散开，感觉能撑满整个园子。有时候，桂香会从窗户缝里挤进来，在我的写字台上游走。写出的汉字，似乎也带了香气。

陪桂花静坐的时候，很想吃上一块桂花糕。人真是奇怪，喜欢一件东西，就想把它吃进肚里。

每次去小吃城"袁家村"，必点一份桂花蜂蜜粽子，那份洁白与香甜，总召唤我的味蕾。舌尖上的桂花，味觉淡淡的、甜甜的，像一份美妙的情感。

曾捡拾过几粒落花，胖嘟嘟的四瓣花，简单，鲜活，我把它们夹进一本书页里压平，现在，已是生香的书签了。桂花的外形拙朴，可我喜欢"秋为木樨"的意境。"秋为木樨"，是明代文学家袁宏道说的。

桂花，是秋的代言者，我收藏了桂花，也就收藏了秋天。

我女儿小时候在陕师大附小读书，秋日里接送孩子，不经意间就和桂花的香气撞个满怀。踏香，索源，准能看见几株红彤彤的丹桂，站在师大家属院的楼宇间，如火如荼。走近了看，吸引我过来的，该是丹桂身旁的银桂。桂树花开，三种花色，红、黄、白对应丹桂、金桂、银桂，丹桂比金桂、银桂都要醒目，橘红的花瓣，大且厚实，汪着一团秋色。但和金桂、银桂比起来，丹桂的香味，清淡很多。

上帝大多数时候是公平的，艳者香浅，香者色淡。

# 九月·菊花

从春到秋，舌状花围成的紧密而优秀的大脑袋菊花，随处可见。

菊，古时也作"蘜""鞠"，所谓"蘜"，就是两只手捧着一把米，形象。

野菊花甚多，一簇簇，一丛丛，铺陈在荒野、路边、田埂、篱笆和墙角处。弱小的身躯相互偎依，带着清浅的笑，淡泊、从容……人淡如菊，说的，就是这些无关风月的野菊花吧，与秋日里的观赏菊无关。

读到《楚辞·九章》中的"播江离与滋菊兮，愿春日以为糗芳"时，想起屈原更为有名的诗句"朝饮木兰之坠露兮，夕餐秋菊之落英"，鼻息间，掠过一缕菊香，我仿佛看见诗人屈身田野，播江离，种秋菊；于花前月下，采坠露，食花瓣。

不知道屈子栽种的菊花，是安徽亳州的亳菊、滁州的滁菊、河南的怀菊、浙江德清的德菊，还是四川中江的川菊？五大菊花以轻盈的姿态，浮动在茶杯里，入口时，都有了清肝明目、解毒消炎的神奇疗效。

据说，慈禧年近七十的时候，外貌看起来不过三四十岁，且"嫣然一笑，姿态横生"。秘方是太后晚年每天都要服用的"菊花延龄膏"。此膏由御医张仲元在光绪三十一年为慈禧秘制，清热平肝、润燥生津、通利气机。

医案中载，慈禧脉弦数，肝经有火，肺胃蓄热，气道欠舒，目皮艰涩。

"菊花延龄膏"正好可以针对这些症状进行调理。

偶尔，有上火症状出现时，我也会以菊代茶。我喝过杭菊茶、怀菊茶和金丝贡菊茶。

南山、菊花、东篱，距离我不算遥远，却是我心目中永远的世外桃源。

不为五斗米折腰，忍把浮名换菊香的陶渊明，分明是滚滚红尘间的一杯菊茶。


# 十月·南瓜花

有一年清明节，我在南阳台的蔬菜盆里，埋入三粒南瓜子，一场春雨、几番昼夜后，三粒种子全冒出头来。间苗两株，余下一株肥肥壮壮的。几日后，南瓜秧子旋转着多情的触须，攀上铁栅栏，用叶子织出了一帘绿梦。

一个月后，肥厚的叶子间，冒出了大大咧咧、泼辣的南瓜花。南瓜花金黄透亮，含苞时像是合拢的黄绸花边折扇，刚绽开时像只小喇叭，再展，就像一只金黄的海星了，恰如李商隐所言"卷舒开合任天真"。

南瓜胎就藏在花后，圆形瓜胎像一粒算盘子，长形瓜胎像那无刺的黄瓜。

南瓜带来的惊喜，是花朵层出不穷，从春天一直开到秋末霜降。

南瓜雌雄同株异花。留一只坐果的雌花，其他花朵大都上了我家餐桌，犒赏眼睛后，又滋润了肠胃。

摘下南瓜花，掐掉花柄、花萼和花蕊，余完整的花瓣放入盐水中驱除小虫子，洗净，沥干水分。碗中打入两个鸡蛋，加少量淀粉搅拌均匀。南瓜花薄裹蛋液，入沸油中煎至金黄，舀起，"尝之腴隽甘芳，无可言喻"。好一个无可言喻，那味道的的确确令人词穷。

心灵手巧的母亲，曾赋予南瓜花非常多的花样：南瓜花肉末汤、南瓜花炒鸡蛋、清炒南瓜花、酿南瓜花……清炒南瓜花的味道，类似于食用淡甜的水果，比之更温和一些，无任何酸涩。

不知道什么时候，门口的菜市场里也可以买到南瓜花了。

花瓣上，还沾着些许细碎的花粉，显然刚从藤蔓上摘下来。七八朵南瓜花被扎成一束，像几句亮晶晶的古诗："刺萼流金橘蕊黄，酒樽喇叭竞芬芳。"花儿新鲜，花朵肥大。花没有被齐根折断，尚留一截花梗，带一片绿叶，连一段婀娜卷须，让人想起曾有嘤嘤嗡嗡的蜜蜂或是翩翩翻飞的蝴蝶，在上面逗留过。

味蕾上，腾起南瓜花的清甜。

几朵花，一道菜，或许也是一次悼念。

已故母亲的身影，常常在我的味蕾觉醒时浮现出来。

# 十一月·木槿花

木槿宜栽易生，耐修剪，民间常用做篱笆。

我工作的园子里，木槿也被栽种成一排篱笆，长在我上班必经的路旁。

陶渊明"采菊东篱下"背靠的篱笆，是不是木槿做的？若是，老先生悠然采菊的时候，篱笆上的木槿花，应该没有落尽。

我曾经专门观察过一朵木槿花的生死。

早上九点，一朵含苞的花儿，慢慢膨大，像是有种力量从花心里突围出来，花苞忽而裂开一个缝隙，外围花瓣配合着外翻、舒展，婀娜如羽化的蝴蝶。

大约二十分钟的光景，一朵新鲜粉嫩的木槿花站立枝头，宛若妙龄女子，"巧笑倩兮，美目盼兮"。

下午六点，我下班经过它时发现花儿已枯萎。随即感慨：一天，竟是一朵木槿花的一生啊！

后来发现，中午过后，所有的木槿花都开始缓慢皱缩，早晨娇嫩的花瓣渐次失水，直到变得像收拢在一起的一团卫生纸，这团纸有紫色带白色凸起的条纹。缓缓降临的暮色里，一些花朵坠地，另一些花朵似留恋枝头，默然不肯离去。

那个傍晚，我静静地站在槿篱旁边，看着花瓣一路萎下去，我没有感觉到悲戚，相反，还有点儿"朝昏看开落，一笑小窗中"的轻快。

世上没有永恒不变的东西，或快或慢，万物都在告别自己。

况且，木槿枝头有无数花蕾，已排好了开花的队伍。翠绿的枝叶间，此后，天天上演花朵开放、枯萎、凋落的悲喜剧，演绎唐代诗人崔道融眼中的景象："槿花不见夕，一日一回新。"尽管，今日之花，并非昨日那花，但毕竟日日有新花，不像桃李一夜间尽谢春风。

木槿花的绽放，仿佛一条止不住的河流，从炎夏一直流淌到了深秋。

福建人叫木槿为"米汤花"，用紫红的木槿花和白米煮一锅稠滑的米汤，大概就是"雪霞羹"了，"红白交错，恍如雪霁之霞"；木槿花裹蛋液下油锅烹饪后，口感清爽、松脆；在农家乐里，我曾经吃过用木槿做的"鸡肉花"，嫩嫩滑滑、咸香的鸡肉里，带着丝丝清甜，至今难以忘怀。

在洗发水发明以前，古人用木槿叶子洗头发。取新鲜木槿叶子剪碎，用纱布包裹后放水里揉搓，便有无数泡沫出来。木槿花叶含皂苷，可去发污，可疗头皮痒。

清代陈淏子的著作里，有"木槿嫩叶可代茶饮"的记录。


## 十二月·黄花菜

《花月令》中的十二月是这个样子：蜡梅坼，茗花发；水仙负冰，梅香绽；山茶灼，雪花六出。

作者程羽文该是位南方才子，因为，北方的冬月，无梅花，无山茶，更无茗花，只有蜡梅与雪花。蜡梅的花粉与汁液可能引起过敏反应，故鲜有食用。

在这个月，北方人能吃到的花，都是干花，比如槐花，比如黄花菜。

一次，和朋友去餐馆吃饭，点菜时朋友惊喜道："忘忧汤！哈哈，这名字好。"

及至汤盆上桌，看一眼，不禁哑然失笑，原来忘忧汤的主料是黄花菜。

《诗经》中，萱草叫"谖草"，"谖"是"忘却"之意，故萱草又名"忘忧草"。黄花菜，虽是萱草家族里的一员，但这个家族的大多数成员是"中看不中用"，无法入口的。

这位店主将黄花菜汤冠名"忘忧汤"，绕了个大弯，但也说不上来有错。倒是因给朋友解释这绕了弯的汤名，两人哈哈大笑一番，俨然已忘却尘世的烦恼。

白居易说："杜康能散闷，萱草解忘忧。"当初读这句话时，我像犯职业病一般思忖，是萱草中的某种化学物质有解郁化忧的功效？然而查遍资料，也没查出个所以然。待读到《诗经·卫风·伯兮》一诗中"焉得谖草，言树之背"这句，看注释，恍然大悟。

一位妇人，思念远征的丈夫，头发乱了也没心思梳理，更没有心思涂脂抹粉——我打扮给谁看呢？当相思成疾，妇人自心底一声叹息："焉得谖草？言树之背。"意思是说，我要到哪里去找得一株萱草呢？把它种在北屋的堂前，好让我忘掉这一切。

原来，妇人想借种植萱草的忙碌，心为物移，忘掉对夫君的思念，忘掉忧愁。这该是萱草忘忧的正解，与心理学有关，与萱草中的化学物质无关。

黄花菜与萱草在开花习性上亦相似，凌晨开放，日暮闭合，午夜萎谢，只有一天的美丽。单看名字"daylily"，让人伤感，有匆匆易逝的况味，仿佛转瞬少年已老，我的心底落满尘埃。

然综观全株，却可以看到一场美丽的接力。一枝花茎上，二三十朵花骨朵，每一天，你方唱罢我登场。显然，所有花的出场与谢幕，都是事先设计好的，排排坐，吃果果，你一个，我一个。每一天，有无数花朵零落，每一天，也有无数花蕾绽开，此消彼长，生生不息。

鲜黄花菜含秋水仙碱，有毒，很少人鲜食，因此大都制成了干菜来吃，吃时泡发。

脱水晾晒后的黄花菜，有种别样的质朴，身形细长，微微卷曲，颜色暗淡。与肉炖煮或是与蔬菜搭配烹饪，黄花菜丰富的口感，浓郁的花香，都是萧瑟季节里的一抹亮色。

一朵花，也是一个人。黄花菜的早、中、晚，对应一个人的少年、中年、老年。花一日，人百年。生命短暂，犹如一天。

借此，我常用这种花来鼓励自己：努力，珍惜当下，莫待"黄花菜都凉了"。

# 鹤堂田事

简　心

## 1

　　水田灰灰的，不远处石涧河泡在晨雾里，堤坝上高高矮矮的篁竹棘木，仿佛妇娘们的睫毛。蓝嫲太婆灰袄黑裤，箍了头帕出屋。栅门打开，鸡鸭放出来，屋外便有了咕咕的禽的生气。她㧟把松枝柴回屋，打水洗净手脸，点香，供过灶君奶奶，起灶火，松烟味游过来，灶头有了滚气，一个毛肉团喵呜一声从灶坎跳下，新的一天就这样开始。

　　惊蛰后的日子是一望无际的。重重春雨，将鹤堂人罩在各自的瓦屋里，把晴天割得支离破碎。人们有大段大段的空白，对着瓦檐天井发呆。"微雨众卉新，一雷惊蛰始。田家几日闲，耕种从此起。"惊蛰一过，天气一日日暖和，百花开放，百行植物生芽，鹤堂人经过一个漫漫长冬休养，开始春耕夏种。一年田事起，哪丘田打秧，哪垄土种菜，哪个梯带种瓜，哪条河唇上点豆，哪片地莳糯谷，哪口塘养鱼，太婆都必须一一划算好。土地和庄稼是有脾性的，山丘田与平阳田，冷水田和沼泽地，黄泥土和沙子土，得一一随它性子。再说风水轮流，庄稼也得轮土种，今年辣椒在这块土地长势好，来年就未必，还有猪牛鸡狗这些家禽，也得谋划好。除此之外，铁犁、泥耙、辘轴，以及镰铲、锄头、田荡子，还有蓑衣斗笠，这些做田的老家什，也得一件件拿出来拾掇。虽说早已用惯了手，老家什也不知传了几代，但歇了一个冬天，锄脑是不是松了？辘轴有没有滑铆？犁铧头有没有锈？套牛嘴的篾络子要不要换？春无三日晴，蓑衣斗笠漏了口，这些都得紧着时间缝补。

在起承转合的二十四节气里，惊蛰是具爆破力的。这一日，太阳轨迹运行至黄经345度，大地就像点了一下脉冲，该有的生灵物序就此出场。那些草木蛰虫，用了所有元气，在风中轻轻一拱，探头探脑，慢慢钻出了地表。这是个万物争生的春光一刻，每个生灵都在顺着地气抢占地形。然而，大自然总是此消彼长，有时一不小心，有些物种就成了做田人的"天敌"。客家人"炒虫""吃虫"的习俗究竟源于何时？蓝嫲太婆说，大约哪年虫灾闹得慌吧，老祖宗们除了日捉夜赶，没了法子，为了守护好自己立命的田稻，于是选择每年惊蛰之日，以"炒虫"的咒语方式禀告灶君，以祈苍天显灵助力扼制虫蛊。然而就算制"敌"，鹤堂也惜生。想想，黄蚁嫂、黄蚁公，这称呼与其说是诅咒，不如说是一种亲昵的恐吓。仿佛这样炒着咒着，那些蜂拥而出的小蛊虫就自己逃之夭夭了。

天地大德曰生。一句"全家发达"，寄寓了蓝嫲太婆一辈子最卑微又宏伟的愿景。发达发达，没有发，又怎可"达"呢？时节不等人，一切都得在春天打好基脚。紧随的"禾串打爆桶"，无非是山居稻作人家对"发达"的美好注脚。手工脱粒的年代，禾扎将板桶缸都打爆了，你说这年成旺不旺，粮谷多不多？

# 2

石涧河从东头观音岭出来，流过上坊屋排前的百年老樟，转一个山咀，贴着荡耙岭田排坎而下，绕过社官背人家门口那一大塅稻田，溜溜地扭一个身，就到了下坊鹤山下，再围着田坂弯弯地拐出一道弧线，到洗裳潭那打一个回旋，转脚一步三回头向老庵口村头流去。河出村后三里不见人家，流过山子里、石洞里，盘出一片片田塅，闪身冲过鸾山咀、猪牯潭，拐个牛角弯，绕过两个山咀，到虎形祠脚下，掉脚就是两山把门的石涧口一大片田垄了。

这些老祖宗开出的坑寨田，山深水冷，至20世纪传到奶奶这辈，想想经历了多少代刀耕火种、草沤水耨，才将泥壤调软种熟，形成这高垄低塅的肥田沃土。其间，还要抵御各种风霜雨雪、旱涝虫灾，才确保有一口粮活下去。水田是禾子的母宫，它对禾稻的滋养，除了土性本身，还体现在做田人一招一式的耕作里。

"惊蛰过，暖和和，蛤蟆老蟹唱山歌。"随着地气上升，一条山坑子，几乎所有生灵都从地下转移到地上。层层的山排田，隔着一条条垒石高坎，这恰恰成了丝茅杂草的所在。一个冬季下来，那些地皮深处的五蛊百虫、棘草根须，已然养得朦肥体壮。丝茅草大面积崛起，籇泡苗吐出了花朵，黄荆、辣蓼、飞蓬、野麦草、牛筋草、艾蒿、狗尾草、铁线草、蓬蕌、蛤蟆藤、野鸡尾草、犁头草、鼠曲草、积雪草、鬼针草等都群拥而起。奶奶必须赶在春播之前，将这些禾苗对手们从田塍上逐一铲除。

那是一种看不到尽头的劳动。半个月长长扯扯的雨，山坑子已是焕然一新。东涧水流，南山云起，沟谷山田蓄足了水，一丘接一丘流下山去。狗婆蛇提前出动了，不过还有点木头木脑的样子。林子里不时有鹧鸪、斑鸠、布谷、画眉、山雀、白头翁在长呼短唤，还有油笋蜂、挖地蜂以及无数蛾虫蚁蝶嘤嘤嗡嗡的。檵木花、野梨花、菝葜、石斑木、糖盎子、白檀花、算盘子、杜鹃花，还有许多不知名的野花都开放了，就连枫树、香樟，也开始了大规模换叶。

这样万物争生的背景里，奶奶一个人在田塍上挥镰动铲，有点背负春天的味道。她将蓝嫲太婆备好的竹筒饭往田边木梓树上一挂，沟里撩把水浪浪嘴，朝掌心吐口唾沫，来回一搓，口水白稠白稠的，撸了镰铲跨上坎，弯腰刨起草苋来。长长的镰把经白稠的液体滋润，用起来上手。她每刨一圈退一步，镰铲所到处，坎脑、坎颊三面光，铲尖撞击草根石块，发出铿锵的声响，劈落的泥巴卷着各种野草的根苗茎簌簌掉入水田里。这样一铲一铲地刨、一步一步地撤，直待退到田角头，田是田，坎是坎，只剩光溜溜的田脊骨，就像刮了脸的男子，整个田塅就被刨得泾渭分明了。

鹤堂打田坎分春夏两次。上春叫劈田唇。这是惊蛰时节，百草刚爆芽，重点在于除根。这时奶奶下手重，抢着镰锄使劲劈，力图劈厚一点，不仅要劈掉草苋的根，还得劈出一行行凹凹凸凸的龙鳞状锄痕。这样往后筑田唇时，泥巴不仅糊得上，还搭得厚，坐得稳，没有一点塌溜滑落。刨田坎就不同了，这时针对的是地表，重在斩草，刨干净田坎面上的草皮，以及割除各种灌木棘草。这已是早稻勾头禾串将熟时节。收割在即，几个月的夏云暑雨，那些春天劈过的田塍坎重新长满了荆棘藤蔓。为了将它们连根铲除，奶奶常常得手拽脚扒，狗婆蛇般趴在高高的坎壁上，稍微打个野望，脚底一溜，人就像树筒一样滚落下来，摔个一身泥浆也顾不上换洗。日头木槿花一样撒下来，一朵一朵扎在青青黄黄的禾浪上，整个田垄散发着稻秆、泥沼和杂草的热腥气。那些伙打伙的乌蠓子，松烟一样追人走，在脑顶嘤嘤嗡嗡地打着飞旋叮咬。奶奶热得水浸柴一般，汗珠爆出来，在额门和颈背上到处翻滚，流到眼睛里，说不出是疼还是痒。禾苗有自己的时间哲学，每项活计都得听凭时令调遣，就像赶圩，圩散后再好的功夫也歇老火。打田坎后紧接着夏割连夏种，晚稻的每篼禾秧都要抢着时间下水，奶奶必须和日头打飞脚，一分一秒卡着跑，没什么可耽搁得起。

惊蛰后的土膏是松软的，白土蚕、蟋蟀、蝼蛄、线弓虫、蜗牛、螟蛉……各种虫蚁闻风而动。田唇劈到哪里，哪里就有肉团团的五蛊百虫爬出来。还有包打包的草蛉虫卵、蚂蚁蛋，一一被捣了巢穴"驱逐出境"。这对奶奶这样连蚂蚁都怕踩死一只的"活菩萨"是残忍的。蛰虫们地下藏了一冬，早已肥得不知魏晋。白土蚕惊惶地扭动着身子，根本不知道世界发生了什么。线弓虫就惨了，它们在挥戈如雨的铲刀下，瞬间变成鲜红的两截。奶奶将鸡鸭赶下田，镰铲刨到哪，鸭子们便追到哪。它们长长的指甲探入田泥旮，吮着掉落的草皮虫子。母鸡们勾着颈子在田唇上刨来掘去，来回啄上一圈，第二天鸡窝里想没蛋都不行。

八分山水二分田，田地是鹤堂人的命根子。一寸田，一把谷，人与地一对接，就形成了强大的联盟。你向土地要饭吃，就得守着它、护着它，每天陪它说说话。稍微含糊，地盘就被其他物种圈占了。奶奶除了埋头一遍遍锄草，还是一遍遍锄草，此外还有什么更好的法子呢？"大块载我以形，劳我以生"，所谓的众生平等，就是众生在整个生物链里其实是相互供养的。可以说，一块田土，一棵庄稼，一粒种子，基本占领了鹤堂人一辈子的版图。


## 3


鹤堂人对禾苗的敬惜，来自中原断奶后巨大的生命无依感。

未经家国痛，何语黍食香。一个历经千百年王朝迭换不断南迁的姓氏宗族，为何最终选择在赣南山区以农耕方式生活？无论是世守家土，还是远迁他乡，鹤堂人对幸福安稳的领悟，是始终安守良田美池桑竹五谷。

这是唐朝汾阳王郭子仪的一支后裔。翻开郭氏族谱，可以清晰地看到鹤堂这个客家宗族的迁徙路线和来龙去脉。黄巢之乱，郭子仪的五世孙郭瞿由金陵乌衣巷迁到江西龙泉。元代季年，陈友谅兵乱，郭瞿一位裔孙郭道行从龙泉翻过诸广山脉的主峰，抵上犹营前镇岗头棚居。不久父子离散，三个儿子颠沛流离，一日流落到一个石涧口，见这两峰石壁把门，中间一涧水开，内有虎形山盘踞，正合了"逢石立基"的祖训，于是解下行囊，倚虎形山下筑房立基，几百年力耕唯读，最终繁衍了石涧村郭氏一脉。康熙年间，虎形山下仅有的几垄瘠薄坑田，已无法承载更多人口。于是裔孙中又有人循溪涧而上，到坑谷尾，见有个灰棚寮，前山如一只巨大的雄鹤探流饮水，后山高嶂脑像一羽雌鹤仰天高鸣，棚寮周围呈两鹤栖息之势，于是开居立村，村名"坊坋"，厅堂取《诗经》"鹤鸣九皋"之意，称"鹤堂"。

古话说，正月嬲过，二月挨过，三月天晴落雨都要做。水田已做过一道犁耙，暖风熏几日，泥田稠稠打软。奶奶说，古法耕作，秧是不移栽的，直接把发好芽的谷种一撮一撮点在水田拉了格子的中心线上，这叫点禾子。禾子还没长根，水田当越精细越好，没三道犁耙功夫，禾子是长不好的。头道翻禾稿，第二道犁耙过后，泥田就软化了。

这时父亲筑田唇，觉得真是画。水田一丘一丘光溜溜的，父亲握着钉耙在那水镜子里，挖一耙泥，"嗒"一声落在田坎上，盘开，荡平，再溜面，一步一挪推过去，仿佛是画师在勾线。此时恰好头顶掠过几羽燕子，呢喃着落在新糊的泥坎上，说不清是调情还是在营生。远处，桃花、李花开得一树一树的，天空灰蓝粉嫩，有妇娘婆婶站在田中央打粪坞。她们用镰铲掘起一圈圈泥壤，围筑成一个个两米大小的井坞。叔伯们猫腰钻进猪牛圈起肥，有的在茅厕里大勺大勺舀粪，后生们则挑着满满的粪桶，一步步蹚着水田把粪倒入井坞里，在每个坞倒了三两担后，水田便长出了一个一个黑黑的月亮。这都是自家茅厕里日积月累的人畜粪尿，再投入夏至割青时割下的大担大担黄荆、红皮柴芽条，沤熟，倒入田井坞里经春水一激，打上几阵暖风，空气里便说不清是泥浆、粪水还是青草和花木的气息。

筑田唇实际上是对田埂施展的一种"换皮术"。劈田唇时刨落的草皮沤到田里，等于给水田喂了一圈基肥料，也让田埂掉了一身肉，必须好好用泥巴"补膘"。挑个艳阳天，扒开田缺稍稍泄水，露出隐隐的泥墩，好，泥晕子沉底，泥脚恰恰好。于是背对田唇，父亲用他铁板样粗糙的手，将钉耙深深插入田旮底，一着劲将耙一提，水汪汪一大坨烂泥被提上来。搭泥坯很考验耐性和手力，第一耙泥搭田唇斜颊面，第二耙放坎脑皱平，如此一耙追一耙往前筑，耙齿在阳光下搓咬着泥巴，每一钉耙的起落都那么流畅结实。筑多远全凭当时的日照光感，日头弱则远些，强则近一点，等粗坯筑到十多米，好，回头整形。这时泥巴干湿度正好，黏滑，有弹性。把泥压实，整平，握耙顺田唇反复溜一遍，再换镰铲荡平，顶部，侧面，斜面，大功告成！一条楚楚动人的田唇就筑好了。

阳光铺下来，田唇像上了一层水彩，那种线条的挺括或肥软总是让父亲感到欢畅。乃至于每每不及干透，伢子们便忍不住光足上去踩几脚，田唇上留下几方欲惊还喜的小印，父亲总要黑面瘪皮地呵斥几声。要是碰到落雨，就坏事了！泥巴溜塌不结实，田唇面也落汤鸡似的惨不忍睹，这时的水田灰蒙蒙的，一副遭人欺凌的面孔。

# 4

犁田看似简单，其实暗藏门道。泥巴浪打浪翻卷，一坨坨贴着犁刀翻拱上来，又连绵地翻滚出去。扶犁人除了把握方向和节奏，不时左右轻轻晃动犁铧，犁头深浅要得紧。犁得太浅，铧打飘锋，耕出的泥浪碎薄不成形。犁得太深，铧头吃在泥旮里，牛怎么蹬腿也拉不动，缩着颈脖子打退脚，这时搞不好牛就会发蛮，拼了老命要挣脱牛轭，不老到的犁头都会被拗断。

秋干物燥，鬈毛太公犁上几大圈，背上蚂蚁汗就上来了。他外衣一剿，剥得剩件乌布衫，时不时喊住牛，弯腰伸手几个指脑一钳，几条黄鳝就溜溜进篓。鬈毛太公腿脚利索，泥耙、轴辘活干一样像一样，那些田地里的禾苗、花生、番薯，大凡过他的手，都长得有模有样。他一口牙落得早，平时不作声，握杆竹筒烟，笑起来猫公似的，和气得很。可一旦犟蛮起来，就没人认得他了，可以放火烧栋，也可以上屋揭瓦，那股蛮劲，不要说人见了打怵，连牛都服服帖帖的。

老庵口爷爷则很少发火。他浓眉眼，鹰钩鼻，主意多，说起话来一套一套的。他屋里存着好几本古书，没事喜欢叼根烟斗，讲传奇，说故事，一副老诸葛的样子。遇见哪位眼皮翻天的小后生在他面前没个轻重，他一句"屎毛再长也在眼毛下"丢过来，那人脸跌得几天都回不过阳。只要他开犁，一坑田垄就冷清不了。牛下水，开蹄一声"嗷"，加速一声"呃"，每每要暂停或掉头转角，他鼻头"轰"一声，那牛立马应声立定。但凡牛偷懒步子跟不上节奏，他牛梢子"啪"地一甩，一串咒斥就炸开了。"瘟剐的！死得走呀！""又被哪家骚牛婆勾魂了？！""剐了你炒辣椒！"那牛吃了鞭子，猛地起劲，于是鼻气呼呼，泥翻浪滚，嘴角涎线子一溜一溜的，让田头山脚做活的伢子们看得心头发软，又忍不住咕咕笑。这世上人畜相善相欺，其实也相生相许，说到底也蛮无奈的。

第一道犁耙的下一个工序，要转到来年开春，叫"拉坯"，也就是把头年冬翻过的禾稿田耙深耙细。通过拉坯，不断将土壤旮里的肥泥氤翻搅上来，这样禾子更好扎根汲养。同时，把泥壤耙得糯实松软，可以更好地保持土颗粒空隙和水分，禾秧才好大口呼吸喝水。所谓耙得有多深，阳光就扎得有多深，一切都在为呵护禾子做准备。这时的耙手像抄着一把巨大铁梳，每一耙过去都是对泥稿的撕耙和扯咬。这是一种来自上古的耙具，乌黑的耙齿闪着亮光，吱吱地扎破每一寸泥土，那些沉睡的泥壤，就这样被温柔唤醒。泥耙扎得有多深，鹤堂人的日子就扎得有多深。

"拉坯"意味着一年春耕正式开始，所有的闲活都得让路。阳光膨胀起来，风飞起了花媚子，田里灌满了水，整个大地就像吸足了水的海绵。顺着冬翻的犁沟下耙，那些喂足了日头霜雪的禾泥噗噜噜冒着浆泡，经不住泥耙一带，几下咬嚼，一行行就支离破碎了。水田直耙一遍，再转横耙，田上同时配以打田坎、劈田唇、清水圳等"三光"政策，几道工序下去，睡了一冬的水田顿时满脸生辉，变得眉清目秀起来。

第二道耙叫"做水坯"，其实就是将水田进一步耙匀耙细，确保不漏耙每一寸泥土，以防日后禾苗贫富不均。这时的泥稿经过拉坯，已全部碎没在水田里，一眼望过去，水渺渺一片，除了泥盘墩子，就是泥盘团子。"耙田耙得好，禾田不长草"，这话用在世瑞太公身上最搭调。这位太公是个刁角，做事抢先机、讲头路，让人想起溪河里的白鲦子，永远喜欢投鲜水。他大鼻脸，直腰板，一身皮肉白青瓜似的，两只眼睛活像一对乌溜子，大伙背地里都叫他"白鲦子"。白鲦子太公做田不多话，他识牛脾性，懂得田深田浅，哪里耙轻耙重。牛上轭，扶耙顺垅沟方向推去，泥盘墩子一个一个化开，到田转角处"咦"一声，手中绳一扯，牛扳起脖颈，呼哧呼哧拐回来，形成一个长长的椭圆形耙路，这时提耙掉个身，耙齿抖几下泥巴，"啪"一个牛鞭子，接着嘀啰嘀啰从两条耙路的中间带一溜耙过去，泥浆水往两边涌，露出一行一行稠稠的齿耙印，最后就是收耙路了。这样直耙之后，再过横耙，方法如前，如此迢迢春水，南风反复，不到半天工夫，一田泥土被他耙得糊稠打软。他刹住耙，丢下牛鞭子，长长的牛绳往田边梧桐树上一拴，便坐田坎上默默抽他的喇叭烟去了。"老哥——晡夜与娣嫂子压把戏了？悠着点，只有累死了的牛，没有做坏了的田！"隔田的老同阵拽着嗓门跟他打趣。"压你个烂脑壳！硬撑鬼，我让你嚼蛆！"没承想河坝里一块石子飞上来，吓得老同阵脚底一滑一个仰撑差点跌落在泥旮里。白鲦子太公不作声，鼻子却笑哼哼的。山坡下的红花草正在打荚，燕子喳喳地叫着，成对飞过头顶，几只白鹭落在新耙的泥田里，啄着贝螺和鳅鱼鲶子，小秧鸡们溜溜地在田盘上踱着碎步。工夫多长命多长，一辈子也就是赶蹚浑水，一如这丘丘水田，哪有什么可说的呢？田事循环往复，一步一个脚印做好就是了。往后的工夫，又是筑田唇，打粪坞，挑大粪下田，以及看天气浸种，催芽，准备平田下禾子了。

不施化肥和农药的人力耕作，工序是相当考究的，得有将田泥当饭吃的虔心，精耕细作，广积肥料，克勤克俭，一道一道工序，一手一脚，来不得半点机窍，这样种出的米谷，才叫米谷。做田人真是有做不完的工夫呀！所以说，鹤堂人是敦厚的，因为在土地庄稼面前，偷不得懒，跳不了皮。年年岁岁，岁岁年年。

# 5

鹤堂人对田唇的匠心不仅因它是田地疆界，更在于这些线条恰是埋伏豆菽的膏腴之所。

"清明前，好种棉。清明后，好种豆。"待新筑的田唇干透已会呼吸，可以上脚踩了，人们就开始在上面点豆子。早的有"六月爆"，晚熟的为"踩豆"，全凭自己欢喜。

日夕时分，母亲一把鹤锄勾一粪箕火土，袅袅地走进虫声里。

奶奶说，泥土、草灰、粪尿、米谷、菜蔬，往往是大地的血珠子，一点一滴都是筋肉化的，泥土吃下什么，我们就吃下什么。不管多忙，屋里屋外，母亲往往要我们每天一小扫，五日一大扫。大扫之日，那些墙檐坪角，平日里留下的柴草拢成一堆，点把火一烧，淋阵子小雨，沤上几个日夜，歇成火土，就成了乌溜溜的小肥料。母亲撮些火土施在芋薯下，其余用穿了底的破箩筐各拢一堆，埋上几粒种子，十天半月泼上几勺粪尿水。盛夏，芋荷叶如盆如盖，白瓠花爬满了枇杷树，丝瓜沿着篾绳一路结到屋檐下，长一条短一根的。除此，还有灶膛肚的柴草灰，三两天扒出来，满满一笪箕，倒在灰棚寮里存着。用时浆上尿水，湿漉漉的，成团，叫尿浆灰，喂到地里，红土壤就慢慢乌亮起来。长出来的禾苗、芹韭、豆菽，青油油的，又肥又壮。

母亲弓着腰身，握着鹤锄，每走两步就把开俩坞穴，然后点上三两个豆种，覆上火土，这样没完没了耙下去，世界就黑下来了。数天后，坞穴里拱出叶胚芽蕊，一点一点芽长高，抽出一片一片的叶子。半个多月下来，豆苗已近筷子长，茎叶亭亭，最下部还撑着两片乌绿肥厚的豆瓣。这时又一次施肥培土，喂上尿浆灰，再从田里盘一大坨泥巴，将豆苗围住，糊平，抹好，风施雨长，个把月后，豆苗长得盖过田唇，就专等小暑大暑时节收获了，这叫"六月爆"。

得了奶奶的口诀，母亲很快就成为鹤堂侍弄庄稼的能手。这位20世纪60年代末从江河田塅嫁到山旮旯里的新妇，慢慢知道了山坑里的时令短长，水田冷暖，山地肥瘦。庄稼是自家的崽子，它喜欢啥肥啥土、啥风啥雨，母亲都摸个一清二楚。比如，"踩豆"不能种密，否则日照不好，结的荚子不精实。再者，田埂牛绳似的，往往只容一人行走，豆株长大，人们只得跨苗过。尤其秋收时节，豆荚与晚稻一起黄熟，割下的谷子从田塍一担担挑到晒谷场，要绕过结满荚的豆苗，那真是恨恼，箩筐被逛得晃来荡去不说，稍不小心，腿肚上还会被荚子剐出一条条血痕。

早稻勾了头，"六月爆"就熟了。将豆荚苗连根拔起，吊在檐下晾一阵子，几个辣日下来，可以听到豆荚噼啪噼啪的爆裂声。那些滚落的豆子，用来炒辣椒、煨鸭汤或者磨豆腐，味道都极好。"踩豆"植得稍晚，种时放两根豆秧，田里捞把泥巴搭上。割过早禾，豆株已长得枝肥叶大，一棵棵连蔸踩趴，豆苗倒伏下去，这时根底追上尿浆灰，田里挖两蔸禾泥搭上，越过秋风白露，熬到霜降前就可采收了。"踩豆"喂足了两季日头，苗株大，分枝好，籽粒肥实，往往是人见人欢的豆菽佳品。

也不知鹤堂种田塍豆的传统始于哪一代。多少年后，我才明白，大豆根须上那些小瘤菌粒子，具有强大的固氮能力，它们将空气中的氮固存下来，再一点点转化到土里。

一条简单的田唇植入的看似是豆菽，其实却隐含了南迁的中原人和赣南土著世代相融相守的生活方式和耕种之理。鹤堂人对土地的敬惜和对五谷的理解，就这样活化在精耕细作的一招一式里。

# 6

20世纪中叶之前，育秧移栽法在赣南山区还没普及，石涧人一直沿袭"点禾子"的古老春耕播种法。那时没有专门的天气预测机构，多凭祖辈经验察望云色天气，再配以口口相传的农时谚语。蓝嫲太婆幽默，喜欢说笑打诨，山歌农谚也装了一肚箩。"懵懵懂懂，桐子开花就下种。""冷在惊蛰，暖在春分。""雨水有雨亦自然，惊蛰有雨喜心田。单要春分晴一日，农夫不用力耕田。""清明晴，挑秧莳草坪；清明雨，蓑衣斗笠高挂起。"连草坪都可莳田，你说这年成雨水好不好？反之，如果清明落雨，这一年则天干日敛，蓑衣斗笠高挂，挑水都会挑断脚杆骨呀。这些都说明了赣南丘陵盆地天时与地气的变化应对规律。

除此，最关键的还有一道硬口诀："冷头浸种，冷尾催芽，暖头播种。"赣南由武夷山脉、罗霄山脉、南岭三嶂合围，往往是南北气流交汇对撞的冲击带，春天晴雨不定，这边暖空气刚刚入住打声吆喝，寒流就已经南下大兵压境了。冷空气入侵后，天气阴雨霭霭，一直到观音岭脑云层升高转薄，天色开舒，则又一波晴暖即将开始，这叫"暖头"。待彻底风清日朗，气温暖升，这天气也就三五天左右。春晴一刻值千金，好日子总是短暂的。这时会发现天空生成云量越聚越多，云晕铺下来像一层层软塌塌的米汤，天气暖到可以将每个人抬起来，南风熏得猫狗们游鱼似的，这意味着进入"暖尾"，下一次冷空气又将来临。

奶奶说，掌握了"冷尾暖头"的天气规律，浸种、催芽和播种就一一安排得体了。浸种应抢"冷头"，阴雨天气一告结，种子恰恰浸好，"冷尾"即可催芽。芽出齐，正好抓住"暖头"播种。这时昼夜温差大，可使种根及早入土，等到下一次冷空气上来，秧已扎根立苗。千万不能"暖尾"去下种，碰上"冷头"天气，等到满田漂秧、倒秧或烂种、烂秧，再怎样喊天叫地，它也不认得你了。

这都是石涧人静观默察而一代代实践校正积累的经验。所谓天时、地利、人和，大都体现在这些琐琐碎碎的生活细节里。和高堂大庙不同，民间思想和情感信仰以及生命宇宙观照，很少诉诸成文字。更多的，就是以声音的形式表现在山歌、民谚、故事传说里。

# 7

浸种催芽的同时，开始春耕之最后一道犁耙工序——平田，也叫秒田。秒，重耕田也。元代王祯《农书·农器图谱》说："耕耙而后用此，泥壤始熟矣。"秒田时，避开之前掘好挑满了的粪坞暂不推翻，一旦天气转晴暖，好！开耙平田。

这次用细耙，必须是父亲那样扎实精细的犁耙手。"有样学样，没样看世上"，父亲虽然年岁不深，却是村里上得台面的做田佬。他咬得牙根，沉得下心，木匠、泥水、做篾、打屠、做厨、检瓦，但凡农村的活，看过几阵就上了手。他扛把镢头在田垄头遛一圈，那些禾苗仿佛长在他的心尖上，大到看云色天气，哪丘田缺水，哪垄秧苗要追肥，小到禾苗哪里长了株，啥时分了叶，啥时抽了苔，啥时灌了浆，啥时谷串勾了头，甚至哪株稻子长了钻心虫，哪片禾得了稻瘟病，他都一肚两明。"凡事要一眼观天一眼观地呀！"比如秒田，耙还没放下去，四下睖两眼，他就知道田里的水是否合适，该从哪下耙，哪里泥壤高，哪里泥壤低，如何把高处烂泥耙到低处去，总之，一丘田谱尺非常清楚，平与不平全握在手里。

秒田顺序恰好相反，先横，后竖。因拉过水坝后筑了田唇，挨田唇这边的泥壤已被掘空，必须把田中心的泥壤耙出来填平，再者，以直耙煞尾，实际是对整丘田是否耙平的总校正。这时因前面犁耙基础做得好，一天可以耙个四五亩。

但此时耕牛往往也累到了底，父亲用得心疼，歇午时，除了给足鲜草料，额外会加一小桶粥，拍着它的腮帮子，用竹耳子一筒一筒喂到喉岔去。父亲吆牛特生动，除了"嗷""呃"这些简单的牛语，还会和它说各种体己话，就像跟老朋友聊天的样子。有时接连拉几天犁，牛累得脚打软，父亲会喉头一震："养兵千日，用兵一时呀！""过了雪山草地就是长征胜利！""长风破浪正有时，直挂云帆济沧海！"那牛被吓得一激灵，也不知是被逗乐了还是装样子，顿时重振雄风，四蹄奋起，水里走得嗒嗒响，那满田泥浆也就点卤汁似的，涌起一浪浪灿烂的泥岙花。

秒田的同时，还要专配一个打杂人员。这往往是奶奶和母亲等的妇娘活，主要是负责把早先倒在水田粪坞的粪肥一穴一穴泼开来，均匀撒到每寸田地，同时将犁铧够不到的田头地角用镰铲挖松整好。等耙田的牛上了坎，奶奶又接着拉楼梯平田。别小看这木梯子，会直接影响到今后露禾子（露秧苗）。因为点禾子播种之后，禾子发芽分叶，田泥若高低不平，有的地方就会积水，遇上晴天烈日，水汽上来，会把谷芽煮死。相反，高出的田泥，经不起春风一吹，立马长杂草，这都会严重影响今后秧苗成活生长。拉楼梯看似轻快，却是对整个做田水平的最后一次精微校正，凭的是经验与手感。奶奶将楼梯平放在田里，粪箕压上去，里面堆几块石头，瞄准田中最高处，选择凸出泥巴的地方下梯，梯绳往腰间一挂，一步一步打退脚埋头往低处拖去，再把丘田一一拖平，最后沿四周拖一圈至最低处，直到放眼瞄去一丘田水平如镜，可以了，上坎！

## 8

天放晴光，平好的田开始点禾子。这是上春以来日日翘盼的欢喜忙碌一刻。田里田外累那么久，不就为了将禾谷神请下，将禾子点落土，从此风调雨顺，一勺肥一瓢土，崽伢一样悉心侍养，以期米谷满仓人寿年丰吗？

点禾子前先得拉荡子。天蒙蒙亮，田里放干水。这一定要德福爷爷这样的拉荡子老手，眼水准，手势定，关键还要心气稳，田格子才能拉得棋盘一样，横平竖直刚刚好，而且恰好过占。大伙管德福爷爷叫"大龅牙"，德福爷爷是个喜欢泡茶吹牛的"老茶客"，除了拉荡子，木匠活也在手，斧头墨斗，闲时刨刨凿凿的，帮人做点盆桶台凳。他身条瘦，手脚长，一对眼珠子骨碌碌亮，走在田里大螳螂似的。但见哪家禾田不齐整，他嘴壳一撇直跳脑："没过到占！""过占"是拉荡子师傅行语。山排田基本是随坡就势开成的小地块，没几丘规整，如梯形、月牙形、弧形、扇形、鱼尾形、栅栏形、波纹形、树叶形……这就使田唇线不可能横平竖直，每丘总会出现三两个向田肚内的凹凸点，这给拉禾格造成了不少难度。荡子手啥处下第一排荡子要得紧，荡格子从这头田唇拉向对头，不管横拉还是竖拉，顶格线如刚好贴着侧边田唇内凸沿过去并直拉到对边底，能保证一丘田的禾苗最大长行率，这才叫过占。

水田朦在晨雾里，仿佛一面面银镜子。"大龅牙"用他裁木料的眼，在田周圈角拉几下，心里就有了行路。他拉荡子时脚下永远踩着泥拍子，荡子就像大爬虫，每拉一步，荡子滑行一步，荡子拉到哪，哪里就齐刷刷印出一排排泥行线。木荡子呈丁字形，荡脑接一横木，均匀地嵌着十个弯钩头。手握长长的荡杆尾，一步一步打退走。拉过直行，再拉横行，每行十格，每格恰好是禾苗的株距。这简直是后脑勺长眼的乡间模特，头是直的，腰是直的，眼是直的，退出的两行脚印更是锄把子量过一样。这样一排排拉下来，田里雾气散了，日头爬上观音岭，水镜子立刻变成了一张印满田格的金色稿纸。

落了一春雨，河坝里早已黄汤滚滚的，野桐花一树树落下，此时山路上随便踩一脚，趾缝里灌满了花粉和泥浆。新娘鸟鸣叫起来，地皮菜肥得打堆，青李毛桃结得鼓实，山坎下的毛笋一根根野心勃勃的，还有田坎上一窝窝新吐的线公土，让人随时有草木跋扈的眩晕感。

这时点禾子的大批人马已到，他们都是鹤堂的兄弟子叔、姑姨婶嫂，除此之外，还有奶奶的娘家——崖坑的舅爷爷。舅爷爷体恤奶奶，知道姐姐缺人手。每到做田紧要时节，就驮了犁耙牵着牛翻山越岭来相帮。来回次数多了，崖坑过荡耙岭的山壁上，渐渐被他踩出了一条宽宽窄窄的横排路。有外氏在，鹤堂人总是礼让的。大家人手提一芡篓谷种，一致推让舅爷爷先下田。那么多老把式在场，年轻的舅爷爷哪能造次呢？先下水为师傅，莳得好，手势快，一旦慢了被关秧门可跌不起这个脸。推来让去，于是年长的带头，后生客女跟上，顺着田格依次排开，每个格子线中心点上一撮。风泥鳅一样地滑过来，他们拢起的手指每啄一下泥土，田格里就起个小水窝子，那些露芽的小禾子，就谜一样不见了。舅爷爷生得高大，额门亮堂，微微扬起的下巴壳子永远含着笑，走路干活总是脚带风，那弓身点禾子的专注背影，活像一个移动的田桩。

点完一丘后，奶奶立马打开田门回水护种，生怕阳光将种芽晒伤，也防止下雨把谷种打散。"浅水栽秧，寸水返青，薄水分蘖，苗够晒田，寸水促穗，湿润壮籽"，这是奶奶从太婆嘴里得来的稻田管理的口诀，她必须严加守护，每天早晚到田唇各走一遭，天气稍微变冷，则将田缺关拢，灌上深水护种，以免受凉烂秧。这样两三天后，待谷芽冒出，生稳根芽，天气晴暖，即可放水露苗。入田的禾子如褓裸里的伢子，风惊不起，雨吓不得，一切都嗷嗷待哺，那些一道道犁耙整过的软稠稠泥壤，就是禾子最甘美的田浆。

禾子点完，终于可以歇口气了。于是各家各户都喝"秧脚酒"，倒秧脚。一个春季下来，难为那么多兄弟子叔、亲朋好友相帮，总该犒劳一下自己枯瘦的肚囊吧。蓝嫲太婆的秧脚酒做得香，上圩矸两斤肉裹上米粉一蒸，塘里捞条鲤拐子煮一钵鱼块，另有鸡呀鹅呀宰上一只，配上蒿蒿春韭、浸椒苦笋，外加一团簸时鲜的艾米果和几锡壶醪糟，四方桌上一摆，莳田客们总是吃得鼻公塞塞、脑门流汗的。伢子们端茶倒水，添酒加菜，更有猫猫狗狗在桌下钻来绕去的。于是说谁家秧头好，谁家灶门正，谁家尽出读书种。崖坑后生好做种哦！大婶们私下里喊喊喳喳的，一旁的妹子眼角拐一下不远处的舅爷爷，脸壳子立刻红到脖颈根。一屋子哄笑起来，桌下那些好事的妇娘来劲了，心底下盘算着如何明里暗里给他们牵上线。

至此，鹤堂春耕所有犁耙工夫煞尾，燕子也在人们一道一道的泥巴活里，相濡以沫地筑好了自己的暖巢。春天就要收尾，风格外浓稠起来，大地打开了每一个毛孔，那些温暖的阳光，就像爆开无数白花花的谷芽，随便撒在哪窝泥土，只要挨地，就会发根生长。一切都刚刚开始，每天新发的绿意就是做田人增长的希望，布谷鸟一遍遍地催呀，催着催着就绿满江南了。

往后的工夫，就是捡禾头、推草耙、耘田，接着是打石灰（叫伏水），放禾花鲤，最后就剩管好水，捉禾虫，等百事落定，就补好箩筐箩脚，专等刈禾丰收了。

翻稿、拉坯、做坯、秒田、筑田唇、拉荡子、点禾子，这样动感的词汇，赋予了中国农艺之美。它告诉我们，客家人离开中原万里，落在山重水复的赣南盆地，如何耕山种水，治大国如烹小鱼，放下一辈子又一辈子的耐心，以及勤俭苦累决胜万代的雄心，在巴掌般大的田丘里，一步一步，一锄一锄，一坎一坎，天时地利人和，最终种下自己的江山和家园。

做田人就是田垄里做道场呀，没有什么是一步登天的。

# 向海而居

白荣敏

一

　　稍远处有黑色的船影和白色的帆影流动，近处有海鸥低掠的身影。伫立码头，身临此境，如果不是一箱箱海鲜从海上回来，从你身边喧闹而过，你一定会错以为是走进了一幅名为"海港夕照图"之类的画里。

　　是的，就是海鲜，这些不久前还在海洋深阔地带活蹦乱跳的鱼儿、虾儿、蟹儿们，恒久地增添着渔港的魅力。然后，太阳就下山了。深褐掩盖了金黄，黛绿再掩盖了深褐。浓重的暮色弥漫整个海港之后，我们坐下来等待月亮的升起……

　　那段在海滨小镇沙埕教书的日子，有多少个这样月白风轻的夏夜，留存于我的记忆之中，还有那些因海而变得生动的日常……

　　沙埕其实是我的第二故乡。在浙江出生的我，与属于福建的沙埕有很深的交集，主要是地缘的关系。我的出生地是一个面朝沙埕港的小山村，行政上隶属浙江省，实际上处在两省的交界线上。小山村所在的山绵延于沙埕港的东北岸，有许多说不清楚归属的插花地。村子脚下有一片滩涂，两省的村民曾经为了所有权争论不休，甚至发生械斗。

械斗不影响小孩们玩乐，我对海的认识，就是从这片滩涂开始的。滩涂上经常有意想不到的惊喜，螃蟹、海螺等，一旦发现，徒手就能抓到。我还无师自通"发明"了一种讨小海的方法，就是退潮后找到一个小水窟，把窟中的海水舀干，往往有丰厚的渔获，我们叫作"扈窟"。后来看书，发现这种捕鱼方法古人早就掌握，而且比我们的高级："砌石海旁而曲折之，而玲珑之，曰磕。亦曰扈。潮退磕干发发然，拣入篮筐，旦旦不竭也。"（郭柏苍《海错百一录》）扈窟是一件很正规的累活，贪玩的小孩不愿意经常干。更多的时候，是等到涨潮，在这一片水域戏水和游泳。经过几年的狗刨式训练，我在小学毕业那年能在水面游出个几十米。恰好那年夏天，村集体在这片海域种牡蛎，大人们在劳动，小孩跟着去游泳，我不了解海水的脾气，初生牛犊，新奇莽撞，游得离岸就远了些，没想到突然之间，被一股巨大的力量裹挟，身子随着退潮的海水向外漂去，眼看着岸上向我呼喊和招手的一簇人的身影越来越模糊。是我命不该绝，居然遇见了大舅，他也在游泳，我随着水流经过了他的身旁，他发现我之后奋力向我游来，我一下子抱住了他的脖子，再一攀，骑在了他的脖子上。我们两个人浮浮沉沉，一起随着水流漂向离岸更远的海面上……

海水的退潮不像涨潮，涨潮时一次一次地抚摸和拍打，翻起一波一波的浪花，极有耐心，每个细节都做到淋漓尽致，像正在讨好观众的舞台；而退潮就像谢幕后的退场，转瞬之间，集体溃退，虽不动声色，但毫无耐心。我后来不断回味那一瞬间，深感大海的神秘及其带来的无常，那个从平潮转换为退潮的时间节点，就在一瞬间，那一瞬间之前，是平静温和，之后，却气急败坏。

对于渺小的人类，大海掌握着生杀予夺的权力。人类依海而生，向海而居，在与大海的共存中不断增长着智慧、力量，锻造着更加博大的胸怀和气度，但依然捉摸不透大海的脾气，避免不了劫难的发生。

那一次，我和大舅着实命大，包括我父亲（不会游泳）在内的一拨人在岸上捶胸顿足、号啕大哭，眼睁睁地看着我们随波远去时，居然有一艘船从远处开来，救下了我们。

## 二

我的远房表兄阿汪就没那么幸运，他在一个冬天出海打鱼，再也没有回来。

在一个风平浪静的早晨，他和他的伙伴们驾驶着合股投资的渔船，朝着布满朝霞的海面上驶去，要在往常，他们会在一个出海周期里及时归来，渔获或多或少另当别论，至少人和船能够安全归来，但这一次他们没有及时回归。全家不安心，驾船出海寻找，但茫茫大海，又从哪里找？回家继续等待，最终等到希望破灭。

我听到消息，脑海中闪现自己十二岁时的那次"事故"，反刍被海潮裹挟时的恐惧，想象阿汪在大海里求生无望时的无助。对大海而言，那是微不足道的恐惧和无助，在浩瀚大海之中，一个人无异于一滴水，大海不可能感觉得到一滴水的挣扎。

一个家庭的顶梁柱就这样悄无声息地消失，一个家就这样随之倒塌，谁也不知道在大海上发生了什么，也许他们遭遇了一次大海的发怒。

大海发怒，最常见的是台风。

每次台风一过，整个村庄像是被洗衣机搅拌过的抹布，干净是干净了，但已不是原来的面目。这里塌了一段路，那里倒了一堵墙，房前屋后一片狼藉，未来得及收割的庄稼倒伏贴地，山上的树木东倒西歪。大海发怒的程度有大小，有时候是嗔怪，有时候是呵斥，有时候则是歇斯底里的怒吼。1958年的一次十二级台风，摧毁了我们村大多数房屋，让许多人无家可归，成为老一辈人的集体记忆。

我所经历的最大台风则在2006年8月10日，那是本地有气象记录以来大海的最大一次发怒。它虽然有着一个女神般动听的名字——"桑美"，却是一只从大洋沟底爬上来的恐怖巨兽，面目狰狞，朝着东海岸的沙埕港咆哮而来。

黑压压的风墙闪着蓝光，挟带着一路上吸附的硬物横冲直撞，它会把二十吨的油罐抛上天，会吹得火车跑。狂风过处，屋顶上的瓦片和砖头像被惊吓的鸽子冲上天空，电风扇被拧成麻花，人们会突然听到一阵如同机枪扫射的声音，只见房屋窗户的玻璃齐刷刷碎裂，有的透明玻璃则被风吹起的沙子磨砺成磨砂的，而倾盆的暴雨被大风撕碎成雾、成尘，雨线横横斜斜，左冲右突……

沙埕港内翻江倒海，巨浪滔天，如同滚筒洗衣机搅拌衣物。

我国东南沿海设置了一个天然良港——沙埕港。沙埕港港区入口狭窄，且有岛屿、半岛横峙为天然屏障，港中水域宽阔，水深波平，再加两岸群山庇护，邮轮巨舰停泊其间，安若堂奥，故是一个天然的避风良港。但凡海上有台风生成，远近海域的船只就奔赴而来，进港避风。自1958年的那次台风袭击之后，将近五十年的时间里，这里波澜不惊，来来往往的渔船和货轮在这里避风，从没有发生过一起事故。可2006年8月10日这一天，台风以十七级风力直灌沙埕港，像是大自然布下了一个陷阱，给沙埕港一拳重击。进港避风的许多船只沉入了港底，漂浮在港面上的养殖网箱荡然无存，还有许多鲜活的生命在那一个黑色的午后和夜晚沉入了幽暗的海水深处。

但还是有许多人死里逃生，回到了家，大刘就是其中之一。

大刘是土生土长的渔民，海洋渔业资源衰竭后，他是最早转捕捞为养殖的沙埕渔民之一。因此，多年前他在港里捞到了第一桶金，把赚来的钱用来扩大养殖，成为镇上的网箱养殖大户。那一天，他照料好渔排之后上岸避风，把牵挂留在了海上，海上的那些网箱和网箱里的鱼儿是他的整个身家，是一家人赖以生存的寄托。在岸上，看着台风吹了一个多小时静了下来，以为台风过去了，便和其他九名养殖户一起，开了一艘挂机船，想到海上看看各自的渔排。没想到正中了台风的圈套，前面的那一个多小时风雨只是前奏，风平浪静的那阵子则是台风眼经过的时间。等他们一到海上，真正的强风刚好来到，一阵回南风夹着海浪猛扫过来，转眼间船上只剩下他和另外一名渔民。紧接着，小小的挂机船好像被一只手拽住，被拎出了水面，又被狠狠地摔回海里，击中旁边的渔排，散了架。

大刘落水后抓住了一根木板和风浪搏斗了五个多小时，精疲力尽，好几次都以为自己已经死了，结果又活了过来。他丢了两根手指，捡回了一条命，而和他同船下去的两个人永远留在了海上。

那个晚上的福鼎市区照样风大雨狂，我的女儿才出生几个月，我抱着她，一家人躲在卫生间，因为大风随时会撞破卧室的窗玻璃，而只有卫生间才是一座房子里相对安全的所在。

屋外，大地的每一寸肌肤在被撕咬、撞击、吞噬……


# 三


"桑美"袭击渔港的第二年，我在码头遇到了大刘，他热情地拉我到他的渔排上吃海鲜。如前所述，"桑美"让他一夜之间破产，多年心血随风而逝。但是一年后，和众多渔排养殖户一样，大刘在港面上又建起了新的渔排。

大刘目光坚毅，被海风吹成古铜色的皮肤像崭新的船板抹了一层桐油，在阳光下闪闪发亮，他娴熟地开动了自备的小挂机，把我带到了渔排上。这又是一个充满生机的海上家园，木板搭成的"口"字形框架浮在水面上，绑在木板上的渔网浸入水中，组成一个个网箱，鱼儿就养在网箱里。许许多多的网箱连成一排，主人在排上再搭个木房子，就这样过着"海上田园"的生活。

已经看不出"桑美"暴虐的痕迹。阳光有点挑衅的味道，无遮挡地直照得人睁不开眼，而海风是令人感觉凉爽的，二者的平衡之下，水面上起了一层淡淡的氤氲。我喜欢这种感觉，豪放中有丝丝的柔情，兴奋中有淡淡的沉重。

"桑美"的阴霾似乎已经在心头淡去，大刘提了一个水桶直接到网箱里抓鱼。黄瓜鱼清炖，鲈鱼红烧，餐桌上已经摆着一盘干煎的梭子蟹……每一道菜都是那么鲜美诱人！

向海而居，探索海洋，逐梦深蓝，是人类几千年前就开始的一个课题。回望这块海域，先民用简陋的石器射捕脚下海水里的鱼儿和岸上的野兽，顽强地生存了下来。他们砍下大树，把树干挖空，制造独木舟，去搏击风浪，走向更宽阔的大洋世界。在不断的实践中，他们掌握了高超的造船技术，能用五块巨大木板制造海船，被称为"温麻五会"，成为孙权水军据长江天险与曹操部队抗衡的坚强保障。后来技术不断升级，制造的"福船"载着郑和团队和整个王朝的梦想，到达世界各个角落。他们还发明了各种捕鱼之法，戽、罩、缉、钓、步取、敲罟、围罾、拖网、灯光诱捕……你如果没有渔区生活的经历，就没办法理解这些五花八门的捕鱼方法，充满着令人惊叹的奇思妙想。当然还有艰苦，出海捕鱼，少则十天半个月，多则两三个月在海上漂泊，栉风沐雨，用强大的内心排遣无边无际的寂寞和孤独，还有茫茫大海带给渺小人类的恐惧。直到上岸的那一刻，他们与家人团聚，收获快乐与幸福。我当年在海边小镇教书，还没结婚，一次老校长神秘兮兮地告诉我说，水生村的几栋木房子每当一个鱼汛结束渔民归来，都会整夜晃动。我当时不明就里，多年后回忆起来，会心之余，还有赞叹，是的，付出有多艰辛，回报就有多丰厚，岸上的那个家，是他们搏击风浪的动力来源，也是耕海牧渔人生的希望所在。

岸上有余闲，他们就去创造各种娱乐并相沿成俗。如把小孩打扮成各种戏本角色，绑在树枝一样的高大铁枝上面，再把铁枝插在一台车的车辕上推行游街，铁枝如一棵巨大的花树，在元宵的璀璨灯光下盛大开放。他们用惯于打鱼的粗糙双手制作精巧的纸船，或者制造玩具大小的木船，面对大海，烧船祭海，以表达对海的敬畏和对安定、幸福生活的祈盼。

# 四

在众多的捕鱼方法中，敲罟曾经是他们最喜爱的一种方式，作为较为先进的捕捞技术手段，它能使渔业收益猛增。

敲罟捕鱼要以船队的形式出海，几百名渔民组成一队，由两条大船以及几十条小船共同组成。大船被称为"母船"，主要是放网以及观测鱼群、海域信息，并对小船以旗帜进行指挥；小船则是由小舢板组成，每只小舢板上面共有五人，一人摇橹为船体提供动力或保持平衡，四人敲击绑于船体的木板，更多的是用木头打击一种金属器具——"罟"，发出响亮的声音。罟为中空的圆柱形，长约五十厘米，身上有一条细缝，以便传出声音。敲罟主要用来捕捞黄瓜鱼，黄瓜鱼也称"黄鱼"，因头部有两颗石子又称"石首鱼"。水中的声波会使其头部震动发晕，然后便晕乎乎地集体落入渔民布下的大网。

大船与小船同时出海，由大船老大视察海埕地势，选定一个位置停泊，几十条小船则以大船为参照四处离散。黄鱼在水中会发出"咕叽咕叽"的叫声，作业时，大船静静地停在水面，船老大耳朵贴在甲板上或者凭借贴在一根插入水中的木头，倾听水中黄鱼的叫声，再结合潮水与风向，判断鱼群位置和大致游向，做出准确的判断后，适时向小船举旗示意。几十条小船接到指令后同时敲罟，用敲罟发出的声波刺激鱼群向中心靠拢。此时两条大船进入鱼群聚拢区域进行放网，最终一网打尽聚拢一处的鱼群。

敲罟作业带来的黄鱼丰收，革命性地改变了渔民的生活。黄瓜鱼盛产的年代，沙埕水生大队建起了一座当时全公社最高级的楼房，并以"黄鱼"命名，当地方言叫作"黄瓜厝"，以表达他们征服海洋的胜利者心情。我经常路过这座房子，虽已破败不堪，但依稀可见二楼墙体上粉刷的"鼓干劲""争上游"字样。敲罟作业实际上属于近海捕捞，更远的渔场诱发着渔民更大的创造力，大马力渔船的大围罾捕捞技术，使他们能够行船至更远的大海中。专事捕捞的水生大队曾经红极一时，被评为渔业生产的"红旗大队"。

但是"敲罟"这种围歼式捕捞直接导致近海黄鱼资源的枯竭，到了20世纪下半叶，政府逐渐禁止捕鱼，最终彻底严禁。曾有人笑谈，饥饿年代，渔民以黄瓜鱼"充饥"吃到牙根发软，如今，已经多少年都没有见到一尾野生黄瓜鱼了！在我童年时期还能感觉得到鱼类的繁盛，我们在海边玩耍，常常捡起一粒石子击向水中，随即就能看到一条翻着肚皮的鱼儿浮出水面。你也可以说这是偶然事件，但是只有当水里的鱼儿足够密集，才可能有这样的偶然发生。这种石子打鱼的方法，应该就是几千年前向海而居的先民最常用的方法，如此看来，倒不必同情生产条件如此低下的他们生存的艰难，因为那时候的海里鱼儿可真多。沙埕港西岸有一个点头镇，原来叫宸山，码头边有一个妈祖宫，有人戏称港面上经常有一群群白海豚朝着妈祖宫方向"点头"朝拜，才有了"点头"的地名。我们暂不去考证地名来历的真实与否，但成群结队的白海豚在海面上跃水、探头，的确是我童年常见到的，如今偶尔一见，则会是一则很大的新闻。明末闽中诗坛领袖、博物学家谢肇淛的《五杂俎》中记有："龙虾大者重二十余斤，须三尺余，可为杖；蚶大者如斗，可为香炉；蚌大者如箕。此皆海滨人习见，不足为异也。"可今天如得遇见，必定被视为精怪。

辽阔的海洋提供给人类源源不断的食物来源，带鱼、黄鱼、鲈鱼、鳗鱼、鲳鱼、鳓鱼、鲥鱼、乌鱼、鲌鱼、叫姑鱼、马鲛鱼、蓝圆鲹、沙丁鱼、石斑鱼、马面鲀，贻贝、缢蛏、牡蛎、泥蚶、扇贝、兰蛤、对虾、青蟹、梭子蟹，海带、紫菜、裙带菜、鹧鸪菜、石花菜、浒苔，还有刺参、海蜇、棘刺锚参……这些数也数不过来，多数人认不准甚至叫不出名的鱼、虾、贝、藻，陪伴着人类的生活，滋养着我们的身体。但是，随着人类的过度捕捞，它们的数量逐年减少，有的种群濒临灭绝。如今，每年几个月的禁渔措施，以及政府提倡渔业转型，通过大量繁育和养殖经济鱼类，来满足人们舌尖上的需求，让大海中的鱼儿们终于有了喘息的机会。

# 五

城镇化的浪潮滚滚，席卷我童年的村庄，大浪裹挟之下，村民搬离村庄向城镇靠拢。因为我已经在沙埕这个海滨小镇工作，父亲就在集镇物色到了一块地皮，建了一栋房子，新居落成后，全家人正式移民定居沙埕，跻身"海头人"行列。

沙埕集镇地处沙埕港的入海口北岸，旧称"沙关"，是一个闽浙两省之间的海上关口。这关口扼两省要冲，自古兵家必争，而且伸入内陆的港区宽阔且隐蔽，为理想屯兵之所。东晋末年孙恩、卢循之乱，兵败之后余部遁入闽浙沿海，一部分在沙埕港区海域生活。地方志记载，有一个被称为"白水郎"的海上族群，乃卢循余种，散居海上，以船为家。沙埕港域有一个村庄名叫"罗唇"，地方文史学者认为是"卢屯"谐音演化，为"卢循屯兵"之意。还有一个区域叫"白水江"，县志说"此江乃其停舟处"。

"散居海上，以船为家"是对连家船民的经典描述。连家船民是疍民的另一种称呼，大抵因为他们多数姓连，实际上我在沙埕看到，江、欧等姓亦不在少数。又有专家认为，他们其实是沿海一带的原住民，在福建的居住历史起码可以追溯到三国孙吴时代。前文所述的"温麻五会"，即为那个时代温麻船屯所造，这种船后来演变为"五帆船"或"乌船"，在后来的福建疍民中很是流行。魏晋时代盛行军事屯田，福建水上疍民被编为军事屯田的客户，建立温麻船屯。到了晋武帝太康年间，废温麻船屯而建立温麻县，疍民便被迫转化为佃客。因此，晋末农民起义，不少疍民参加到卢循的队伍中，这就是他们被称为"卢循余种"的缘由。

他们以船为家，用他们的智慧创造属于他们的文化，创造属于他们的生活。无疑，曾经很长一段时间，他们是沙埕港湾的"海上主人"，任何一支外来者，如果没有处好与他们的关系，则很难在此立足。史书记载，南明时期，鲁王朱以海监国，与清军抗衡，曾一度驻跸沙埕，以港口为行在，他身旁的高级官员就很注意处理与水上疍民的关系，所以获得了他们的支持。

但是他们与岸上当地人一直存在极深的矛盾，受尽歧视和欺凌。他们用"破船为家，麻袋遮体，海藻当粮"来形容自己的困苦生活。因常年在狭窄低矮的船舱中屈膝睡觉，盘腿坐地，叉开双腿作业，形成下身较短并且腿部弯曲的特征，从而得一侮辱性称呼——"曲蹄"。"曲蹄爬上山，打死不见官。"但新中国成立后的短短几十年时间，矛盾快速消弭，同时沙埕疍民凭借他们丰富的"依海为生"的经验，以及艰苦奋斗的精神，以他们为主体的水生大队创造了在集体经济时代的辉煌业绩，获得了岸上人的认同。

时代变迁，连家船民陆续上岸定居，他们成为沙埕集镇人口的重要组成部分。在这个以渔业为主要产业的海滨小镇，如今已经看不到当年对连家船民的歧视现象。我家建在沙埕的房子的门牌号是"水生村104号"，多年后我才注意到，隔壁的邻居就是曾经的连家船民，他们祖孙三代只有阿婆有明显的"罗圈腿"，显然，"船居"生活已经在阿婆这一代终结。

想起来挺有意思，从海里上岸的船民，和从山中下搬的山民，已经毫无隔阂地在同一个水平线上的同一排房子里和睦相处了许多年。

# 六

像一条溯流而上的鱼，我后来被调往市区工作，生活的地点一下子从港之头移到了港之尾。的确如此，沙埕港三十六海里，主干的尾巴所在就是福鼎市区。福鼎市区旧名桐山，桐山多桐，桐为油桐，桐籽榨油，可做天然油漆，为造船业之必需。当地有民谚曰："家有茶和桐，日子蛮好康。"可见作为经济作物的桐，因海洋经济而存在；而作为一个市镇的桐山，则是因海而生。地方志说旧桐山"两溪夹流，形如桴筏"，两溪即东边的桐山溪和西边的龙山溪，在"桴筏"的头部分开，又在"浮筏"的尾部合流，注入沙埕港。它们共同的上游发源于浙南地界，上游山高水急，到了桐山地界地势渐缓，奠定了一个市镇发育的地理条件。不了解情况的外地人往往认为桐山离海较远，颇为"内陆"，实际上海港也是海，沙埕港弯弯曲曲，就是在桐山与陆上溪流接的头。老一辈的人都知道，桐山实际上是一个码头，自古以来，浙南临近一带的乡民要去到外面的世界，大多数要先到桐山乘船，再加上贯穿南北的古驿道穿桐山而过，南来北往的过路人常常在此会聚，催生了码头的繁华。

不知不觉，我在这个临港而立的小城已经生活了近三十年，自始至终，我居然完全没有异乡之感，本地人对我这个还不会说本地话的外省人的接纳和包容，常常令我心生暖意。我想，这个城市的性格就是这样，它最大的特点就是包容，毫无疑问，这也是大海的性格。

我在这里诗意栖居，只要有时间，每天下班之后，都会去到桐山溪游泳，技术依然是小学毕业那年无师自通的狗刨式，但关键是获得了身心的愉悦。来自浙江的溪水流过我的身体，继续流向沙埕港，再流到浩瀚的大海，我把它视作我对大海的一种问候，也是对当年大海赐我不死的感恩，我要活得健康快乐，并力所能及做一些对社会有益的事，才对得起天地、父母养育之恩。

我想起那天我们来到东海水产研究所设在沙埕港畔的试验基地，在大黄鱼苗繁育实验室，看到了科技人员正在为一尾黄瓜鱼苗打试验疫苗，细细的针头小心地插进鱼儿的腹部，科技人员的目光温和，充满怜爱，就像看着一个新生的婴儿。

对一条鱼的呵护和敬畏，就是对整个海洋的呵护和敬畏。说真的，我在海边生活了半辈子，第一次知道还可以给鱼打针。

# 湖泊是河流的放大镜

昂　桦

米沃什说："受伤的时候我们便回到某些河流的岸边。"以上善的名义可以补缀残缺不全的形役。

在鄱阳湖东岸的村庄，我度过了少年时光。但当时我不知道，我所处的湖岸，正奔腾着的信河、饶河、抚河、赣江、修河，它们如骏马一样朝我驰来，在湖的腹部交汇周旋，相识相亲，耳鬓厮磨，又在湖的下口转换成一条白龙，与长江一道奔流而去。除了它们，还有一些小的河流，犹如小马驹，也紧跟在奔跑的马群后面，不甘落后。心里有点蓬勃的人，也会忍不住小跑，跟上一程。

那时，我能力范围之内的事就是在湖边闲逛，配合群山的奔腾起伏，湖水的涨涨落落，牛羊的逐草迁徙，完全没有自己的存在。我曾在湖岸的上空，看到日环食。苍狗被吞噬，只留下一圈火环。起先是潮水般归巢的声音，然后是噤若寒蝉的死寂。母亲扔下锄头，湖水落入桎梏，鸡鸭钻入棚窝，在超自然的现象面前万物都用沉默相对。以至于瓜果收住膨胀，藤蔓停止攀爬，与哥哥的打闹中断在门前；树梢黑黝黝地驮着群鸟，村庄低矮如同坟丘，田野在暮色里挥霍一空。

看上去，世界末日行将来临。我的内心虽懵懂却明白，那只不过是一次死亡的历练。死亡也是片刻的死亡，围绕躁动和喧嚣的紧急制动，行进到深渊前却收回脚步。片刻之间，待到日头被一点点吐出，雄鸡再次打鸣，一白天下，躲在瓜棚边的人走出来，孩子的嬉笑复归热闹，湖水波光粼粼，虚脱的云朵恢复力气，飞鸟重新回到天空。日头与湖水又有了呼应。光做的水，与水做的光，复归在湖中流动。脑袋开始跟着眩晕，仿佛玩转圈，天地颠倒。湖泊里的驳船，浅游的鱼虾、河蚌与田螺，统统搅在一只万花筒里，白色的云如棉絮一样飞花。我在金星闪耀中，有点不能自持，哥哥扶住我。待一切平静后，我待在湖边的屋前。六七分钟的时间它就像一整天，太阳放弃过江湖。

想起来，这一次让我记忆犹新。河流消失在湖中，又在长江中复活。按理说，日食与湖泊没有多大关系，一个天上，一个地下，八竿子打不到一起。之所以联系起来，完全是多年以后，我把生活的不愉快与湖搅在一起。我梦里的模样是在水里布网，踩着水，把渔网一点点拉开。丝网在湖里越布越多，岸越来越远。很多鱼被尼龙细网缠住了，像我一样挣扎。我的手脚卡在网里，不能动弹，挣扎好长时间，每次都是憋不住气后才从中醒来。有时梦带我回到老县城，冒冒失失在某个拐弯处与闲人相撞。我竟然认出他是我多年前的同学，正踉踉跄跄走在家庭和医院之间，在河流一般的生活里随波逐流。我拉住他的手，鼓励他首要的是活下来。我确信，梦是反的，那句话是说给自己听的。正如《肖申克的救赎》，总在结尾给人意外。湖边长大的人对水没有任何畏惧，正如夏尔巴人对珠峰无所顾忌。纠结起来，日食可以说是月亮吃了太阳，也可以说，是太阳挣脱了月亮。同样，河流被湖泊重新命名，或者说湖泊被河流带走了。河流无声无息地流淌，而人世很多事情也在无声无息中悄然而去。我们习惯低头看路，却不习惯抬头看天。认知的泥沙被泛滥的河流抬高，一而再再而三地带入一片沙洲。河流的改变，似乎也在让人心随物赋形。

深埋记忆里的另一个画面，是一对乡村老夫妻漫不经心的对话。一方说，日食了。对方点头回应，拿起一只脸盆敲起来。不错，被狗吃了。绊在身边的一只狗被踢一脚后嗷嗷直叫，天上那只却消失得无影无踪，并没有人去同情一只狗。周围的人麻木地继续干活。时间的沙漏换了一盏又一盏，好像从没发生一般。

其实，没发生并不等于躲过灾难。灾难常在不经意间如期而至。平常人的日子，都是以灾难来评估事情的严重性，田地过了蝗虫，颗粒无收，以及整个村庄阴郁的气氛，让他们的眉头拧成一团悬雾。我仔细观察过困顿里卖力气活的健壮男子，与将军的踌躇满志一样，他的注意力像一把锋利的钻头，在忧患里打钻，生活里木屑飞溅，力度中有一种得寸进尺的狠劲。但灾难往往紧跟在谨小慎微后面，追得人无路可走，在灾难面前愈显出他的弱小和无奈，甚至无能为力。

由此想起那对老年夫妻，自己的祖父与祖母。卧病在床的是祖母，离世前喊冷，牙齿上下咯咯作响。在这个村庄，她是为数不多的长寿老人。二十世纪，日本侵略军从长江溯流而上，攻占长江要塞马当后，从长江水路及彭湖线公路一路厮杀而来，包抄了湖口县城。在飞机的轰炸下，湖口守军敌我实力悬殊，守城官兵节节后撤，撤到陪湖大山。一场阻击战打响。当年奉命坚守湖口的是川军刘雨卿第二十六师。并不善泅渡的川军官兵或战死，或湖里淹死，哀鸿遍野，惨不忍睹。爷爷的村庄被一把火一夜烧光。七月正是大湖涨水的时节，能够从菱塘梅家的山边渡湖北上的人寥寥无几。这支川军大多是刚刚入伍的新兵，还没有经历过死亡的训练。几千人全部化成滚滚东逝水。因为战争的失利，这场仗在战争史上几乎无从记载。

爷爷一家人藏在废弃的土窑，潮湿和暴雨让土窑积水如窖，爷爷奶奶躲在里面两天两夜没合眼。奶奶腹中的胎儿因此流产。奶奶的肚皮从此偃旗息鼓，不再生育。整个人寡言少语，鲜有笑容。几年后，爷爷用一担棉花一担米把父亲从李家抱养过来，才有稍许的缓和。但奶奶从此在家庭里失势。一个脾气暴躁，一个小心翼翼。我作为男丁出生后，爷爷仍然没改骂人的臭脾气。奶奶拉着我偷偷抹眼泪，把亲身的遭遇讲得稀里哗啦，把日本人称为长毛，把侵略称为造反，把战士视为官府的衙役，把流离失所躲避战乱称为躲反。早已毫无逻辑的思维走位，把对岸的逃荒之地讲成桃花源，把地球变成一个村落。年事渐远，她的记忆开始倾向于颠三倒四的叙事。逃难的日子，在湖对岸打短工、拾荒、讨饭，活成了幽灵。时间与事件记反了，大家都习以为常。人老凡事易遗忘。

秋收后，以往是奶奶做豆豉，后来只要是奶奶动手，爷爷都一把抢下，怕她毁了豆豉的品相。一个女人，不生育好像犯了天条。她在至亲的家庭中又像局外人。重要的场合不要她沾边，哪怕是做豆豉、秋收后的细活，多不要她参与。豆豉的做法非常简单：准备一些大豆，先看看有没有烂的，把品质差的挑出来，黄豆不用洗，放在土灶锅里用大火炒，炒一阵；然后用小火，在锅里不断翻炒，炒到黄豆的香气冒出来，皮外壳有一点微微的焦黄，开出丝丝裂纹的时候，盛出来；稍凉倒入水中，浸泡半天，加盐，水中轻轻揉擦，清洗两遍后捞起放入盘中；再在锅中加水一起煮熟，煮好后把黄豆捞出来，摊开放在竹席上晾晒；水分控干后，放入竹箩筐中发酵，盖上白纱布，四五天就可以看到在豆子的表面有很多菌丝；这时，在箩筐里加盐，用手拌匀，再在室外的竹席上摊开晒。太阳天，晒三天就够好。爷爷一丝不苟地教我，生怕我们这代人吃不上豆豉。抓一把放碗里，打入鸡蛋，加满水，搅匀，煮豆豉蛋汤，起锅时在面上加点葱花，豆豉鸡蛋羹淘饭是道美食。我费些笔墨写出来，实在是非常怀念，甚至也煮过豆豉汤，已经没有那个味道。其次是豆豉烧肉，半肥半瘦的猪肉切片，烩上豆豉，还未上桌，就燃爆了贪婪的胃。

爷爷晚年，水烟寸步不离手，发起脾气，脑门的青筋暴起，肺气肿让他咳嗽得直不起腰，死时的眼睛睁得大大的，死不瞑目的样子让我后怕。爷爷剥夺了奶奶一生的闲情，让奶奶悻悻不快。有时，她拿出爷爷娶她时送的银手镯，以及她与爷爷的肖像画翻看。不知道奶奶如何追忆出嫁时的情景，是手腕上一丝金属的清凉，还是掂在手里的迟暮？一群上海知青插队落户，不知是哪位知青突然生出奇想，把从未照过相的两人画在一起，从此两人有了纸上的亲密。纸张让人翻烂了，尤其是对折痕迹，让纸上的人也快一分为二。

奶奶坐在斜阳里，佝偻着低下头，挑出箩筐里棉花黑色的棉籽，银黄色光柱从侧面穿过，那是令人久久窒息的黄昏，定格在我的脑海里。我被蛇咬过，处处怕草绳。七八岁时与奶奶一起下棉地，不敢在草深的棉地里把命运交给一条毒蛇。蛇，冷不丁咬你一口，是因为它对外来侵略充满敌意，而你却毫不知领主意识，去侵占它的领地。我不懂人与自然原有的秩序，只信任奶奶随手捡起的木棍拍打一通，嘴里念念有词，告诉土地爷及瑞草金花一众鬼神，保佑我在茂密的棉地里畅通无阻。白色的布袋挎在脖子上，系在腰间像裙子。一朵朵白棉收进布袋里，肚子大得像快要临盆的孕妇。收足一棉袋，花费一个下午。奶奶夸我听话，让我从她身后帮忙，然后躬身背起比人还高的麻袋，这是奶奶留给我的负重的记忆。高高的麻袋在棉田行走，头顶的阳光与土路腾起的灰尘正是氤氲密织的罗缎。困守于六合八方的密码，却只能任由身心与四季地老天荒。我被这气象短暂地噎住过而不知所措。因另外一种力量在左右她的不幸，让她隐忍。

奶奶驾乘着光柱如灯笼一般在湖水的上空消失。世间少了一颗褐色的豆豉让人咀嚼，却多了一颗黑夜里闪烁的星星让我观望。奶奶的葬礼上，孙辈、同辈全部到位，流泪的在传递长势喜人的纯朴，谈笑的也没受人指责为老不尊。当她的棺木与爷爷的坟茔合二为一，红色的棺木渐渐被黄土覆盖，我也咬紧力气铲上几锹，又把土里的杂草拣出来。我在烟霭的氤氲里重重叩下三个头，终于学会了在隆重的气氛里拾捡一种镇静。

清明时节，喜欢去湖边走走。旧屋早就无人居住。在年前就出现裂缝，这次倒塌得彻底。只剩三堵墙，其余都倾覆。一次春雨就让它横尸荒野。不远的山丘是我家的墓地，几代人埋在那里。我心里惋惜。自己安慰说，没有人住的房子，它总有倒塌的一天。却不料它像多米诺骨牌一样倒向我，压住我，淹没我。淹没的不只是雨水、尘土、残砖片瓦，还有耳畔飞速的流年与轰隆的嘶鸣。正应了冯延巳的一句："谁道闲情抛掷久？每到春来，惆怅还依旧。"

屋场前那只永远盛不满水的水缸，张口处残缺一半，曾是我全家的生命之源，围绕它的是灶台，是一日三餐，然后才是屋宇和村庄，田野与伸向城市的道路。它在隐秘地组织着一场由内向外的运动，也使我最终成为那张压在最后底牌下的活物。以至我与它面对面的时候，我能觉察到它的落寞，仿佛我遗忘它很久，欠它一个主动的招呼。

多年的习惯，每每回县城，一般不再住下。万不得已，需要隔日办事，也是不事声张住在酒店。在房间，拿出活来干，在电脑上东一句、西一句添加字符，写我的无用之文。写得心里烦躁，晚上与一帮朋友喝得酩酊大醉之后，仿佛遇到我的哭墙，禁不住号啕大哭。一行人不明就里，以为我遇到不开心的事，就逼我说出来，看看是否可以分担。

我哪里是哭，分明是一份闲心被白天的气氛呛到了。

县城街道的建筑与大城市的难以区分，好在弹得一手古琴的文成老弟与我成行。他要到我家的大江大湖前弹古曲。据他说可以提高琴技。我南昌房子装修时，他是木工，我看他对琴很有兴趣，就把一件古琴送他。没想到他在随后的五年里，拜师学琴，荒废事业，投入在高山流水觅知音中。整个人都沉浸在静水深流的寂静里。他自知高中没毕业，考不上大学的音乐学院，却也雄心勃勃，想要成为一名古琴家。现在，不知在他的理想面前，是否有一条鸿沟。我却在他手指的弹奏下，在酒精的加持中，进入梦乡。河流在暗夜里疾驰。在古琴的召唤下，似乎停下了脚步。按我说，这种理想主义色彩听起来不可思议，他却入魔式地一发不可收。

也许是锦衣夜行，无尽的壮阔，等待他与一支曲子相遇。我自从经商，也常受人指指点点，并没有他的从容。有人说我放着大好前途不要，非要自己谋生，让我心有戚戚。生意起起伏伏、跌跌撞撞，在一番折腾之后，总算平静下来。

同样的事情在我父亲身上发生过，但他是个不够坚定的人。父亲年轻时想当作家，待在学校写他的文章，却不能有充足的时间。家里重农活必须成年劳力来干，他只能放下教鞭，拿起牛鞭，教学之余回家劳动。繁重的体力劳动让一介书生力不从心。有时累了，就发脾气，把劳动的委屈与理想的破灭发泄到我们孩子身上。好似遗传到祖父的暴躁脾气，让人胆战心惊。而我生性是要与父亲不同的。我回顶他，一副天不怕地不怕的模样，气得他咬牙切齿，我就成为他出气的对象。我想挨饿总比挨打好。他打我，我有时躲进阁楼一天不吃不喝不理他，看他出洋相，被母亲骂，被爷爷推搡，逼得他到处找我。晚上我从阁楼上爬出来，被母亲搂在怀里，却显得若无其事。我在家庭的保护里，让父亲无从下手。

20世纪80年代，从福建沿海舶来的电子表，在黑市运行。低廉的进价，高昂的利润，倒手可以赚几倍。寒暑假，父亲不再写诗，换了一个赛道，偷偷摸摸贩卖电子表，每次都是天黑才回来。以至于我们晚饭有点荤菜，妈妈只给我们孩子每个人夹一点，其余都留给父亲。父亲刚刚做生意，就遇到工商稽查，一皮包手表连人带货进了工商所。好在有个副所长是我爸的学生，他念在与父亲的师生之情，只是把手表没收了，没有罚款。父亲却不满意，在工商所大打出手，非要把手表要回来。一个乡村教师，沦落为乡间小贩，这个过程一步一步让他忍无可忍，也让他不能把持住自己。他两手空空，带着一脸的伤痕回来，睡了好多天，也懊恼地总结了好多天。生活还是要继续。倔强的性格让他不服气。从此他利用周末或假期，把表藏在衣服里，依然穿街走巷，躲到熟人不多的流泗镇、四官渡、均桥镇等三不管的地带去卖。他叫卖手表，越来越有经验。我偷偷跟过我的父亲。临早出门他与妈妈说均桥镇有个集，他去赶集。早饭后，迎着西北风我与哥哥赶往那里。在沿河的小坝上，聚集了周围四个乡镇的小贩，载着衣服的三轮车，与鞋帽、红薯堆、生姜、山药塞满了河坝。中间仅有一条小路可以走人。熙熙攘攘中，我发现父亲坐在一个小折叠凳上，地上用化肥袋垫着的手表与计算器在熠熠发光。我和哥哥躲到不远处看他正与一群人讲他的进口货，比比画画，讨价还价，有头有道。淹没在人群里，还真看不出他还是个出色的校长。我与哥哥回家学给妈妈听，妈妈笑得前仰后翻。一家人沉浸在买卖的笑语中。父亲偷鸡摸狗做点小买卖补贴家用，本是见好就收，后来竟然越赚越多。父亲用这个钱在老房子的原址上盖了两层小楼。小楼与周边房屋的低矮景象完全不同。别人以为我家在外发了横财。既然赚来一栋房屋，那就可以赚来金山银山。父亲在"文革"时为了帮同学离开湖口，丢过饭碗，坐过牢。平反后，尤其珍惜失而复得的公职。父亲本来计划大干一场，但赚得有点慌，害怕再来个运动，所有的辛劳付诸流水。世人的眼光像一根毒针，他无法回避眼中带刺的打量。他不可能丢掉铁饭碗。学校的教学任务重，那些本来可以延续生意的念头在现实面前也只有停下来。加上倒卖的人越来越多，利润空间越来越小，只有悻悻回到原来的轨迹。似乎他做的事情密不告人，学校同事完全蒙在鼓里。我家建房，教育局还以为父亲贪污，因为学校同时也在建房。后来查来查去，没有半点嫌疑，大家才松口气。

我很快从父亲的电子表中找到时间的快乐。他贩卖的时间是一串飞快的数字，让我在同学中成为能够读出时间的人。这是一种不同的时间，从注视的眼皮底下溜走，新的数字又重新产生，不断消失，不断重建。我从同学的羡慕中，找回一点对父亲的崇拜。但我很快就忘掉这些不值一提的事。只是在我生活窘迫的时候，时常想到集市去做一次贩子。我还真的在自己一文不名的时候，靠借贷在南昌万寿宫商城租下一个摊位，做过小商品批发。那个充满温馨的小商品市场，好似一块稳稳的石头抵在河道中。在人流如涌的铺头，与一群人讨价还价、拣货、装箱，钞票飞入口袋。一天下来，疲惫至极，却有生天的快乐。货物快出尽时，连夜再奔赴义乌市场进货。我明白，也许是父亲的一点小启示，让我得到喘息。

一场大病之后的父亲，极少提起那些飞逝的瞬间。我盯着父亲看的时候，总有一组数字在他身上飞快地跳动，近来明显感到跳动的频率越来越快，这是我的幻觉。我猜想，它是生绞进死咯吱咯吱的催命符，灵魂离开肉体撕开裂痕的凄厉声。与糖尿病打交道三十多年，吃了无数阿卡波糖，不见好，只有坏。他开始明显衰老，老得快如登顶死亡的滑梯，脚下一歪，就要去见我早逝的母亲。母亲患癌那一年，我吃了官司，冤屈也让母亲一夜白头。三年后，癌症折磨得她只剩一把骨头，临终前我抱她如厕时，轻得像一只燕子。我一直自责，这只燕子是为我忧心而死的。日食的一幕，也会幻化成她的模样进入我的梦中。我已记不清日食的那些细节了。替我剪发的师傅发现我的白发及眼角的鱼尾纹，好心告诉我少熬夜，我才有点醒悟。急刹车式回到正轨，恍如被凭空抛出的一具硕大躯壳，在广袤的湖面上越滚越远。

此时的湖泊成了河流的放大镜。湖泊的逸致闲情胜过河流的劳碌命运。湖泊是河流的情人，河流却像个负心的男人，总是不舍昼夜地向前奔去，誓不回头。成为河流，是我半生的隐喻。脱离湖泊，又使我夜难入眠。从此岸到彼岸，平静的湖面上，远处是暮色垂青的山峰。灵感、意境，通通源于此。一幕幕被放大，连湖边的棉花地都清晰可见。

这是我曾耕作过的田野。我心疼母亲，就扛起犁，牵上牛，去那里耕地。因为牛被我放养过，对我这个犁地的新手，显出极大的耐心，鼻子一张一翕，静等在地里。我把略显沉重的轭头套在它的脖子上，扯好链条，连上犁铧。它默默地站在那，听从我这个小主人使唤。我扬起鞭，它不急不慢地走着，我竟然无师自通地犁出一片地来。母亲跑来我犁地的犁旁，拉住牛绳，抱住我，转而喜极而泣。我一直回忆母亲带着夏季强烈汗渍的体味抱住我鼓励我的场景，并对之感念。我学会了成年人的技艺，立刻有了长大的感觉。母亲一个人包揽十几亩田地的耕作，还要洗衣、做饭、养猪、伺候爷爷奶奶。我不知道是何种力量支撑母亲的内心。不甘面朝黄土背朝天的母亲，却把我推向另外一个地方。

　　越扯越远了。早已听闻家乡在建一座江湖楼。为了征集名字，大家议论得像一锅煮开的粥。离开二十年，我一直未曾放下内心的闲情逸致，以至于不时走心，忙活的时候搁下笔，从跨湖大桥驶过的时候摇下窗。湖水是面大镜子，它再次使我想起自己的父亲，一生自诩以陶渊明为样板的人，在最后一刻放弃自己的文学梦。在我读高中时，他想掌控我的人生，不希望自己的儿子接触文学，没有由来地重理轻文，非要我学数学。我有点恨自己的父亲。这个男人对自己也不满意，写不出文章的时候莫名发火，赚一点小钱又满屋子找酒。我也遗传他喝酒的毛病，在寒冷的冬天，我的确什么也不想干，经常邀上朋友去喝酒。也许文人爱酒早已是公开的秘密。在呼啸的北风中，在酒精的作用里，我还会想起夜半归来那个我称为父亲的人，叫门的人把门拍得哗哗响，我故意躲在被窝里不应，让他做门外的苏东坡，去河边醒酒。倘若陶渊明从这里逃离是一种疏远和归隐，我的逃离则是一种向往和拥抱。案头还是张白纸时，我对世界的张望仅仅限于从窄窄的河流朝向浩渺的湖面。贫穷让岁月变得缓慢，让我加快逃离这块土地的脚步。以至于我长久不愿回到故土，不愿回到村庄，不愿看到破败的老宅与零零星星的坟头，不愿再一次从河流逆着望向大湖。那里的阳光带有一些刺痛，睹物思情，常让我泪流不止。

　　有激情的人总归是得心应手，把喜欢的事做得像一件手艺。还是在寒冷的冬天，在大学对面的小酒馆里，与文友一起举杯酣饮。把带着油墨香气的小报分发完后，世界好像为我们飘起了庆祝的雪花。约稿读稿编辑全我一人，我快成为大学校园里最忙碌的人。距离毕业还有半年，大家庆祝我的豆腐块文章不断见诸报刊。吃过饭，在门口的树林遇见男同学纠缠女同学，看着女方泪如梨花带雨，我竟然为她出气。趁着酒气，抽了男方一个耳光。我一直后悔,毕业时没有和他道歉。爱一个人有什么错吗?我为此感到羞愧。看起来我是英雄救美,其实是对爱情一无所知。谁不信情到深处自然浓,爱到深处情难舍?而我却浅尝辄止。谁不曾年少轻狂,又暗自独伤?遇到爱我的人和我爱的人,我放逐自己到天涯再回头,偏说自己没见过大海。

毕业分配,团圆饭一吃,大家哭得难舍难分。作为师范生,大多数同学将回到各自的县城,执起教鞭。宿命如同一场无形的旋涡,让人无法抵抗,只能顺从天意。有人说,教师的职业,是太阳底下最光辉的职业,但到了月光底下就没有戏。贫穷不需要借口,生存决定一切。执教四十天,我反复问自己,你是否愿意终老南山?拼命挣扎,起始为了生存,终末为了价值。世界这么大,我要去看看。我在城市生活,常把贯穿小区外的河岸走到底。河岸连到赣江,赣江连到鄱阳湖,鄱阳湖连到长江。人在蝼蚁一般的境地行走,却要走出不一般的蝼蚁境界。适时离开,是自我的一种修正。我暗暗吃惊自己挥手的掌纹里,藏着一条奔涌的河流,不断跟那让我既依恋又不得不舍的故乡做告别。